U0938079

JODI PICOULT

姐姐的守护者

MY SISTER'S KEEPER

[美] 朱迪·皮考特 著

林淑娟 译

北京联合出版公司

Beijing United Publishing Co.,Ltd.

给库朗恩一家：

虽然没有法定关系，你们仍然是我们的亲密家人。

谢谢你们在我们的生活中占有如此重要的地位。

致谢

身为一个三年内开过十次刀的孩子的母亲，我首先要感谢医生们和护士们，他们经常陪伴病人的家属度过最难熬的时刻，缓和家属们的情绪。谢谢罗蓝·伊书医生和麻省眼耳医院的小儿科护理人员——谢谢你们为我们的真实人生创造快乐的结局。在我写《姐姐的守护者》时，我和平常一样，发现自己智识浅薄，必须仰赖别人的经验和智慧。他们让我借助他们的人生经历和职业，或提供具有写作才华的建议：谢谢你们，詹妮弗·斯特尼克、雪莉·弗利切、吉安卡洛·奇科迪、格雷戈·卡切吉恩、文森特·瓜莱拉医生、理查德·斯通医生、法里德·布莱德医生、埃里克·特曼医生、詹姆斯·乌姆拉斯医生、怀亚特·福克斯、安德烈·格林、迈克尔·戈德曼、罗瑞·汤普森、辛西娅·弗兰斯比、罗宾·卡尔、玛丽·安·麦肯尼、哈丽特·圣·洛朗、爱波尔·默多克、艾丹·科伦，珍·皮考特和乔-安·曼普森。感谢以下几位真正的消防队员，他们得以使我在晚上成为计算机前的“破拆手”[①]：迈克尔·克拉克、戴夫·哈特内米、

① 火灾现场负责用专业器材破拆门窗等的消防员。——译注（本书中注释，如无特别说明，均为译注）

“波奇”理查德·勒夫和吉姆·贝格朗（他更正我的错误，我要给他颁发一颗金星）。还有那些在背后支持我的人们，谢谢卡罗琳·里迪、朱迪斯·卡尔、卡米尔·麦克达菲、劳拉·马伦、莎拉·伯兰汉姆、凯伦·曼德尔、莎侬·麦肯纳、保罗·佩佩、希尔·贝格朗、安妮·哈里斯和不屈不挠的阿特里亚图书公司的销售团队。非常感谢劳拉·格罗斯信任我。我诚挚地感谢艾米莉·贝斯勒杰出的领导并让我自由地展开双翼。斯科特和阿曼达·麦克莱伦、戴夫·克兰默——他们让我洞悉那些遭受致命疾病威胁的家庭里日常生活中的悲与喜——感谢你们的大方，祝福你们有健康长远的未来。

序　曲

没有人会发动战争——或者该说，任何一个理智的人都不该那么做——在没有先理清他的想法、他预备在那个战争中达成的目标和他打算如何指挥之前。

——卡尔·冯·克劳塞维茨，《战争论》

三岁的时候，我想杀死我姐姐，这是我最早的记忆。那个记忆如此鲜明，我如今还不时想起当时她的鼻尖隔着枕头套抵着我的手掌的感觉。她不可能抵抗得了我，不过，我还是没能成功。爸爸走进我们的房间，他要送我们上床，跟我们道晚安，这刚好救了她。他领我回我床上，对我说："这种事绝对不能再发生。"

等我们大一点，我似乎是个不存在的女儿，除非和她有关。我们的两张单人床之间有一道长长的阴影，我每每在房间的另一头看着她睡觉，都会细数有哪些死法：在她的谷片食物里下毒；到海边被退潮的水流卷走；被闪电击中。

最后，我虽然没有杀死我姐姐，但她自己想杀死自己。

或至少，我是这样告诉我自己的。

星期一

兄弟，我是火，
在海底波涛汹涌，
我将永远不会遇见你，兄弟——
总之，许多年也不会；
或许千万年，兄弟。
然后我会警告你，
拥你靠近，缠着你转圈圈，
利用你并改变你——
或许千万年，兄弟。

——卡尔·桑德堡，《家族》

安娜

小时候，我觉得最神秘的事情不是“娃娃是怎么生出来的”，而是“为什么要生小孩”。制造娃娃的技术性问题我懂——我哥哥杰西曾提供过那方面的资料——不过那时我就确定他听来的有一半是错的。当老师转身，班上其他跟我一样大的小孩都忙着在教室里的字典上找“阴茎”和“阴道”的解释时，我则把注意力放在其他不同的细节上。例如，为什么有些妈妈只生一个小孩，而有些家庭的繁殖力似乎特别强。或者像学校里新来的女同学席多娜，她会告诉每个愿意听她讲话的人，她的名字是以她父母度假时制造出她的地方来命名。（我爸爸以前常说：“幸好他们不是去泽西城度假。”）

现在我十三岁了，这种情况更加复杂：一个八年级学生因为惹出麻烦而退学；一个邻居故意受孕，希望能因此阻止她丈夫诉请离婚。我告诉你，如果今天外星人登陆地球，研究地球人为什么生小孩，他们的结论会是：大部分人的小孩都是在无意中制造出来的，或因为他们在某个晚上喝多了，或因为避孕措施并非百分之百可靠，或因为其他一千个很难令人信服的理由。

我的出生则有一个特殊的理由。我不是大量廉价酒的结果，也不是由于满月或头脑发热。我之所以会出世，是因为一个科学家设法将我妈妈的卵子和我爸爸的精子结合起来，创造出一个特别宝贵的基因原料。事实上，当杰西告诉我娃娃是怎么来的时候，我一点也不相信他。我决定问我爸妈事实的真相，我得知的比我预期的多。他们要我坐下，告诉我正常小孩是怎么来的那一套，他们也解释了他们为什么会特别选择我这个小胚胎，因为我可以拯救我姐姐凯特。“我们因此更加爱你。”我妈很肯定地说，“因为我们知道我们得到的会是什么样的孩子。”

不过，我仍然存疑，如果凯特的身体健康，情况又会是怎样？我很可能还在天堂飘浮，或者在某个地点等候附着到另一个身体上，预备被发配到地球一段时间。当然，那样的话，我就不会成为这个家庭的一分子。你懂了吗？我和其他自然受孕的孩子不一样，我不是因为意外而来到人间。如果你的父母为了一个理由孕育你，那么，那个理由最好一直存在。因为，那个理由要是不存在了，你也就没了存在的必要。

当铺里可能堆满了一些乱七八糟的东西，可那里仍然是个充满故事的地方。出了什么事，必须典当一个闪亮如新的钻石饰品？谁这么急需用钱，连一个少了一只眼睛的玩具熊也要卖？走向柜台的时候，我怀疑老板会不会看一眼我要典当的项链，然后问我同样的问题。

站在收银台前的人，他的鼻子形状像颗芜菁甘蓝，眼睛深凹，我无法想象他能看得够清楚，可以执行他的业务。“你需要什么吗？”他问。

我拼命稳定心神，才不至于转身走出门，假装我是搞错了才走进来的。唯一能使我安心的是，我知道我不是第一个站在这个柜台前，拿着从来没想过会与自己分离的东西的人。

“我有东西要卖。”我告诉他。

“你难道要我猜是什么吗？”

“喔。”我吞下口水，从牛仔裤口袋里掏出一条有个小盒子链坠的项链。“这是14K金的。”我竭力推销，“几乎没有戴过。”这句是谎言，直到今天早上，我戴了七年没有拿下来。这是我六岁的时候，在一次抽取骨髓后，爸爸给我的。他说，我给了姐姐那么贵重的礼物，值得拥有自己的。看到搁在柜台上的项链，我感到脖子轻颤了一下，觉得赤裸裸的。

当铺的老板戴上眼镜，那使得他的眼睛看起来恢复了正常的大小。“我可以给你二十块。”

“美金？”

“不是美金是比索吗？你以为是什么？”

“它值那五倍的价钱呢！”我猜的。

老板耸耸肩。“需要钱的人不是我。”

我拿起项链，打算完成交易，可是奇怪的事情发生了——我的手指像救生爪那样，紧紧钳住项链。我努力用意志力扳开手指，满脸发热通红。仿佛过了一个钟头那么久，项链才落进老板摊开的手掌里。他看着我的脸，语调温柔多了：“就说你搞丢了。”他送给我一个免费的建议。

如果韦先生决定把“怪人”这个名词放进他的大字典里，安娜·费兹杰罗一定是他找得到的最好的定义。不只是长相：她瘦得像难民，胸部平得像飞机场，头发的颜色看起来像泥巴，点点相连的雀斑散布在两颊。让我告诉你，别用柠檬汁或防晒霜淡化雀斑，或者更可悲的方法，用磨砂纸。没用的，上帝显然在我出生那天情绪不佳，因为他把这些非常与众不同的身体密码，混进了我出生的这个家庭需要的基因里。

我爸妈试着让一切看起来都很正常，但那只是相对而言。事实上，我从来都不是个正常的小孩。老实说，凯特和杰西也都不是。我想或许我哥哥在他四岁之前，凯特还没被诊断出毛病的时候，曾在阳光下享受过他的童年，可是自从凯特发病，我们都忙着迅速长大，没有余力去回顾过去。你知道大部分小孩对他们喜欢的卡通人物是怎么想的吗？如果一块铁砧掉下来打到他们的头，他们可以毫发无伤地逃离人行道继续走。我从来不相信那种事。我怎么可能那么天真？我们的日常生活中，总会在晚餐桌边给死神保留一个座位。

凯特是个急性早幼粒细胞白血病（APL）患者。事实上，那并不完全属实——现在她没发病，不过那种病仍潜伏在她身体里，就像熊在冬眠，不知何时会苏醒，发出怒吼。她两岁时被诊断出罹患这种病，现在她十六岁。分子复发、粒细胞和静脉插管，这些是我常翻查字典的字眼，即使我从来不曾在任何学力测验的试题中看到它们。我是个同种异体的捐赠者——兄弟姐妹间的完美配对。当凯特需要白细胞或干细胞或骨髓，来欺骗她的身体以为她是健康的时候，我就是这些东西的来源。几乎每次凯特住院，我也要去报到。

那些都不算什么，除了我自己告诉你的，其他你听来的有关我的一切都不必相信。

我正要上楼的时候，我妈从她的房间出来，又穿着一件新的晚礼服。“喔，”她转身背对我说，“你正是我想找的女孩。”

我帮她把背后的拉链拉上，看着她转身。我妈妈如果过的是别人的人生，她会更漂亮。她有一头深色的长发，锁骨优美得像公主，可是她的嘴角老是下垂，好似她吞下的尽是苦涩的消息。她没有多少自由的时间，要是我姐姐身上出现淤青或流鼻血，我妈的行程表就得大幅度地修改。她有时间的话就花在蓝飞服装网站上，荒谬地订购一些她根本没有场合可以穿出门的华丽晚礼服。“你觉得怎样？”她问。

晚礼服集合了晚霞的所有颜色，它的质料使她移动身体时发出沙沙的声响。这是无肩带的，就是那种明星会穿着走红地毯的礼服——一点都不适合出现在罗得岛上达比市郊区的房子里。我妈妈把她的长发在脑后盘起挽成髻。她床上还有三件晚礼服——一件是黑色紧身的，一件缀着椭圆形的玻璃珠，另一件似乎太小了。

“你看起来……”

很疲惫。这个回答卡在我的嘴巴里冒泡。

妈妈僵直地站着，我怀疑我是不是说漏嘴了。她伸出一根手指，对我轻嘘，然后耳朵歪向敞开的门口。“你听到了吗？”

“听到什么？”

“凯特。”

“我没听到声音。”

可是她不相信我的话，因为只要有关凯特的事，她谁的话都不听。她快步上楼，打开我跟凯特的房门，发现我姐姐歇斯底里地躺在床上，就像她的世界又崩溃了。我爸爸是个业余天文学家，他曾试着对我解释宇宙的黑洞，他说黑洞具有强大无比的吸引力，能把所有的东西都吸进去，甚至连光线也会被吸进它的中心。像现在这种时候就仿佛出现黑洞，不管你抓住什么，你终究会被吸进去。

“凯特！”妈妈扑跪到床边的地上，那件愚蠢的晚礼服下摆在她周围堆挤成一团，“凯特，甜心，你哪里痛？”

凯特抱着一个枕头，泪如雨下。她淡色的头发濡湿了，一条条黏在脸上，她的呼吸过于急促。我仿佛被冻住了，呆立在房门口，等候指示：打电话给爸爸，打电话给911，打电话给钱斯医生。妈妈还没发号施令，紧张地等待凯特吐露她的情况。“是裴斯顿，”她抽泣道，“他永远离开瑟琳娜了。”

这时我们才注意到电视，屏幕上一位金发帅哥注视着一个哭得像我姐姐那么凄惨的女人，然后走出房间摔上门。“你到底哪里痛？”妈妈问，她仍然确信凯特不只是为了剧情哭。

“喔！我的天！”凯特吸吸鼻子说，“你知道瑟琳娜和裴斯顿经历过多少波折吗？你知道吗？”

我放松下来，知道现在没事了。在我们家，“正常”像一条太短、盖不住整张床的毯子——有时候可以刚好盖住你，其他时候可能会害你冷得发抖。更糟糕的是，你永远不知道这两种情况会发生哪一种。我坐到凯特床边。我虽然只有十三岁，却已经比她高，经常有人误认为我是姐姐，而她是妹妹。在这个夏天的不同时段，她已经先后迷恋上了这出肥皂剧里的主要男性角色——卡拉汉、怀尔特和莱姆。现在，我猜她又迷恋上了裴斯顿。我自告奋勇地说：“还有遭绑架的惊吓。”我对情节知之甚详，凯特要我在她去透析的时候，录下这个节目。

“她差点错嫁给他的孪生兄弟。”凯特补充。

“别忘了他还曾因为船难昏迷了两个月。”妈妈加入了我们的谈话，我想起她以前在医院里也会陪凯特看这个节目。凯特似乎终于注意到妈妈的装扮。“你穿的是什么？”

“喔。我想把它退回去。”妈妈站到我面前，让我帮她拉开拉链。看精美的邮购目录会引发其他母亲难以抑制的购买冲动，但对我妈而言，她可能把它当成一种健康的休闲活动。我怀疑她要么是喜欢她试穿过的衣服再穿到别人身上，要么是喜欢不适合能退回的机制。她认真地看着凯特问：“你确定你没有不舒服吗？”

妈妈离开我们的房间后，凯特躺低了一点。我只能这么形容——血色自她脸上迅速消失，她的脸色与枕头一样白。每次她的病重一点，她的脸色就更苍白一点，我害怕有一天醒来会完全看不到她。

“走开，”凯特命令道，“你挡住电视了。”

我走开坐在我的床上。“只不过是下集精彩预告。”

“如果我今天晚上死掉，我想知道我会错过什么。”

我拍松我的枕头，将它立起来枕着我的头。凯特和平常一样换了个枕头，那样她的枕头就不会硬得像石头，不时有松软的枕头可以枕。她应该有较舒服的享受，因为她比我大三岁，因为她是病人，因为月亮在水瓶座——总是有理由。我斜眼看电视，希望可以转台看其他节目，但我知道希望渺茫。

“裴斯顿看起来像是塑料做的。”

“那我昨天晚上为什么听到你对着你的枕头低声叫他的名字？”

“闭嘴。”我说。

“你才闭嘴。”然后凯特对我微笑，“他可能是个同性恋。真浪费，枉费我们费兹杰罗姐妹都……”她突然顿住话，整个人痛苦地缩了一下，我翻身转向她。

“凯特？”

她揉揉她的腰背。“没什么。”是她的肾在折磨她。

“要我叫妈妈来吗？”

“不用。”她把手伸向我们的床之间，我们的床之间的距离只有大约两只手臂长，我们两个都伸出手来就可以碰到对方。我也伸出手。我们比较小的时候会握手搭桥，看看我们的手臂上可以放几个芭比娃娃，还能保持平衡。

最近我常做噩梦，在梦里我被切成好多块，我想把自己拼回去，却少了几块。

我爸爸说火会自己烧完，除非你开窗给它燃料。我想我现在正在做的，差不多就是那样。可是，我爸爸也说，当火烧到你的脚后跟了，你如果想逃的话，就必须打破一两道墙。所以当凯特吃过药睡着了，我便拿出藏在床垫和封闭式弹簧之间的皮夹，走进私密的浴室里。我知道凯特会偷看我的东西，因此在拉链的链齿间夹了一根红线，那样就能知道是否有人没经过我的允许偷翻我的皮夹。不过，红线虽然已经拉断了，皮夹里的钱并没有减少。我转开浴缸的水龙头，那个声音为我制造了进浴室的理由，然后我坐到地上数钱。

加上我从当铺换到的二十元，我有一百三十六元八十七分。还不够，但一定会有办法解决的。杰西买他的旧吉普车时也没有两千九百元，银行贷了一些钱给他。当然，我爸妈必须在文件上签字。我怀疑在同样的情况下，他们会为我担保吗？我再数一次钱，以期钞票奇迹似的繁殖滋生，可是数学就是数学，总数仍然一样。然后我阅读报纸的剪报。

坎贝尔·亚历山大。我觉得这个名字逊毙了。听起来像是很贵的酒吧调配出来的酒名，或是经纪公司的名字。可是你无法否认这家伙过去的辉煌记录。

要去我哥哥的房间，得先走出我家，他就喜欢这样另类。杰西一满十六岁就搬进了车库的阁楼——那是完美的安排，因为他不希望我爸妈看到他在干吗，而我爸妈也不是真的想看。他用四个雪地防滑的深沟轮胎挡住通往他小窝的楼梯，那里有个用纸箱围成的小墙，一张橡木桌倾斜地靠在墙上。我有时候会想，杰西弄的这些障碍物只是为了给他自己更多挑战。

我爬过障碍物走上楼梯，感觉楼梯因为杰西的音响太大声而震动。我大概敲了整整五分钟的门，杰西才终于听到。“干吗？”他只把门打开一道缝。

“我可以进去吗？”

他想了一下，才退后让我进去。他的房间是脏衣服、杂志和吃过的中国菜外带餐盒的堆积场，闻起来像汗湿的冰球鞋的鞋舌。唯一整洁的地方，是杰西放他的特殊收藏品的展示柜——捷豹的银色吉祥物、奔驰的标志、福特野马跑车的马图腾——他告诉我，这些车盖上的装饰品都是他捡来的。我又不是笨蛋，当然不会天真到会相信他的鬼话。

别误会我的意思——我爸妈不是不关心杰西，杰西也不是个经常闯祸、不可救药的问题少年。我爸妈实在没时间管他，他们有更重要的事情要忙，杰西不在他们的优先名单里。

杰西不理我，回他的杂物堆另一头，去做他本来在做的事情。我的注意力被一个炖锅吸引了——那是几个月前从我们的厨房消失的东西——现在它就放在杰西的电视机上，有条铜管穿出它的盖子，再向下伸进一个装满冰块的塑料牛奶罐，然后钻入一个广口玻璃罐。杰西或许是个处于违法边缘的问题少年，可是他很聪明。我正要碰那个奇怪的玩意儿，杰西转过身来。“嘿！”他简直像飞过沙发，打开我的手，“你会把冷凝的线圈搞坏的。”

“这是我想的东西吗？”

他脸上浮现不怀好意的笑容。“那要看你想的是什么。”他撬开玻璃罐，里头的液体滴到了地毯上，“你尝尝看。”

这一锅还在冒泡的黏稠东西，变成了相当浓厚的私酿威士忌。一团热火在我的肚子和双腿之间迅速流窜，我倒到沙发上。“好恶心。”我喘着气说。

杰西也笑着喝了一大口，不过他好像没什么反应。“你要找我要什么？”

“你怎么知道我要找你做什么？”

“因为没有人会爬来这里做社交性的拜访。”他说着坐到沙发的扶手上，“如果是跟凯特有关，你一进来就会告诉我了。”

“是跟凯特有关。可以算有点关系。”我把剪报塞到我哥哥手里，它可以比我解释得更清楚。他的眼睛扫瞄过剪报后，转过来看着我。他的眼睛是最淡的银色，有时候当他看着你时，你会讶异得完全忘记你本来想讲什么。

“安娜，别去惹那种麻烦。”他苦涩地说，“我们都恰如其分地扮演我们各自的角色。凯特是受难者。我是注定会失败的人。而你，你是和平制造者。”

他以为他了解我，可是那得分两方面来说——说到找麻烦，杰西正是个麻烦上瘾者。我直视着他：“谁说的？”

杰西同意在停车场等我。这是我所记得他愿意帮我忙的少数几次。我绕到建筑物前面，那里有两只奇形怪兽守护着大门。

坎贝尔·亚历山大这号人物的办公室在三楼。墙壁镶嵌着像牝马皮的栗色木板，当我踏上地板上铺的东方厚地毯时，我的运动鞋往地毯里陷了一英寸。秘书小姐穿的黑色高跟鞋，鞋面亮得可以看到我的脸映在上面。我瞄向自膝盖以下剪掉的牛仔裤和我上礼拜无聊时用神奇彩色笔在上面作画的科迪斯牌布鞋。

秘书拥有完美的肌肤、完美的眉毛和丰满的嘴唇，她正在用那两片唇对电话那头的听众尖叫，简直像发生了凶杀案：“你不能指望我对法官那样说。你不想听克里曼大叫大嚷，并不表示我就必须……不，真的，加薪是因为我的工作做得非常好，还有我每天必须忍受一些鸟事，事实上，当我们在……”她将话筒拿离她的耳朵远一点。我可以听到电话已断线的嗡嗡声。“混账。”她低声咒骂，然后似乎才发现我站在离她三英尺远的地方。“我能为你做什么吗？”她把我从头看到脚，正在用一般人的眼光对我评鉴，给我打第一印象的分数。无疑，她给我的分数不高。我抬起下巴，假装我是个很酷的女孩。“我和亚历山大先生约好了。四点。”

“你的声音，”她说，“在电话里，你听起来没这么……”

年轻?

她不自在地微笑。“我们不接青少年的案子，这是我们的规矩。我可以介绍你去见别的执业律师，他们……”

我做了个深呼吸。“事实上，”我插嘴，“你错了。史密斯对惠特利、埃德蒙兹对妇幼医院、杰洛米对天主教区团体，这些案子都牵扯到十八岁以下的当事人。这三个案件的陪审团都裁定亚历山大先生的客户胜诉。而那只不过是去年的事。”

秘书对我眨眨眼。一抹赞赏的微笑慢慢在她脸上延展开来，好似她决定她有可能喜欢我。“我想起来你跟他约好了，你为何不在他的办公室里等呢？”她起身带路。

即使这辈子每一分钟都花在看书上，我也不相信我能够看完坎贝尔・亚历山大先生高高低低摆满他办公室墙壁的所有书籍。我算了一下——如果一页书大约有四百字，每本法律书籍有四百页，书柜每层有二十本书，一个书柜有六层——哇！那就有一千九百万字，而那只不过是办公室里的其中一部分书。

我单独在他的办公室里等了好一会儿，注意到他的桌子很干净，你可以在他的吸墨纸上玩中国古代的足球——蹴鞠。他的办公室里没有一张他妻子或小孩的照片，连他自己的照片都没有，不过这个房间虽然十分整洁，地上却有一个装满水的小钵。

我发现我自己在给那钵水找存在的理由：那是蚂蚁军团的游泳池，那是简易的空气加湿器，那是海市蜃楼。

我几乎要说服自己相信最后一个理由，正倾下身想去触摸它，看看它是不是真的，门突然打开。我尴尬地从椅子上跌了下去，那使得我眼睛对眼睛，平视一只走进来的德国牧羊犬，它瞥了我一眼，便走到小钵前喝水。

坎贝尔·亚历山大也走了进来。他黑发，至少和我爸爸一样有六英尺高。他有个直角般的下巴，眼神像冰冻过了。他耸肩脱下西装外套，挂到门后，然后从档案柜里拉出一个档案夹，再走向他的办公桌。他一直没有正视我，不过他开始讲话。“我不会买女童军饼干。”坎贝尔·亚历山大说，“不过，你们推销布朗尼蛋糕时的执著劲还是挺加分的。”他说完，微笑。

“我不是来卖东西的。”

他好奇地瞟我一眼，然后按下他电话上的一个键。“凯丽，”他在秘书回答后问，“我的办公室里是怎么回事？”

“我是来雇用你的。”我说。

律师先生放开内线按键：“我可不这么想。”

“你甚至还不知道我是不是有案子要给你办。”

我上前一步，狗也上前一步。我第一次发现它穿着背心，上面印着红十字架，就像是可以背着莱姆酒上高山雪地的圣伯纳犬。我不自觉地伸手去爱抚它。“别那样，”亚历山大说，“‘法官’是一只看护犬。”

我缩回手：“可你不是瞎子。”

“谢谢你告诉我。”

“那你有什么毛病？”

我一出口就想把话收回来。我不是已经看过凯特被几百个粗鲁的人问过这个问题吗？

“我有个铁肺。”坎贝尔·亚历山大简短地说，“这只狗能帮助我远离磁铁。现在请你帮我一个大忙，离开我的办公室，我的秘书会帮你找别的律师……”

我还不能走。“你真的控告过上帝吗？”我拿出剪报，把它抚平，放在光洁的桌子上。

他脸颊上的一束肌肉抽动了一下，然后他拿起那张剪报。“我是控告普罗维顿斯的天主教教区。我代表那里一家孤儿院的小孩提出控告。他需要涉及胎儿细胞组织的实验性治疗，但教区方面觉得那违反第二届梵蒂冈大公会议的决议。总之，新闻标题写九岁小孩控告上帝视他的生命如草芥比较耸人听闻。”我盯着他瞧。律师承认：“迪伦·杰洛米想控告上帝对他照顾不周。”

彩虹也可能从中间断裂，掉在他那张桃花心木桌上。“亚历山大先生，”我说，“我姐姐罹患白血病。”

“我很遗憾听到这个消息。不过即使这次我还愿意控告上帝——我先澄清我不愿意——你也不能代表别人提出诉讼。”

要解释清楚得大费周章——我的血必须不时输进我姐姐的血管；护士必须压着我抽取我的白细胞以备借给凯特；医生说他们第一次抽取的量还不够。我捐出骨髓后饱受淤青与严重的骨头疼痛之苦；他们得打更多针，抽取我更多的干细胞，他们宁可多抽些让我姐姐有多余的干细胞可用。事实是我没生病，可是我可能也病了；事实是我生下来的唯一理由是做凯特的药；事实是即使是现在，他们已经做了一个关于我的重要决定，可是没人问过我这个最该表达意见的人一声。

要解释的事情太多了，我只能言简意赅。“我不是要控告上帝。我是要控告我父母。”我说，“我要控告他们夺走我的身体使用权。”

坎贝尔

当你只有一把铁锤，每样东西看起来都像钉子。

这是我爸爸，坎贝尔·亚历山大一世说过的话。我也认为那是美国为了公平制度而发动内战的基本理念。简单地说，被逼到墙角的人，会为了生路而不惜一切地奋战。有些人会选择出拳还击，有些人会提出诉讼。我尤其感谢后者。

在我的桌子周围，凯丽按我喜欢的方式排列给我的留言——紧急的写在绿色的便利贴上，次要的写在黄色的便利贴上，整齐地排列成纵队，仿佛用两副牌玩单人纸牌游戏。一个电话号码吸引了我的目光，我蹙眉，把那张绿色的便利贴移到黄色那一列。凯丽在那上面写：你妈妈打过四次电话！！！我想了一下，把那张绿色的便利贴撕成两半，让它飘落进垃圾桶。

坐在我对面的女孩等着我回答，我故意不回答。她说她要控告她父母，就像这个地球上的每个青少年所想的一样。可是她想为她自己身体的权利打官司。这种案件有如避之犹恐不及的黑死病——那需要花费很多心力，并且需要做小客户的保姆。我叹气，站起来："你说你叫什么名字？"

"我没说。"她坐直了一点，"我叫安娜·费兹杰罗。"

我开门，对我的秘书吼叫："凯丽！请你找出家庭计划推广中心的电话号码给费兹杰罗小姐。”

“什么？”我转身，小女孩站起来尖叫，“家庭计划？”

“安娜，我给你一个小建议。因为你爸妈没给你吃避孕药，或不带你去诊所堕胎，你就要对他们提出控告，犹如拿大铁锤杀苍蝇。你可以省下零用钱，去家庭计划推广中心，他们远比我有能力处理你的问题。”

从进办公室后，我第一次拿正眼瞧她。女孩浑身胀满怒气，仿佛通了电。“我姐姐快死了，我妈要我捐一个肾给她，”她激动地说，“我不认为一个免费的保险套能够处理这个问题。”

你知道人生不时会面临抉择，某些时刻，好像你的整个人生分出岔路，铺展在你眼前，即使你勇敢地选择了一条路，你的眼睛还是会一直望着另一条路，想确定是否选错了。凯丽接近我，手里拿着一张纸，那上面有我叫她查的电话号码，可是我没有接过那张纸，而选择关上门，回到我的桌子后面：“如果你不愿意，没有人能逼你捐器官。”

“哦？真的吗？”女孩倾身向前，伸出手指来数，“我第一次捐给我姐姐的东西是脐带血，那时我刚出生。她有白血病——急性早幼粒细胞白血病——我的细胞能缓解她的病。下一次她旧病复发时，我五岁，医生抽取了我的淋巴细胞给她，抽了三次，因为医生一次又一次觉得不够用。等到那也阻止不了我姐姐发病，他们又抽取我的骨髓去移植。当凯特受到感染，我必须捐粒细胞。在凯特又发病的时候，我必须捐外周血干细胞。”

女孩对医学名词之熟悉，可以令我花钱请来的专家都汗颜。我从抽屉里拿出黄色的横格拍纸簿：“你以前显然都同意做你姐姐的捐赠者。”

她迟疑了一下，再摇摇头："没人问过我的意见。"

"你有没有告诉过你父母，你不想捐出肾脏？"

"他们不会听的。"

"如果你说了，他们可能会听。"

她往下看，头发垂下来覆盖了她的脸："他们很少真的注意到我，除非他们需要我的血或我身体的其他东西。要不是因为凯特生病，我根本不会存在。"

我的英格兰祖先有个惯例：要生一个继承人和一个备用人。听起来冷酷无情——万一长子死掉，有次子可以顶替——那其实是个未雨绸缪的好主意。作为一个犹如补给品的人，可能令这个小孩不满。可是事实是，这个小孩每天都要活在这些令人难过的现实中：为了维系一桩可能有问题的婚姻，为了使一个家庭完整，她必须把自己嵌在父母为她塑造的模子里。女孩解释说："他们生下我是为了拯救凯特。他们去找医生，运用医学科技，选择能够与凯特的基因完美配型的胚胎。"

法学院里有伦理课，但大家通常要么认为这最容易过关，要么就是把这当成矛盾修饰法，我通常都逃课。然而，任何人如果定期看CNN的话，会知道干细胞的研究仍具有争议性。生来作为零件的小孩，被设计出来的婴儿，利用明日的医学科技来拯救今日的病童。

我拿笔在桌上轻敲，法官——我的狗——悄悄走近我。"如果你不捐肾给你姐姐会怎样？"

"她会死。"

"那你觉得没问题吗？"

安娜的唇抿成一条细线："所以我来到了这里，不是吗？"

"是的，你来了。我只是想了解，为什么在捐赠那么多次后，你这次要坚决反对？”

她看向书架。“因为，”她简单地说，“没完没了。”

她好似忽然想起了什么。她把手伸进口袋里，抓出一团皱皱的钞票和硬币，放到我的桌上。“你不必担心收不到钱。这里有一百三十六元八十七分。我知道这不够，我会想办法付你更多钱。”

“我一小时收费二百。”

“美金？”

“除了美金之外，银行的自动柜员机不接受别的货币。”我说。

“或许我可以帮你遛狗，或做别的事。”

“看护狗只会跟着它们的主人走。”我耸耸肩，“我们可以再想想。”

“你不能免费做我的律师。”她坚持。

“好吧，那么，你可以帮我擦门把。”我不是个特别爱做善事的人，不过就法理来说，这个案件稳操胜券：她不想捐出肾脏，没有一个心智正常的法官会强迫她出让肾脏；我不必查任何法律资料；在审判之前她的父母就会认输和解。再者，这个案件会引发社会大众的讨论，在未来的十年内，大家都会记得我是个慈善律师，为弱势的可怜女孩义务辩护。“我会代表你向家事法庭递交诉状，要求解除你的法定医疗决定权。”我说。

“然后呢？”

“举行一个听证会，法官会指派一个诉讼监护人，那是……”

安娜接口：“……一个受过训练的人，他会在家事法庭的要求下协助诉讼案件里的小孩，决定怎么做对小孩最有利。”她背诵道，“或者换句话说，只是找另一个大人来决定我的命运。”

“法律就是这么运作的，你不能逃避这个制度。法庭委派监护人理论上只是为了照顾你，而不是你姐姐或你父母。”

她看着我在拍纸簿上写下几行字。“你介意你的名字颠倒吗？”

“什么？”我停止写字，凝视她。

“坎贝尔·亚历山大。你的姓通常是名字，而你的名字是某些人的姓氏。”她顿了一下，继续说，“或是汤的名字。”①

“那跟你的案件有什么关系？”

“没关系。”安娜承认，“只不过我觉得你父母为你做了一个挺糟糕的决定。”

我的手越过桌子递给她一张名片。“你有任何问题都可以打电话给我。”

她接下名片，手指抚过印着我的名字的凸字。我颠倒的名字。上帝之爱。然后她靠向桌子，把我的拍纸簿抓过去，撕下底下的一小截纸。她借用我的笔，写了几个字，再把那张小纸条递给我。我瞄向我手上的纸条：

安娜：5553211 ♥

“你有问题也可以打给我。”她说。

当我走出办公室到接待区，安娜已经走了，凯丽坐在她的桌前，桌上摊着一本目录。“你知道他们以前用这些L. L. Bean公司的帆布袋搬运冰块吗？”

“我知道。”还有伏特加和血腥玛丽鸡尾酒。每个星期六早上从小屋内搬到海滩上。那提醒了我，我妈妈打过电话来。

凯丽有个能够通灵的姑姑，她使得凯丽活像个灵媒，这种遗传

① 百年老牌汤品罐头品牌金宝汤公司的英文原名也是坎贝尔（Campbell）。

的异能会不时侵袭她的脑子。也或许只是她为我工作够久了，知道我的大部分秘密。不管怎么说，她知道我在想什么。“她说你爸爸在泡十七岁的小妞，他的字典里没有‘判断力’这个词。还有，如果你不打电话给她，她要自己住进松树乡村俱乐部……”凯丽瞄向她的手表，“啊喔。”

“这个礼拜她威胁她要住进去多少次？”

“只有三次。”凯丽说。

“低于平均值。”我倾身靠向桌子，把目录合上，“多娜泰利小姐，该是你工作赚薪水的时候了。”

“有什么事？”

“那个女孩，安娜·费兹杰罗……”

“家庭计划？”

“不完全是，”我说，“我们要接受她的委托。我要口述诉状，你明天去家事法庭提出诉讼，要求解除她父母对她的医疗决定权。”

“真的吗？你要接受她的委托？”

我一手按住胸口。“你看扁我，令我很受伤。”

“我是为你的荷包着想。她父母知道吗？”

“他们明天就会知道。”

“你是个无药可救的白痴吗？”

“你说什么？”

凯丽摇摇头：“她之后要住在哪里？”

这个问题考倒我了。我还没想到那么多。可是，一个女孩要控告她父母，一旦诉讼成立，还跟他们住在同一个屋檐下的话，她的日子一定不会好过。

法官突然来到我身边，用鼻子推我的大腿。我烦躁地摇摇头。时机是关键点。“给我十五分钟，”我对凯丽说，“我准备好就打电话给你。”

“坎贝尔，”凯丽毫不留情地逼迫我，“你不能指望一个小孩自己承担所有的压力。”

我走向我的办公室。法官跟在我后面，我在进门时停步说：“那不是我的问题。”然后我关上门，牢牢地锁上，等待。

莎拉
1990年

淤青的大小和形状像一朵幸运草，位于凯特的肩胛骨。是两个孩子泡在浴缸里时杰西发现的。“妈咪，”他问，“那表示她很幸运吗？”

我一开始想把它搓掉，以为是她弄脏的，但搓不掉。我仔细地检查两岁的凯特，她睁大浅天蓝色的眼珠子仰头凝视我。我问她：“会痛吗？”她摇摇头。

在我背后的走廊某处，布莱恩正在告诉我他今天过得怎么样。他闻起来有淡淡的烟味。“那家伙买了一盒昂贵的雪茄，”他说，“还为它们保了一万五千元的火险。过没多久，保险公司收到索赔单，那家伙说所有的雪茄在一连串的小火中烧光了。”

“是他抽掉的吗？”我一边问，一边把杰西头上的肥皂泡冲掉。

布莱恩靠在门口说：“是呀！可是法官裁定保险公司接受雪茄保火险时，并没有明确规定雪茄哪一种烧法不理赔。”

“嘿，凯特，这样会痛吗？”杰西的大拇指用力按他妹妹淤青的肩胛骨。

凯特哀叫，踉跄地跌进水里，浴缸里的水溅到我身上。我把她从水里捞起来，她滑溜得像条鱼。然后我越过她去抓杰西。两颗淡金色的头颅俯着碰在一起，他们是一对很相配的兄妹。杰西长得比较像我——清瘦、黝黑、理智。布莱恩说从外表就可以看得出来我们家是完整的：我们有各自的翻版。“你现在就自己爬出浴缸。”我对杰西说。

他站起来，四岁男孩当自己是在水道里，他在航行至浴缸的边缘时跌倒了，撞得膝盖砰然作响，他爆发出哭声。

我用浴巾把杰西包起来，一边安抚着他，一边跟我老公讲话。这是婚姻生活的语言：像在打摩斯密码，填满了洗澡、晚餐和床边故事的间隔。“是谁传唤你出庭的？”我问布莱恩，“被告？”

“原告律师。保险公司付保险金给他，然后报警拘捕他，因为他犯了二十四件纵火案。我是他们请去咨询的专家。”

布莱恩是个职业消防队员，他可以走进一间黑漆漆的建筑物，靠一截烧焦的烟蒂或一条裸露的电线，找出起火点在哪里。每一次浩劫的源头都会留下线索。只不过你得知道该找什么。

“法官驳回诉讼，对不对？”

“法官判处被告二十四个一年有期徒刑，连续执行。”布莱恩说。他把凯特放到地板上，然后把她的睡衣套过她的头。

在我以前的人生里，我是个民事律师。我一度真的相信自己想做律师——可是那是在我收到学步的孩子递给我一把压坏的紫罗兰之前；在我了解一个小孩的微笑宛如刺青，是擦不掉的艺术之前。

那使得我姐姐苏珊抓狂。她是个理财高手，在波士顿银行里位高权重，她认为我浪费了自己的高智商。可是我认为那得看工作对你而言有何意义，我想我做妈妈会比做律师称职。我有时候怀疑，只有我这样，还是其他女人也一样？她们是想通了哪里才是她们的位置，还是因为她们没有别处可去？

我把杰西擦干，抬头看到布莱恩正盯着我瞧。“你会怀念你的律师生涯吗，莎拉？”他平静地问。

我把儿子包在浴巾里，亲吻他的头顶。“就像怀念我的牙根管。”

第二天早上，我醒来时，布莱恩已经离家去上班。他要值勤两天两夜，然后放四天假，如此周期循环。我瞄一下钟，发现已过了九点。我相当讶异我的孩子怎么没有来把我吵醒。我套上睡衣下楼，看到杰西坐在地板上玩积木。“我吃过早餐了。”他说，“我也帮你做了早餐。”

是喔，泡牛奶吃的早餐麦片洒满了厨房的桌子，流理台的储物柜下面，一张没站稳、令人担心随时有倾倒危险的椅子上，摆着一盒玉米片。牛奶的踪迹可以一路从冰箱追查到桌上的碗旁边。“凯特在哪里？”

“睡觉。”杰西说，“我推她也不醒。”

我的孩子平常有天生的生物钟。凯特睡到这么晚让我想起她最近会鼻塞，或许她感冒了，所以昨晚才会看起来那么累。我上楼，大声叫她的名字。在她的房间里，她翻身转向我，刚睡醒的眼睛对着我的脸聚焦。

“该起床啰。”我把她的百叶窗拉起来，让阳光照到她的毯子上。我扶她坐起来，轻抚她的背。“我们来给你穿衣服。”我把她的睡衣拉高过头脱下。

一条小小的蓝色珠宝串般的暗痕沿着她的脊椎蔓延，那其实是一道淤青。

“她贫血，对吗？”我问小儿科医生，“这个年纪的小孩不会得单核细胞增多症，对吗？”

威尼医生将他的听诊器从凯特小小的胸部拿开，然后把她粉红色的衣服拉好：“可能是病毒感染。我要抽一点她的血做些检验。”

在一旁耐心地和他没有头的玩具阿兵哥乔依玩的杰西，听到这个消息振奋起来：“凯特，你知道他们是怎么抽血的吗？”

“用蜡笔？”

“用针。用很大很长的针，像打针一样……”

“杰西。”我出声警告。

“打针？”凯特尖叫起来，“疼吗？”

我的女儿，她相信我会告诉她什么时候过马路才安全，不会被车撞成肉块，她相信我会保护她，不会让可怕的东西——大狗或是黑暗，或是炮竹的爆炸声吓到她。她期待地凝视着我。“只是小小的针。”我对她保证。

当小儿科护士端着盘子走进来，上面有注射器、药水瓶、橡皮止血带，凯特开始放声大哭。我做了个深呼吸。“凯特，看着我。”她的哭声减弱成抽噎，“只是像捏一下而已。”

“骗人。”杰西低声呢喃。

凯特放松下来，但也只是放松了一点点。护士扶她躺到诊疗台上，要求我抓住她的肩膀。我眼看着针头插进她手臂的白色肌肤里。我听到哭叫声突然响起来——可是没有血流进针筒里。“对不起，小宝贝，”护士说，“我们得再来一次。”她拔出针头，再刺进凯特的身体，这次她哭得更响亮了。

凯特在第一次和第二次扎针时都奋力挣扎。到了第三次，她已经软绵绵没有力气了。我不知道是希望她挣扎，还是希望她就范。

我们在等待抽血的结果。杰西趴在等候室的地毯上，不知道会不会感染所有来过这里的病童遗留的各种细菌。我只希望小儿科医生赶快出来，告诉我可以带她回家喝柳橙汁，在我面前挥舞处方笺，像挥舞着魔杖，要我去买希刻劳抗生素。

等了一个钟头，威尼医生才叫我们进他的办公室。“凯特的检验出了一点问题，”他说，“尤其是她白细胞的数量，比正常人低。”

“那是什么意思？”那一刻我诅咒自己念的是法学院而不是医学院。我试着回想白细胞有什么功用。

“她可能有某种程度的免疫力不足。或者只是实验室出错。”他抚摸凯特的头发，“我想，为了安全起见，我要介绍你去找大医院的血液病专家，再做一次检验。”

我想：你一定是在开玩笑。不过我没说出口，我看着我的手开始移动，它仿佛有独立意识，接过威尼医生递给我的纸条。纸条不是我希望的处方笺，上面只有一个名字：伊莲娜·法奎德，天佑医院，血液科／肿瘤科。

“肿瘤科。”我摇摇头，“肿瘤不就是癌症吗？”我等待威尼医生向我保证那只是那位医生服务的单位，我等待他向我解释检验血液和癌症病房只是共享同一个地点，没什么。

可是他什么都没说。

消防队里的调度员告诉我，布莱恩出勤执行救护任务了。他二十分钟前离开了救援车。我迟疑着，往下望着凯特，她无精打采地坐在医院等候室的塑料椅上。救护任务。

我想我们的人生会遇到一些十字路口，我们对问题还不了解就必须做非常重大的决定。就像在等红灯的时候瞄一眼报纸的头条新闻，因此没看到越线冲撞而来的面包车而酿成车祸。或者你在一念之间进入一家咖啡店，遇到你后来嫁给他的那个男人，那时他正在柜台前掏口袋找零钱。再或是像这样：在你告诉自己那没什么重要的，在你已经说服自己几个小时后，你却吩咐你老公来见你。

“用无线电呼叫他，”我说，“告诉他我们在医院里。”

有布莱恩在身旁令我稍感安慰，好似我们现在是一队站岗的警卫，好似我们是同一阵线的被告和辩护律师。我们在天佑医院已经待了三个钟头，随着每一分钟过去，我越来越难欺骗自己相信威尼医生弄错了。杰西在一张塑料椅上睡着了。凯特又经历一次让她痛苦哀嚎的抽血，也照过胸部X光，因为我提到她的感冒。

“五个月。”布莱恩小心地回答坐在他面前拿着一个夹板在做记录的住院医生。然后他看着我问：“她是不是五个月大的时候会翻身？”

“应该是。”医生已经问了我们许多问题，从我们怀凯特那天晚上穿什么衣服，到她什么时候开始自己用汤匙。

“她的第一句话？”他问。

布莱恩微笑：“趴趴。”

“我想问的是什么时候？”

“喔。”他皱眉，“我想是她快满一岁的时候。”

“对不起，”我说，“可以请你告诉我，这些问题有什么重要性吗？”

“费兹杰罗太太，这些只是病历。我们想尽可能知道每一样有关你女儿的事情，才能了解她出了什么问题。”

“费兹杰罗先生和太太，”一个穿着白袍的年轻小姐走过来，

“我是负责静脉抽血的医生。法奎德医生要我来为凯特做凝血功能检查。”

凯特听到有人说她的名字，在我腿上坐直，眨眨眼。她看了白袍一眼，悄悄地把手臂藏进她自己的衣服里。

“你可以在她的手指上刺吗？”

“不行，这真的是最简单的方法。”

我忽然想起，当我怀凯特的时候，她会打嗝。有一次长达好几个钟头，令我难受得胃痉挛。她每次在我的肚子里动一下，即使只是蠕动一下，都会迫使我做出我控制不了的事。

“你以为，”我平静地说，“那是我想听到的回答吗？当你去自助餐厅点一杯咖啡，可是他给你可乐，因为那是最简单的方法，你会高兴吗？当你要用信用卡付账，可是店员告诉你太麻烦了，要你准备现金，你会高兴吗？”

“莎拉。”布莱恩的声音像远处的风。

“你想，我坐在这里抱着我的孩子，不知道到底是怎么回事，也不知道为什么要做那么多检验，你以为我不希望用简单的方法吗？你以为这个已经受到惊吓的孩子不希望赶快简单地结束这一切吗？从什么时候开始，医护人员是选择用最简单的方法来对待病人的？”

“莎拉。”布莱恩的手按到我肩上，我才发现自己颤抖得厉害。

下一瞬间，那个女人气冲冲地走开，她的木屐“叩叩叩”地打在瓷砖地上。她一走开，我就垂头丧气。

“莎拉，”布莱恩说，“你怎么了？”

“我怎么了？我不知道，布莱恩，因为没有人来告诉我们到底出了什么事……”

他张开双臂拥抱我，夹在我们两个之间的凯特在喘息。“嘘。”

他低语。他告诉我不会有事的，不要太担心，我生平第一次不相信他的话。

几个钟头不见人影的法奎德医生突然出现。“我听说做凝血检测出了点状况。”她拉过一把椅子坐到我们对面，“凯特的各种血细胞的计数出现了不正常的结果。她的白细胞计数很低——一点三。她的血红素是七点五，她的血细胞比容是十八点四，她的血小板是八万一千，她的中性粒细胞是零点六。像这样的数字有时候表明是自身免疫疾病。可是凯特也出现百分之十二的早幼粒细胞，和百分之五的胚细胞，这表明是白血病病征。”

“白血病。”我傻眼。这个名词像一颗水水滑滑的白煮蛋滚出我的嘴巴。

法奎德医生点点头：“就是血癌。”

布莱恩瞪着她，眼珠子一动也不动：“那是什么意思？”

“想象骨髓是细胞的儿童保育中心。健康的身体会制造血细胞，这些血细胞住在骨髓里，等到它们发育成熟了才出去对抗疾病，或凝结、运送氧气，做些它们该做的事。罹患白血病的人就像儿童保育中心的门太早开。不成熟的血细胞终止循环，无法做它们该做的工作。在检查血细胞数值时发现早幼粒细胞，也就是未成熟的白细胞，并不奇怪，可是当我们在显微镜下检查凯特的早幼粒细胞时，我们可以看出它是畸形的。”她轮流看我们夫妻俩，“我会抽取凯特的骨髓来确定，但看起来凯特似乎罹患了急性早幼粒细胞白血病。”

我的舌头被问题的重量压得动弹不得，过了一会儿，布莱恩自他的喉咙发出不正常的声音：“她……她会死吗？”

我想摇摇法奎德医生。我想告诉她，如果她能收回她刚刚说的话，我愿意自己帮凯特抽血做凝血检查。

“急性早幼粒细胞白血病，APL，是骨髓性白血病中很少见的子群。一年只有一千两百个人被诊断出罹患这种病。APL的病人如果一发现就马上开始治疗，存活率大约是百分之二十到三十。”

我把那个数字推出我的脑袋，只记住我想听的。“是可以治愈的。”我说。

“是的。经过积极的治疗，骨髓性白血病患者存活的时间是九个月到三年。”

上礼拜，我站在凯特房间的门口，看到她睡觉的时候抓着一条柔软的毯子，那条毯子她抓惯了，能给她熟悉的安全感，她睡觉之前几乎不能没有那条毯子。那时我对布莱恩耳语：你记住我的话，她绝不会放弃那条毯子，我会把它缝进她结婚礼服的里衬里。

“我们必须抽取骨髓。我们会给她注射少量的全身麻醉剂让她安静。我们也会趁她在睡觉的时候给她抽血，做凝血检查。”医生同情地倾身向前，“你们要知道，每一天都有小孩战胜病魔的奇迹出现。”

“好。”布莱恩说。他握紧双手，好似他准备要打一场橄榄球，“好。”

凯特的头从我的衬衫上移开。她的双颊红红的，表情充满防备。

这是个误会。医生检验的是别人不幸的血液玻璃管。看看我的孩子，她光泽的卷发飘动，微笑好似蝴蝶飞行——这绝对不是一张死期已近的脸。

我只认识她两年。但是如果把每一个记忆、每一个时刻都首尾相接地铺展开来——它们会延伸到永远。

他们卷起一条薄被，塞在凯特的肚子下。他们用两条长带子把凯特缚在诊疗台上。即使麻醉已经生效，她睡着了，一位护士还是拍拍她的手看她是否有反应。她的下背光裸着，以备让长针插入她的肠骨脊，抽取骨髓。

当他们轻柔地将凯特的脸翻到另一边，她脸颊下的棉纸湿了。我从女儿那里学到，你不必清醒也可以哭。

开车回家，我忽然想到这个世界是可充气的——树、草和房子只要用一根针戳下去就会萎缩倒塌。我有个感觉，如果我改变车子的方向往左开，撞过栅栏和儿童游乐场，它会像装了橡皮保险杆一样，把我们弹回来。

我们经过一辆卡车，车身漆有明显的“贝其德棺材公司”字样，旁边的小字则漆着“小心驾驶”。那岂不是有利益冲突?

凯特坐在她的儿童安全椅上吃动物饼干。“玩。”她要求。

从后视镜可以清楚地看到她的脸。实体比从后视镜里看到的感觉来得近。我看着她举高第一块饼干。“老虎怎么叫？”我尽可能轻松地问。

“吼。”她咬掉它的头，然后挥舞另一块饼干。

“大象怎么叫？”

凯特咯咯笑，然后用鼻子发出大象的吼声。我不知道这会不会发生在她的睡梦中。她在梦中会不会哭？梦中的护士会不会给她什么，帮她止痛？当我的小孩在我两英尺后面的地方快乐地笑着时，我却想着她快死了。

“长颈鹿怎么叫？”凯特问，“长颈鹿？”

她的声音充满了对未来的期待。“长颈鹿不叫。”我回答。

“为什么？”

“因为它们生下来就不会叫。”说完，我喉咙发紧，无法再发出声音。

我刚从邻居家回来时，听到电话铃声，我把杰西托给邻居照顾，这样我们才能全心全力照顾凯特。我们没有选择的余地，只能这样安排。我们平常雇用的保姆还在念高中，我们夫妻的爸妈都过世了，我们从来没接触过日托保姆——照顾小孩是我的工作。

我走进厨房，布莱恩正在听电话。电话线卷绕在他的膝盖上，形成一个漩涡。“是呀，”他说，“很难相信。我这赛季连一场球赛都没能看完……没有得分，现在他们把他卖给别的球队了。”他的目光与我接触，我把茶壶放到炉上，准备烧水泡茶。“喔，莎拉很好。孩子们，呃——嗯，他们很好。对。帮我问候露西。谢谢你打电话来，唐。”他挂断电话。“唐·舒曼。”他解释，“我消防学院的同学，记得吗？他是个好人。”

他凝视着我，刚才讲电话时温暖的笑容消逝了。茶壶发出水煮开了的哨音，但我们两个都没动，没去关火。我双手在胸前交叉，望着布莱恩。

“我说不出口，”他幽幽地说，“莎拉，我就是说不出口。”

晚上在床上，幽暗中的布莱恩呈方尖塔的形状。我们几个小时没说话了，但我知道，他跟我一样清醒。

我们之间的这种情形在我上个礼拜对杰西吼叫后发生过，昨天也有，不久前还有过一次。这种情形会发生是因为在杂货店里我没有买凯特要的M&M巧克力豆。这种情形会发生是因为有一两个瞬间，我怀疑，如果没有小孩，我的人生会是怎样。这种情形会发生是因为我不知道我能够承受到什么程度。

“你觉得是我们害她的吗？”布莱恩问。

“我们害她？”我转向他，“我们怎么害她？”

“或许是我们的基因什么的。”

我没有回答。

“天佑医院什么都不知道。”他不满地说，“你记得大队长的儿子摔断左手，结果他们给他的右手上石膏那件事吗？”

我看回天花板。“你该知道，”我说得比我预期的还大声，“我不会让凯特死掉。”

我的身边传来可怕的声音——一种动物受伤的哀嚎，一种溺毙之前的喘息。然后布莱恩把脸埋到我的肩膀，贴着我的肌肤呜咽。他伸手拥抱我，持续地抱紧我，仿佛不那样他就会失去平衡。“我不会让凯特死掉。”我重复，连我自己听起来都觉得我期望过高了。

布莱恩

每一场火灾温度提高十九摄氏度，它的规模就会增大两倍。当我看着焚化炉的烟囱冒出火星时，我想，就像一千颗新星。布朗大学医学院的院长绞着他的手站在我旁边。我穿着厚重的防火衣，在冒汗。

我们开来一辆消防车、一辆云梯车和一辆救援卡车。我们评估过建筑物的四周，确定里头没有人，除了那具在焚化炉里的尸体，是他引起这场火灾。

“是个大块头。”院长说，“我们上完解剖学后都会这么处理尸体。”

“嘿，队长。”鲍立叫道，他今天是我的消防泵操作员，“瑞德已经把水带接上了。你要我将水带充水吗？”

我还不确定要不要拿水带往上冲。这个焚化炉的设计是可以焚烧到一千六百华氏度。尸体的上下部都有火。“怎么样？”院长问，“你不做点什么吗？”

新手消防员最容易犯的错误是：以为救火就是匆匆忙忙地冲水。有时候那样反而更糟。以目前这场火为例，那会将生物危害性物质散布得到处都是。我想我们需要保持焚化炉关闭，确保火不会冲出烟囱外。火不可能永远烧不完。最后它终究会自己熄灭。

“还不用做任何事，”我回答他，“我要稍等观察一下。”

轮晚班时，我会吃两次晚餐。第一次比较早，我和家人一起围桌享用我们的晚餐时光。今晚，莎拉做的主菜是烤牛肉。她叫我们吃饭时，我看着放在桌上的那块牛肉，觉得它像沉睡的婴儿。

凯特是第一个入座的。“嗨，宝贝。”我捏捏她的手。她对我微笑，可是她的眼睛没有笑意：“你最近在做什么？”

她用汤匙轻推她盘子上的豆子。“拯救第三世界，分解几个原子，看完最伟大的美国小说。当然，是在透析之余做的。”

“喔。”

莎拉转身，挥舞一把刀子。“不管我做了什么，”我故作畏缩状，“我道歉。”

她不理会我的玩笑。“请你切牛肉好吗？”

我接过刀子，把烤牛肉切片，这时杰西才像踩在烂泥巴里似的走进厨房。我们让他住在车库那边，但是要求他跟我们一起吃晚餐，这点是协议的条件。他两眼通红，衣服有掩饰过的烟味。“你看看，”莎拉叹气，我转头，看到她注视着牛肉块，“太生了。”她光着手拿烤盘，仿佛她的肌肤镀着一层隔热的石棉。她把牛肉放回烤箱里。

杰西伸手拿了一钵马铃薯泥，舀一些到他的盘子上。一大匙、两大匙、三大匙，越拿越多。

“你好臭。”凯特说着在她面前用手掌扇了扇。

杰西不理她，吃了一大口马铃薯。我怀疑别人会怎么看我这个做爸爸的，我发现他酿私酒时其实蛮兴奋的，相较于一些很难查出的迷幻药、海洛因，上帝知道还有什么，他只不过爱喝酒而已。

“我们不是每个人都喜欢古龙水的味道。”凯特抱怨。

“我们不是每个人都用静脉插管来吃药。”杰西回嘴。

莎拉举起双手调停。“拜托。可不可以不要吵了？”

“安娜呢？”凯特问。

“她不在你们房间里吗？”

“她从早上就看不到人影了。”

莎拉把头转向厨房的门：“安娜！吃饭了！”

“看看我今天买了什么，”凯特说着拉拉她的运动衫，那是迷幻感的手工扎染，胸前有一只螃蟹，旁边印着巨蟹座[①]的字样，“看懂了没？”

“你是狮子座。”莎拉看起来快掉泪了。

“肉烤好了吗？”我企图转移她的注意力。

就在这个时候，安娜走进厨房。她把自己丢进椅子里，低下头。

“你去哪里了？”凯特问。

“附近。”安娜看着她的盘子，可是她似乎毫无食欲。

这不像安娜。我和杰西常常逗心情沉重的凯特开心，而安娜则是我们家情绪最稳定的人。安娜的脸上经常挂着笑容。她会告诉我们她发现一只脸红红的折翼知更鸟，说她在沃尔玛连锁超市看到一个带着双胞胎的妈妈，稀奇的是她不止带一对双胞胎，而是两对。安娜平常给我们的节奏是稳定响亮的，看到她坐在那里低头不语，让我了解到沉默也有它的声音。

“今天出了什么事吗？”我问。

她看向凯特，以为我是在问她姐姐，当她发现我是在问她时，她吓了一跳。“没有。”

“你还好吗？”

① 双关语，巨蟹座与癌症的英文都是Cancer。

安娜又吃了一惊，这种问题我们通常都用来问凯特。“嗯，好。”

“可是，你没吃东西。”

安娜往下看她的盘子，注意到它空空如也，然后她把食物堆满盘子，连续舀了满满两叉四季豆，塞进嘴巴里。

我不期然地想起孩子们小的时候，被塞在车子的后座，像雪茄楔入盒子里，我会唱名字游戏歌给她们听。安娜，安娜，包娜娜，鲍娜娜，何娜娜，贺娜娜，妈，麻马娜娜……安娜。（“贾，”杰西会叫，“唱假娜娜。”）

“嘿，”凯特指向安娜的脖子，“你的项链不见了。”

那是我多年前给她的项链。安娜的手摸向她的锁骨。“你弄丢了吗？”我问。

她耸耸肩：“或许我不想戴。”

据我所知，她从不把那条项链拿下。莎拉把牛肉从烤箱里拿出来放到桌上。她拿起刀子来切，眼睛看着凯特：“你去换一件衣服。”

“为什么？”

“因为我要你这么做。”

“这不是理由。”

莎拉拿刀刺向牛肉。“因为我觉得它在吃晚饭时出现很碍眼。”

“不会比杰西的重金属乐团人头运动衫更碍眼。你昨天穿的是什么？不是阿拉巴马雷霆猫摇滚乐团的运动衫吗？”

杰西的眼睛转向她。我看过这种表情：意大利人拍的西部片里的马，跛脚，要被枪决之前的求饶眼神。

莎拉在锯牛肉块。之前太生，现在硬得像木头。“完了，”她说，“毁了。”

“还好。”我叉了一片她设法切下来的牛肉到盘子上，切一小块来吃，好像在嚼牛皮，“好吃。我可以跑去我们的消防站借一个焊接用的小喷火枪来为大家服务。”

莎拉眨眨眼，笑出声来。凯特也咯咯笑了。连杰西都绽出微笑。

那时候我发现，安娜离开了餐桌，而更重要的是，其他人都没注意到。

在消防站里，我们四个坐在楼上的厨房里。瑞德在炉子上煮某种酱料，鲍立在看《普罗维登斯报》，恺撒在写信给他这个礼拜的情欲对象。瑞德看着恺撒摇摇头：“你应该把情书放进磁盘里存档，一次打印几十份。”

“恺撒”是个绰号。鲍立几年前给他取的，因为他老是在网络上漫游找情人。“这次这个不一样。”他说。

“是呀！维持了两天。”瑞德把煮面条的锅拿到水槽，倒进大滤杓里，蒸汽漫上他的脸。“费兹，你教那小子几招好吗？”

“为什么是我？”

鲍立的眼睛越过报纸的边缘瞄向我。“我弃权。”他说。他的确不适合指导恺撒。他太太两年前为了一个跟着交响乐团来普罗维登斯演奏的大提琴家而离开了他。瑞德是个坚定的单身汉，即使有小姐迷上他来追他，他也没感觉。而我跟莎拉已经结婚二十年。

我开始说话的时候，瑞德在我面前摆上个盘子。“女人，”我说，“跟营地的篝火差不了多少。”

鲍立丢下报纸发出轻蔑的哼声：“费兹杰罗队长开始布道啰。”

我不理他。“火是美丽的东西，是不是？当它在燃烧时，有时候美得令你目不转睛。可是你如果无法遏止它蔓延，它的火光和热力就会扑向你。只有当它失控时，你才必须攻击它。”

“队长想告诉你的是，”鲍立说，“你约会时必须保证避开侧面吹来的风。嘿，瑞德，你有帕尔马干酪吗？”我们坐下来吃我的第二顿晚餐，那通常意味着在几分钟内可能会警铃大作。消防救灾是墨菲定律的世界，会出错的终将会出错，但是在意外发生时，这个危机至少是你承担得起的。

“嘿，费兹，记得上次那个死掉还被困住的家伙吗？”鲍立问，“那时候我们还只是救助队员。”

上帝，是的。一个重达五百磅的家伙因心脏衰竭死在自家床上。消防队接到殡仪馆的电话，说他们无法将尸体抬下楼。我记得我当时大声喊：“带绳子和滑轮去。”

“本来预备将他火葬的，可是他太庞大了……”鲍立笑道，“我以我在天堂的妈妈发誓，他们必须把他送去兽医那里。”

恺撒诧异地眨眼：“为什么？”

“你以为他们是怎么处理马的尸体的，爱因斯坦？”

恺撒把两者联想在一起，双眼瞠大。“你不是在开玩笑的吧！”他想了一下，推开瑞德的博洛尼亚肉酱意大利面。

“你想他们会叫谁去清理医学院的烟囱？”

“职业安全健康署那些可怜的家伙。”鲍立回答。

“我赌十元，他们会打电话来说那是我们的工作。”

“不会有电话进来。”我说，“因为没有残留物需要清理。那场火烧得太猛了。”

“我们至少知道那场火不是蓄意纵火。”鲍立咕哝道。

过去一个月来我们发现一连串的蓄意纵火。你很容易判别——发现泼洒的易燃液体，几个起火点，冒黑烟，或不寻常地集中在一处。

不管是谁纵火，他相当聪明，总是在几个易燃点放火，例如楼梯下，切断我们的救火通道。纵火酿成的火灾比意外的火灾更危险，因为它不按我们以科学思维推理的方式延烧，阻止我们灭火。纵火案很可能造成消防队员在里头救火时，建筑物突然倒塌。

恺撒发出嗤声："或许是纵火的。或许那个胖家伙是个自杀纵火狂。他爬上烟囱，然后引火自焚。"

"或许，他是因为对减肥绝望才想不开。"鲍立说，其他人哈哈大笑。

"够了。"我说。

"费兹，你得承认蛮好笑的……"

"对他的父母来说并不好笑。他的家人不会觉得好笑。"

令人不安的沉寂笼罩了厨房，其他人都明白我的意思了。过了一会儿，认识我最久的鲍立说："凯特又怎么了吗，费兹？"

我的大女儿经常"怎么了"，她的病似乎没有止境。我离开餐桌，把我的盘子拿去水槽："我要去屋顶。"

我们四个人各有嗜好——恺撒喜欢找女朋友，鲍立喜欢吹风笛，瑞德喜欢烹饪，而我喜欢用望远镜观星。几年前我在消防站的屋顶上架设了一个天文望远镜，可以自望远镜里看到夜空的美景。

我如果不是消防队员，会是个天文学家。我知道我的数学能力不足以当职业天文学家，不过我对绘制星象图非常感兴趣。在漆黑的夜晚，你可以看到一千到一千五百颗星星，而宇宙间还有数百万颗星星还没有被人类发现。通常你很容易去想世界是绕着你转的，可是只要你凝望星空，就会明白事实不然。

安娜的全名是安德罗墨达。真的，上帝见证，她的出生证明上写的是这个名字。她是以仙女座的安德罗墨达公主来命名的，她被锁在石头上，当作献给海怪的牺牲品——为了惩罚她妈妈卡西奥佩娅向海神波赛顿吹嘘自己的美丽。大英雄珀尔修斯刚好飞过，爱上了她，解救了她。在天上，如果将仙女座诸星连接成线，仿佛画出了她伸着的双手，手上缠着锁链。

在我看来，这个故事有快乐的结局。谁不希望自己的孩子那样？

凯特出生的时候，我常想象她在她的婚礼中会多么美丽。然后她被诊断出得了急性早幼粒细胞白血病，我因此只能想象她走上台领取高中毕业证书的情形。当她旧疾复发时，我对她所有的想象全都抹灭：我只能想象她参加她的五岁庆生会。有一段时期，我不再怀抱希望，她反而能打败病痛。

凯特快死了。我花了很长的时间才做好心理准备。我们每个人在寿命终结时都会死，但不该是这样的，不该由我来送走正值青春年华的凯特。

几乎像是一场骗局，在我们对抗她的病这么多年后，将夺去她生命的居然不是白血病。其实钱斯医生很早以前就告诉过我们，白血病患者都是这样的——经过不断地与病魔奋战，病人的身体会逐渐衰竭。日复一日，她的器官疲累过劳，无力再跟死神搏斗。这回是凯特的肾脏可能会置她于死地。

我把望远镜转向巴纳德星云环和大星云M42，它们像是猎户座发亮的剑。星星是燃烧了几千年的火球。它们有些燃烧得比较慢比较久，例如红矮星。别的星星——蓝巨星——它们燃烧燃料的速度非常快，所以虽然它们离我们很远很远，仍然明亮易见。当它们的燃料用完，它们燃烧氦，它们的温度会因此更高，爆炸成超新星。超新星的极大亮度比最亮的银河还亮，然后它们会逐渐黯淡，终至死亡。

稍早，在我们用过晚餐后，我帮莎拉清理厨房。“你有没有觉得安娜有点不对劲？”我说完，把番茄酱放回冰箱。

“因为她把她的项链拿下来了？”

“不是。”我耸耸肩，“她整个人都不对劲。”

“跟凯特的肾脏和杰西的反社会倾向比起来，我觉得她很好。”

“她还没坐下来就希望晚餐赶快结束。”

莎拉在水槽前转身。“你认为出了什么事？”

“嗯……或许是因为某个男孩？”

莎拉瞪我一眼：“她没有跟任何人约会。”

感谢上帝。“或许她的某个朋友说了什么令她难过的话。”莎拉为什么问我？我怎么知道情绪不稳定的十三岁女孩心里在想什么？

莎拉拿手巾擦擦手，再转向洗碗机。“或许只是因为她是个青春期的少女。”

我试着回想凯特十三岁的时候，但我想得到的只是她旧疾复发，移植干细胞。凯特的日常生活淡入背景中，我对她那时候的记忆全被她发病时的一切夺去了。

“我明天必须带凯特去透析。”莎拉说，“你什么时候回家？”

“八点之前。可是我必须随时待命，如果我们的纵火犯又捣蛋，我也不会惊奇。”

“布莱恩，”她问，“你觉得凯特怎么样？”

看起来比安娜还好，我想，可是莎拉问的不是这个。她要我评估凯特的肌肤是否比昨天还黄，她要我从凯特放在桌上的手肘的模样，看出她太虚弱了无法坐直。

“凯特看起来很好。”我说谎，因为我们俩喜欢互相用谎言来安慰对方。

“你出门之前别忘了跟他们说晚安。”莎拉说完，转身去拿凯特睡前必须吃的药。

今天晚上很安静。时间有它自己的韵律，在忙乱的星期五或星期六夜晚之后，会转换成反差极大的无聊星期天或星期一。我已经知道，今晚是我可以躺下来好好睡一觉的那种平安夜。

“爸爸，”屋顶上推式的盖口打开来，安娜爬出来，“瑞德告诉我你上这里来了。”

我立时呆住了。现在是晚上十点。“出了什么事？”

“没事。我只是……想来找你。”

孩子们小的时候，莎拉常带他们来看我。他们喜欢在沉睡中的巨大消防车之间戏耍，他们也常在消防站楼上我的床铺上睡。盛夏夜里燠热的季节，莎拉有时候会带条旧毯子来，我们把毯子铺在屋顶的平台上，我们两个大人躺在毯子的边缘，小孩躺在我们中间，观看暮色转为暗沉，夜空缀上星光。

“妈妈知道你来这里吗？”

“她载我来的。”安娜踮着脚尖越过屋顶。她一向对跨越高度都不怎么在行，其实她越过的只是一个三英寸高的水泥墙墩。

她弯下身，眯眼看望远镜。“你看到了什么？”

“织女星。”我说。我端详安娜，我有一段时间没有好好地看过她了。她不再是直发，头发开始变卷。甚至她的动作——把头发拢到耳朵后面，再去看望远镜——让我联想到成熟女人的优雅。“你有话想跟我聊聊吗？”

她咬着下唇，低头看她的运动鞋。“或许你有话也可以跟我聊聊。”安娜说。

我让她坐到我的外套上，和她一起观星。我告诉她织女星属于天琴座，那把天琴是希腊神话里弹七弦竖琴的名手俄耳甫斯的。我不擅长讲故事，不过我记得一些和星座有关的故事。我告诉她俄耳甫斯是太阳神阿波罗的儿子，他弹奏的音乐能迷倒动物，亦能令巨石软化。他非常爱他的太太欧律狄克，不让死神带走她。

我讲完这个故事时，我们俩都已躺在地上。“我可以跟你待在这里吗？”安娜问。

我亲吻她的头顶：“当然可以。”

在我以为她睡着了时，安娜耳语：“爸爸，那有效吗？”

我想了一下才明白她在说俄耳甫斯和欧律狄克。

“没有。”我回答。

她叹气：“我就知道。”

星期二

我的蜡烛两头烧，
它撑不过整个夜晚。
但是啊，我的宿仇，我的友好。
它烧出的光焰可真灿烂。

——爱德娜·文森·米蕾，
《第一株无花果》，
出自《荆棘丛中的几颗无花果》

安娜

我以前假装，我只是在要去真正的家庭之前，经历现在这个家庭。那并不夸张，真的——凯特，长得简直跟我爸爸一模一样；杰西，是我妈妈的模子印出来的；然后我，集隐性基因之大成，像是从外面捡回来的。在医院的自助餐厅里，吃着像涂上橡胶的薯条和红色的果冻，我会瞄瞄别桌，幻想我真正的父母可能近在咫尺。他们要是找到我，会喜极而泣，会带我去我们在摩纳哥或罗马尼亚的城堡，会找一个闻起来像干净床单的女仆来伺候我，会送我一条伯尔尼山犬，还有属于我个人的电话专线。重点是，我第一个打电话，欢天喜地地诉说我的好运道的人会是，凯特。

凯特一个礼拜要透析三次，一次两个钟头。她有个马休卡牌的透析导管，看起来就像她以前装的静脉导管，在她胸部的同一个地方突出。透析导管接到一台机器上，那台机器会做她的肾做不到的事。凯特的血液（严格说起来那其实是我的血）通过一支针离开她的身体，清洗过后，再经过第二支针进入她的身体。她说那样不会痛。不过，透析的时候很无聊。凯特常带一本书或CD随身听和耳机。有时候我们会玩游戏。凯特会命令我："你去走廊，告诉我你看到的第一个帅哥长什么样子。"或者，"偷偷去看在上网的守门人在下载谁的裸体照。"当她被困在床上的时候，我是她的眼睛和耳朵。

今天，她在看《诱惑》杂志。她抚摸每一个看到的、穿V字领衣服的模特儿的胸部，我怀疑她是否知道，她的那个地方有条导管，而她们没有。“啊，”我妈突然宣布，“这很有趣。”她挥舞一本从凯特病房外的公告栏拿来的小册子《你和你的新肾脏》。“你知道他们不拿掉旧的肾脏吗？他们只是把新肾脏移植进你的身体里挂好。”

“听起来毛骨悚然，”凯特说，“想象验尸官把你切开，发现你有三个肾脏，而不是两个。”

“我想肾脏移植就是为了不让法医在短期内把你切开。”我妈回答。她在谈论的这个虚拟的肾脏现在还住在我的身体里。

我也看过那本小册子。

“捐赠肾脏是相当安全的外科手术。”可是你如果问我，我会说，写那本小册子的人一定是拿心肺移植或脑部肿瘤的摘除手术来做比较。我认为安全的手术应该是那种病人可以自己走进手术室，在开刀的过程中完全清醒，而且手术会在五分钟之内完成的——就像除去一颗疣或将蛀牙的洞钻开。再说，当你要捐一个肾，在开刀的前一个晚上就必须禁食，而且要吃泻药排便。你必须接受麻醉，那可能会引起中风、心脏病发作或肺部出问题。在四个小时的手术中并非像去公园散步，你会有一个到三千个死在手术台上的机会。侥幸没死，你就要住院四到七天，完全康复得花四到六个礼拜。那还不包括长期的影响：增加高血压的风险，怀孕时可能出现并发症的风险，医生会建议你要节制剧烈活动，否则可能危害你仅剩的另一只肾脏。

还有一点，除疣或钻开蛀牙，最终唯一受益的人是你自己。

有人敲门，一张熟悉的脸孔探进来。弗恩·史塔克豪斯是个警长，因此和我爸爸一样，是公共服务社团的一员。他不时会来我家打个招呼，或留下圣诞礼物给我们。不久前他还解救了杰西，带他回家，放他一马，没有用法律制裁他。当你家有个快死掉的妹妹，人们会对你仁慈一点。

弗恩的脸像个膨胀的舒芙蕾甜点，在最令人意想不到的地方凹陷。他似乎不知道是否该进入透析病房。“呃，嗨，莎拉。”他说。

“弗恩！”我妈站起来，“你来医院做什么？没有出什么事吧？”

“喔，没有。我是为了公务来的。”

“亲自来送公文吗？”

“唔——嗯。”弗恩警长拖着脚步走进来，手塞进外套，像拿破仑画像的姿势，“莎拉，我真的很抱歉。”他说完掏出一份文件。

我的脸色顿时惨白得像凯特，感觉全身的血都离开了我的身体。我一动也不能动。

“怎么……弗恩，我被人告了吗？”我妈的声音一点都不镇静。

“我没有看，我只负责传递。你的名字出现在我的名单上。呃，如果，有任何需要，我……”他甚至没讲完，手里拿着帽子，低着头迅速离开房间。

“妈，”凯特问，“怎么回事？”

“我不知道。”妈妈打开信封。我离她很近，越过她的肩膀，能看到那张公文。“罗得岛与普罗维登斯庄园州”，公文上头有正式的州名。

普罗维登斯郡家事法庭。

原告：安娜·费兹杰罗，亦名安德罗墨达。

诉请解除她的医疗决定权。

噢，惨了！我想。我的双颊热似火烧，心脏怦怦直跳。感觉好像校长寄了一张记过通知到我家，因为我在数学课本的空白处画数学老师图海太太的素描，而且把她的肥臀画得很夸张。不，事实上，现在的情况比我涂鸦严重一百万倍。

她将得以拥有她自身的医疗决定权。

她不能被迫屈从于对她自身利益和福祉有影响的医疗行为。

她不必为了她姐姐凯特的利益而接受任何医疗行为。

我妈抬头看我。“安娜，”她低声问，“这是什么鬼东西？”

我肚子里好像有个拳头，事到临头了，我摇摇头。我能对她说什么呢？

“安娜！”她向我跨近一步。

在她后面，凯特大声叫：“妈，哎哟，妈……好痛，快叫护士来！”

我妈半转过身去。凯特侧身蜷曲，头发散到她脸上。我想她的眼睛在她的头发瀑布后面看我，但我不确定。“妈咪，”她呻吟，“拜托。”

那一瞬间，我妈站在两个女儿之间举棋不定，她看凯特，再看我，又看回凯特。

我姐姐在痛，我因此逃过一劫。这种情况该怎么说？

我跑出房间前，最后看到的是我妈一次又一次地按铃叫护士，仿佛那是要引爆炸弹的触发器。

我不能躲在自助餐厅或医院的大厅，以及其他任何他们以为我会去的地方。所以我爬楼梯上六楼，产房。会客室里只有一部电话，已经有人在使用了。“六磅十一盎司。”那个男人笑得让我担心他的脸可能会裂开，“她很好。”

我出生的时候，我爸妈也这么高兴吗？我爸爸有没有发出烟雾信号？他有没有算过我的手指头和脚趾头，确定他制造出了优质的产品？我妈有没有亲吻我的头顶，拒绝让护士抱我去清洗？或者他们只是把我交给护士，因为真正的奖品是脐带和胎盘。

新爸爸终于挂断电话，对着空气呵呵笑。“恭喜。”我说，我真正想做的是告诉他，去抱你的小宝贝，抱得紧紧的，在她的摇篮边挂上一个月亮，把她的名字高挂在星星上，那样她才不会做出我对我爸妈做的事。

我打杰西付费的电话给他。二十分钟后，他在医院前面的入口处停车。现在，史塔克豪斯警长已经注意到我失踪了，我出现时，他等在门口。“安娜，你妈妈很担心你。她用无线电呼叫你爸爸来。他正在把整个医院翻开来找你。”

我做了个深呼吸。“那你最好去告诉她我没事。”我说，跳进杰西为我打开的车门。

杰西把车开离路边，点上一根荣誉牌的香烟，我知道他跟妈妈说他戒烟了。他转大音乐的声量，随着节拍用手掌拍打方向盘的边缘。直到他在上达比市的出口开下公路，才关掉收音机，将车速放慢。“结果，她有没有气得冒烟？”

“她用无线电呼叫爸爸。”

在我们家，呼叫我爸爸离开他的工作岗位是一项重罪。因为他的工作都是在处理紧急状况，我们可能发生什么危机能跟那些需要救助的人比呢？“上次她呼叫爸爸，是凯特被诊断出罹患白血病。”杰西告诉我。

“太好了。”我双手抱胸，“那让我觉得好得不得了。”

杰西微笑，吐出一口烟圈。“老妹，”他说，“欢迎你来到幽暗的世界。”

他们飓风般旋进来。凯特几乎还没能看我一眼，爸爸就叫她上楼去我们的房间。妈妈重重地放下皮包和车钥匙，向我走来。“好吧！”她说，声音紧得像快断掉，“到底是怎么回事？”

我清清喉咙：“我找了一个律师。”

“显然如此。”我妈抓起无线电话，递给我，“告诉他你不需要他了。”

那需要很大的勇气，不过我设法摇头，把电话丢到沙发靠垫上。

“安娜，别让我……”

“莎拉。”爸爸难得强硬的声音像把斧头劈进来，令我们两个都有点错愕，“我想我们应该给安娜解释的机会。我们同意要给她机会解释，不是吗？”

我低下头：“我不想再做了。”

我的话令我妈激动地说：“你知道的，安娜，我也不愿意。事实上凯特也不愿意。可是我们没有选择的余地。”

事实是，我可以选择。那正是我为什么必须挺身去做这件事。

我妈注视着我说：“你去找一个律师，让他以为这只是你的问题。事实不然，这是我们的问题。我们全家……”

爸爸环抱她的肩膀，轻轻捏她。当他在我面前弯下身，我闻到烟火味。他是从另外的某个火场赶赴这个火场，害他如此，令我大为尴尬。“安娜，甜心，我们知道你以为你在做你必须做的事……”

“我可不那样认为。”妈妈插嘴。

爸爸闭上眼睛。“莎拉。该死，闭嘴。”然后他再看着我，“我们能够谈谈吗？就我们三个，不需要律师来搅和我们的事。”

他的话令我泪盈满眶。但我知道这一刻会到来。我抬起下巴，让眼泪流下来：“爸爸，我不能。”

“看在上帝的份上，安娜，”我妈说，“你到底知不知道你这么搞结果会怎样？”

我的喉咙像相机的快门那样紧闭着，任何空气或借口必须通过一个像针那么细的坑道。我是隐形的，我想，我发现的时候已经太迟了，我已经大声说出来了。

我妈的动作很快，我甚至没看清她的手飞来。她用力打了我一巴掌，打得我的头向后仰。在我脸上的指痕消褪后，她玷污我的印记还留在我心里。你知道，耻辱是五根手指造成的。

有一次凯特八岁、我五岁的时候，我们吵架，决定不再共享一个房间。虽然我们家不是很小，但那时杰西住在另一个房间，我们没有多余的房间。凯特比我大比我聪明，她决定把我们的房间分成两半。“你要哪一半？”她狡猾地问，“我让你先挑。”我要我的床所在的那一半。此外，如果把房间横切成两半，我的半张床就不是我的了，有个箱子装着我们所有的芭比娃娃，还有一个架子堆放我们的手工艺品材料。凯特要去那里拿一支马克笔，我阻止她：“那是我的地盘。”我维护我的权益。

“那你给我一支笔。”她说。我给她一支红笔。她爬上桌子，尽量踮着脚尖，让笔碰到天花板。“我们一划清界限，”她说，“你就必须待在你那边，而我待在我这边，对不对？”我点头，承诺会和她一样谨守这个约定。毕竟，我可以拥有所有好玩的玩具。凯特一定会哀求我让她到我这边来。

“你发誓？”她问。我们勾小指头约定。

她从天花板画了一条歪歪扭扭的线，越过桌子，经过棕褐色的地毯，回到床头柜上面再画到对面的墙上。然后她把笔递给我。“别忘了，”她说，“不守信用的人是骗子。”

我坐在我这边房间的地上，玩我们的每一个芭比娃娃，我帮她们穿衣服脱衣服，忙得不亦乐乎，故意展现我拥有芭比娃娃而凯特没有的得意。她坐在床上，弓起膝盖，看着我，对我在玩芭比毫无反应，直到妈妈喊我们下去吃午饭。

然后凯特对我微笑，走出房门——在她那边。

我走向她画在地毯上的线，用脚趾头踢踢它。我不想做骗子，可是我也不想一辈子都待在我的房间里。

不知道过了多久，妈妈才发现我没有去厨房吃午餐，当你五岁的时候，即使一秒钟也像永远那么久。她站在门口，望着马克笔在墙上、天花板和地毯上画出来的线，她闭上眼睛忍耐一下，然后走进房间，把我抓起来，我叫嚷着跟她反抗：“不要，我会永远进不来的。”

一分钟后她离开，然后拿回锅垫、用来擦干碗盘的抹布、小枕头。她把这些东西以不一致的间隔、沿着凯特那边的房间摆放。“过来。”她催促，可是我没有动。所以她走近，坐到我旁边的床上。“它或许是凯特的池塘，”她说，“可是这些是我的莲叶。”她站起来，跳到一块抹布上，再跳上一个枕头。她转过头来看我，我下床学她跳到抹布上，再从抹布跳到枕头上，再跳到杰西一年级时做的一块锅垫上，就这样经过凯特的疆域。跟随妈妈的足迹是最可靠的方法。

我冲澡的时候，凯特撬开门锁，走进浴室。“我要跟你讲话。”

她说。

我的头探出塑料浴帘。“等我洗好。”我并不想跟她讲话，试着拖延时间。

“不，现在。”她坐在马桶盖上叹气，“安娜……你所要做的……”

“已经做了。”我说。

“如果你不想做的话，你知道的，可以取消。”

我庆幸我们之间隔着水蒸汽，因为我受不了想到她现在能看到我的脸。“我知道。”我低语。

凯特沉默了好一会儿。我想她的心一定跟我一样，仿佛沙鼠在跑圈圈。追逐每一圈的可能性，结果绝对哪里也去不了。

过了一会儿，我再探出头来。凯特抹抹她的眼睛，抬头看我。“你知道你是我唯一的朋友吧？”她问。

“不尽然。”我立即回答。我们两个都知道我在说谎。凯特经常向学校请病假，因此她不可能融入某个团体。由于疏于来往，她结交过的朋友大部分在她长期在家休养期间都消失了。她想交朋友太难了，一般的小孩不知道该如何面对一个老是在死亡边缘徘徊的人。对凯特而言也一样困难，她无法真的对学校办的舞会和学力测验那种事感到兴奋，因为没人能保证她可以健康地去体会那些。她当然有少数几个认识的熟人，可是当他们来看她时，多半看起来像在服刑。他们坐在凯特的床边，数着每一分钟，等待他们能离开的时刻到来，并感谢上帝这种事没有发生在他们身上。

真正的朋友没有能力为你感到遗憾。

“我不是你的朋友，”我把浴帘拉回原位，“我是你妹妹。”而且是个差劲的妹妹，我想。我把脸放到莲蓬头下，这样她不会知道我在哭。

浴帘突然被拉开，我完全无遮无掩。“这便是我想谈的，”凯特说，“如果你不想再当我妹妹，那是一回事。可是我不以为我受得了失去你这个朋友。”

她把浴帘拉回去，蒸腾的热气包围着我。一会儿后，我听到开门声、关门声，刀割般的冷空气接踵而至。

想到会失去她，我也受不了。

那天晚上，凯特一睡着，我就从床上爬起来，站到她旁边。我把手放到她的鼻子前，试试看她有没有在呼吸，一股气息吹向我的手。我可以把手压下来，捂住她的口鼻，在她挣扎的时候也不松手。我已经做了的，和这个可怕的想法又有什么差别？

走廊上的脚步声使我赶紧钻回被窝里。我侧身，把脸转离门口，以免当我爸妈进来时发现我的睫毛在颤动。“我不相信，”我妈轻语，“我实在无法相信她会那么做。”

我爸爸很安静，令我怀疑是不是听错了脚步声，说不定他根本不在这里。

“这是杰西的翻版。”妈妈说，“她只是为了引起我们的注意。”我可以感觉到她在看我，仿佛我是她从来没见过的生物。“或许我们该单独带她出去。看电影、逛街，她就不会觉得被忽略。让她明白她不必为了要我注意她而做出疯狂的事。你觉得呢？”

我爸爸过了一会儿才回答：“或许这不是疯狂的事。”

你知道沉默在黑暗中能挤进你的耳膜多深，能使得你耳聋吗？就是这样，害我几乎听不见我妈妈的回答。“看在上帝的份上，布莱恩……你站在哪一边？”

我爸爸说："谁说有哪一边？"

连我都可以回答他。永远都得选边站。永远会有一个赢家、一个输家。每个人要得到什么，都有赖别人给予。

几秒钟后，门关上。走廊透进天花板的灯光熄灭了。我眨眨眼，转回去躺平——发现我妈还站在我的床边。"我以为你出去了。"我耳语。

她坐到我的床脚，我退开一点。可是她在我退得太远之前，把手按到我的小腿上。"安娜，你还在想什么？"

我的胃缩紧。"我想……我想你一定会恨我。"

即使在黑暗中，我也能看到她眼中的亮光。"噢，安娜，"妈妈叹气，"你怎么会不知道我有多么爱你？"

她伸出双臂，我爬进她的臂弯，好似我又变成窝在母亲怀里的小孩。我的脸紧贴着她的肩膀。我最想最想要的，是把时间转回去一点，变成以前那个纯真的我，不管妈妈说什么都百分之百相信是真的、是对的，不会认真看是否有裂纹。

我妈把我抱得更紧。"我们去跟法官解释，对他说我们可以自己处理。"她说，"我们可以处理任何事。"因为这些话是我一直以来很想听的，我点头。

莎拉
1990年

到医院的肿瘤科，我感觉自己是这个俱乐部的一员，居然能得到意想不到的安慰。从好心的停车场管理员问我们是不是第一次来，到看见许多小孩腋下夹着粉红色的呕吐盆像在夹玩具熊——这些人都比我们早来这里报到，人多势众，他们仿佛来这里帮我们壮胆。

我们搭电梯到三楼，进哈里森·钱斯医生的办公室。光是听到他的名字就令我迟疑。为什么不是维特医生？“他迟到了。”我第二十次看表时，对布莱恩说。窗台上一盆凋萎的紫露草，叶子已呈干褐色。我希望他医治病人的本事比照顾植物强。

为了逗无聊得萎靡的凯特打起精神，我往橡皮手套里吹气，打结后变成鸡冠花气球。在靠近水槽的手套自动贩卖机那里有张明显的牌子，警告家长不要这么做。我们拿鸡冠花气球当排球，来来回回地打，直到钱斯医生终于出现，他却没有为他的迟到致歉。

“费兹杰罗先生、太太。”他相当高，瘦得像电线杆，蓝眸在厚镜片后面放大，发出光芒，嘴巴紧闭。他一手抓住凯特凑合着玩的气球，对它皱眉，“我看得出已经有问题了。”

我和布莱恩对望一眼。这个冷淡的家伙要领我们打这场战争吗？他是我们的将军，还是我们的英雄？在我们找借口撤退之前，钱斯医生拿出一支三福牌的油性笔，在乳胶制的手套上画了一张脸，然后给画好的脸加上一副和他戴的一样的金属框眼镜。“喏。”他微笑着把气球还给凯特，这一笑改变了他。

我与我姐姐苏珊一年只见一两次面。她住在离我不到一个小时车程远的地方，我们的人生信念却有千里之遥。

就我所知，苏珊喜欢指挥别人。那是说，理论上，她以训练员工的方式来训练我。我们的爸爸四十九岁生日那天，在推除草机时过世；我们的妈妈一直没有从爸爸猝死的哀伤中恢复过来。大我十岁的苏珊接下管教我的责任。她监督我做好功课，填妥法学院的申请书，梦想成为大人物。她既聪明又美丽，不管何时何地都知道该说什么话。她可以承受任何灾难，找出逻辑的对策来减少损失，所以她的事业非常成功。她在董事会的会议室里，和在沿着查尔斯河慢跑时一样轻松自在。她让每件事看起来都很简单。谁不想做那样的模范角色？

我的第一个打击是嫁给一个没有大学学历的家伙。我的第二和第三个打击是怀孕。我没有继续努力，做第二个起诉迈克尔·杰克逊骚扰男童的检察官格洛里亚·阿尔里德，苏珊就认定我是个失败者。然而直到现在，我并不认为我就是个失败者。

别误会我的意思，苏珊爱她的外甥和外甥女。她会从非洲寄雕刻品，从巴厘岛寄贝壳，从瑞士寄巧克力给他们。杰西希望长大后有间像她那样的玻璃办公室。我告诉他：“不可能每个人都能像苏珊阿姨。”其实我的意思是，我不可能像她。

我不记得我们谁先开始不回对方的电话，不过这样也好。沉默总是不会太糟，像挂着贵重的项链那样绷紧神经小心翼翼地谈话，会令人疲惫。所以过了一整个礼拜我才拿起电话，直拨她的专线。“苏珊·克罗夫顿的专线。”一个男人说。

“呃……”我吞吞吐吐地说，“她能接电话吗？”

“她在开会。”

“那……”我做了个深呼吸，“请你告诉她，她妹妹打过电话来找她。”

一会儿后，那个悦耳平静的声音传进我的耳朵：“莎拉，我们很久没联络了。”

当我初次来月经，她是我第一个求助的人；当我初次为情心碎，她是帮我修补创伤的人；当我半夜里想不起爸爸的发线分在哪一边，或妈妈的笑声听起来像什么，她是能给我温暖抚慰的人。不管她现在是什么身份地位，在我们疏离之前，她是我心里认定的最好的朋友。“苏珊，”我说，“你好吗？”

在凯特正式被诊断出罹患早幼粒细胞白血病三十六小时后，我和布莱恩才有机会提问题。在我们与一组医生、护士和精神科医生会谈的同时，一位戴着闪亮饰品的儿童生活专家正在设法跟凯特混熟。我已经明白，护士才是会回答我们渴望明白的一些问题的人。医生总是烦躁得像他们必须赶往别的地方，而护士会耐心地回答我们，好似我们是他们接待的第一组罹患这种病的病人家属，而不是第一千组。“白血病是一种特殊的疾病，”一位护士解释道，“我们还没把第一次治疗的针插入，就必须想到接下来的三次治疗要怎么做。这种病通常预后并不理想，所以我们得在下个情况发生前，事先想到可能会如何演变。早幼粒细胞白血病，APL，比较难处理的地方在于，它是个有化疗抗性的疾病。”

“那是什么意思？”布莱恩问。

“通常骨髓性白血病，只要是器官承受得了，每一次发病，都可以再次诱导病人的病况进行缓解。这样会使得他们的身体疲惫不堪，可是你知道身体会对一次又一次的治疗有反应。不过，APL却不一样，你治疗过一次，并不能指望下次会缓解。到目前为止，我们针对APL的治疗只能做到这种程度。”

“你是在说，”布莱恩吞咽口水，“你是在说她会死？”

“我是在说我们不能做任何保证。”

“那你们会怎么做？”

另一位护士回答：“凯特开始会做一个礼拜的化疗，希望能因此杀死一些她生病的细胞，使她的病情缓解。她会恶心呕吐，我们会给她止吐药，尽可能减轻她的不适。她会掉头发。”

听到这里，我发出轻轻的哭泣声。这虽然是小事，却是会让大家都知道凯特出了什么事的标志。就在六个月前，她第一次剪头发。剪下的金色卷发，像超级剪美发连锁店地上的金币。

“她可能会拉肚子。而且由于她的免疫系统机能降低了，她感染其他疾病的可能性很高，所以她必须住院。化疗也可能会引起发育迟缓。她还得做两个礼拜疗程的巩固性化疗，然后是几个疗程的维持性治疗。确切的次数会根据我们定期抽取骨髓的结果来决定。”

“然后呢？”布莱恩问。

“然后我们会观察她，”钱斯医生回答，“APL这种病，你要警觉它复发的征兆。如果她有任何出血的现象，或是感冒、咳嗽或感染，都必须来急诊。至于更进一步的治疗，可以有一些选择，目的是让凯特的身体制造健康的骨髓。不太可能的情况是，我们事先采集凯特自己的造血干细胞，等到用化疗完成生物缓解，再输回到她身上，那叫自体采集。如果她复发，我们或许可以试着将别人的骨髓移植到凯特的身体里去制造血液细胞。凯特有兄弟姐妹吗？”

“她有一个哥哥。”我说，一个突然萌发的问题吓到我，“他也会得这种病吗？”

“不太可能。不过可以安排他做个同种异体移植配型的检测。如果他的配型不相同，我们会去全国的骨髓库登记，把凯特的配型送去跟所有的非血缘骨髓捐赠者比对。不论如何，接受陌生人配型相同的骨髓移植，还是比有血缘关系配型相同者的骨髓移植危险——它失败的风险相当高。”

与白血病有关的信息多到无穷无尽，像一阵飞镖雨射过来，快得令我不再感觉刺痛。我们被告知：不要想，把你们的孩子交给我们治疗，否则她会死。他们给我们的每个答案，我们都还有另一个问题。

她的头发会再长出来吗？

她还能再去上学吗？

她能跟朋友玩吗？

她会生这种病跟我们住的地方有关吗？

她会生这种病，是我们遗传给她的吗？

我听到自己说：“如果她会死，有什么征兆？”

钱斯医生看着我。“那得看是什么原因。”他解释，“如果是因为感染，她会呼吸困难，必须戴呼吸器。如果是出血，她会流血到失去意识。如果是器官衰竭，得看她是哪个系统恶化，各种器官状况不同。通常会有所有这些并发症。”

“她会知道是怎么回事吗？”我问。我真正的意思是，我怎么能躲过这一切？

“费兹杰罗太太，”他仿佛听到了我没说出口的问题，“今天在这里治疗的二十个小孩，有十个会在几年内过世。我不知道凯特属于哪一类。”

为了挽救凯特的性命，她的一部分必须死掉。那是化疗的目的——歼灭所有的白血病细胞。到后来，一条静脉导管插入凯特的锁骨下面，一个三叉接口用来作为管理多重给药、点滴输液和抽血的入口点。我看着像是自她窄小的胸部发出芽来的管子，想到科幻电影。

她已经做过心电图扫描，确定她的心脏受得了化疗。她已经滴过可缓解发炎的皮质类固醇眼药水，因为其中一种药会引起结膜炎。医生从她的静脉导管抽血，检验肾功能和肝功能。

护士把点滴袋挂上点滴架，然后抚摸凯特的头发。

“她会有感觉吗？”

“不会。嗨，凯特，看这里。”她指向一袋柔红霉素，它用一个深色的袋子保护着，以免照到光线。袋子上鲜明的彩色贴纸是我们在等待时，她帮凯特做的。我看到一个少年袋子上的贴纸写着：耶稣救世。化疗得分。

开始流进她的静脉的有：五十毫克的柔红霉素加在二十五毫升的葡萄糖点滴里；四十六毫克的抗代谢剂阿糖胞苷，加进葡萄糖里，连续二十四小时点滴；降尿酸的别嘌呤醇九十二毫克，加进点滴液里。换句话说，那些都是毒药。我想象在她体内一场大战正在展开。我想象甲胄鲜明的敌军伤亡惨重，经由她的毛孔蒸发。

他们告诉我们几天内凯特很可能会很不舒服，可是她两小时之后就开始呕吐。布莱恩按铃，一位护士跑进房间。“我们会给她一些灭吐灵。”她说完就离开了病房。

当凯特没有呕吐时，她就哭。我坐在床沿，抱着她半坐在我腿上。护士没有时间照顾她。因为人手不足，他们把灭吐灵加进点滴液里。他们只在病房里待一下子，看看凯特的反应——然后他们不可避免地被更紧急的事情叫去别处，于是其余的事落到我们身上。通常我们的孩子之一得肠炎，都由布莱恩照顾，他是个有效率的典范：擦她的额头，握住她瘦弱的肩膀，用卫生纸抹净她的嘴。“你熬得过去的。”她每一次呕吐，他都如此呢喃，他可能只是在对自己说话。

而我，也令自己惊讶。以坚强的决心来回穿梭在病床和浴室之间，清洗呕吐盆再拿回去。如果你集中精神在滩头堆沙包，你会忽视接近的海啸。

试着用别的方法，那你会发狂。

布莱恩带杰西到医院验血，简单地刺一下手指。他必须由布莱恩和两位住院医生抓着，尖叫声响彻整间医院。我双手在胸前交叉，袖手旁观，不期然地想到凯特，她两天前已经停止在治疗中哭泣。

几位医生将会看到这些血液样本，而且会分析六种肉眼看不见的血中悬浮蛋白质。如果这六种蛋白质和凯特的相同，那么杰西会是个HLA配型——一个他妹妹的潜在骨髓捐赠者。几率会有多小呢？我想。要比对六次呀！

和得白血病的几率一样小。

抽血者取得血液的样品离开，布莱恩和医生们放开杰西。他飞快地跑进我的怀抱：“妈咪，他们刺我。”

他举起手指，那里已经贴上印着卡通人物淘气小乒乓的创可贴。他泛着汗光、潮湿温热的小脸贴着我的肌肤。

我把他搂进怀里，喃喃地说些安慰他的话。但事实上，我很难对他赋予同情。

“很不幸，”钱斯医生说，“你们的儿子配型不符。”

我的眼睛盯着盆栽，它依然凋萎枯褐地坐在窗台上。有人该把它拿掉。有人该换上兰花或天堂鸟，或其他不像真花的花。

“在全国的骨髓库中有可能找到非血缘关系的捐赠者。”

布莱恩倾身向前，姿势僵硬紧张：“可是你说非血缘关系的移植危险性很高。”

“是的，我是说过。”钱斯医生说，“可是有时候我们只好如此。”

我看向他：“要是在骨髓库里找不到配型相同的人呢？”

“那么，”肿瘤科医生揉揉他的前额，“我们会试着维持她的生命，等待合适的配型。”

他在谈我的小女儿时，却仿佛是在谈某种机器：一辆汽车的化油器有毛病，一架飞机的起落架卡住了。不想面对这一切，我转头，刚好看到盆栽里一片可恶的树叶自杀似的飘落到地毯上。我没有解释就站起来去拿盆栽。我走出钱斯医生的办公室，经过接待员和其他陪同病童在等待、看得目瞪口呆的家长。我见到第一个垃圾桶，就把枯萎的植物连同它干硬的土扔了进去。我望着我手上的陶盆，正想把它往瓷砖地上砸的时候，听到背后的声音。

“莎拉，”钱斯医生说，“你还好吗？”

我慢慢地转身，泪水涌出我的眼睛：“我很好。我很健康。我会活得很久，很久。”

我把陶盆递给他，向他致歉。他点头，从口袋掏出手帕递给我。

“我以为杰西或许可以救她。我要杰西救她。”

“我们都希望杰西能救她。”钱斯医生回答，“你听着。二十年前，存活率甚至更低。我知道很多家庭某个兄弟姐妹的配型不符，另一个却能完全相同。”

我正要说，我们只有两个孩子，然后我了解到，钱斯医生说的是凯特的另一个手足——我没打算要的孩子。我转身面对他，问题已到口边。

“布莱恩会怀疑我们到哪里去了。”他开始走向办公室，手里拿着陶盆，“什么植物最不会被我种死掉？”

当你的世界完全停滞时，你很容易假设别人的世界也是如此。可是收垃圾的人还是每天收走我们的垃圾，和平常一样把空桶留在路上。有一张来自油罐车的账单被塞进前门。整齐地叠在流理台上的是积了一个礼拜的邮件。很奇妙，人生在继续前进。

做了诱导缓解化疗，住院整整一个礼拜后，凯特出院了。静脉导管仍穿出她的胸部，使她的衬衫鼓起如钟口状。护士对我说了一番加油打气的话，和一长串注意事项：什么时候该去急诊，什么时候不需要；什么时候要再去做化疗；在凯特的免疫系统虚弱的时期，该如何小心地照顾她。

第二天早上六点，我们房间的门开了。尽管我和布莱恩在门打开的一瞬间都已醒来，凯特还是蹑手蹑脚地走向我们的床。“什么事，宝贝？”布莱恩问。

她没说话，只是把手举到头上，手指穿过她的头发。头发一丛丛地飘落到地毯上，像经历一场小型的暴风雪。

“吃完了。”几天后凯特在晚餐时宣布。她的盘子还满满的，她没有碰豆子和碎肉饼。她离开座位去客厅玩。

“我也是。”杰西推开椅子，“我可以走了吗？”

布莱恩叉起满满一叉子食物。“要等你把所有的绿色食物都吃完才行。”

“我讨厌豆子。”

“它们也不怎么喜欢你。”

杰西瞟了凯特的盘子一眼：“她就可以不必吃完。不公平。”

布莱恩把他的叉子放到盘子旁边。“公平？”他的声音平静到发冷，“你想要公平？好，杰西。下一次凯特要抽取骨髓时，我们让你也去抽。我们给她冲洗静脉导管时，也让你尝尝同样痛苦的事情。下次她去做化疗时……”

“布莱恩！”我插嘴。

他突然停住，就像开始那么突然，他用颤抖的手抹过眼睛。然后将目光落到杰西身上，杰西已经吓得躲到我的腋下避难。“我……我很抱歉，杰西。我不……”不管布莱恩要说什么，那些话都消失了，他走出厨房。

我们沉默地坐了很久。然后杰西怯怯地问我：“爸爸也生病了吗？”

我想了一下才回答。“我们都会没事的。”我说。

在凯特出院返家一周纪念日那天，我们半夜被一个撞击声吵醒。我和布莱恩赛跑般冲进凯特的房间。她躺在床上，颤抖得很厉害，以至于把床头柜上的灯都打落了。“她在发烧。”我把手按在她额头上对布莱恩说。

我怀疑我该不该在这个时候去找医生，我不知道凯特是不是又出现了什么怪症状。我凝视着她，不敢相信自己怎么会如此愚蠢，竟会不能马上决定该如何处理，她明明就在发病。“我们必须带她去急诊。”我宣布。布莱恩已经把凯特用毯子包起来，将她抱离小床。我们匆忙上车，发动引擎，才想到我们不能把杰西一个人丢在家里。

“你带她去。”布莱恩看穿我的心思，“我留在家里。”可是他的眼睛离不开凯特。

几分钟后，我们火速冲向医院，杰西在后座他妹妹旁边，问我们为什么天还没亮就必须起床。

在急诊室里，杰西睡在我们用外套给他布置的应急床上。我和布莱恩看着医生们围住凯特发热的身体，像蜜蜂们盘旋在花朵上面，讨论他们该拿她怎么办。她现在是泛培养菌，医生们毫无头绪地试着分析她感染了什么病，他们要给她做脊髓穿刺，以排除脑膜炎的可能性。一位放射科技师带来一部手提X光机，为凯特拍胸腔X光片，看她的肺是否遭受感染。然后，他把洗出的X光片放在门外的看片箱上。凯特的肋骨细得像火柴杆，就在靠近中央的地方有一大块灰色的污渍。我的膝盖虚软，发现自己正抓着布莱恩的手臂。“这是肿瘤。癌症转移了。”

医生把手放在我的肩膀上。“费兹杰罗太太，”他说，“那是凯特的心脏。”

再生障碍性贫血是个富有想象力的名词，它的意思是凯特的身体没有保护她不受感染的能力。钱斯医生说它的意思是，化疗奏效了——凯特的身体里大部分的白细胞已经被消灭掉。它的意思也是，白细胞降到最低点可能引发败血症——那是化疗之后容易感染的病——不只是有可能性，而是可预见的事实。

她服用镇痛解热剂泰诺来退烧。她的血、尿和呼吸道分泌物都拿去做细菌培养后，医生才能给她合适的抗生素。过了六个小时，她才不再打寒战——每当她打一回寒战，都猛烈得有跌下床的危险。

几个礼拜前的一个下午，一位护士为了逗凯特开心，帮她把头发绑成许多像玉米穗的细小辫子。她帮凯特量体温，然后转身面对着我。“莎拉，”她柔声说，“你现在可以放心了。”

凯特的脸看起来很小很苍白，像布莱恩喜欢用望远镜观察的遥远的月亮——沉静、孤寂、冷淡。她看起来像一具尸体……甚至更糟，但总比看着她痛苦让人心里更舒坦一点。

“嗨。”布莱恩摸摸我头顶。他的另一只手臂夹着杰西。接近中午了，我们都还穿着睡衣，来医院之前我们都没想到要换衣服。“我带他去楼下餐厅吃午餐。你要点什么吗？”

我摇头，靠近凯特的床，抚平盖着她双腿的被单。我握着她的手，比较我俩体温的差异。

她的眼睛睁开一道缝。有那么一会儿，她挣扎着，不确定自己在哪里。“凯特，”我柔声说，“我在这里。”她转头，集中目光的焦点看我，我举起她的手掌放到我唇边，亲吻她的掌心。“你真勇敢，”我对她微笑，“我长大后要像你一样。”

出乎我的意料，凯特用力地摇头。她的声音轻得像羽毛，像细丝。“不要，妈咪，”她说，“你会生病。”

在我的第一个梦里，点滴液输进凯特的静脉导管时输得太快，生理盐水打气似的把她的身体撑大，使她膨胀得像个气球。我试着拔掉点滴，可是它牢牢地固定在中央导管里。在我的注视下，凯特的五官变得柔和、模糊、淡去，直到她的脸只剩下一个白色的椭圆形，那可能是任何人的脸。

在我的第二个梦里，我在产科的病房里生产。我的产道收缩，心跳微弱。突然有一阵压力，然后婴儿闪电般迅速地生了下来。“是个女孩。”护士眉开眼笑说着，把新生儿交给我。

我将遮着她脸的粉红色毯子拉开，愣住了。“她不是凯特。”我说。

“当然不是。”护士说，“不过她还是你的。”

天使抵达时，穿着阿玛尼的时装，对着手机吼叫，她走进病房。“卖掉。”我姐姐命令道，“彼得，我才不管你是不是必须去法尼尔市场摆摊卖柠檬水，我说卖掉。”她按了个挂机键，向我张开手臂。我顿时大哭。“嘿，”苏珊柔声抚慰，“你叫我不要来，你真的以为我会听你的话？”

“可是……”

“利用传真机和电话，我可以在你家工作。不然还有谁能照顾杰西？”

我和布莱恩对望一眼，我们还没想那么远。布莱恩站起来，尴尬地拥抱苏珊代替回答。杰西歪斜着跑向她。“莎拉，你领养的这个小孩是谁？杰西不可能长这么大了……”她松开靠着她膝盖的杰西，倾身到凯特睡着的病床上。“我打赌你不认得我，”苏珊说，她的眼睛明亮，“可是我认得你。”

苏珊就是这么容易掌控局势的人。她和杰西玩在纸上画“OX”的井字棋游戏，接着霸道地要求一家本来不外送的中国餐厅送午餐来。我坐在凯特旁边，乐得让我能干的姐姐安排。我让自己假装她可以办好任何我办不到的事。

那天晚上在苏珊带杰西回家后，我和布莱恩成为黑暗中的书挡，一左一右地夹着凯特的病床。

“布莱恩，”我低语，“我在想。”

他在他的椅子里换了个坐姿：“想什么？”

我倾身向前，直视他的眼睛：“怀孕。”

布莱恩眯起眼睛。“天哪！莎拉。”他站起来，转身背向我，“天哪！”

我也站起来：“不是像你想的那样。”

当他面对我时，脸上的每一根线条都痛苦得绷紧：“如果凯特死了，我们不能生一个来代替她。”

凯特在病床上翻身，发出窸窣声。我强迫自己去想象：她四岁，穿着夏威夷装；十二岁，试着用唇蜜；二十岁，在大学宿舍的房间里跳舞。“我知道。所以我们要设法不让她死。”

星期三

你要的话，我会为你阅读灰烬。
我会透过灰色的睫毛望着火，告诉你，
自红色和黑色的火舌和浓烟，
我会告诉他，火怎么来的，
而且火是如何跑得比海还远。

——卡尔·桑德堡，《火页》

坎贝尔

我认为我们都对各自的父母有义务——问题是，要尽多少义务？当我妈上次滔滔不绝地谈起我爸爸最新的风流韵事时，我就在心里这么想。不是第一次了，我希望能有手足——果真如此的话，我就会一个礼拜一次或两次，在清晨时接到这样的电话，而不是七次。

“妈，”我插嘴，“我怀疑她是不是真的十六岁。”

“坎贝尔，你低估你父亲了。”

或许。不过我也知道他是一位联邦法官，他或许会垂涎女学生，但他从不做任何违法的事。“妈，我上法庭快要来不及了。我晚一点再跟你联络。”我在她抗议之前挂断电话。

我不需要上法庭，但也不想再跟她扯下去。我做了个深呼吸，随后摇摇头，发现法官在盯着我看。“狗为什么比人类还聪明的第一百零六个理由，”我说，“你一离开你的原生狗窝，便断绝了与你妈妈的联络。”

我边打领带边走进厨房。我的公寓是个艺术品，具有极简抽象派艺术风格的雅致，不过那都是用大把的钞票换来的——仅此一组的黑色牛皮沙发，一台平面宽屏幕电视挂在墙上，一个上锁的玻璃柜，里面摆满了像海明威和霍桑那种作家的第一版签名书籍。我的咖啡机是意大利进口的，我的冰箱温度在零摄氏度以下。我打开它，里头只有一个洋葱、一瓶番茄酱和三卷黑白胶卷。

这也不足为奇，我很少在家吃饭。法官很习惯吃餐厅的食物，如果粗糙的狗食滑进它的喉咙，它也无法辨别。“你觉得怎样？”我问它，“去罗西吃饭，听起来不错。”

它在我给它套上看护犬的识别背心时吠了几声。我和法官已经相处七年了。我从养育警犬的狗商那里买下它，它受过特别的训练来感应我的需要。至于它的名字，哪个律师不想时常把法官关进狗笼里？

罗西是星巴克会羡慕的咖啡厅：里面兼容并蓄，挤满了各色各样稀奇古怪的老客户，他们在任何时候都可能用俄文念出他们在阅读的俄国文学，或用笔记本电脑平衡公司的预算，或在酗咖啡的同时写剧本。我和法官常常走到那里，坐在靠里面我们坐惯了的桌子旁。我们会叫一杯特浓的浓缩咖啡和两份巧克力可颂面包，厚着脸皮和二十岁的女侍欧菲莉雅调情。可是今天，当我们走进去，看不到欧菲莉雅，却有个女人坐在我们的桌子旁，喂一个坐在婴儿车里的幼儿吃贝果面包。那令我相当震惊，以至于法官必须拉着我去唯一的空位，柜台前对着街道的高脚凳。

早上七点三十分，这一天已经令我感到不顺。

一个瘦得像在吸毒的男孩拿着点菜单接近我，他穿的眉环之多，使他的眉毛看起来像是浴帘杆。他看看我脚边的法官：“抱歉，老兄。狗不准进来。”

“它是看护狗，”我解释，“欧菲莉雅在哪里？”

“她离职了，老兄。昨晚私奔。”

私奔？现在还有人在做那种事？“跟谁？”我问，虽然那不关我的事。

“某个表演艺术家，他在世界领袖的半身像上雕刻狗屎，说那是一种宣言。”

我不禁为可怜的欧菲莉雅感到悲哀。对我来说：爱如彩虹，刹那即永恒——当它在的时候是美丽的，到了你眨眼的时候，它可能消失无踪。

侍者从他的后口袋里掏出一张有盲文的塑料卡片递给我：“这是盲文菜单。”

“我要一杯特浓的浓缩咖啡和两个贝果面包，还有，我不是瞎子。”

“那你的狗狗是用来做什么的？”

“我得了SARS，”我说，“它会计算我将传染给多少人。”

侍者似乎搞不清楚我是不是在开玩笑。他迟疑了一下，退开，去拿我的咖啡。

这个座位不像我平常坐的桌子，从这里可以看到街景。我看到一位年长的女士差点被一辆出租车撞到；一个男孩肩上扛着比他的头大三倍的收音机舞过；一对双胞胎穿着教会学校的制服，看着一本青少年杂志在咯咯笑；一个黑发如流动的河水的女人，因为咖啡洒到她的裙子上，把纸杯丢到了人行道上。

在咖啡店里的我怔住了，等待她抬起头——我想看看她有没有可能是我想的那个人——可是她一边转身离开，一边用纸巾擦她的裙子。一辆巴士把世界切成两半，这时我的手机响起。

我瞄一眼来电号码，正和我心里想的一样。我不想接我妈的电话，直接按开关键关机。我再看回窗外的那个女人，可是巴士已离去，她也是。

我打开事务所的门，连珠炮似的对凯丽发射命令：“打电话给欧斯特利兹，问他是否可以在韦蓝德的审讯里作证；弄一张过去五年来向新英格兰电力公司抗议的其他抱怨者的名单；给我一份墨尔本的书面供词；打电话给在法院工作的杰瑞，问他费兹杰罗家小孩的听证会是哪位法官承审的。”

她看着我的时候，电话铃响起。“说谁谁到。”她的头偏向我办公室的门。安娜·费兹杰罗站在门口，拿着一罐工业用的喷雾清洁剂和一块黄棕色的抹布，正在擦亮门把。

“你在干吗？”我问。

“做你叫我做的事。”她俯望着狗，“嘿，法官。”

“第二线电话找你。”凯丽插嘴。我给她一道质疑的目光——我不懂她为什么会放任这个小孩在这里——我试着想进入我的办公室，但安娜喷在我的门把上的东西使得把手太油，无法转动。我努力了一下，直到她用抹布握住门把为我开门。

法官在我的办公室里转了转，找了一个最舒适的地点。我按下在闪动的电话键：“坎贝尔·亚历山大。”

“亚历山大先生，我是莎拉·费兹杰罗。安娜·费兹杰罗的妈妈。”这个信息让我平静下来。我凝视她女儿，她在离我仅有五英尺远的地方擦门把。

“费兹杰罗太太。”如我所料，安娜停下了她的动作。

“我打电话来是因为……嗯，你知道，有些误会。”

“你针对诉状提交答辩书，给法院存档了吗？”

“那没有必要。我昨天晚上跟安娜说过了，她会撤回她的案子。她要做任何能帮凯特的事。”

“是吗？”我用平淡无奇的声音说，“很遗憾，如果我的委托人计划撤回她的诉讼案，我必须听她亲口直接对我说。”我挑眉，逮住安娜的目光，“你不会碰巧知道她现在在哪里吧？”

“她出去跑步了，”莎拉·费兹杰罗说，“可是我们今天下午会去法院。我们会跟法官谈，澄清这件事。”

“我想我到时候会见到你。”我挂断电话后，双手在胸前交叉，直视安娜，“你有事情想跟我说吗？”

她耸耸肩：“没什么。”

“你妈妈似乎并不这样想。还有，她以为你在外面扮演花蝴蝶格里菲斯①。”

安娜看向接待区，凯丽在那里像只绳子上的猫，很自然地倾听我们讲话。安娜关上门，走到我的桌前：“我不能告诉她我要来这里，不能在昨晚之后。”

“昨天晚上发生了什么事？”安娜不回答，令我失去耐心，“你听好。如果你不打算继续坚持起诉……如果你只是在浪费我的时间……请你现在就诚实地告诉我，而不是以后才说，那我会很感激。因为我不是个家庭问题治疗师，也不是你最好的朋友，我是你的律师。对我来说，要身为你的律师，必须有个案件。所以我再问你一次：关于这件诉讼案，你改变主意了吗？”

我希望这段激烈的言辞能结束这桩诉讼事件，使安娜不再陷于犹豫不决、难以决定的泥坑。可是出乎我的意料，她直直地望着我，冷静又镇定地说：“你还愿意代表我吗？”

我违反我的最佳判断力，说愿意。

“那么，没有，”她说，“我没有改变主意。”

---

① 美国短跑名将，世界女子一百米竞赛记录保持者。

我第一次和我爸爸一起参加游艇俱乐部的帆船比赛时才十四岁，他本来很反对我参加。我年纪不够大，不够成熟，天气不稳定。他真正想说的是，我做他的船员很可能会害他输掉奖杯而不是赢得奖杯。在我爸爸的眼中，如果你不够完美，你就完全不行。

他的船是一艘令人赞叹的USA-1级游艇，桃花心木和柚木制的，是他向麻省知名的马玻黑德摇滚乐团的键盘手J. 吉尔斯买的。换句话说：那是一个梦想，一个地位的象征，一个人生进阶的仪式，全部包裹在闪耀的白帆和蜂蜜色的船身里。

我们一开始挺不错的，炮声响起出发后，我们越过线全速航行。我尽可能在我爸爸叫我去做什么之前就早一步动手——操纵船尾的方向舵，把帆从一舷转到另一舷，戗风调整船的方向，直到我的肌肉用力过度像在燃烧。我希望这些努力或许能得到快乐的结局。可是一场暴风雨从北方吹来，带来倾盆大雨，波涛澎湃，涌起十英尺高的大浪，把我们的船荡高，又摔低。

我看着我爸爸穿着黄色的雨衣在移动。他似乎没有注意到在下雨。他当然不会像我一样，想爬进洞里，抱着难受得要命的胃死掉。

“坎贝尔，”他吼叫，“顺风转变航向。”

可是要顺着风向就意味着要再坐一次云霄飞车上上下下。“坎贝尔，”我爸爸又吼道，“现在就去。”

我们迎向两个浪之间的凹处，船突然剧烈下降，我没办法握稳方向舵。爸爸越过我去掌控方向舵。在那该死的瞬间，帆没有动。然后帆的下桁突然横越到另一边，船转变方向，走进了相反的航道。

“我需要坐标导航。”

导航的意思是下到船舱去，摊开航海图，用数学计算出我们朝哪个航向航行，才能抵达下一个比赛的浮标。可是船舱里没有新鲜的空气，感觉只会更糟。我打开航海图，刚好吐在那上面。

我没有上甲板去汇报，我爸把头探进船舱，察看我为什么玩忽职守，结果他发现我坐在一洼自己的呕吐物中。“看在老天份上。”他喃喃自语，离我而去。

我花了好大的力气才把自己拉离那里，追随他。他扭转舵盘，猛拉方向舵，假装我不在那里。当他转动帆的时候，没有知会我。大帆飕飕地越过船，划破天空的接缝。帆的下桁打到我的后脑勺，把我打昏了。

我醒来时，刚好看到我爸爸已经抢了其他船的风头，离终点线只剩几英尺。大雨转为绵绵细雨，我们的船在气流与离我们最近的竞争者之间冲刺，另外一艘船落后。我们以几秒的优势赢得比赛。

我奉命把呕吐物清理干净，再搭出租车离开，我爸爸则搭平底小艇去游艇俱乐部庆祝。一个钟头后我终于抵达俱乐部，那时候他情绪高亢，正用他赢来的水晶奖杯喝苏格兰威士忌。“你的队员来了，肯姆。”一个朋友叫道。我爸爸举起胜利的奖杯致意，大口地喝威士忌，然后用力把它放到吧台上，以至于把奖杯的把手都震碎了。

“噢，”另一位参赛者轻呼，“真可惜。”

我爸爸直直地看着我说：“可不是吗？”

在罗得岛，每见到三辆车子的后保险杠上，你都会发现至少一张红色和白色的贴纸，声援本州一些重大犯罪事件的受害者。“我的朋友凯蒂・狄库贝里司被一个酒后驾车者杀害。”“我的朋友约翰・西森被一个酒后驾车者杀害。”这些贴纸是由学校的义卖会、基金会的募款者和美容院发送，贴这些贴纸与你是否认识这些被害者无关。你把贴纸贴在你的车上，表示你感同身受，暗自庆幸这种悲剧没有发生在你身上。

去年，红白贴纸有个新的被害人名字：黛娜·狄沙罗。有别于其他的受害者，我对她有些许了解。她是一位法官的十二岁女儿，据说该法官在女儿葬礼过后不久的羁押审判庭中崩溃，请了三个月的假去缓解他的哀伤。很偶然，这位法官便是承审安娜·费兹杰罗案件的法官。

在我进入家事法庭所在的法院综合大楼时，我怀疑一个像我这样负载着这么多包袱的男人，能否代理我的当事人打赢官司，况且胜诉的结果会加速她那少女姐姐的死亡。

入口处站着一位新来的法警，他的脖子厚得像红杉木，他的智力可能刚好与之相符。“抱歉，”他说，“宠物不能进去。”

“它是一只看护狗。”

法警困惑地倾身向前凝视我的眼睛。我对他回以凝视。“我近视。它帮我看路标。”绕过那个家伙，我和法官朝法院的大厅走去。

进入法庭，安娜·费兹杰罗的妈妈正在挫书记官的锐气。这是我的假设，因为事实上那个女人跟站在她旁边的女儿长得一点也不像。“我相信法官会了解这个案件。”莎拉·费兹杰罗争执道。她丈夫单独站在她后面几英尺的地方。

当安娜注意到我，她脸上显然出现松一口气的表情。我转向法庭的书记官。“我是坎贝尔·亚历山大，”我说，“有什么问题吗？”

“我正试着向费兹杰罗太太解释，我们只允许律师进入内庭。”

“我代表安娜出庭。”我说。

书记官转而问莎拉·费兹杰罗：“你这一方委托哪一位律师？”

安娜的妈妈错愕地愣了一下，她平静地转身对她丈夫说：“就像骑自行车。”

她丈夫摇摇头：“你确定你要这么做？”

“我不想这么做，但我必须这么做。”

他们的对话像齿轮一样接榫后，令我逐渐明白了。“等一下，”我说，“你是律师？”

莎拉转头回答我：“是的。”

我难以置信地瞄向安娜：“而你忘了提到这点？”

“你没问过。”她低语。

书记官各给我们一张出庭表格，然后召唤警长。

“弗恩。”莎拉微笑，“很高兴再见到你。”

呵呵，真是越来越精彩了。

“嗨！”警长亲吻她的脸颊，和她的丈夫握手，“布莱恩。”

所以她不只是一位律师，她还可以完全控制所有的公仆。“叙旧结束了吗？”我问。莎拉·费兹杰罗的眼睛转向警长，仿佛在说：这个家伙是个混球，不过你能拿他怎么办？“你在这里等。”我对安娜说。然后我跟着她妈妈步入内庭。

狄沙罗法官个子矮小，长着一字眉，喜欢喝咖啡牛奶。“早安，”他做手势要我们坐下，“那只狗是怎么回事？”

“它是一只看护犬，法官大人。”在他回应之前，我就亲切地和他闲话家常。在罗得岛，每一次在法官的办公室里举行的内庭会议都是这样开始的。我们这里是个小州，小虽小，还是有法律人的社团。可以想见，你的助手很可能正是你在会见的法官的侄儿或外甥女。我跟法官聊天的时候，瞄向莎拉，她必须了解我们双方哪一个比较懂得玩这种游戏，哪一个是生手。她或许曾是个律师，但我过去十年来一直都待在这一行。

她紧张地折着上衣的下摆。狄沙罗法官注意到了：“我不知道你又开始执业了。”

“我并不打算执业，法官大人，可是原告是我女儿。”

法官听到她那么说，转向我问：“这是怎么回事，律师？”

“费兹杰罗太太的小女儿希望能解除她父母对她的医疗监护权。”

莎拉摇头。“并非如此，法官。”我的狗听到它的名字抬起头来，“我跟安娜谈过，她向我保证她真的不想这么做。她觉得她的生活不如意，想要吸引我们多注意她。”莎拉耸起一边的肩膀，“你知道十三岁女孩可能会怎样。”

办公室里变得非常安静，我可以听到自己的脉搏声。狄沙罗法官不知道十三岁女孩可能会怎样。他的女儿十二岁过世。

莎拉的脸瞬间涨红。她和本州其他的州民一样，一定看过狄沙罗法官因痛失爱女而崩溃的新闻。就我所知，她的小型厢式车的保险杠上就贴着一张红白贴纸，“喔，上帝，我很抱歉。我不是有意……”

法官转开眼睛：“亚历山大先生，你上一次与你的委托人谈话是什么时候？”

“昨天早上，法官大人。她到我的办公室去，那时她妈妈正好打电话给我，说这是个误会。”

不出我所料，莎拉的下巴往下掉：“她不可能去你那里。她去跑步了。”

我看着她问：“你确定吗？”

“她应该是去跑步……”

“法官大人，”我说，“这正是我的论点，也是安娜·费兹杰罗请求法律保护的原因。她自己的妈妈不知道她某个早上在哪里，而这位妈妈可以随意帮她做医疗决定……”

“律师，别说了。”法官转而对莎拉说，“你女儿告诉你她要撤销诉讼？”

“是的。”

他瞟向我：“她告诉你她要继续？”

“没错。”

“那我最好直接跟安娜谈。”

法官起身走出内庭，我们跟随。安娜和她爸爸坐在走廊的长椅上。她的一只运动鞋鞋带松了。“我发现有些是绿色。”我听到她说，然后她仰头。

“安娜。”我和莎拉·费兹杰罗同时叫她。

我有责任向安娜解释，狄沙罗法官想私下跟她谈几分钟。我必须指导她，教她说该说的话，才不会让法官在她得到她想要的结果之前就把案子撤掉。她是我的委托人，说得更明白一点，她理应接受我的忠告。

可是当我叫她的名字时，她转向了她母亲。

安娜

我不认为会有人来参加我的葬礼。我想，可能只有我爸爸妈妈和苏珊阿姨，或许还有社会研究学的欧林寇特老师。我想象我们去参加过我奶奶葬礼的那个墓园，可它在芝加哥，所以其实这想象并不合理。那里有起伏的山坡，看起来像绿色的天鹅绒，还有天神们的雕像和较小的天使像，地上大大的棕色的洞，像分叉的裂缝，等待吞噬那具以前是我的身体。

我想象我妈戴着一顶像杰奎琳·奥纳西斯那样蒙着黑纱的帽子哭泣。我爸爸拥着她。凯特和杰西凝视着棺木上闪耀的金光，为他们一直以来对我有点恶劣的行为试着向上帝认罪请求宽恕。如果可能的话，我的冰球队友们有几个会来，他们保持镇静地手握百合花。他们会说："那个安娜……"他们想哭但不会哭。

报纸的第二十四版会刊出讣闻，或许基利·麦菲会看到，因此来参加葬礼。他想到一些假设性的问题，而事实上我永远不可能做他的女朋友了，他英俊的脸因而扭曲。我想他们会摆上一些香豌豆、金鱼草和蓝色的绣球花。我希望有人会唱《奇异的恩典》，不只是出名的第一段歌词，而是唱完整首歌。事后，当树叶变色，白雪降临，我会像潮汐那样不时浮上每个人的心头。

如果是凯特的葬礼，大家都会来。包括医院那些已经成为我们的朋友的护士，其他还很幸运地活着的癌症病人，和帮忙筹募医药费的镇民。他们必须在墓园门口谢绝过多哀悼者。在葬礼中会有很多募款的篮子，有些钱会捐给慈善机构。报纸会刊载一篇她短促、悲剧的一生的文章。

记住我的话，它会成为头版新闻。

狄沙罗法官穿着足球运动员脱掉他们的防滑钉鞋后会换上的人字形夹脚凉鞋。我不知道为什么，那让我觉得稍微好一点。我的意思是，我必须来法院已经够糟了，现在还要跟法官进他的私人办公室。知道我不是唯一不适合来这里的人，让我感觉好一点。

他从小冰箱拿出一罐易拉罐饮料，问我想喝什么。“可乐就好。”我说。

法官打开易拉罐。“你知道吗？如果把一颗婴儿的牙齿放在一杯可乐里，几个礼拜后，它会完全消失。碳酸。”他对我微笑，“我弟弟在沃里克当牙医。他每年都玩那个把戏给幼儿园的小朋友看。”

我啜了一口可乐，想象我的身体内部在溶解。狄沙罗法官没有坐到他的桌子后面，而是坐到我旁边的椅子上。“安娜，问题是这样的。”他说，“你妈妈告诉我你要这样做，而你的律师告诉我你要那样做。在正常的情况下，我会预期你妈妈比某个你两天前才认识的家伙了解你。可是你如果不需要这个家伙的协助的话，你就不会认识他。那使我认为，我必须听听你对这件事情的想法。”

“我可以问你一件事吗？”

“当然可以。”他说。

“必须开庭审判吗？”

“嗯……如果你的父母同意解除对你的医疗监护权，那么就不需要开庭审判。”法官说。

说得好像那是有可能的。

“否则，一旦有人提出诉讼——就像你委托律师所做的——那么答辩人——你的父母——就必须出庭应讯。如果你父母真的相信你还没能力为你自己做一些决定，他们必须向我提出他们的理由，或者你们双方无法达成协议的话，就得冒着由我来就你的利益做出判决的风险。”

我点头。我告诉过自己，不管怎样都要保持冷静。我如果崩溃，法官就不可能认为我有能力决定任何事。我已经聪明地做好打算，可是我因为法官拉开他的苹果汁易拉罐的动作想起了一些事来。

不久前凯特在医院检查肾脏，一位新来的护士递给她一个杯子，要求她采集尿液。“等我回来时，你最好已经准备好了。”她说。凯特最讨厌别人自大地下命令，她决定压压新护士的气焰。她派给我个任务，去自动贩卖机买法官正在喝的果汁。她把果汁倒进尿杯里，当护士回来时，她拿起尿杯对着光线看了一下。“嗯，”凯特说，“看起来有点混浊。最好再过滤一次。”然后她举起杯子，一饮而尽。

护士的脸色转白，飞奔出去。我和凯特笑到肚子痛。那一整天，我们的目光每次相遇，便会发出会心的微笑。

像颗牙齿溶进可乐，不见踪影。

“安娜。”狄沙罗法官催我回答。他把那罐愚蠢的思蓝宝牌的果汁放到我们之间的桌上，我突然大哭出声。

“我不能给我姐姐一个肾脏。我就是不能。”

狄沙罗法官一句话也没说，只是递给我一盒面纸。我抽出几张捏成一团擦我的眼睛和鼻子。他安静地让我哭了一会儿。等到我抬起头，他才说：“安娜，我们这个国家里没有一家医院会从一个非自愿的捐赠者身上摘除器官。”

“你以为器官捐赠书上要签谁的名字？”我问，“不是坐着轮椅被推进手术室的小孩，而是他的父母。”

“你不是儿童了，你当然可以表达你的反对意见。”他说。

“喔，是吗？”我再度泪盈满眶，“当你因为某人第十次拿针头扎你而抱怨，他却说这是标准作业程序，你能怎么办？所有的大人都挂着假笑，互相说没有人会自愿要求打更多针。”我把鼻涕擤进卫生纸里，“今天他们要我的肾脏。明天还要别的。老是要了之后还再要更多别的东西。”

“你妈妈告诉我你要撤销诉讼。”

“没有。”我困难地咽口水。

“那么……你为什么要对她说谎？”

理由有一千个，我选择最简单的一个。“因为我爱她，”我说，眼泪又如雨下，“我很抱歉，我真的很抱歉。”

法官慎重地凝视着我：“你知道吗，安娜？我要指派一个人，她会帮助你的律师，告诉我什么对你是最好的。你觉得怎么样？”

我的头发垂到我脸上，我把它塞到耳朵后面，感觉脸红红肿肿的。“好的。”我回答。

“好的。”他按了个内线电话，请相关人士进来。

我妈妈先进来，她走向我，但坎贝尔和他的狗挡住了她的路。他扬起眉毛，对我比了个大拇指朝上的手势，但那是个问号。“我不确定这是怎么回事，”狄沙罗法官说，“所以我要为这件诉讼案指派一位监护人，花两个礼拜的时间陪安娜。不用说，我希望你们双方都能充分合作。我要这位诉讼监护人向我汇报，然后我们会展开审理。如果那时候有任何我需要知道的事情，请你们告诉我。”

“两个礼拜……”我妈妈说，我知道她在想什么，“法官大人，请恕我无礼，就我另一个女儿严重的病情而论，两个礼拜是很长的时间。”

她看起来像某个我不认识的人。我见过她像只老虎那样，对抗她认为效率不彰的医疗体系。我见过她像块磐石那样，给我们其他人安定的力量。我见过她像个拳击手那样，在命运决定下一拳从哪里挥来之前，还是会勇敢地走上擂台。可是我从来没有见过她像律师的样子。

狄沙罗法官点头：“好。那么我们下个礼拜一开始开庭审讯。同时请把凯特的就医记录带来……”

“法官大人，”坎贝尔·亚历山大插嘴，“如您所了解的，由于这桩案件的特殊情况，我的当事人与对方律师住在一起。这公然违反公平原则。”

我妈以嫌恶的声音说：“你该不会建议要带走我的孩子吧？”

带走？我要去哪里？

“我不确定对方的律师会不会试着利用她生活上的安排，来得到她最大的利益，法官大人，她可能会对我的当事人施压。”坎贝尔眼睛眨也不眨地逼视法官。

“亚历山大先生，我不可能把这个小孩拉出她家。”狄沙罗法官说。不过他转向我妈，“不论如何，费兹杰罗太太，你不能和你女儿谈论这个案件，除非她的律师在场。如果你不同意这点，或如果我听到你们家里有任何触犯利益冲突隔离机制的情形发生，我或许就必须采取较激烈的行动。”

“法官大人，我了解。”我妈说。

“好。”狄沙罗法官站起来，“我们下个礼拜见。”他走出办公室，夹脚拖鞋踩过地砖发出轻微的拍地声。

他一走，我就转向我妈。我想说，我可以解释，可是没机会说出口。一个湿鼻子突然戳进我掌中，是法官。它这么做，使得我原本快得像在奔逃的火车的心跳慢了下来。

“我必须跟我的委托人谈话。”坎贝尔说。

“现在她是我女儿。”我妈说完，抓起我的手，把我拉出椅子。到了门口我回头看，坎贝尔在生气。我早该告诉他就是会这样。不管是什么游戏，女儿都是父母的王牌。

第三次世界大战立即开火，不是因为某国的大公遭暗杀，也不是因为某个疯狂的独裁者，而是因为错过一个可以左转的街口。“布莱恩，”我妈伸长脖子，“那是北公园街。”

我爸爸眨眼显示他的困惑：“你应该在我经过之前就对我说。”

“我说了。”

在还没有衡量介入别人战争的得失利益之前，我已经开口：“我没听到你说。”

我妈猛地转过头来：“安娜，你现在是我最不需要、也是最不想要的提供意见的人。”

“我只是……”

她举起手，像在比划出租车的隐私隔板。她摇摇头。

我在后座上身体滑向旁边，缩起脚面对后方，眼下我能看到的都是黑色。

“布莱恩，”我妈说，“你又开错了。”

回到家后，我妈气冲冲地经过来为我们开门的凯特，经过坐在电视机前、看起来刚从被限制观看的花花公子电视台转台的杰西。到了厨房，她打开柜子的门，再“砰”的一声关上。她从冰箱里拿出食物，重重地放到桌上。

“嘿，”我爸爸对凯特说，“你现在感觉怎么样？”

她没理他，推开厨房的门：“怎么了？”

“怎么了？”我妈斜睨我一眼：“你为什么不问你妹妹怎么了？”

凯特转向我，目不转睛地看着我。

“现在没有法官在听你讲话，你就这么沉默，真叫人吃惊。”我妈说。

杰西关掉电视：“安娜，她强迫你跟法官讲话？该死。”

我妈闭上眼睛：“杰西，你知道的，现在是你离开的最好时机。”

“你不必再说第二遍。”他说这句话的声音像破碎的玻璃。我们听到前门打开再关上的声音，杰西退场。

“莎拉。”我爸爸踏进厨房，“我们都需要冷静一点。”

“我有个小孩，她刚刚签下她姐姐的死刑判决书，而我还应该冷静？”

厨房沉默得可以让我们听到冰箱的低鸣声。我妈妈的话像过熟的水果挂在半空，眼看就要掉到地上爆炸，她颤抖着采取行动。“凯特，”她说着张开双臂冲向我姐姐，“凯特，我不该那么说。我不是那个意思。”

我们家似乎有相当长的自我折磨史，我们不说我们该说的话，我们做了什么，也不代表我们是有意那么做的。凯特用手捂住嘴巴，她推开厨房的门，门打到我爸爸，他想拦住她，可是没抓到，她匆匆忙忙地上了楼。我听到我们房间的门摔上的声音。我妈当然追上去找她了。

而我做了我最拿手的事——往相反的方向移动。

世界上有没有比自助洗衣店更好闻的地方？像是你不必爬出被窝冲进雨中的星期日，像躺在你爸爸刚刚割过草的草地上——青草味是安慰你鼻子的食物。小时候，我妈会从干衣机拿出刚烘好还温热的衣服，把它们倒在坐在沙发上的我的头上。我以前都假装它们是一层皮肤，而我是紧紧蜷曲在它们下面的一颗大心脏。

我喜欢自助洗衣店的另一个原因是，它会吸引寂寞的人，像磁铁吸引金属。有个家伙在后面一排椅子上昏睡。他穿着军靴和一件运动衫，上面写着“法国占星家诺斯特拉达穆斯是个乐观主义者”。一个女人在叠衣服的桌子前，一边筛选一堆有衣领扣的男式衬衫，一边吸鼻子想止住泪水。把十个人放进自助洗衣店里，你可能并非是处境最恶劣的那个。

我坐到一排洗衣机的对面，试着把人们等待的衣服和主人配对。粉红色的内裤和蕾丝睡衣，是那个在看浪漫爱情小说的女孩的；羊毛红袜和格子衬衫，是那个看起来脏脏的、睡着了的学生的；球衣和小孩的罩衫，是不断递薄薄的衣物除静电纸给妈妈的那个幼儿的，而妈妈显然在打手机。哪一种人可以用得起手机，却买不起自己的洗衣机和烘干机？

我有时候会跟自己玩一个游戏，试着去想，如果我是那些正在洗衣机中旋转着的衣物的主人，不知道会是什么样子。如果我穿着那些木匠系列牛仔裤，或许我是个住在凤凰城的屋顶工人，我的手臂会变得粗壮，我的背会晒成棕褐色；如果那些有花卉图案的床单是我的，我可能自哈佛毕业，研究犯罪心理侧写；如果我拥有那件缎子披肩，我可能会买季票去看芭蕾舞表演。然后我试着想象自己做其中任何一件事情——但我不能。我所能看到的只是作为凯特捐赠者的我，每次都延续到下一次。

我和凯特是连体双胞胎，你看不到的我们相连的部位，使得我们很难分割。

我抬头，看到在自助洗衣店工作的女孩站在我面前，她穿着唇环，绑着蓝色条纹的细发辫。“你需要换零钱[①]吗？”她问。

告诉你实话，我害怕听到自己的回答。

① 双关语，“换零钱”和“改变”的英文都是change。

杰西

我是个喜欢玩火柴的小孩。我以前常常从冰箱上面的架子上偷火柴，把它们拿进我爸妈的浴室。你知道露华浓的浴后保湿喷雾会燃烧吗？喷洒，点火，你就可以在地上纵火。它会烧出蓝色的光焰，等酒精烧完，火就熄了。

我有一次在浴室玩把戏时，安娜走进来。“嘿，”我说，“你看。”我用保湿喷雾在地上喷写安娜的名字缩写，然后在上面点火。我以为她会吓得尖叫跑去告密，但她在浴缸的边缘坐下来。她伸手拿起喷雾的罐子，在地砖上喷洒了几个圈圈的图形，叫我再点火。

安娜是我出生于这个家庭的唯一证据，证明我并非由某对亡命天涯的雌雄大盗，在月黑风高的夜晚放在费兹杰罗家门口的。表面上，我们是个性完全相反的兄妹，但是，骨子里我们极为相似。大人们以为他们什么都知道，其实他们常常自以为是。

去你妈的。我应该把这句老是浮现在我脑中的粗话刺在额头上。我常常开着吉普车上路狂飙，直到我无法呼吸，严重缺氧。今天，我开到了时速九十五英里，最低九十五。我在车阵中穿梭，缝补创伤。人们从他们关上的车窗对我吼叫。我对他们比中指。

如果我开吉普车滚落堤岸，那能解决一千个问题。你知道的，我不是没考虑过。我的驾照上注明了我是个器官捐赠者，但事实上，我宁可做个器官病变者。我确信我死了比我活着有用——我身体的零件比我整个人有用。我想知道，谁会在我身后得到我的肝脏、肺，甚至眼球。我想知道，是什么样可怜的蠢蛋的身体会被塞入那颗曾经被认为是代表我的心脏。

不过，我相当沮丧。我直开到公路的出口，身上连一点擦伤都没有。我的车沿着艾伦斯大道的斜坡开。那里有个地下通道，我知道可以在那里找到金顶·丹。他是个无家可归的游民，也是个参与过越战的老兵，他大部分时间都在收集人们丢在垃圾桶里的电池。他到底拿那些见鬼的电池做什么？我不知道。我只知道他会把电池打开来。他说中央情报局把信息藏在劲量牌的三号电池里，转交给他们所有的间谍。联邦调查局则忠于永备牌的电池。

我和丹有个协议：我一个礼拜带给他几次麦当劳超值套餐，而他帮我看守东西作为回报。我发现他缩在占星学的书上面，他认为那是他的宣言。“丹。”我下车，递给他麦香堡套餐，“近来好吗？”

他斜睇着我。“月亮落在水瓶座。”他把一根薯条塞进嘴巴里，“我不该起床。”

如果丹有床的话，那倒是个新闻。“我很遗憾。”我说，“有我的东西吗？”

他的脑袋晃进混凝土塔门后面的桶里，他把我的东西藏在那里。高氯酸是从高中的化学实验室里原封不动偷来的，另一桶是锯木屑。我用枕头套装好这些东西，搬上我的车。我发现他等在门边：“谢谢。”

他靠着车，不让我进去：“他们要我给你一个口信。”

虽然从丹的嘴里吐出来的每一句话都是胡说八道，我的胃还是因此翻滚："他们是谁？"

他往下看着路，再看回我脸上。"你知道的。"他靠近一点对我耳语，"再想一次。"

"那就是口信？"

丹点头："对。就是那样，或者是说'再喝'。我不确定。"

"我可能会真的听从那个忠告。"我轻推他一下，以便进入车内。他比想象中更轻，好似不管他身体里有什么东西，都早就用光了。我也常觉得我的身体里是空的，我没有飘上天空也挺奇怪的。"再见。"我说完便将车子开向我观察过的仓库。

我找寻像我这个人的地方：大，空洞，被大多数人遗忘。这个仓库在奥内维尔区，它曾经被用来做出口贸易的存货仓。现在，它只是个老鼠大家族的巢穴。我停得够远，没有人会联想到我的车与这里的关系。我把装木屑的枕头套塞在我的外套下，然后动身。

结果证明，我毕竟还是向我亲爱的老爹学到了一些知识：消防队员是进到他们不该进去的地方的专家。开锁花不了多少时间，决定要在哪里起火才是重点。我在枕头套下面割了个小洞，用木屑画出三个胖胖的、我名字的字母缩写——JBF，然后拿高氯酸滴到字母上面。

这是我第一次在白天干这种事。

我从口袋里拿出一包荣誉牌香烟，将里头的香烟往下拍，然后插一支进嘴里。我的芝宝牌打火机几乎快没机油了，我得记得再装机油进去。等我抽完烟，站起来，最后吸一口烟，然后把烟蒂丢到木屑上。我知道这样很快就会烧起来，所以当火墙在我背后升起，我已经往外跑了。像所有其他纵火案一样，他们会寻找线索。可是这根烟蒂和我的木屑字母早就烧光了。它们下面的整块地板都会烧融，墙会烧得变形崩塌。

我回到车上，从行李厢里拉出双筒望远镜时，刚好看见第一辆消防车抵达现场。那时，火做了它想做的事——逃亡。玻璃爆出窗框，蹿出的黑色浓烟蔽空，仿如月蚀。

五岁的时候我第一次看到妈妈在哭。她站在厨房的窗子前面，假装她没有哭。太阳才刚刚挂上天际，像个肿瘤。“你在干吗？”我问。几年后我才知道，我把她的回答听错了。当她说mourning时，并不是指一天里的时间。①

现在天空积了一层厚厚的黑烟。屋顶塌陷，冒出火星雨。第二批消防人员抵达，他们是从晚餐桌旁、淋浴间里和客厅被召来的。透过双筒望远镜，我可以看到他的名字在消防服背后闪烁得像是用钻石拼出来的：费兹杰罗。我爸爸手拿着一条充了水的水带。我上车，将车子开走。

在家里，我妈正在精神崩溃。我的车一开进停车位，她便飞奔出门。“感谢上帝，”她叫道，“我需要你帮忙。”

她甚至没往后看我是不是在跟着她进去，我由此而知是凯特出了状况。我妹妹的房门被人踢破，木制的门框周围有碎片。我妹妹死了似的，一动也不动地躺在床上。然后她突然回生，挺身抽搐，犹如轮胎的千斤顶，接着她吐血。血污波及她的运动衫和有花卉图案的棉被，棉被上仿佛多了些原本没有的红色罂粟花。

我妈俯身到她身边，把她的头发往后拨，拿一条毛巾到她嘴边，凯特又吐了一次血。“杰西。”我妈语气平淡地说，“你爸爸出任务去了，我联络不到他。我需要你开车载我们去医院，我才能坐在后座

① mourning（哀悼）与morning（早晨）同音。

照顾凯特。”

凯特沾血的唇红艳得像樱桃。我抱起她。她浑身只剩下骨头，隔着运动衫戳着我的手臂。

“安娜跑掉了。凯特不让我进她房间。”我妈边说边匆忙地在我身边徘徊，“我给她一会儿的时间平静下来。然后我听到她咳嗽。我必须进去看她。”

所以你就踢开门，我想。我妈会这么干我一点也不惊讶。我们抵达车旁，她打开车门，让我把凯特放进车里。我把车子开出车道，然后以比平常还快的速度经过街道、上公路，朝医院疾驶。

今天当我爸妈和安娜去法院的时候，我和凯特在家里看电视。她要看连续剧，我叫她走开，然后径自把电视转到被限制观看的花花公子频道。现在，我闯红灯，希望当时让她看那出弱智的连续剧。我试着不从后视镜去看她苍白的小脸。你会以为，长久以来，我已经司空见惯了；你会以为，这种时刻应该不会这么震惊。我们不能问的问题，挤压着我的每一次脉动：这次她会死吗？这次她会死吗？这次她会死吗？

车子一开进急诊室的车道，我妈就下车，催促我去抱凯特。我们进入自动门时十分引人注目，我抱着在流血的凯特，我妈抓住第一个经过的护士。“她需要血小板。”我妈命令道。

他们把凯特接过去，有一会儿，甚至到急诊小组、我妈与凯特都消失在拉起的帘子后面了，我还维持刚才抱凯特的姿势站着，试着习惯我的手臂里已经空空如也。

我知道钱斯医生是肿瘤科的医生，而威尼医生是某个我不认识的专家。他们告诉我们的，和我们猜的不谋而合：这是末期肾病患者死前的痛苦挣扎。我妈站在床边，手紧握凯特的点滴架。“还能够移植吗？”她问得好似安娜根本没提出诉讼，好似没把诉讼当一回事。

“凯特处于相当严重的临床状态。”钱斯医生告诉她，“我以前对你说过，我不知道她是否强壮得能度过手术而存活，现在成功率甚至更小了。”

“可是如果有捐赠者，”她说，“你会做吗？”

“等一下。”你会以为我的喉咙里被铺了稻草，“我的肾可以吗？”

钱斯医生摇头。“在一般的病例中，肾脏捐赠者不必是完美配型。可是你妹妹不是一般病例。”

大夫们离开后，我可以感觉到我妈在凝视着我。

“杰西。”她说。

“我不是自告奋勇。你知道的，我只是想知道而已。”可是内心里，我在燃烧，我的心就像仓库着火时那么热。即便是现在，我凭什么相信我可能有点价值？我连自己都救不了，凭什么以为我可以救我妹妹？

凯特的眼睛睁开，直勾勾地望着我。她舔唇——那上头有凝固的血块——她像个吸血鬼，不死族。要是那样就好了。

我靠近一点，因为她现在没有力气让声音穿过我们之间的空气。“告诉……”她趁我妈没看到的时候，用唇语说。

我也沉默地回答。“告诉什么？”我要确定我看对了。

“告诉安娜。”

可是房间的门突然打开，我爸爸一身烟火味地进来。他的头发、衣服和皮肤都有恶臭。浓得令我往上看，觉得天花板的自动洒水器会启动。“怎么了？”他直接走到床边。

我溜出房间，因为那里没人需要我了。在电梯里，我在“禁烟”的牌子前点烟。

告诉安娜什么？

莎拉
1990年～1991年

或许纯属偶然，或许是因缘际会，美发沙龙里的三个客人全都是孕妇。我们坐在吹风机下面，双手在肚子上交叉，像一排大肚佛。“我的首选是富里登、罗伊和杰克。”坐在我旁边的女人说，她要把头发染成粉红色。

“如果不是男孩呢？”坐在我另一边的女人问。

“喔，这几个名字男孩女孩都可以用。”

我暗自微笑：“我投杰克一票。”

那女人眯起眼睛，看着窗外的坏天气。“史力特也是个好名字。”她喃喃自语，然后试着大声一点说，“史力特，把你的玩具收好。史力特，甜心，快点，不然我们去听威尔可的演唱会会迟到。”她从她的孕妇装里找出一张纸和一支短短的铅笔，潦草地写下名字。

我左边的女人对我微笑：“这是你的头一胎吗？”

“第三胎。”

“我也是。我有两个男孩。我一直手指交叉祈求好运。”

“我有一个男孩和一个女孩。”我告诉她，“分别是五岁和三岁。”

“你知道你这次怀的是男孩还是女孩吗？”

我知道关于这个胎儿的所有事，从她的性别到她的染色体比对，包括比对出她是凯特的完美配型。我完全知道我在怀的是——一个奇迹。“是个女孩。”我说。

“喔，我好嫉妒！我和我老公还无法从超声波看出来。我想如果我听到又是个男孩的话，我可能无法过完最后五个月。”她关掉她的吹风机，把它往后推，“你选好名字了吗？”

她的问题让我意识到我还没有选。虽然已经怀孕九个月了，虽然有很多时间做白日梦，可是我从来没有真正具体地去想这个孩子。我只有在想她能为我另一个女儿做什么的时候，才会想到这个女儿。这点我连对布莱恩都不敢承认。晚上躺在床上，他会把头轻靠在我已经相当大的肚子上，等待胎动的来临——他想，她会是为爱国者队第一个踢定位球的女性球员。总之，我还是相当兴奋能怀上她，我计划用她来救她姐姐的命。

“我们还在等待。”我对旁边的女人说。

有时候，我想，那是我们都必须做的事情。

去年，在凯特做了为期三个月的化疗后，有一阵子我傻傻地以为我们已经打败了病魔。钱斯医生说她的病情似乎有减轻的迹象，我们只需注意观察预后的情况。有短暂的一段时间，我的人生恢复了正常：开车载杰西去练习足球，帮凯特找幼儿园，甚至还会泡个让全身放松的热水澡。

然而，有一部分的我知道另一只鞋子已经快掉下来了。这一部分是，即使她的头发已经开始长出卷卷的、烧焦似的发梢，在我每天早上清洗凯特的枕头时，还是担心她可能又会掉头发。这一原因使得我去找钱斯医生推荐的遗传学家，精心设计一个科学家认为能与凯特完美配型的胚胎。为了做试管授精，我接受了激素治疗，然后将胚胎植入着床。

在一次例行的骨髓抽取时，我们得知凯特又旧病复发。她的外表看起来和任何一个三岁小孩一样。但她的身体里再次涌现癌细胞，压倒性地销蚀化疗的成果。

现在，凯特和杰西坐在车子的后座，凯特踢着脚在玩玩具电话。坐在她旁边的杰西凝望着窗外。“妈？巴士会不会攻击人？”

“攻击？”

“譬如说把人碾过去。”他比了个手势。

“只有在天气很糟，而且司机开得太快的时候才会。”

他点头，接受我的解释，相信他的宇宙是安全的。然后他又问：“妈？你有喜欢的数字吗？”

“三十一。”我说，那是我的预产期，“你呢？”

“九。因为它可能是数字，可能是你几岁，或者是一个六颠倒过来。”他停下来换气，“妈？我们有特别的剪刀可以剪肉吗？”

“有。”我右转，车子经过一座墓园，前排和后排的墓碑斜插着，像一副变黄的牙齿。

“妈，”杰西问，“那里是凯特会去住的地方吗？”

这个问题，与杰西会问的其他任何问题同样无辜，却令我双腿发软。我把车子开到路边停下来，打开警示灯。然后我解开安全带，身体转向后座。“不，杰西。”我郑重地告诉他，“她会跟我们住在一起。”

“费兹杰罗先生、太太，”制作人说，“请你们坐在这里。”

我们坐在电视摄影棚里的指定位置。我们受邀来此，因为我们的胎儿并非以传统的方式孕育。不知怎的，为了努力挽救凯特的健康，我们不经意成为了科学辩论的焦点人物。

当电视新闻杂志的记者娜德耶·卡特接近我们的时候，布莱恩握住了我的手。“我们快准备好了。我已经先录了一段介绍凯特。我只会问你们几个问题，访谈很快就会结束。”

就在摄影机开始工作之前，布莱恩用他的衬衫袖子擦脸颊。站在灯具后面的化妆师发出抱怨。“看在老天的份上，”布莱恩对我耳语，“我才不要画着腮红上全国性的电视节目。”

摄影机比我预期的还快，没什么准备工作，只有一点声音，表示镜头画面正从我的手臂和腿往上推。

“费兹杰罗先生，”娜德耶说，“可以请你对我们解释，你们一开始为什么会去拜访遗传学专家吗？”

布莱恩看了我一眼：“我们三岁的女儿罹患很严重的白血病。她的肿瘤科医生建议我们寻找骨髓捐赠者——可是我们的大儿子基因配型不符。我们虽然去国家骨髓库登记了，但是等到合适的捐赠者出现时，凯特恐怕已经……不在了。所以我们想，看看是否有其他手足的骨髓可以和凯特配型，或许这是个好主意。”

“不存在的手足。”娜德耶说。

“还不存在。”布莱恩回答。

“你们为什么会去找遗传学家？”

“因为时间有限，”我直率地说，“我们无法一年又一年地生孩子，直到生出一个可以和凯特配型的孩子。医生可以从几个胚胎中筛选出哪一个是凯特理想的骨髓捐赠者。我们很幸运，四个胚胎中刚好有一个，然后经过试管授精植入。”

娜德耶低头看她的笔记：“你们收到谩骂的邮件，是吗？”

布莱恩点头。“有人觉得我们企图制造经过设计的婴儿。”

“你们有吗？”

“我们并不要求婴儿要有蓝眼睛，或是能长到六英尺高，或是智商要高达两百。是的，我们是有特殊的要求——可是这种要求并非一般人所考虑的人类特征典范。我们不是要一个超级宝宝，我们只想救我们女儿的命。”

我捏捏布莱恩的手。上帝，我爱他。

“费兹杰罗太太，等这个宝宝长大了，你会怎么告诉她？”娜德耶问。

“幸运的话，”我说，“我会告诉她说，别再烦她姐姐。”

我在新年前夜分娩，照顾我的护士试着吸引我的注意力，跟我谈星座，以缓解我的阵痛。“你要生下的女娃是个摩羯座。”伊美达按摩我的肩膀说。

“那是个好星座吗？”

“喔，摩羯座，他们是会把工作做好的人。”

吸，呼。“很高兴……听……到。”我说。

另外还有两个宝宝即将出生。伊美达说，一个双脚交叉，她可能想拖到1991年才出世。元旦生的小孩可以用免费的尿布，并且得到公民银行100元的储蓄债券，作为将来的大学教育基金。

伊美达去护士站，留下我们单独相处，布莱恩握我的手：“你还好吗？”

我苦着脸经历另一次阵痛：“如果这一次阵痛过去，我就会好些。”

他对我微笑。对身兼救护员和消防队员的他来说，送产妇到医院紧急生产是简单的例行公事。如果我在火车事故中羊水破了，或在出租车后座生产……

“我知道你在想什么，”他插嘴，虽然我并没有说出声，“你错了。”他举起我的手，亲吻我的指节。突然间，我的身体有种锚链松开来的感觉。那根链条，像拳头那么粗，在我的肚子里扭动。“布莱恩，”我喘着气说，“去找医生。”

我的妇产科医生来看我，他抓住我的双腿，抬眼瞄时钟。“你如果能再忍一分钟，这个孩子一出世就会出名。”他说。可是我摇头。

“现在就把她弄出来，”我对他喊，“现在。”

医生看向布莱恩，“所得税扣除额？”他猜测。

我要的和国税局无关，是拯救（saving），不是储蓄金（saving）。婴儿的头滑出我原本封闭的身体。医生的手接住她，珍贵的脐带滑下，让她的脖子得到自由，他轻握着她的肩膀将她接生到人间。

我努力用两肘撑着身体，观看下面的情形。“脐带。”我提醒他，“要小心。”他剪下沾着美丽鲜血的脐带，然后匆忙走出房间，去一个能低温冷藏直到凯特准备好要用它的地方。

安娜出生后的那个早上，凯特在做移植前的护理时，我走出妇产科的病房去放射科病房看凯特。我们两个都穿着黄色的隔离衣，这使得她笑道：“妈咪，我们撞衫了。”

她服用了小儿科的镇静鸡尾酒，在别的情况下，这会很有趣。凯特找不到她的脚。她每次站起来就倒下去。这使我想到她将来上高中或大学，第一次喝水蜜桃杜松子酒喝醉的模样。不过，我很快就提醒自己，凯特或许活不到那么大。

治疗师要带她去放射治疗室，凯特抱着我的双脚不放。“甜心，”布莱恩说，“放心，没事的。”

她摇头，躲到我身后。我蹲下，她投进我怀抱。“我会一直看着你。”

治疗室很大，墙壁上画着丛林的壁画。直线加速器装置在天花板里，治疗桌下有个凹槽，比盖着被子的吊床大一点。放射科的治疗师拿一块形状像豆子的厚厚的铅模板盖在凯特胸部，叫她别动。她答应等下结束后，凯特可以得到一枚贴纸。

我透过有保护作用的玻璃墙凝视凯特。γ射线，白血病，亲子关系。这些你看不见的东西，却强烈得足以杀死你。

肿瘤科医生有个墨菲定律，这个定律没有人写下来，但大家普遍相信：你如果不生病，就不会复原。所以，如果你的化疗使得你很难受，如果放疗使得你皮肤焦黑——那都是好现象。另一方面，如果你在治疗后只感到轻微的恶心或痛苦的话，那么药物可能被你的身体排泄掉了，没有发挥它们应有的作用。

在这样的标准下，凯特应该早就治愈了。和去年的化疗不同，这次的放疗疗程会使一个小女孩连鼻涕都没流，就变得身体虚弱。三天的放射线治疗引起经常性的腹泻，使她必须回到包尿布的时代。一开始这令她很尴尬，现在她已经没有力气去在乎了。接下来五天的放疗使得她的喉咙充满黏液，因此必须插上一根吸痰管，那是她的救生工具。当她醒来，所能做的只是哭。

第六天开始，凯特的白细胞和嗜中性粒细胞计数开始迅速减少，她被安置到保护隔离病房。现在世界上的任何细菌都可能杀死她，因此，世界必须与她保持距离。要进她病房的访客受到严格限制，他们必须打扮得像航天员，穿隔离衣，戴防护罩。凯特看图画书时也必须戴着橡皮手套。隔离病房里不能有植物或花，因为它们会携带病菌，而任何病菌都可能杀死她。要给她玩的玩具必须先经过消毒杀菌处理。她和她的玩具熊一起睡觉，玩具熊包裹在密封的塑料袋里，一碰到就会窸窣作响，有时候会在夜里吵醒她。

我和布莱恩坐在隔离病房室外等待。凯特睡觉时，我练习给柳橙打针。移植后，凯特必须注射生长因子，这个工作落到我身上。我把注射器的针头刺进水果的厚皮里，直到我感觉到皮下的软组织。我会拿到皮下注射药，注射时针头必须深入皮下。还要确定注射时的角度正确，因此我感觉到背负了不少压力。在推注射器的芯杆时，会使得被注射者或多或少感觉到痛。我犯错时，被我注射的柳橙当然不会哭。可是护士告诉我，给柳橙打针和给凯特打针差不多。

布莱恩拿起第二个柳橙，开始剥皮。“放下！”

“我饿了。”他向我手里的柳橙点个头，“你已经有一个病人了。”

“对你来说那只是一个柳橙，但上帝知道它对我是有意义的。”

钱斯医生突然从转角那儿向我们走来。肿瘤科的护士多娜走在他后面，手里拿着装着深红色液体的点滴袋。“好戏上场了。”她说。

我放下柳橙，跟着他们走进隔离病房的前室，在那里穿上隔离衣，我因此可以在离我女儿十英尺的地方看着她。几分钟内，多娜把她拿来的点滴袋挂到点滴架上，把袋子里的液体滴进凯特的静脉导管里。凯特没有醒来，好戏没有高潮。我站在一边，布莱恩站在另一边。我屏住呼吸，凝视凯特的臀部，肠骨——制造骨髓的地方。经由一些奇迹，这些安娜的干细胞会进入凯特胸腔的大动脉里，然后它们自己会找到适当的位置。

“好了。”钱斯医生说。我们都注视着脐带血缓慢地滑进点滴管里，像可弯来弯去的造型吸管，终于会流到目的地。

茱莉亚

再次跟我姐姐住了两个小时后，我发现自己很难相信我们曾经舒适地分享同一个子宫。伊莎贝尔已经整理过我随手放的陈年CD，清扫过我的沙发椅下，扔掉我冰箱里一半的东西。“日期是我们的朋友，茱莉亚。”她叹气，“你的酸奶从民主党入主白宫冷藏到现在。”

我甩上门，数到十。可是当伊莎走向煤气炉，开始找清洁工具，我失去控制：“希薇雅不需要清干净。”

“那是另一回事。煤气炉叫希薇雅，冰箱叫史蜜拉。我们真的必须为我们的厨房用具取名字吗？”

我的厨房器具。我的，不是我们的，该死。“我完全能了解珍娜为什么要跟你分手。”

我那么说，伊莎抬眼，一副大受打击的神色。“你真可怕。”她说，“你真可怕，我生出来后应该马上把妈妈的子宫缝起来。”她泪眼婆娑地跑进浴室。

伊莎贝尔比我大三分钟，不过我却是永远在照顾她的人。我是她的核弹头：当她苦恼沮丧的时候，我安慰她，听她倾倒心里的垃圾，不管是因为我们的六个哥哥的其中之一逗她，或是邪恶的珍娜伤害她。珍娜在与伊莎发展了七年彼此承诺的关系后，终于决定自己不再是同性恋。长大后，伊莎是个会两边讨好的伪善者，而我是那种会激动地握拳、剃光头来跟爸妈抗议，或穿着高中制服和战斗靴挺身奋战的人。不过现在我们已经三十二岁，我是个生活没有目的却老是奔波忙碌的人，而伊莎是个“蕾丝边”，她用回形针和螺栓来做珠宝。

浴室的门锁不上，伊莎还不知道。所以我走进去，等她用冷水泼脸后，递给她一条毛巾：“伊莎，我不是故意的。”

“我知道。”她看着镜子里的我。大部分人分不出我们两个，现在我有真正的工作，必须中规中矩地打理发型和服装。“至少你有过一段恋情。”我说，“我的上一次约会是在买那罐酸奶的时候。”

伊莎的嘴角弯起，转身面对我：“马桶有名字吗？”

“我想给它取名叫珍娜。”我说，我姐姐笑得花枝乱颤。

电话铃响，我去客厅接。“茱莉亚，我是狄沙罗法官。我有个案件需要诉讼监护人，希望你能帮我的忙。”

我一年前成为诉讼监护人，因为我发现做没有报酬的义工无法支付我的房租。诉讼监护人是由法院委托，在牵涉到未成年人的案件中，作为诉讼期间儿童的法定代言人。你不必是个律师才能被训练成诉讼监护人，可是你必须具备道德准则和爱心。事实上，这种条件会使大部分律师都不合格。

“茱莉亚，你在听吗？”

我愿意为狄沙罗法官侧翻筋斗，我刚成为诉讼监护人时，是他牵线给我第一个工作机会。“我会尽力。”我答应他，“是什么样的案件？”

他给我背景资料——那些医疗决定权和十三岁女儿控告有法律背景的妈妈等话语在飘浮。我只确实地把两个名词听进去：紧急，律师的名字。

上帝，我不要接这个案子。

“我一个小时内可以过去。”我说。

“好。因为我想这个小孩需要人协助。”

“那是谁？”伊莎问。她打开她的工具箱：几样小工具和金属线，装有小金属片的小盒子，当她组合那些东西时，听起来像是咬牙的声音。

“一个法官，”我回答，“有个女孩需要帮助。”

我没有告诉我姐姐，我是在说我自己。

费兹杰罗家没人，我按了两次门铃，心想可能搞错了。狄沙罗法官让我以为，这是个有危机的家庭。可是我发现我仿佛站在海角乐园前面，沿着这户人家的步道，是一个有人细心照料的花园。

我转身要回我的车时，瞥见一个女孩。她看起来还不到十三岁，脸上有一股不妥协的顽强，神情像只小牛。她跳过人行道的每一道裂缝。“嗨，”我等到她走得够近时出声打招呼，“你是安娜吗？”

她猛然抬起下巴：“或许。”

“我是茱莉亚·罗曼诺。狄沙罗法官请我来做你的诉讼监护人。他对你解释过诉讼监护人是做什么的了吗？”

安娜眯起眼睛：“在博克顿有个女孩被人绑架，他们说他们是应她妈妈的要求去接她，载她去她妈妈工作的地方。”

我翻找自己的皮包，拿出我的驾照和一叠纸：“这里，请看。”她瞄我一眼，然后看我驾照上奇丑无比的照片。她详细地阅读我来此之前，在家事法庭拿到的一份解除医疗决定权诉状的复印件。我如果是个变态杀手，我的事前准备工作一定做得不错。不过我心里已经有一小部分给安娜的小心加分：她不是个鲁莽轻率的小孩。如果她连要不要相信我的话，都要想得很久很深入，那么她想解决与家人的纷争，一定想得更久更深入了。

她把我给她看的东西通通还给我。“大家都到哪里去了？”她问道。

“我不知道。我以为你可以告诉我。”

安娜的目光紧张地瞟向门口：“希望凯特没出什么事。”

我歪着头想，这个女孩已经令我感到惊讶。“你有时间跟我谈谈吗？”我问。

罗杰·威廉斯动物园的第一站是斑马。在非洲动物区的所有动物里，这些斑马是我的最爱。我对大象谈不上喜欢或不喜欢；我从来都找不到印度豹——可是斑马令我着迷。如果我们够幸运，能住在黑或白的世界里，它们会是少数最适宜的生物之一。

我们经过蓝小羚羊、紫羚羊，还有一种叫做无毛鼹鼠的小东西，它们不会爬出洞。当我被指派做小孩的诉讼监护人时，我常带他们到动物园。在动物园里，他们比较会敞开心扉跟我讲话，不会像我们面对面坐在法庭里，或坐在邓肯甜甜圈店里那么正式。当他们看着长臂猿有如奥林匹克竞赛的体操选手四处荡来荡去，他们就会开始说家里发生的事，他们甚至察觉不到他们在做什么。

不过，安娜比我以前监护过的孩子年纪大一点，来这里她也比较不那么兴奋。回头想，这是个错误的选择，我应该带她去商场，或者看电影。

我们走过动物园里曲折的小径，安娜只有在被追问时才会讲话。我问她姐姐的健康情况，她礼貌地回答我。她说她妈妈确实是被告律师。我买冰淇淋给她，她谢谢我。

“告诉我你喜欢什么娱乐活动。”我说。

“玩冰球。”安娜说，“我以前是守门员。”

“以前是？”

“你要是丢了一球，你年龄越大，教练就越不会原谅你。”她耸肩，“我不想让全队失望。”

这种说法很有趣，我想。“你的朋友们还在玩冰球吗？”

“朋友们？”她摇头，“你有个常常需要休息的姐姐，就不可能邀请朋友到你家。你妈妈会凌晨两点突然接你到医院，你也不好意思为了联络感情再到别人家过夜。你可能已经上中学一段时间了，可是大部分人认为你们家的人怪怪的，宁可敬而远之。”

“那你都跟谁讲话？”

她看着我说：“凯特。”然后问我有没有手机。

我从皮包里拿出手机，看她输入已背下的医院电话号码。“我要找一位病人，”安娜对接电话的人说，“凯特·费兹杰罗，”她抬眼看我，“谢谢。”按了挂机键后，她把手机还给我。“凯特没有登记。”

“那是好消息，对吗？”

“那可能只是代表工作人员还没来得及登记。有时候，那需要好几个小时。”

我靠着接近大象参观区的栏杆。“你好像很担心你姐姐现在的情况。”我明说，“如果你不再做捐赠者，你确定准备好要面对将会发生的事情了吗？”

“我知道会发生什么事。”安娜低声说，“我从来没说过我喜欢如此。”她抬头跟我面对面，挑战我挑她的毛病。

我定定地望着她。如果我发现伊莎需要一个肾脏，或我的一部分肝脏，或骨髓，我该怎么做？答案毋庸置疑——我会问，我们多快可以去医院移植。

可是，那必须是我自己做的选择，我的决定。

“你父母有没有问过你要不要做你姐姐的捐赠者？”

安娜耸肩：“应该这么说，爸爸妈妈问问题之前，他们的脑子里早就已经有了答案。‘该不会是你使得整个二年级都放假在家吧，是吗？’或是，‘你要吃一些花椰菜，对吗？’”

“你有没有告诉过你父母，你对他们为你做的一些决定感觉不舒服？”

安娜离开大象区，边爬坡边说：“我可能抱怨过几次。可是他们也是凯特的父母。”

这个难题犹如小滚筒开始勾着我滚。传统上，父母有权利为小孩作决定，因为按推论他们会为儿女的最大利益着想。可是他们如果有盲点，为他们的另一个孩子的最大利益着想，那么这种传统的推论便瓦解了。在不为人知的某处，想必也有像安娜这样的受害者。

问题是，她提起这桩诉讼案是因为，她真的认为她可以比父母为自己的医疗护理行为作出更好的抉择，还是只是因为，她要父母至少听她叫喊一次？

我们绕着北极熊特雷西和诺顿前面的栅栏走。自从我们来到这里，安娜的脸第一次亮起来。她注视着动物园里最新的成员寇比——特雷西的幼崽。它拍拍躺在石头上的妈妈，想找她陪自己玩。“上次它们有熊宝宝的时候，他们把它送给了别的动物园。”安娜说。

她说得对，《普罗维登斯报》关于那次事情的报道的回忆游进我的脑海里。那是罗得岛的重大公关活动。我说：“你想它会纳闷自己做了什么而被送走吗？”

在成为诉讼监护人之前，我们受过训练，要看得出沮丧的征兆。我们知道该如何从一个人的身体语言、淡漠的表情和情绪波动去阅读他心里在想什么。安娜的手握紧金属栏杆。她的眼睛晦暗如棕黄色。

我想，这女孩不是会失去她姐姐，就是会失去她自己。

“茱莉亚，”她问，“我们可以回家了吗？”

我们越接近她家，安娜就越显得和我疏远。一个很机灵的招数，虽然我们的身体之间的距离并没有改变。她缩向她那边的车窗，凝视着沿路经过的街道：“接下来会怎样？”

“我会跟每个人谈话。你妈妈、你爸爸、你哥、你姐姐，还有你的律师。”

一辆破吉普车停在她家的车道上，房子的前门开着。我将引擎熄火，可是安娜没有动，没有松开安全带。“你可以陪我进去吗？”

“为什么？”

“因为我妈会杀了我。”

现在的安娜一副受到惊吓的模样，和刚才与我相处那一个钟头的安娜不太一样。我怀疑一个小女孩怎么可能勇敢到提出诉讼，同时却又害怕面对自己的妈妈。

“她为什么会杀你？”

“我今天出门没有告诉她我要去哪里。”

“你常常这么做吗？”

安娜摇头：“通常我都会乖乖听话。”

反正我迟早都必须和莎拉·费兹杰罗谈话。我下车，等安娜下车。我们走向前门的小径，经过漂亮的花圃，再经过前门。

她的长相与我想象中的对手不同。安娜的妈妈比我矮，比我瘦。

她有一头深色的头发和一双苦恼的眼睛。她正在踱步。门一打开，她便跑向安娜。“看在老天的份上，”她叫着，抓着她女儿的肩膀摇，“你到哪里去了？你有没有想过……”

“对不起，费兹杰罗太太。我自我介绍。”我走上前，伸出手，“我是茱莉亚·罗曼诺，法院指派的诉讼监护人。”

她的手自安娜肩上滑下，不自然地表示友善：“谢谢你带安娜回家。我相信你有很多事情要和她讨论，可是现在……”

“事实上，我希望能和你谈谈。法院要求我在一个礼拜内提出报告，所以如果你能拨出几分钟的话……”

“我不能，”她唐突地说，“现在真的不是适当的时机。我另一个女儿刚刚又住院了。”她看向还站在厨房门口的安娜，用目光在对她嗔怨：现在你高兴了吧？

“我很遗憾听到这个消息。”

“我也是。”莎拉清清喉咙，“我感谢你来和安娜谈。我知道你只是在做你的工作。可是事情自然会化解，真的。这只是个误会。我确信狄沙罗法官会在一两天内就这么告诉你。”

她退后一步，以言外之意向我和安娜挑战。我瞟向安娜，她抓住我的目光，几乎难以察觉地摇头，恳求我现在暂且放过争端。

她在保护谁？她妈妈，还是她自己？

我心中扬起一面红旗：安娜十三岁。安娜和她妈妈一起住。安娜的妈妈是被告律师。安娜怎能住在同一个家里而不被莎拉影响？

“安娜，我明天会打电话给你。”然后我没有和莎拉·费兹杰罗道别，便离开她家，去一个我永远也不想去的地方。

坎贝尔·亚历山大的事务所看起来和我想象的一样：在黑色玻

璃帷幕大楼的顶楼，铺着波斯地毯的走廊尽头，用两道沉重的桃花心木门阻挡贱民。坐在大型接待桌后面的小姐五官如瓷器般细致，电话的耳机藏在她浓密的头发下。我不理她，直接走向唯一关着的门。

"嘿！"她喊道，"你不能进去！"

"他在等我。"我说。

坎贝尔没有抬头，不知道在写什么，看起来相当恼火。他的袖子卷到手肘。他该剪头发了。"凯丽，"他说，"看看你能不能找到珍妮·琼斯关于同卵双胞胎的副本，他们不知道他们……"

"你好，坎贝尔。"

他先停止写字，然后抬起头。"茱莉亚。"他站起来，显得意外又慌张，仿佛违反校规被捉住的学童。

我走进去，在身后关上门："我是承接安娜·费兹杰罗案的诉讼监护人。"

先前我没注意到的一只狗走到坎贝尔身边。"我听说你去念法学院了。"他说。

哈佛。全额奖学金。

"普罗维登斯是个小地方……我一直希望……"他平静多了，尾音淡掉，摇摇头，"我以为在此刻之前我们就会相遇。"

他对我微笑，我突然又回到十七岁——那一年我了解到，爱情是不按牌理出牌的；那一年我了解到，没有一件事值得你付出那么多。

"你存心的话，想躲开对方并不难。"我冷冷地说，"你比谁都明白。"

坎贝尔

我相当镇静，真的，直到波纳根瑟高中的校长在电话里抨击学生不识时务。“看在老天份上，”他气急败坏地说，“一群印地安学生把他们校内棒球社团取名为‘白人’，那是什么意思？”

“我想那意思就跟你选酋长作为学校吉祥物一样。”

“波纳根瑟的酋长吉祥物从1970年就有了。”校长争辩。

“是的，从他们出生以来，就是纳拉甘西特族的族人。”

“他们取的名字有损校誉。不识时务。”

“很遗憾，”我说，“你不能控告别人不识时务，否则你显然几年前就会接到法院的传票。反过来说，宪法确实保障美国人的人权，包括印地安人——他们有集会自由，也有言论自由，那意味着即使你荒谬地威胁他们要提出诉讼，设法让这个案子成立，白人队在出庭时也会得到取这个队名的许可。其实，你不妨考虑针对所有人权提出集体诉讼。因为按照这个逻辑，你也会认为白宫、白山山脉和白页[①]都隐含命名的种族歧视，干脆一起告发。”电话那头死寂无声，“我可以告诉我的当事人，你经过思考后决定不提出诉讼了吗？我的推论对吗？”

① 美国的电话簿中刊载私人电话的部分为白页。

他挂掉了我的电话后，我按内线电话键：“凯丽，打电话给厄尼·菲许基勒，告诉他，他没什么好担心的了。”

在我埋首于桌上一堆小山般的文件时，法官发出叹息。它蜷曲在我的桌子左边睡觉，像是一条编织地毯。它的爪子抽动了一下。

我们曾经一起看一只小狗追自己的尾巴。她说，这才是人生，我下辈子要做小狗。

我笑着说，你会轮回转世成一只猫。猫独来独往，不需要别人。

我需要你，她回答。

好吧！我说，那我就转世成猫薄荷。

我闭上眼睛，拿拇指按按眼球。我显然睡眠不足，先是看到咖啡店外头有个疑似是她的姑娘，现在又想到她。我对法官皱眉，仿佛是它的错，然后再将注意力拉回我在拍纸簿上写的一些笔记。我的一个新客户因贩毒被起诉，有录像带为证。铁证如山，他不可能脱罪，除非这家伙有同卵双胞胎，而他妈妈没有告诉他。

那使我想到……

门打开来，我没有抬头看，便直接向凯丽下指令：“看看你能不能找到珍妮·琼斯关于同卵双胞胎的副本，他们不知道他们……”

“你好，坎贝尔。”

我快疯了，我绝对快疯了。因为茱莉亚·罗曼诺就在离我不到五英尺的地方，我已经十五年没看到她了，恍如隔世。她的头发现在比较长，法令纹托着她的嘴唇，像括号括着我没在她身边听的那一世的话。“茱莉亚。”我设法发出声音。

她关上门，关门声使得法官惊醒跳起来。“我是承接安娜・费兹杰罗案的诉讼监护人。”她说。

“我听说你去念法学院。普罗维登斯是个小地方……我一直希望……我以为在此刻之前我们就会相遇。”

“你存心的话，想躲开对方并不难。”她回答，“你比谁都明白。”然后，她的怒气突然都蒸发光了，“抱歉，说这些都是多余的。”

“好久不见了。”我回答，我真正想说的是问她这十五年来都在做什么。她是否依然喝红茶加牛奶和柠檬，她是否快乐。“你的头发不再是粉红色了。”我说，因为我是个白痴。

“不，不是了。”她回答，“那有什么问题吗？”

我耸肩。“没有，只是……呃……”话呢？当你最需要它们的时候，它们偏偏挑在这个时候玩捉迷藏。“我喜欢粉红色。”我坦承。

“那在法庭里会影响我的专业形象。”茱莉亚坦承。

她的回答令我微笑：“你从什么时候起会在意别人如何看你？”

她没有回答，不过有些事情改变了。房间里的温度，或者她眼中映出的墙。“或许我们应该谈谈安娜，不要再挖掘过去。”她提出外交辞令般的建议。

我点头。可是感觉我们像是坐在巴士的一条窄小长椅上，而我们之间有个陌生人，我们谁也不愿承认，或提到我们之间隔了什么，那样我们可以绕着他讲话，可以透过他，在对方没注意到时偷瞄彼此。当我满脑子想的都是茱莉亚是否在某人的怀里醒来时，我如何能思考安娜・费兹杰罗的事情？在她清醒之前，意识仍混沌的片刻，她心头浮现的人还是我吗？

法官感觉到气氛紧张，它起身站到我旁边。茱莉亚好像第一次注意到我们并非独处。“你的搭档？”她问。

“只是个同事。”我说，“它会做法律评论。”她扮鬼脸，手指轻搔法官的耳朵后面——该死的幸运小子。我请她停手。“它是一只看护狗。它不该被当作宠物。”

茱莉亚惊讶地抬起头。在她开口问之前，我转变话题：“来谈谈安娜。”法官把它的鼻子推进我掌中。

她双手在胸前交叉：“我见过她了。”

“哦？”

“深受父母影响的十三岁女孩。安娜的妈妈似乎很笃定这个案件不会交付审理。我觉得她也可能会试着说服安娜撤回诉讼。”

“我可以处理。”我说。

她怀疑地望着我：“如何处理？”

“我会要求莎拉·费兹杰罗搬出去。”

她的下巴往后缩：“你在开玩笑，是不是？”

法官开始急切地拉我的衣服。看我没有反应，它吠了两声。“我当然不认为我的委托人是该搬出去的那一位。莎拉·费兹杰罗违反法官的命令。我会申请暂时性的禁止令，迫使她不和她女儿作任何接触。”我说。

“坎贝尔，她是安娜的妈妈呀！”

“这个礼拜，她是被告辩护律师，如果她对我的委托人有任何不利的地方，她必须被限制，不得那么做。”

“你的委托人有名字，有年龄，她的世界即将崩裂，她最不需要的便是使她的人生更不安稳。你有没有费过一点心思去了解她？”

“我当然有。”我说谎，法官开始在我脚边呜呜。

茱莉亚垂下目光看它：“你的狗有什么不对吗？”

“它很好。我的工作是保护安娜的法律权利，并且打赢官司，那正是我要做的事。”

“你当然会那么做，不需要符合安娜的最大利益……但必须符合你的最大利益。多么讽刺，一个不想再为了别人的利益而被利用的小孩，结果在电话簿里挑到了你的名字？”

“你不了解我。”我说，我的下巴紧绷。

“哦？那是谁的错？”

不提起过去太难了。我战栗了一下，我抓起法官的项圈。“对不起，失陪。”我说完走出办公室的门，有生以来第二次抛下茱莉亚。

你能看穿它的话，惠勒学校是个制造未来社交名媛和投资银行家的工厂。我们看起来都很像，讲话也像。对我们而言，夏天是个动词。

那里当然有会打破这种模式的学生。像那些拿奖学金的孩子，他们把衣领竖起来，学习划船，但是他们从来都不了解，我们始终都知道，他们不是我们这群豪门世家子弟的一分子。惠勒学校有像汤米·波尔多这样的明星，他在大三就被底特律红翼冰上曲棍球队网罗。还有心理不正常的人，他们试着割腕，或者将酒和镇定剂混着喝，然后默默地离开校园，就像他们曾经安静地在校园里闲逛那样无声无息。

茱莉亚·罗曼诺进入惠勒那一年，我是个中学六年级的学生。她足蹬军靴，在学校的运动上衣里面穿着廉价的好把戏乐团的运动衫，她能够记住整首十四行诗也不流一滴汗。下课时，当我们其他人都在校长的背后抽烟时，她爬楼梯到体育馆的最高处，坐在那里背靠着暖气管，阅读亨利·米勒和尼采的作品。她不像学校里其他女孩，把她们柔顺如瀑布的黄色秀发用发带绑成像用缎带包装的糖果，她的头发是地道的，像龙卷风似的黑色鬈发，而且她从来不化妆——不管你喜不喜欢，她就是素着一张五官深刻的脸。她在左眉穿了一个我所见过最细的银环。她闻起来像发酵的新鲜面团。

有关她的谣言是：她被一所少女看护学校开除；她是初级学力测验满分的奇才；她比我们这个年级的其他学生还小两岁；她有刺青。没有人真正了解她。他们叫她怪胎，因为她跟我们不一样。

有一天茱莉亚·罗曼诺顶着一头粉红色的短发来学校。我们都以为她会被停学，结果在惠勒关于服装仪容的冗长规定里，并没有明确提及发型、发色的要求。那使得我怀疑，为什么学校里没有一个人留细发辫。就我所知，那并不是因为我们不能引人注目，而是因为我们不想。

那天午餐时她经过我和一伙帆船队的伙伴们以及他们的女朋友坐的桌子。

“嘿，”一个女孩说，“那样会痛吗？”

茱莉亚慢下脚步。“什么会痛？”

“掉进棉花糖的机器里？”

她连眼睛都没眨：“抱歉，我付不起在理发店做头发的钱。”然后她走开去餐厅的角落，那里是她一向独自用餐的地方。她用一副背面有守护圣人图的扑克牌，玩单人牌戏。

“妈的，”我的一位朋友说，“我才不会去惹那个女孩。”

我发笑，因为其他人都笑了。可是我也注意到她坐下，推开餐盘，开始摆她的牌。我很好奇，一点都不在乎别人对你的看法会是什么滋味。

我是帆船队队长，一天下午，我擅自离开帆船队，去跟踪她。我跟她保持一段距离，确定她不会发现我在她身后。她朝黑石林荫大道走去，转进天鹅岬墓园，爬到最高点。然后她打开背包，拿出课本和活页夹，把她自己安置在一座坟墓前面。“你可以出来了。”她说。我差点把我的舌头吞进去，以为她在跟鬼说话，直到我反应过来她是在跟我讲话。“如果你多付25分钱，你甚至可以靠近一点看我。”

我从一棵大橡树后面走出来，双手插在口袋里。我人已经在那里了，却不知道为什么会跟着她来。我用头偏向坟墓：“那是你的亲戚？”

她转头去看。“对。我奶奶搭乘五月花号时坐在她旁边。”她凝视着我，把我看个仔细，“你不是该去板球比赛什么的吗？”

“马球，”我绽开笑容，“我正在等我的马来。”

她没听懂我的笑话……或者她并不觉得好笑：“你要干吗？”

我不能承认我在跟踪她。“请你帮忙，”我说，“功课。”

事实上我还没详细看过我们的英文作业。我抓起她活页夹最上面的一张纸，便大声地念：你碰到可怕的四部车相撞的车祸。有人在痛苦地呻吟，尸体到处散落。你有义务停车吗？

“我为什么要帮忙？”

“以法律的观点而言，你没必要帮忙。如果你把某人拖出车外，结果使他伤得更重，你会被告。”

“我是说，我为什么要帮你的忙？”

那张纸飘到地上：“你看不起我，是不是？”

“我看不起你们任何一个，没什么好说的。你们是一群肤浅的白痴，怕被人发现你们和与你们不同的人在一起。”

“你不也是这样吗？”

她盯着我瞧了几秒钟，然后开始把东西塞回背包里：“你有信托基金，不是吗？如果你需要人帮忙，付钱找家教。”

我的脚压着一本课本。“你愿意做吗？”

“教你？免谈。”

“遇上车祸，你会停车吗？”

她的手静止不动：“当然。即使法律说没有人该为别人负责，帮助需要帮助的人也是做人的道理。”

我坐到她旁边，近得几乎能碰触到她手臂的肌肤：“你真的不会见死不救？”

她往下望着她的大腿。“当然。”

“那么，”我问，“你怎么能走开不理我？”

事后，我拿纸巾擦脸，调整我的领带。法官在我身边绕着圈子走，它一向如此。“你做得很好。”我轻拍它脖子上浓密的毛。

等我回到办公室，茱莉亚已经走了，凯丽难得有精力，坐在计算机前打字。“她说你如果需要跟她谈，你可以该死地去找她。是她这么说的，不是我。她还索要安娜所有的医疗纪录。”凯丽转头看我，“你看起来糟透了。”

“谢谢。”她桌上一张橘色的便利贴吸引了我的注意，“她要医疗记录送去这里吗？”

“是的。”

我把那张地址放进我的口袋：“这件事我会处理。”

一个礼拜后，在同样的坟墓前，我脱下茱莉亚·罗曼诺的战斗靴，剥掉她有保护色的夹克。她的脚窄窄的，像郁金香的内侧那么粉红。她的锁骨是个神秘地带。“我知道你这下面非常漂亮。”那里是我第一次吻她的地方。

费兹杰罗家住在上达比市，一座很典型的普通美国人房子里。两部车的车库，铝制的外墙板，窗子上贴着消防队的防火贴纸。我抵达那里的时候，太阳已落到屋顶的后面。

在开车来此的路途中，我试着说服自己，茱莉亚说的话绝对与我为什么决定来探访我的委托人无关。我早就想在晚上回家之前，绕道来这里了。

可事实是，我执业多年以来，第一次到当事人家中拜访。

我按铃后安娜来开门："你来这里做什么？"

"看看你。"

"那要多花钱吗？"

"不会。"我自我解嘲地说，"这是我这个月在特价促销的优惠活动之一。"

"喔。"她双手在胸前交叉，"你跟我妈谈过了吗？"

"我尽可能避免。我猜她不在家？"

安娜摇头："她在医院。凯特又住院了。我想你可能必须去医院跑一趟。"

"凯特不是我的委托人。"

她显得有点失望，把头发拢到耳朵后面："你，嗯，要进来吗？"

我跟着她走进客厅，坐到沙发上，它像个明亮的蓝色条纹调色盘。法官嗅嗅家具的边缘。"我听说你见过诉讼监护人了。"我问。

"茱莉亚。她带我去动物园。人还不错。"她的目光撞上我的，"她有没有说我什么？"

"她担心你妈妈可能会跟你谈这个案件。"

“除了凯特之外，”安娜说，“我们还有什么好谈的？”

我们互相凝视了一会儿。除了委托人与律师的关系之外，我不知所措。

我可以要求去看她的房间，可是任何一个正直的男性辩护律师都不该和一个十三岁的女孩独自上楼。我可以带她出去吃晚餐，可是我怀疑她可能欣赏不了诺沃咖啡厅——我最喜欢光顾的意大利餐厅，而我的胃恐怕又会排斥汉堡。我可以问她关于学校的事，可是现在在放暑假，并非学期中。

“你有小孩吗？”安娜问。

我笑道：“你觉得呢？”

“那可能是好事。”她说，“我不是有意冒犯，不过你看起来不像家长。”

她的说法吸引了我：“家长看起来像什么样子？”

她似乎思考了一下。“你知道在马戏团走钢丝的人要大家相信他的表演是一项艺术，可是你心里知道，他其实只希望能平安地走完。就像那样。”她瞟我一眼，“你可以放松点，你知道的。我不会把你绑起来，叫你听帮派嘻哈饶舌音乐。”

“喔，既然如此。”我开玩笑地松开领带，身体往沙发上的靠枕靠去。

我的动作使她脸上露出短暂的笑容：“你不必假装做我的朋友或什么的。”

“我不想假装。”我用手指伸进头发抓过头皮，“其实，这对我来说是个新尝试。”

“什么新尝试？”

我环视客厅：“拜访客户。轻松地聊天。办公室里的事情还没办完就回家。”

“我也有个新尝试。”安娜说。

“什么新尝试？”

她抓一撮头发缠绕着她的小指头。“希望。”她说。

茱莉亚的公寓所在的这个高级住宅区，以众多离过婚的单身汉闻名，这点令我在花时间找停车位时相当火大。然后公寓大楼的守卫瞄了法官一眼，挡住我的路。“对不起，狗不准进去。”他说。

“它是看护狗。”他好像没听懂，我只好再说明，“你知道的，就像导盲犬。”

“你看起来不像瞎子。”

“我是个康复中的酒鬼。”我对他说，“狗会阻止我喝啤酒。”

茱莉亚的公寓在七楼。我敲敲她的门，然后看到一只眼睛透过窥视孔看我。她把门打开一道缝，但没有解开门链。她头上包着头巾，看起来好像在哭。

“嗨，”我说，“我们可以重来吗？”

她擦擦鼻子：“你是谁？”

“好吧！我活该。”我瞥向门链，“让我进去，好吗？”

她瞧着我的眼光，好像当我是疯子：“你疯啦？”

里头传来走路的声音和另一个人讲话的声音，然后门大开，我愚蠢地想：有两个她。“坎贝尔。”真的茱莉亚说，“你来这里干吗？”

我举起医疗记录，还没从震惊中恢复。我们在惠勒学校相处了一整年，她为什么从来没跟我提过她是双胞胎？

“伊莎，这位是坎贝尔·亚历山大。坎贝尔，她是我姐姐。”

“坎贝尔……”伊莎喃喃地念我的名字。仔细瞧，她其实一点都不像茱莉亚。她的鼻子比较长一点，肤色也不接近茱莉亚的金色调。更别提看着她的嘴唇张合时，根本不会使我产生欲望。“该不是那个坎贝尔吧？”她转身问茱莉亚，“从……”

“是。”茱莉亚叹气。

伊莎眯起眼睛。“我就知道我不该让他进来。”

“没关系。”茱莉亚说，她拿走我手里的档案，“谢谢你送来。”

伊莎挥挥手指：“你可以走了。”

“别这样。”茱莉亚拍她姐姐的手臂，“坎贝尔是我这个礼拜要一起工作的律师。”

“可是他是那个讨厌鬼，他……”

“是的，谢了。我的记忆扇区没有坏掉。”

我插嘴：“我刚才在路上去过安娜家。”

茱莉亚转身面对我：“结果呢？”

“地球呼叫茱莉亚，”伊莎说，“停止自我毁灭的行为。”

“伊莎，事关可以付账的支票。我们一起承接一件案子，如此而已，好吗？我真的不想听你教训我是在自我毁灭。是谁在被抛弃的第二天晚上，还没自尊地打电话给珍娜企图挽回？”

“嘿，”我转身对法官说，“你觉得红袜队怎么样？”

伊莎跺着脚走向走廊。“是你自己要自杀，别说我没警告过你。”她喊道，然后我听到了关门声。

“我想她真的喜欢我。”我说，可茱莉亚没有被我的反话逗笑。

“谢谢你送医疗记录来。再见。”

“茱莉亚……”

“嘿，我只是在给你省下麻烦。要训练一只在你情绪波动时，譬如说当你在听一个前女友陈述事实的时候，懂得适时将你拖走、帮你解围的狗一定很困难。你是怎么做到的，坎贝尔？打手势，讲话命令它，还是用高音的哨子？”

我愁眉苦脸地看向无人的走廊：“我可以请伊莎回来吗？”

茱莉亚试着把我推出门。

“好，我道歉。今天在办公室里我无意匆忙离开。可是……情况紧急。”

她审视着我：“你说你的狗是做什么用的？”

“我没说。”她转身，我和法官跟着她走进公寓，关上我们身后的门，“我去看望了安娜·费兹杰罗。你说得对。在我拿到对她妈妈的禁止令之前，我需要跟她谈谈。”

“然后呢？”

我回想我和安娜坐在条纹沙发上，延伸我们之间的信任网络。“我想我们的看法一致。”茱莉亚没有回答，只是拿起厨房流理台上的一杯白葡萄酒。“喔，不错，我想喝一点。”我说。

她耸肩：“在史蜜拉里。”

她当然是指冰箱。因为“史蜜拉”是“雪”的意思。我走到冰箱前，拿出酒瓶，我感觉得到她在忍住微笑：“你忘了我了解你。”

“你应该用过去时。”她纠正。

“那么你告诉我，过去十五年来你做了些什么？”我的头偏向走廊上伊莎的房门，“我的意思是，除了复制你自己之外。”我想到一件事，在我问出来之前茱莉亚已经回答了。

“我的哥哥们都成了建筑商、厨师和管道工。我爸妈要他们的女儿上大学，他们以为上惠勒的高年级可能对我们比较有利。我的成绩优异可以拿到部分奖学金，伊莎拿不到。我爸妈只供得起我们其中之一上私立贵族学校。”

“她上大学了吗？”

“罗得岛设计学院，”茱莉亚说，“她是个珠宝设计师。”

“一个有敌意的珠宝设计师。”

“你要是心碎了，也会那样。”我们的目光交会，茱莉亚明白她在说什么，“她今天刚搬进来。”

我的眼睛在公寓里游走，寻找冰球球棍、《运动画刊》杂志、顾家家居公司生产的椅子，或任何暗藏男性物品的线索。“习惯有个室友很困难吗？”

“如果你是在打听的话，坎贝尔，我以前自己一个人住。”她越过她的酒杯看我，“你呢？”

“我有六个太太、十五个小孩和各色各样的羊。”

她的嘴唇弯起：“像你这样的人总是让我觉得，我未能充分发挥学习的潜能。”

“喔，对，你在这个星球上真是浪费人才。哈佛大学，哈佛法学院，心肠太软的诉讼监护人……”

“你怎么知道我在哪里上法学院？”

“狄沙罗法官。”我说谎，她相信了。

我怀疑茱莉亚是否和我一样觉得，我们曾经交往是没多久以前的事，而不是好些年前。因为和我一起坐在这张柜台式的桌子前，她似乎和我一样轻松。犹如拿起不熟悉的活页乐谱，刚开始弹时全无信心，然后你发现你曾经熟谙它的旋律，不必练习也可以顺利地弹奏。

“我没想到你会成为诉讼监护人。”

“我也没想到。”茱莉亚微笑，“我有时候还是会幻想我去波士顿大众公园，站在肥皂箱上抱怨父权社会。很不幸，你不能用信念来付房租。”她看着我说，“当然，我也误以为你现在会成为美国总统。”

“我以前自视太高。”我承认，“现在我把志向放低一点。而你，事实上，我以为你会住在郊外，和一个幸运的家伙生一群孩子，做小足球运动员的妈妈会做的事。”

茱莉亚摇头：“我想你把我和墨菲、碧西、托托，或不管你在惠勒认识的哪个女孩搞错了。”

“不。我只是想……我或许会是那个家伙。”

空气中顿时充满浓稠得化不开的沉默。茱莉亚终于说：“你不想做那个家伙，你早就表明得够清楚了。”

我想争辩：不是那样的。可是，毕竟当时是我不想再与她有任何关系，她当然会那样认为。毕竟当时我表现得和其他人一样：“你记得……”

“坎贝尔，我什么都记得。”她打断我的话，“如果我不记得，我就不会这么难过。”

我的脉搏瞬间狂跳，那使得法官站起来，用它的鼻子推我的屁股警告我。我本来以为任何事都伤害不了看似无忧无虑的茱莉亚。我一直希望我能像她那么幸运，什么都放得开。我的这两个推论都错了。

安娜

我们家客厅有一整个架子摆放着我们家的历史影像记录。那里有每个人婴儿时期的照片，有学校的大头照，还有不同假期、生日与节日拍的照片。那些照片让我想到皮带上的刻痕或监狱墙上的涂鸦。那些都可以证明时间点点滴滴地流逝，我们不是直接游到地狱的边界。

有一个像一本摊开的书那样相连的两个相框，一边放一张八乘十英寸的照片，一边放两张四乘六的。相框是浅色的木头做的，镶嵌着木头和很别致的玻璃马赛克。我拿起相框来看，一边是杰西的照片，他大约两岁，穿着牛仔装。看着他这张天真无邪模样的照片，你绝对想不到他会变成现在这个样子。

另外一边是秀发如云的凯特和光头凯特的对比。一张是凯特还是娃娃时坐在杰西腿上；另一张是我妈两手分别抱着他俩，坐在游泳池边。架上当然也有我的照片，只不过不多。我从婴儿到大约十岁的照片只有寥寥几张，一下子就看完了。

或许是因为我是第三个小孩，他们已经不耐烦坚持做人生的目录。或许是因为他们忘了。

不是任何人的错，那也没什么大不了，只是和其他事情一样，让人感到有点沮丧。一张照片会说：“你是快乐的，我要抓住此刻。”另一张照片说：“你对我而言如此重要，我放下所有的事来注视你。”

我爸爸十一点打电话问我，要不要他来接我。“妈妈今天晚上会睡在医院里。”他解释，“如果你不想一个人独自在家，你可以在消防站里睡。”

“不用，没关系。”我对他说，“如果我需要什么，我可以找杰西。”

“好。”我爸爸说，“杰西。”我们都假装倚赖杰西是个可靠的备用计划。

“凯特怎么了？”

“还是不太好。你知道的，安娜。”我听到他吸了一口气，“他们会尽力治疗她。”电话里出现尖锐的铃声，“宝贝，我该走了。”他挂断电话，留给我满耳断线的嗡嗡声。

有一会儿我依然握着话筒，想象我爸爸踏进他的靴子里，穿上防水裤，拉好吊裤带。我想象消防站的门像阿拉丁的山洞门，咿呀打开，消防车呼啸地开走，我爸爸坐在副驾驶座上。他每次工作都要去灭火。

我正需要那种勇气。我抓起一件毛衣，朝车库走去。

我们学校里有个小孩，吉米·史特玻，他以前老是出丑。他满脸青春痘；他有一只叫孤女安妮的宠物鼠；有一次上科学课，他吐进了水族箱。没有人要跟他讲话，以免被他的丢脸行为传染。一个夏天，他被诊断出得了多发性硬化症。之后，再也没有人对吉米刻薄。如果你在走廊上遇到他，你会对他微笑。好似他成了一个会走路的悲剧后，他就不再是个蠢蛋。

从我出生的那一刻起，我就是个有个生病的姐姐的女孩。我认识的出纳给我一根额外的棒棒糖，校长知道我的名字，没有人会公然给我难堪。

那使得我猜想，如果我和大家一样平凡，别人会如何对待我？或许我是个烂人，可是没人敢当着我的面说我的坏话。或许大家觉得我很粗鲁、很丑或很呆，可是他们必须对我好，因为那可能是我可悲的环境造成的。

那令我怀疑，我现在在做的事，是出自于我原始的本性吗？

另一部车的车前大灯反射到后视镜，像绿色的护目镜点亮杰西的眼睛。他懒洋洋的，只用一只手开车。“你的车子里有烟味。”我说。

“嗯。它可以掩盖泼出来的威士忌味道。”他的牙齿在黑暗中闪动，“怎么样？这个味道令你不舒服吗？”

“有一点。”

杰西伸手越过我的身体去开储物箱。他拿出一包荣誉牌香烟和一只打火机，点烟，随后向我的方向吐出一口烟。“抱歉。”他有口无心地说。

“我可以吗？”

“可以什么？”

“抽一根烟。”香烟白得似乎会发亮。

“你要抽烟？”杰西惊嚷。

“我不是开玩笑的。”我说。

杰西挑高一边的眉毛，然后突然大转方向盘，让我以为吉普车可能会翻车。我们在路上扬起一阵尘烟后，在路肩停车。杰西打开车内的灯，摇摇香烟包，抖出一根。我指间的香烟感觉很精致，像是一只鸟优美的骨头。我以戏剧女王般老练的方式拿烟，把烟夹在我的食指和中指之间，把烟放进唇内。

“你必须先点燃。”杰西笑道，他打亮打火机。

我无法潇洒地倾身去接近火焰，那可能会烧到我的头发而不是香烟。“你帮我点烟。”

“不行。你要学，就得从头学到尾。”他再一次点燃打火机。

我抓着香烟去接近火，学我看过杰西点烟时那样用力吸。那使得我的胸部几乎爆炸，剧烈地咳嗽了一分钟。我真的相信了，喉咙深处连接到我的肺，粉红色的海绵状。杰西在我把香烟丢掉之前就从我手里拿走了。他深吸了两口，然后把烟丢出窗外。

“试得不错。”他说。

我的声音像沙坑：“像在户外烤肉。”

在我回想该如何呼吸时，杰西把车子开上路：“你为什么想抽烟？”

我耸肩：“我想我或许可以抽烟。”

“如果你想要一张堕落一览表，我可以帮你列举。”我没有回答，他瞟向我。“安娜，”他说，“你没有做你不该做的事。”

他把车子开进医院的停车场。“我也没有做该做的事。”我说。

他将引擎熄火，可是无意下车：“你有没有想过龙守卫着洞？”

我眯眼：“请你直接说，不要拐弯抹角。”

“我猜妈妈睡在离凯特不到五英尺的地方。”

噢，不妙。我不认为妈妈会赶我出去，可是她当然不会让我单独和凯特讲话，而现在我非常需要和凯特独处。杰西望着我说：“见了凯特也不会让你觉得好过些。”

真的没有办法解释我为什么需要知道她没事，至少现在她的身体状况必须还行，虽然我已经采取行动，要终结她复原的希望。

终于有这么一次，似乎有人能了解我。杰西看向车窗外。“交给我。”他说。

我们那时分别是十一岁和十四岁，我们在训练预备打破吉尼斯世界纪录。从来没有两姐妹能同时倒立那么久的时间，我们坚持着，直到脸颊像紫红色的李子，眼睛什么都看不到，只看得到红色。凯特的身体柔软宛如小精灵，她的双手双脚像是面条；当她弯身到地上，双脚往上踢，看起来像蜘蛛在墙上走路。至于我，我挑战地心引力的结果是“砰”的一声掉到地上。

我们安静地调息几秒钟。“我希望我的头平一点。”我说，我感觉我的眉毛皱成一团，“你想会有人来我们家帮我们计时吗？还是我们要寄录像带去？”

“我想他们会通知我们。”凯特沿着地毯折起她的手臂。

“你觉得我们会出名吗？”

“我们可能会上电视节目《今天》。他们播过十一岁会用脚弹钢琴的男孩。”她想了一下，又说，“妈妈认识一个被掉出窗外的钢琴砸死的人。”

“骗人。怎么会有人把钢琴推出窗外？”

“是真的。你问她。而且他们不是要把钢琴推出去，而是要把钢琴搬进去。”她的双脚在墙上交叉，那使她看起来像颠倒着坐。“你觉得哪一种死法最好？”

“我不想谈这个。”我说。

“为什么？我快死了。你快死了。”她看到我皱眉便说道，“你是快死了呀！”然后她露齿而笑，“我只不过刚好天生比你多了些与死神亲昵的天赋。”

“这是愚蠢的对话。”聊这种话题使我全身发痒，而我知道我抓不到痒处。

“或许会飞机失事，”凯特若有所思地说，“那会感觉很糟，你知道的，当你发现飞机在往下坠……然后当飞机落地爆炸，你会粉身碎骨。照理说飞机上的人都应该瞬间化成骨灰，怎么还会找得到挂在树上的衣服和黑盒子？”

我听得头开始抽痛：“凯特，闭嘴。”

她爬下墙坐起来，脸红红的。“你也可能在睡觉的时候就死了，不过那太无聊了。”

“闭嘴。”我在吼，我气我们只维持了二十二秒，我气我们得重头再一次向纪录挑战。我倾斜身体摊开四肢，试着把掉到脸上的头发拨开。“你知道的，正常人不会干坐着想死亡的事。”

“骗人。每个人都会想到死。”

“每个人都在想你快死了。”我说。

房间安静得令我怀疑，我们是不是应该换个不同的纪录来挑战，例如两姐妹能闭气多久？

然后她脸上浮现焦躁不安的微笑。“至少你现在会说真话了。”凯特说。

杰西给我一张二十元的钞票，让我等下叫出租车回家，因为那是他的计划中唯一的缺陷——我们一旦执行了这个计划，他就不能开车回家。我们不搭电梯而爬楼梯上八楼，因为那样我们能从护理站的后面进去，而不是前面。然后他把我塞进一个储藏了许多塑料枕头和印着医院名字床单的柜子里。当他预备离去时，我脱口问：“我怎么知道什么时候可以出来？”

他发笑：“你会知道的，相信我。”他从口袋里拿出一个银色的小酒瓶，那是消防队的大队长送给我爸爸的，他三年前就以为丢掉了。杰西旋开瓶盖，倒了不少威士忌到衬衫前襟上。然后他走向走廊。说走，只是个笼统的说法，不如说杰西像一颗撞球，在墙之间撞来撞去，还撞倒了装清洁用品的小推车。“妈妈，”他大喊，“妈，你在哪里？”

他没喝醉，不过他装得真像。那使我怀疑，我有时候半夜从房间的窗口看到他吐进杜鹃花丛的情形——或许那也是在演戏。

护士们从她们的桌前涌出，试着安抚年纪只有她们的一半、身体却比她们强壮三倍的男孩，而在那个时候他手抓一个架子的最上层，把它拉倒，弄出砰然巨响，使得我的耳朵发出回响。呼唤护士的铃声不断响起，使得护士桌子后面的显示灯像接线生的控制板那样接连闪亮。可是夜间轮值的三位护士都忙着制止在对空气拳打脚踢、故意胡闹吼叫的杰西。

凯特房间的门开了，我妈睡眼惺忪地走出来。她看杰西一眼，认出他是谁，有一秒钟她的整张脸僵硬了，事实上，事情还可能更糟。杰西摇晃着头走向她，魁梧得像只大公牛，表情却柔和。“嗨呀，妈妈。”他嘻皮笑脸地跟她打招呼。

“很抱歉。”我妈对护士说。她在杰西踉跄地向前扑，双手抱住她时闭上了眼睛。

“楼下的自助餐厅里有咖啡。”一位护士暗示他们离开，我妈太尴尬了，没有回答。杰西攀附着她，像河蚌绝对需要它坚硬的外壳，她把杰西拖向电梯，一次又一次地按下楼的钮，徒劳无功地希望因此能使得电梯的门快一点打开。

等到他们离开，事情就太简单了。有的护士匆忙去检视刚才按铃的病人，有的坐回桌子后面，小声交换对杰西和我可怜的妈妈的评论，仿佛刚才的插曲是一局牌戏。我趁她们没有看向我这边时溜出柜子，蹑手蹑脚地穿过走廊，进入我姐姐的病房。

有一次感恩节，凯特没有住院，我们可以假装我们是正常的家庭，一起看电视转播的花车游行，一个巨型的气球被一阵怪风吹走，结果缠绕到纽约市的一个交通信号灯上。我们自己做肉汁，我妈妈把火鸡的许愿骨摆到桌上，我们争论看谁有权拿许愿骨。我和凯特得到了这份殊荣。在我抓紧许愿骨之前，我妈倾身靠近我，对着我的耳朵轻语："你知道该许什么愿。"所以我闭紧眼睛，努力地许愿凯特的病赶快好起来，虽然我本来想许愿能得到一个自己的CD随身听，后来我没能赢得许愿骨拉锯战时，竟有一种卑鄙的满足感。

我们用过大餐后，妈妈在洗盘子时，爸爸带我们到外面玩二对二、不冲撞的触身式橄榄球。等妈妈洗好盘子走出来看，我和杰西已经得到两分。"告诉我，"她说，"我产生幻觉了。"她不必再多说——我们都知道凯特即使只是像个普通孩子跌倒，也会血流不止。

"喔，莎拉。"我爸爸的微笑魅力全开，"凯特是我这一队的。我不会让她被攻击。"

他昂首阔步地走向我妈，缓慢悠长地亲吻她，直到我自己的脸颊开始发烫，因为我确信邻居一定都看到了。当他抬起头，我妈的眼珠变成我从来没有见过，我也不认为会再见到的颜色。"相信我。"他说，然后把橄榄球丢向凯特。

我对那天的记忆是，当你坐到地上，地面好像会咬你——那是冬天来了的第一个征兆。我记得我被爸爸擒抱着摔倒，由于他不时都采取扶地挺身般的防备姿势，所以我感受不到他的重量，只感觉到他的体温。我记得我妈公平地为两队加油。

我记得我把球丢给杰西，可是凯特中途拦截——当她把球抱在怀里时，表情十分震惊，爸爸喊着叫她快点触地得分。她全速冲刺，几乎就要到了，可是杰西跳过去，将她撞倒在地，压在她身上。

在那一刻，一切都停止了。凯特瘫着四肢动弹不得。爸爸马上冲过去，推开杰西："该死，你是怎么了？"

"我忘了！"

妈妈焦急地问："你哪里受伤了？你能坐起来吗？"

可是凯特微笑着在地上翻滚："我没受伤。感觉很棒。"

我爸妈面面相觑。他们两个都不像我和杰西那么了解——不管你是谁，你的心里总有一部分希望自己能成为其他人。而有一毫秒，你的愿望成真，那是奇迹。"他忘了。"凯特自语着躺在地上，对着冷锐的阳光灿烂地微笑。

医院的房间永远不会完全黑暗，病床后面都有个发光的板子，以防突发状况；走道上也有细长的发光条，让医生和护士在夜晚也能看得到路。我看过一百次凯特像这样躺在病床上的模样，只不过她身上的管子和线改变过。病床上的她看起来永远比我记得的小。

我尽可能轻巧地坐下。凯特脖子和胸部的静脉是地图，不是通往别处的公路。我骗自己相信我能看得见那些死赖在她身体里不走的白血病细胞，像谣言在她的身体组织里传播。

她突然睁开眼睛，我差点从床上掉下来，不由得联想到经典的恐怖片《大法师》。"安娜。"她直视着我。从小时候起，杰西就让我们相信，一个老印地安鬼魂回来，讨要他被误埋在我们家的骨头，自那以来，我没有看过她的神情像现在这么害怕过。

如果你有个姐姐，她死了，你会不再说你有个姐姐吗？或者你永远有个姐姐，即使她不存在了？

我爬上床，床虽窄，但仍然大得容得下我们两个。我把头靠在她胸上，接近她的静脉导管，因此可以看到液体滴进她身体里。杰西错了——我来看凯特不是为了让我自己好过一点。我来是因为，没有她，我很难记得我是谁。

星期四

你，如果你是敏感的，
当我告诉你，星星的闪动是在打信号，
每一颗星星都令人恐惧，
你就不会转头回答我：
“夜色如此美丽。”

——D. H. 劳伦斯，《在橡树下》

布莱恩

我们从来不能在一开始就知道，我们是走向锅炉还是浓烟。凌晨两点四十六分，楼上的灯亮起来。铃声也突然响起，可是我不能说我真的有听到铃响。十秒钟内，我穿好衣服，走出消防站里的房间。二十秒内，我已经套上消防裤，拉上弹性消防带，穿上我龟壳般的消防外套。两分钟后，恺撒已经开着消防车在上达比市的街道奔驰，在我们后面那辆车上的鲍立和瑞德是破拆手和水源中继手。

匆匆上路后，我的意识闪过几个重要事项：我们的呼吸器具检查过了；手套戴上了；调度中心打电话告诉我们，着火的屋子在亨廷顿路；那显然不是一栋建筑就是一个房间失火。“这里左转。”我对恺撒说。亨廷顿路离我住的地方只有八个街口。

那间房子像是龙的嘴巴。恺撒尽可能开着消防车在它周围绕一下，试着让我看到它的三个面。然后我们都跳下消防车，注视失火的房子片刻，四个大卫对抗歌利亚。“充一条两英寸半的水带。”我对今晚的消防泵操作员恺撒说。一个穿着睡衣的女人跑向我，三个哭哭啼啼的孩子抓着她的裙子。“露依莎，”她惊惧惶恐地用西班牙语尖叫，“我的女儿！”

我用西班牙语问：“她在哪里？”我站到她面前，让她什么都看不到，只看得到我的脸，“她几岁？”

她指向二楼的一个窗子。“三岁。”她哭道。

“队长，”恺撒大声喊，“我们这里准备好了。”

我听到第二辆消防车接近的呜呜声，后备消防队员来支援我们了。“瑞德，在屋顶的左角开个通风口。鲍立，朝火焰喷水，如果有延烧的趋势就尽快将它浇熄。我们有个小孩在二楼。我要去看看是否能找到她。”

事实不像电影演的如同扣篮得分那么简单，或为赢得奥斯卡金像奖制造一个英雄场景。我如果进去，楼梯可能会在我出来前烧毁……整间房子可能崩塌……如果密闭空间的温度太高，每一样东西都成为可燃物，到达临界点时会产生燃爆——那么我就必须取消进屋救援的打算，也要叫我的队员们退后。我们要优先考虑救援者的安全，其次才是受难者的安全。永远如此。

我是个懦夫。有时候轮班时间结束，我仍然会待在消防站里，卷水带，或为刚进来的队员煮一壶新鲜的咖啡，而不马上回家。我常怀疑，我为什么会在这个一晚上可能会被叫醒两三次的地方感觉比较放松。我想大部分是因为在消防站里，我不必担心紧急事故发生——它们本来就会发生。而我走进我家的那一分钟起，我就开始担心等下家里可能会发生什么事。

有一次，凯特二年级的时候，她画了一张消防队员的头盔上有光环的图。她告诉她的同学说，我只能上天堂，因为我如果下地狱的话，会把那里所有的火都扑灭。

我还留着那张图。

我在碗里打进一打蛋，开始搅拌成蛋汁。培根已经在炉上爆出油香，平底锅在烘煎饼。消防队员们聚在一起，或者该说，在铃响之前，我们试着如此。早餐可以让我那几个还在淋浴，想冲掉昨夜他们皮肤上的记忆的伙伴们开心地大快朵颐。我听到我背后的脚步声。“拉张椅子坐下，”我对我后面的人说，“早餐快好了。”

“喔，谢谢，不过，我不想叨扰。”一个女人的声音。

我拿着平铲转过头去。这里会出现女性的声音相当难得，早上还不到七点出现就更稀奇了。她的个子不高，一头乱发让我想到森林火灾。她的双手圈着闪烁的银手环。“费兹杰罗队长，我是茱莉亚·罗曼诺。我被任命为安娜案件的诉讼监护人。”

莎拉告诉过我，当事态严重时，法官会听这个女人的意见。

“闻起来很香。”她微笑着说。她走近，从我手里拿走平铲，“我不能眼看着别人在烹饪而不帮忙。这是基因驱使。”我看着她打开冰箱，搜寻里头的东西。检查过整个冰箱里的东西后，她拿了一罐芥末酱回到炉前，“希望你能花几分钟跟我谈谈。”

“没问题。”芥末酱？

她加了一大坨芥末酱进蛋汁里，然后从香料架拿出柳橙皮末和红椒粉，全洒进蛋汁里搅拌。“凯特的情况如何？”她问。

我倒一点蛋汁进平底锅里，看着它在锅里起泡。又将它翻面，变成均匀的嫩棕色。我今天早上已经跟莎拉谈过。凯特昨晚没事，莎拉可不好过。不过那是因为杰西。

有时候在建筑物的火灾中，你知道要是不取得优势，火就会占上风。你注意到天花板的嵌板可能会掉下来，楼梯被火焰吞噬，合成纤维地毯会黏住你的靴底。该注意的小细节不胜枚举，当你要退出火场时，要强迫自己记住，每一场火都会自行烧完，即使没有你的帮助。

这些天来，我仿佛与自四面八方烧过来的大火对抗。在我前面，我看到凯特生病；我往后看，看到安娜和她的律师；杰西没有喝得像条鱼的时候，他嗑药；莎拉想抓住救命的稻草；而我，穿着我的装备以防不测。我握着所有用来破坏的工具：几打消防勾、铁锤和杆子，有时候我必须用绳圈把自己套起来。

“费兹杰罗队长……布莱恩！”茱莉亚·罗曼诺突然变调的声音惊醒了我，厨房里迅速充满烟雾。她推开我，拿起冒烟的煎饼锅远离火源。

“我的天！”我把曾经是煎饼而现在变得焦黑的炭饼丢进水槽，它对我发出嘘声：“对不起。”

这句话仿佛是“芝麻开门”改变了局面。

“幸好我们还有蛋。”茱莉亚·罗曼诺说。

在一间着火的房子里，你的第六感会对你很有帮助。你看不见，因为浓烟；你听不见，因为燃烧的声音很大；你无法触摸，因为那是找死。

鲍立在我面前操纵着管口。一排消防队员在支援他，因为一条充满水的水带非常重。我们设法毫发无伤地上楼梯，努力把火推出瑞德在屋顶打出的洞。像任何坐牢的人一样，火有逃跑的自然本能。

我俯身双手双膝着地，开始在走廊里爬。讲西班牙语的妈妈说，孩子在左边第三个门。火焰沿着另外一边的天花板在滚动，竞相赶往通风口。在水柱的攻击下，白烟笼罩了别的消防员。

小孩房间的门开着。我爬进去叫她的名字。窗边一个较大的形体，如同磁石般吸引我，但是看清楚后，我发现那只是个较大的填充动物玩具。我检查柜子和床底下，可是没看到人。

我退回走廊，差点被像拳头那么粗的水带绊倒。人会想，火不会。火会跟着一个特定的路径走，小孩不会。如果我吓坏了，我会怎么办?

我立即动作迅速地把头探进几个房间的门口。第一间是粉红色的婴儿房。另一间地上和双层床上到处是玩具小汽车。第三扇门后面并非房间,而是储藏室。主卧室在离楼梯较远那边。

如果我是个小孩,我会去找妈妈。

不像其他仍无恙的卧房,这一间在冒烟,冒的是黑烟。火舌从门缝底下蹿出来。我打开门,虽然明知让空气进去是错的,这却是我唯一的选择。

如我所料,原本闷烧的房间燃烧起来,门口充满火焰。我像只公牛冲进去,感觉残火落在我的头盔和外套上。“露依莎!”我大喊。我感觉房间周边似乎有动静,声音来自储藏室。我用力地又敲又喊。

有个模糊但绝对是回敲的应声。

“我们很幸运。”我告诉茱莉亚·罗曼诺,她大概没想到会听到我那么说,“如果凯特需要长期住院的话,莎拉的姐姐会帮我们照顾小孩。凯特如果只是短期住院,那我们夫妻俩会交换——莎拉在医院陪凯特一个晚上,我回家陪另外两个小孩,第二天换我去医院。现在孩子们都大了,会照顾自己,我们已经轻松一点了。”

我说话的时候,茱莉亚在她的小本子上写下一些东西,那使得我在我的座位里蠕动不安。安娜才十三岁,可以放她一个人在家吗?民政局或许会说不可以,但安娜和别的小孩不一样。她几年前思想就相当成熟了。

“你可以接受安娜的做法吗?”

“我不认为她真的想提出诉讼。”我迟疑地说,“莎拉说安娜只是希望我们注意她。”

“你觉得呢？”

为了拖延时间，我叉起一大口蛋。没想到加入芥末的蛋变得很好吃。还有柳橙的味道。我告诉茱莉亚·罗曼诺我对蛋的感觉。

她折起她的餐巾放到她的盘子旁边：“费兹杰罗先生，你没有回答我的问题。”

“我想事情没有那么简单。”我很小心地放下我的银色叉子，“你有兄弟或姐妹吗？”

“都有。六个哥哥和一个双胞胎姐姐。”

我吹了个讶异的口哨。“你的父母一定非常非常有耐心。”

她耸肩：“虔诚的天主教徒。我也不知道他们怎么办得到，但我们没有一个被忽略。”

“你一向这么想吗？”我问，“你有没有曾经感觉，当你是个小孩，你爸妈可能偏爱哪个孩子？”她的脸为之紧绷，我有一下子感觉自己很邪恶，令她尴尬，“我们都知道应该公平地爱所有孩子，可是有时候那实在不太可能。”我站起来，“你还有时间吗？我想带你去见一个人。”

去年冬天一个严寒的日子，我们接到一通召唤救护车的电话，要去接一个住在郊外的家伙。他雇来帮他筑车道的承包商发现了他，帮他打911求救。显然那家伙前一天晚上下车后就滑倒了，在碎石堆上被冻住了。承包商本来以为他是石堆，车子还差点压到他。

我们赶到现场时，那个家伙已经在户外冻了八个小时，测不到脉搏，整个人像冰块。他的膝盖弯曲着，我还记得这么清楚是因为当我们终于把他撬起来，放在担架板上，他的双脚僵直地伸向空中。我们打开救护车里的暖气，把他抬进去，剪开他的衣服。等到我们写好要将他送到医院的文件，那家伙已经坐起来和我们聊天了。

我说这件事，是为了要告诉你，不管你怎么想，还是有奇迹会发生。

说起来是陈腔滥调，不过我成为消防队员的理由，一开始是因为我想救助别人。所以当我怀里抱着露依莎冲出熊熊燃烧着的门口，她妈妈第一眼看到我们，立即激动地跪下来，我知道我完成了我的工作，而且做得很好。我把小女孩交给来支援的医疗急救专家，他为她戴上氧气罩。她妈妈飞扑过去。女孩害怕地一直咳嗽，不过没有大碍。

房子烧掉了，不过火熄灭了，男孩们跑进去抢救他们的东西，检查看看是否还能用。黑烟为夜空蒙上面纱，天蝎星群的星星我一颗也分辨不出来。我脱下手套，用手抹过眼睛，遭到烟熏的眼睛会刺痛几个小时。“干得好。”我对在收拾水带的瑞德说。

“救得好，队长。”他回答。

如果露依莎如她妈妈所预期的待在自己的房间，我的救援任务就会更成功。可是小孩一向不愿待在他们该待的地方。你一转身就会发现她不在房里，而是藏在衣橱里；你一转身，发现她不是三岁而是十三岁。做父母的真的只是追在小孩的背后跑，希望你的孩子不要跑得太快，领先你太多，你会看不见他们的下一个动作。

我脱下头盔，扭转颈部的肌肉，看向曾经是一个家的废墟。我突然感觉有几根手指握住我的手。那个家的女主人眼中蓄满泪水。她最小的孩子还偎在她怀里，另一个孩子坐在消防车上由瑞德看着。她沉默地举起我的指节抬到她唇上亲吻。从我的消防外套掉下来的烟灰弄脏了她的脸颊。“不客气。”我说。

在我们回消防站的路上，我指示恺撒绕远路，经过我住的那条街。杰西的吉普车停在我的车道上，家里的灯全关着。我想象安娜和平常一样，把被子拉到她的下巴，而凯特的床空着。

“我们都准备好了吗，队长？”恺撒问。消防车缓慢地开着，如同爬行，几乎直接停在我的车道前。

“准备好了，”我说，“我们带它回家吧！”

我成为消防队员，因为我想救助别人。可是在我立下志向时，应该更明确一点。我应该说出我要救的人的名字。

茱莉亚

布莱恩·费兹杰罗的车子里满是星星。驾驶座旁的乘客座上有些星图，我们座位之间的小储物柜里则塞着表格。车子后座上有星云和行星的彩色影印图。“抱歉，”他红着脸说，“我没想到会载别人。”

我帮他清出一点空间给我坐，清理的时候我拿起一张用针刺的小孔绘出的地图。“这是什么？”我问。

“天文星图。”他耸肩，“我的嗜好。”

“我小的时候，曾经为天空中的每一颗星星取某个亲戚的名字。可怕的是，直到我睡着，还不缺名字。”

“安娜是以一个星座命名的。”布莱恩说。

“那比以守护神命名酷多了。”我沉思了一下，“我有一次问我妈星星为什么会闪亮。她说它们是夜灯，所以天使才能找到天堂的路。可是当我问我爸爸，他开始谈气体，我把他们两个人说的凑在一起，猜想是上帝恩赐的食物使得我半夜常跑厕所。”

布莱恩听得大笑。“我还试着对我的小孩解释原子结合。”

“有效吗？”

他考虑了一下：“他们可能闭着眼睛都能找到大熊星座的北斗七星。”

“那很棒呀！对我来说星星长得都一样。”

“辨识星星没有那么难。你找出一个星座，例如猎户星座的腰带，你会突然觉得你很容易在它的脚那里找到参宿七，在肩膀找到参宿四。”他迟疑着说，“可是宇宙里有百分之九十，是由我们看不见的东西组成的。”

“那你怎么知道它们的存在？”

遇到红灯，他缓下车速再停车：“看不见的暗物质对其他的东西也有万有引力的作用。你看不到它，感觉不到它，可是你可以观察某些被吸往那个方向的星球。”

昨晚在坎贝尔离开后十秒钟，伊莎走进客厅，正值我的哀嚎到达高潮。这是每个女人在每个月经周期里都该做几次的，自心里最深处发出的，能释放情绪。这种哀嚎会令人非常疲惫、痛苦，但过后会令人感觉仿如洗净骨头般的舒坦。

“是啊！”伊莎挖苦地说，“我听得出你们完全是工作关系。”

我拉下脸：“你偷听？”

“原谅我，如果你是隔着一道薄墙在和罗密欧卿卿我我。”

“你想说什么，”我建议，“就直接说出来。”

“我？”伊莎皱眉，“嘿，不关我的事，不是吗？”

“是不关你的事。”

“好。所以我有意见说给我自己听就好。”

我翻白眼：“说出来，伊莎贝尔。”

“我还以为你不想听。”她坐到我旁边的沙发，“你知道的，茱莉亚。一只蚊子第一次看到耀眼的紫色灭蚊灯的光时，觉得它像上帝。第二次，它会赶紧跑开。”

“第一，不要拿我跟蚊子比；第二，它应该是飞走，不是跑开；第三，没有第二次。第一次蚊子就死了。”

伊莎笑嘻嘻道：“你真适合做律师。”

“我不会被坎贝尔制服。”

“那你去要求调职。”

“我不是在海军工作。”我抱住一个沙发上的抱枕，“我不能这么做，现在不行。那会使他以为我懦弱，没有能力应付我的职业需求和某件愚蠢、无聊、幼稚的……意外。”

“你的确无法应付。”伊莎摇头，“他是个自负的讨厌鬼，他想把你嚼碎，再像吐痰那样吐出来。你已经经历过爱上那个家伙的悲惨历史，你应该尖叫着跑开，而我不想坐在这里听你试着说服自己，你已经对坎贝尔·亚历山大没感觉。事实上，你已经花了十五年的时间，试着填补他在你心里捅出的大洞。”

我凝视着她：“哇噢。”

她耸肩：“我终于能一吐为快。”

“你讨厌所有的男人，还是只有坎贝尔？”

伊莎似乎考虑了好一会儿。“只有坎贝尔。”她说。

这一刻我想要的是，独自在我的客厅，丢东西泄愤，像电视遥控器或玻璃花瓶，能扔我姐姐的话更好。可是伊莎几个小时前刚搬来，我不能命令她出去。我站起来，从柜子上抓起家里的钥匙。“我要出去。”我对她说，“不必等我回来，你先睡。”

我不是个爱热闹的女孩，那也是我为什么不常去离我的公寓只有四个街口的“莎士比亚的猫”的原因。吧台那里阴暗又拥挤，闻起来有广藿香和丁香的味道。我进入酒吧，坐上高脚椅，对坐在我旁边的男人微笑。

我的心情正处于想和不知道我叫什么名字的某人一起坐在戏院的后排亲热的状态。我希望有三个男人为了谁能赢得为我买饮料的荣幸而打架。

我要表现给坎贝尔·亚历山大看他错失了什么。

坐在我旁边的男人拥有天蓝色的眼睛、黑色的马尾和老牌影星卡莱·葛伦的笑容。他礼貌地对我点个头，然后转过头去亲吻一位白发男子红润的嘴唇。我放眼四下看看，看到了我刚才进来时没看到的：酒吧里清一色全是没有携带女伴的单身男人——可是他们在跳舞、调情，互相搂抱。

“你要喝什么？”

酒保的发型犹如倒挂金钟的豪猪，他的鼻子还穿着鼻环。

“这里是同志酒吧？”

“不是，这里是西点军校的军官俱乐部。你到底要不要喝酒？”我指向他肩膀后面的一瓶龙舌兰，他把酒倒进一个只够喝一口的小酒杯里。

我翻找皮包，抽出一张五十元的钞票。我对着酒瓶蹙眉：“我打赌莎士比亚根本没有猫。”

“那谁会尿进你的咖啡里？”酒保问。

我眯起眼睛瞧着他：“你不是同志。”

“我当然是。”

“根据我过去的记录，你如果是同志，我可能会觉得你很迷人。就像……”我瞥向坐在我隔壁忙着亲昵的那一对，然后对酒保耸肩。他脸色苍白地把五十块递还给我。我把它收回我的皮夹。“谁说你不能买朋友？”我呢喃。

三个小时后，我是唯一还在那里的人，如果“七”不算的话。那是酒保去年八月决定扬弃“尼尔”那个被贴上标签的名字而改的新名字。他告诉我，“七”代表空无，他就喜欢那样。

“或许我该是‘六’，”我喝干那瓶龙舌兰时对他说，“而你应该是‘九’。”

七把洗干净的杯子放好：“对啦！你被切掉了。”

“他以前叫我‘茱儿’。”我说完就开始哭。

宝石[①]只是地底下一块经过高热和压力的石头。特殊的东西永远都躲藏在人们绝不会想去看的地方。

可是坎贝尔看了。然后他离开了我，那让我觉得，他所看到的不值得他花费时间或精力。

“我以前的头发是粉红色的。”我告诉七。

“我以前有真正的工作。”他回答。

“怎么了？”

他耸肩：“我把头发染成粉红色。你是怎样？”

“我让我的头发长长。”我回答。

七抹掉我不经意洒到桌上的酒。“人哪，到手的他们都不要。”他说。

安娜独自坐在厨房的桌子旁，吃一碗黄金脆牌的早餐麦片。当她看到我和她爸爸一起出现时，惊讶得睁大眼睛，但她的反应也仅止于此。她吸吸鼻子嗅了嗅：“昨晚有火灾，对不对？”

布莱恩走进厨房给她一个拥抱：“大火灾。”

---

① Jewel，“茱儿”为音译，“宝石”为意译。

“纵火犯？”她问。

“比他要严重两倍。他去空屋放火，这次却有一个小孩在里面。”

“被你救出来了？”安娜猜。

“没错。”他瞥向我，“我想带茱莉亚去医院。你要去吗？”

她低头看她的碗：“我不知道。”

“嘿。”布莱恩托起她的下巴，“没有人会阻止你去看凯特。”

“也没有人会高兴在那里看到我。”她说。

电话铃响，布莱恩接起来。他听了一下，然后微笑。“那很好。太好了。对，我当然会去。”他把电话交给安娜，“妈妈要跟你讲话。”他说，然后他告退去换衣服。

安娜手握听筒踌躇着。她的肩膀弓起，像个想保有个人隐私的小房间。“你好，”然后她柔声问，“真的吗？”

不一会儿她挂断电话。坐下来，又吃一匙麦片。“那是你妈妈吗？”我坐到她对面。

“是。凯特醒了。”安娜说。

“那是好消息。”

“或许。”

我把双肘搁到桌上：“为什么不是好消息？”

安娜没有回答我的问题：“她问我在哪里。”

“你妈妈问？”

“凯特。”

“安娜，你跟她谈过诉讼案没有？”

她不理我，抓起麦片盒，卷起里头的塑料袋以免麦片受潮。“它不新鲜了。”她说，“没人把袋子里的空气挤出来，或把盒盖盖紧。”

“有没有人告诉凯特出了什么事？”

安娜要把纸盒上方的硬纸板舌塞进舌缝里，可是塞不进去。“我讨厌黄金脆牌的。”她再试了一次，结果盒子滑出她的手，里头的麦片撒得地上到处都是。“他妈的！”她在桌下爬，用双手铲起麦片。

我坐到地上去陪安娜，看着她抓起一把麦片放进塑料袋里。她没有看向我。“我们可以在凯特回家之前给她买些麦片。”我柔声说。

安娜停止她的动作抬眼瞟我。揭开秘密的面纱后，她看起来比较幼小。“茱莉亚，她要是讨厌我呢？”

我把安娜的一撮发丝塞到耳后：“她要是不讨厌你呢？”

昨天晚上，七解释说：“底线是我们从不迷恋上我们会迷恋的人。”

我努力把我贴在吧台上的脸抬高，困惑地瞅着他。“不只是我那么傻？”

“喔，当然不止。”他搁下一堆干净的玻璃杯，“想想看，罗密欧和朱丽叶反抗这个规矩，结果看看他们的下场。超人虽然跟女超人比较相配，他还是狂恋着露易丝·莱恩。电视剧《青春无罪》里的道森和乔伊最终也只是做灵魂伴侣——我还需要举更多例子吗？不要叫我开讲史努比漫画里查理·布朗和红发女孩的故事。”

“你自己呢？”我问。

他耸肩。“就像我说的，那种事会发生在每个人身上。”他手肘支在柜台上，近得我可以看到他紫红色头发下面的深色发根，“就我而言，我的冤家是琳登[①]。”

① 与椴树同音。

“我也会跟一个以树为名的人分手。”我同情地说，“是男的还是女的？”

他故作嬉皮笑脸：“我永远也不会知道了。”

“她为什么跟你不对盘？”

七叹气：“嗯，她……”

“嘿！你说她！”

他翻白眼：“对，神探茱莉亚。你在这个同性恋的大本营掀我的底。高兴了吗？”

“我不是故意的。”

“我把琳登送回新西兰。她的绿卡到期了。只好那样，要么结婚。”

“她哪里不好？”

“绝对没有。”七坦承，“她像爱尔兰传说中的报丧女妖那么纯洁；她从不让我洗一个盘子；她聆听我说的每一句话；她在床上非常有激情。她为我疯狂，信不信由你，我也为她疯狂。我们的完美度百分之九十八。”

“另外的百分之二呢？”

“你说呢？”他开始把那堆干净的玻璃杯放到吧台远处，“缺少了什么。你问了我也无法告诉你究竟缺少什么，可是就是欠缺了什么。如果你把我们两个人的关系当作一个生命体，我想那欠缺的百分之二如果像少了食指，还无所谓。可是如果是心脏的话，那整体都会出状况。”他转头面向我，“她上飞机时我没有哭。她跟我同居四年，当她离开时，我并不觉得我会因此出状况。”

“我想，我属于你说的另一例。”我说，“我的心脏那部分没有少，但没人能再住进去。”

“出了什么事？”

“还会是什么？”我说，“它碎了。”

说起来既荒谬又讽刺：坎贝尔被我吸引，是因为我在惠勒学校中与众不同；我被坎贝尔吸引，则是因为绝望地想和别人产生联系。我知道我们的交往引人侧目，引发一些议论，他的朋友想了解，坎贝尔为什么要在像我这样的人身上浪费时间。无疑，他们以为我是个容易勾搭的女生。

可是我们一开始并没有做他们想的那档事。下课后我们在墓园见面。有时候我们会一起谈论诗歌。有一次我们试着讲话都不说有S的字。我们背贴着背坐着，企图入侵对方的思维——假装我们是千里眼，当他的心里装满了我，我的心里装满了他，我们那样做才有意义。

每次他低下头靠近我，要听清楚我在说什么时，我喜欢闻他的味道——像阳光亲吻番茄的脸颊，或肥皂在车盖上变干。我喜欢他的手放在我的脊椎上的感觉。我爱死了。

有一天晚上，我们亲吻过后，我在他唇边说：“我们如果做了会怎样？”

他躺着，看月亮在星星的吊床之间摇荡。他一手撑在地上托着他的头，一手将我搂在他胸前：“做什么？”

我没有回答，支起手肘深深地吻他，深得地都要陷下去了。“噢唷，”坎贝尔嘶声说，“做这个。”

“你做过没有？”我问。

他不答，只是笑得露齿。我想他可能和慕菲、布菲、帕菲，或她们三个全部，在惠勒学校的棒球选手休息室做过；或是在派对结束后，当他们闻起来还有老爸的威士忌的味道时，在她们某个人的家里做过。我接着猜测，他为什么不想跟我做。我想是因为我不是慕菲、布菲、帕菲，还只是不够格的茱莉亚·罗曼诺。

“你不想做吗？”我问。

那是某些少数的时刻，我知道我们在作没必要的谈话。但既然我其实并不知道该怎么说，我以前也从来没有越过“想”与“做”之间特殊的桥，我因而直接把手压到他裤裆隆起的地方。他退开。

“茱儿，”他说，“我不希望你以为我来这里是为了那个。”

让我告诉你这点：如果你遇到一个孤独的人，不管他们怎么对你说的，他们绝对不是因为喜欢享受寂寞而孤独。而是因为他们曾经尝试过要融入这个世界，但人们一再令他们失望。“那么你是为什么来？”

“因为你会背整首超长的《美国派》的歌词，”坎贝尔说，“因为当你微笑的时候，我几乎可以看见你一边的牙齿弯弯的，”他凝视着我，“因为你和我以前认识的人不一样。”

“你爱我吗？”我轻声问。

“我刚刚不是说了吗？”

这次我的手伸向他牛仔裤的扣子时，他没有移开。他在我的掌中热得像会将我的手烫出伤疤。他不像我那么生涩，他知道该怎么做。他亲吻、滑入、推进，强力迫使我裂开。然后他一动也不动。“你没说你是个处女。”他说。

“你没问。”

他接受现况，战栗了一下，便开始在我里面动起来，像是在用四肢在写诗。我伸手抓住我背后的墓碑，可以从我脑中的眼睛看到：娜拉·狄尼，生于一八三二年，殁于一八三八年。

结束后他轻语：“茱儿，我想……”

“我知道你在想什么。”我怀疑这到底是怎么回事。当你把自己献给别人，他们将你打开，发现你不是他们预期中的礼物，他们还是一样会点头微笑说谢谢。

我把我的男人运太背，全怪到坎贝尔·亚历山大头上。我必须很尴尬地承认，我只跟其他三个半男人有过性关系，而那些关系和我第一次经验比起来，并没有多大的进步。

“让我猜，”昨晚七说，“第一次是情绪反弹。第二次是结婚。”

“你怎么知道？”

他笑道：“因为你的故事平凡无奇。”

我的小指头放进马丁尼杯里旋转。因为视觉上的错觉，手指看起来裂开弯曲。“另一个来自地中海俱乐部，是个帆板教练。”

“那一定值得。”七说。

“他体格之好令人垂涎，”我回答，“可是他的老二只有鸡尾酒会上的小香肠那么大。”

“噢。”

“事实上，”我回想，“你根本感觉不到它的存在。”

七微笑：“所以他只算半个男人。”

我的脸转成红甜菜色。“不是，那是另一个家伙。我不知道他的名字。”我赧然，“在一个像这样的夜晚，我醒来，发现他在我上面。”

七宣判：“你的性史宛如火车事故。”

那么说并不正确。火车出轨是意外，而我是跳到铁轨上。我甚至会把自己绑在快速行进的火车头前。不合逻辑的那部分的我还相信，如果你要超人出现，必须要有值得拯救的人。

凯特·费兹杰罗像是提前准备好了她将来做鬼的扮相。她的肤色几乎透明，金发像是会流进枕头套里。“宝贝，你好吗？”布莱恩呢喃着倾身亲吻凯特的额头。

“我想我可能必须放弃铁人比赛了。”凯特开玩笑道。

在我面前，安娜犹豫地站在病房门口，莎拉向她伸出手，那正是她需要的鼓励，她爬上凯特的床。我在心里记下她们母女间的小动作。然后莎拉看到我站在门口。“布莱恩，”她说，“她来这里干吗？”

我等待布莱恩解释，可是他似乎不打算说话。因此我把笑容挂到脸上，走进病房：“听说凯特今天好些了，我想或许现在是个和她谈话的好时机。”

凯特挣扎着用手肘撑起身体：“你是谁？”

我预期莎拉会冷嘲热讽几句，但安娜先开口。“我不觉得这是个好主意，”她说，虽然她知道我为何而来，“我的意思是，凯特还很虚弱。”

我想了一下，随即明白：在安娜的一生中，每个和凯特谈过话的人都站在了她那边。她正在尽力避免我也弃她而偏向凯特。

“你知道，安娜说得对。”莎拉急促地说，“凯特才刚刚好转。”

我一手按到安娜肩上。“别担心。”然后我转向她妈妈，“据我了解，你要求尽早开庭……”

莎拉打断我：“罗曼诺小姐，我们可以去外面谈吗？”

我们步上走廊，莎拉等一位拿着一个装了注射器的一次性托盘的护士经过后才说话。“我知道你是怎么评断我的。”她说。

“费兹杰罗太太……”

她摇头阻止我说下去。“你要捍卫安娜，那是你该做的。我曾经执业做律师，我了解，你的工作有一部分是要搞清楚我们为什么会闹出诉讼。”她握拳揉揉额头，“我的工作是照顾我的女儿们。她们其中一个病得很重，另一个非常不快乐。我或许还没完全搞清楚，可是……我知道凯特如果发现，你来是因为安娜还没撤销有关她的诉讼，她一定不会好得更快。所以我想请求你别告诉她。拜托。”

我缓慢地点头，莎拉转身要回凯特的房间。她手握门把，迟疑地说：“我爱她们两个。”她用了一个我应该能解决的方程式。

我告诉酒保七，真爱犯了重罪。

“如果他们已经超过十八岁就没罪。”他关上收款机的钱箱。

那个时候的酒吧仿佛变成了我的一个附属体，一个支撑我躯干的第二肢体。“你夺走某人的呼吸，”我用力地说，“你夺走他们说一个字的能力。”我对着他轻拍空酒瓶的瓶颈，“你偷走一颗心。”

他拿抹布在我面前擦：“任何一个法官都会拒绝受理那种狗屁案件。”

“你会大吃一惊。”

七把抹布摊在吧台的铜缘上，让它晾干：“如果你问我的话，那听起来像是轻罪。”

我的脸颊靠在湿湿凉凉的木制吧台上休息。“不可能。”我说，“你的心一旦沦陷，就是一辈子。”

布莱恩和莎拉带安娜下楼去自助餐厅，让我单独和凯特相处，她显然很好奇。我想象她妈妈愿意离开她身边的次数，用十根手指头来数就够了。我对她解释，我是来帮助他们家，为她的健康医护问题做某些决定。

“你来自伦理委员会？”凯特猜测，“还是医院的法律部门？你看起来像律师。”

“律师看起来是什么样子？”

“有点像医生不告诉你检验结果时候的样子。”

我拉一张椅子坐下：“我很高兴听到你今天好一点了。”

“嗯。昨天我显然相当糟。”凯特说，“我昏昏沉沉的，足以把奥兹与沙伦①看成像奥齐与哈丽特②。”

“你知道自己现在的健康状况吗？”

凯特点头：“在骨髓移植后，我得到了移植物抗宿主的病，也就是术后排异。那其实是个好现象，因为它如同踢了白血病的屁股，可是它也令你的皮肤和器官出现一些不良反应。医生给我类固醇和抗排异的药剂来控制，结果奏效了，可是那同时也会损坏我的肾脏。这个月，它拉紧急警报。这很像在筑堤，挡住了一边，另一边又开始流出水来。我的身体老是需要修补。”

她娓娓道来，仿佛在说天经地义的事，仿佛我是在问她天气或医院的菜单上有些什么菜。我可以问她，是否和肾脏科医生谈过移植肾脏；在经过那么多次不同的痛苦治疗后，她是否有什么特别的感受。可是，这正是凯特预期我会问的问题，也可能是为什么从我嘴巴里发出的问题完全不同：“你长大后要做什么？”

“没有人问过我这种问题。”她小心地看着我，“你为什么以为

① 电视节目《奥斯朋尼家庭》中的重金属摇滚乐团夫妻。

① 以真人亲自演出真事的电视剧《奥齐与哈丽特的冒险》。

我会长大？”

“你为什么以为你不会长大？你不是一直都在努力吗？”

就在我以为她不会回答时，她说话了：“我一直想当个芭蕾舞演员。”她抬起手臂，细瘦的手摆出阿拉贝斯克式的舞姿，“你知道芭蕾舞者有什么特点吗？”

饮食失调症，我想。

“他们能够绝对控制他们的身体，完全知道他们何时要操纵肢体，做出什么动作。”凯特耸肩，回到此时此刻的病房。

“谈谈你哥哥。”

凯特失笑：“我想，你还没有享受到认识他的荣幸。”

“还没。”

“你跟他在一起三十秒钟后，就能很快对他下结论。他做了很多不该做的坏事。”

“你是指吸毒、酗酒？”

“还有呢。”凯特说。

“他令你们家深感困扰吗？”

“喔，是的。可是我并不真的认为他爱做坏事。那是他引人注意的方式，你懂吗？我的意思是，想象你是一只动物园里住在大象笼子里的松鼠，那会是什么感觉？去逛动物园的人会说‘嘿，看看那只松鼠’吗？不会，因为你会去注意比它大很多很多的东西。”凯特的手上下抚摸她突出于胸前的管子，“他有时候去商店偷窃，有时候喝醉。去年，他搞炭疽病恶作剧。那种就是杰西会做的事情。”

“安娜呢？”

凯特开始折她腿上的毯子。“有一年，每逢假日，我是指甚至像将士阵亡纪念日，我都住院。那当然不是预先计划好的，可是就是那么凑巧。我们在病房里摆一棵圣诞树，在医院的餐厅寻找复活节彩蛋，在整形外科病房玩不给糖就捣蛋的万圣节游戏。安娜大约六岁的时候，因为国庆节那天她不能带烟花进有氧气筒的医院，气得要命。”凯特抬眼看我，“她跑掉了。没有跑很远，也没有做疯狂的事——只是在被人抓到之前，跑到医院大厅去。她跟我说，她要去找另一个家庭。就像我说的，那时她才六岁，没人会把她的话当真。不过我常想，正常的家庭会是什么样子。所以我完全能体会她为什么也会那样想。”

“当你不生病的时候，你和安娜处得好吗？”

“我想，我们就和任何一对姐妹一样。我们会为了该放谁的CD吵架；我们会谈论帅哥；我们会偷对方漂亮的指甲油。她用我的东西我会吼叫；我使用她的东西她会跑下楼去告状。她有时候是个很棒的妹妹，但有时候我希望她从来没生下来过。”

这话听起来很熟悉，我不禁微笑：“我有个双胞胎姐姐。我每次说，我希望她从来没生下来过，我妈就问我，我真的能想象没有姐姐、只有我的生活吗？”

“你能吗？”

我笑着回答：“喔……很多时候我能想象没有她的人生。”

凯特没有微笑。“事实上，”她说，“我妹妹是常常必须想象没有我的人生的人。”

莎拉
1996年

八岁的时候，凯特像一团有手和脚的长形纠结物，有时候还像是个用阳光和水管清洁剂做的生物，而不像个小女孩。那天早上我第三次探头进她的房间，发现她又换了一套衣服。这次是一件连衣裙，白底印着红色的樱桃。“你的生日派对快迟到了。”我告诉她。

凯特扭动着拉下露背装的上身，脱下那件连衣裙：“我看起来像冰淇淋圣代。”

“穿别的可能更糟。”我说。

“如果你是我，你会穿粉红色的裙子还是条纹的？”

我看一眼那两件中间形成了坑洞状、窝在地上的衣服：“粉红色。”

“你不喜欢条纹那件？”

“那你穿那件好了。”

“我要穿樱桃的。”她决定后转身去抓那件衣服。她的大腿有一块像五角硬币那么大的淤青，像是染到衣服上的樱桃。“凯特，”我问，“这是什么？”

她转身，看我指出的那块淤青：“我想我可能撞到了。”

五年来，凯特的病情已经缓解。起初移植脐带血似乎挺有效的，我等待有人告诉我，凯特罹患白血病是他们搞错了。当凯特抱怨脚痛时，我赶快带她去看钱斯医生，我以为那不过是旧病复发的骨头疼，没想到事态更加严重。当她跌倒时，我不亲吻她擦伤的地方，而是问她血小板是否有问题。

人之所以会有淤青，是由于皮肤下面的组织流血，那通常是外伤造成的——但并非绝对如此。

我有没有说过凯特已经好端端地过了五年？

安娜探头进房间："爸爸说客人的第一辆车停下来了，凯特即使穿着面粉袋下楼，他也不在乎。面粉袋是什么样的衣服？"

凯特把她的连衣裙拉过头穿好，拉拉裙子的花边，再揉揉淤青处。"唉唷。"她轻声叫。

楼下有二十五个二年级的小朋友、一只独角兽和一个打工的大学生，他会用气球捏出剑、熊和皇冠的形状。凯特打开她的礼物——闪亮的珠串项链、手工艺材料盒、芭比娃娃的随身物品。她把最大的礼物盒子留到最后才拆——那是我和布莱恩送给她的。里面是一个玻璃缸，缸里有一只扇尾金鱼在游泳。

凯特一直想养宠物。可是布莱恩对猫过敏，照顾狗又挺费事的，我们才想到金鱼。凯特高兴得不得了。接下来在派对中，她一直抱着鱼缸四处走。她给它取名叫赫拉克勒斯——希腊神话里大力士的名字。

派对过后，我们在清扫时，我发现自己一直盯着金鱼看。它亮得像一分钱硬币，它哪里也不去，绕着圈子快乐地悠游。

只花三十秒，你就会意识到你所有的计划都得取消，你过于自信地在月历上写下的行程得全部擦掉。只花六十秒，你就会意识到你并没有正常的生活，你只是一时糊涂了才会作那些愚蠢的计划。

一次例行的骨髓抽取——在我看到那个樱桃状的淤青以前，早就预备要做的——结果中，医生发现一些早幼粒细胞在漂浮。然后用来研究DNA的聚合酶链反应的检测显示出凯特的第十五和第十七对染色体易位。

这些检验结果都表明凯特正处于分子复发期，而临床症状不会落后太远。或许在一个月内不会显现出来，或许一年内我们不会在她的尿液或粪便里看到血。可是，它迟早必定会发生。

他们提到那个说法“复发”，就像他们在提到生日或缴税截止日那种会例行性发生的事，它成了你体内的行程表，不管你要不要。

钱斯医生解释说，这是肿瘤科医生们最常争议的问题——你应该修补一个还没破掉的轮胎，还是要等到车子完全坏掉再修理？他建议我们用全反式维甲酸（ATRA）疗法。这种自维生素A演化来的A酸，做成我的大拇指一半大的药丸，基本上它源自古代中国的苜蓿，它们被用来制药已经好些年了。化疗会杀死所到之处的每一样东西，ATRA会直接指向第十七对染色体。既然是第十五和第十七对染色体易位，使得早幼粒细胞无法正常发育，那么就用ATRA来帮忙解开绑住它们的基因……阻止早幼粒细胞继续畸形下去。

钱斯医生说ATRA可能会让凯特的病情缓解。

然而，她也可能对它产生抗药性。

“妈。”杰西走进客厅，我正坐在沙发上。我已经在那里坐了几个钟头了，似乎无法起身去做任何我该做的事，因为，为孩子准备上学的午餐，给一条裤子缝折边，甚至付暖气的账单，有何意义？

“妈，”杰西又说，“你没忘记吧？你忘了吗？”

我愕然地望着他，好似他在讲希腊话：“什么？”

“你说我们去看过牙齿矫正医生后，你就会带我去买新的钉鞋。

你答应过的。”

是的，我答应过。足球赛季开始两天了，杰西的脚已经长得比他的旧鞋子大了。可是现在我不知道是否可以把自己拖去牙医那里，那里的接待员会对凯特微笑，然后像以前的每一次一样，对我说我的小孩有多漂亮。而光是想到要去“运动权威”体育运动用品连锁店，似乎就令我非常厌恶。

“我可以取消跟牙医的预约。”我说。

“酷！”他微笑，嘴巴闪烁着银色的光泽，“那我们可以去买钉鞋了吗？”

“现在不行。”

“可是……”

“杰西，现在不要烦我。”

“我没有新鞋子穿就不能踢球。你现在又不忙，什么都没做，只是坐在那里。”

“你妹妹，”我平静地说，“病得很重。我很抱歉如果那影响了你看牙或买一双新钉鞋的计划。可是那些都远不及你妹妹现在的病情重要。你已经十岁了，应该够成熟了，应该了解全世界不会永远围着你转。”

杰西看向窗外，凯特骑坐在一棵橡树的大树枝上，正在指导安娜如何爬树。“喔，是啊，她在生病。”他说，“你为什么不够成熟？你为什么不想想世界不会围着她转？”

我有生以来第一次开始明白过来父母为什么会打小孩——因为你看进他们的眼睛，只看到你自己的映像，你希望你没看到。杰西跑上楼，摔上他房间的门。

我闭上眼睛，做几个深呼吸。忽然惊觉：不是每个人都能寿终正寝。有的人死于车祸，有的人死于飞机失事。有的人被花生噎死。任何事都没保障，尤其是一个人的未来。我叹了口气，走上楼，敲敲我儿子的房门。他最近迷上音乐，乐声穿过门下透着灯光的细缝传出来。杰西把音响的音量转小，旋律突然变得单调：“什么事？”

“我想跟你谈话。我想要道歉。”

门的另一边传来他拖着脚走路的声音，然后门打开。杰西满嘴都是血，像涂了万圣节扮吸血鬼的口红。小铁丝伸出他的嘴巴，像裁缝的针。我注意到他手里握着叉子，然后我才明白他在用那根叉子撬开他的牙齿矫正器。“现在你永远不必带我去任何地方了。”他说。

凯特接受ATRA治疗后两个礼拜。有一天我准备给她吃药丸，杰西说：“你知道吗？大乌龟可以活到一百七十七岁。”他是电视节目《雷普利全球大惊奇》的粉丝，“北极的蚌可以活到二百二十岁。”

安娜坐在厨房的柜台边，用汤匙吃花生酱：“北极蚌是什么？”

“谁在乎？”杰西说，“鹦鹉可以活到八十岁。猫可以活到三十岁。”

“赫拉克勒斯呢？”凯特问。

“我的书上说，好好照顾的话，金鱼可以活到七岁。”

杰西看着凯特把药丸放在舌头上，喝一大口水吞药。“你如果是赫拉克勒斯，”他说，“你已经死了。”

我和布莱恩滑进我们在钱斯医生的办公室各自坐过的椅子。五年过去了，椅座的感觉像旧棒球手套。甚至肿瘤科医生桌上摆的照片都没有变——他太太戴着宽边帽站在罗得岛新港的石头防波堤前；他儿子停留在六岁的模样，抓着一只有斑点的鳟鱼——那让我感觉到，不管我们相信什么，我们从来没真的离开过这里。

ATRA的治疗法成功了。一个月来，凯特恢复分子的缓解。可是最近一次的血细胞计数值显示，她的血液里又出现了较多的早幼粒细胞。

“我们可以让她继续服用ATRA，”钱斯医生说，“可是我想，既然早幼粒细胞增生，表明她在这个疗程里已经尽了最大的努力，但还是失败了。”

“那骨髓移植呢？”

“那么做风险挺大的，尤其是对一个临床上还没有明显出现旧病复发病兆的小孩来说。”钱斯医生看着我们说，“我们可以先试试别的。那叫做捐赠者淋巴球输注——DLI。有时候，输入配型相符的捐赠者的白细胞，可以帮助脐带血细胞复制对抗白血病的原始细胞。你可以把它们想象成一支支援前线的接防部队。”

“那能使她的病情缓解吗？”布莱恩问。

钱斯医生摇头。“那只是个填补空当的考虑。凯特很可能会旧病复发，在尚未复发时，DLI可以帮我们在匆忙地采用更积极的治疗方法之前争取更多的时间，去建立她的防卫机制。”

“输注淋巴球要多久的时间？”我问。

钱斯医生转向我：“看情形。你什么时候能带安娜来？”

电梯门打开，里头只有一个人，一个戴着铁蓝色太阳眼镜、手提六个装着零碎东西的杂货袋的游民。“该死，关上门。”我们一踏进电梯里他就吼道，“你们看不出我是个瞎子吗？”

我按前往一楼大厅的键。“安娜放学我就带她来，明天幼儿园中午就下课。”

“不要碰我的袋子。”游民咆哮。

“我没碰。”我冷淡而礼貌地说。

“我觉得你不该那么做。”布莱恩说。

“我根本没靠近他！”

“莎拉，我是指DLI。我不认为你该带安娜来捐血。”

不知怎么，电梯在十一楼停下，然后又关上门。

游民在他的塑料袋里翻找东西。我提醒布莱恩：“我们怀安娜的时候，就知道她会是凯特的捐赠者。”

“她已经捐了一次。她那时候还太小，对我们那么做没有记忆。”

我等到他看着我才说：“你愿意捐血给凯特吗？”

“上帝，莎拉，那是什么问题？”

“我也会。看在上帝的份上，如果有用，我会把我一半的心捐给她。当事情临到你所爱的人身上时，你会做任何你能做的事去帮助她，对不对？”布莱恩低下头，点点头。

“那你怎么会认为安娜的想法会跟你不一样？”

电梯门打开，我跟布莱恩仍待在电梯里互相凝视。站在我们后面的游民从我们两个人中间挤出去，他的袋子窸窣作响。“不要吼叫，”他叫道，事实上我们两个当时完全沉默，“你们看不出我是个聋子吗？”

那天对安娜而言是个假日。爸爸妈妈花时间陪她，只陪她一个人。走过停车场时，她一直各握着我们的一只手。所以如果我们是要去医院呢？

我已经对她解释过，凯特不舒服，医生需要从她身上拿点东西给凯特，帮助凯特好起来。我想她知道这些就够了。

我们在诊疗室里等，墙上有翼手龙和恐龙的彩色线条画。“今天在吃点心的时候，伊森说恐龙都死光了，因为它们感冒。”安娜说，“可是没人相信他的话。”

布莱恩微笑：“你认为它们是怎么死的？”

“因为啊，它们已经一百万岁了。”她仰头看他，“它们那个时候有生日派对吗？”

门打开，血液科医生走进来。“你好，小朋友。妈妈，你要把她抱在你腿上吗？”

我爬上诊疗台，把安娜安置在我怀里。布莱恩站在我们后面，那样他可以抓住安娜的肩膀和手肘，以防她的手脚挥动。“你准备好了吗？”医生依然微笑着问安娜。

然后她拿出一个注射器。

“只要轻轻叮一下。”医生向她保证，但她说错话了，安娜开始挣扎扭动。她的手打到我的脸和肚子。布莱恩抓不住她。他越过她的尖叫声对我吼：“我以为你抓得住她。”

我甚至没注意到医生离开房间了，她走回来时带了几位护士。“小孩子一听到要打针都吓得要命。”她说。护士们把安娜抱离我的大腿，她们用温柔的手和轻柔的声音安抚她：“别担心，我们是专家。”

这句话似曾听到过，就在凯特被诊断出罹患白血病那天。许愿时得小心点，我想。安娜就像她姐姐。

我在为女孩们的房间吸尘时，伊莱克斯牌吸尘器的把手打到赫拉克勒斯的鱼缸，把金鱼打飞。玻璃没破，但我花了好一会儿才找到它，它在凯特桌子下面，在干燥的地毯上拍打身子。

“老兄，挺住。”我低语，把它送回鱼缸，再拿到浴室的洗脸槽去注入水。

它浮到水面上。拜托，千万别死。我想。

我坐到床边。我该如何告诉凯特我杀死了她的鱼？如果我赶快去宠物店买一条鱼来充当赫拉克勒斯，她会发现吗？

安娜突然来到我身边，她上半天幼儿园已经回家了。那一刻，金鱼侧身战栗了一下，下潜，又开始游泳了。“你看，”我说，“它好端端的。”

五千个淋巴细胞似乎还不够，钱斯医生要一万个。预约安娜做第二次捐赠的时间，刚好和她班上一个女生的体操生日派对冲突。我同意让她去一会儿，然后从体育馆开车去医院。

那个浅金色头发的女孩是个棉花糖公主，也是她妈妈的小复制品。我脱下鞋子，慢慢走过铺着软垫的地板，努力回想她们的名字。小孩叫……莫洛莉。那个妈妈叫……莫妮卡，还是玛格丽特？

我立刻看到了安娜，她坐在弹簧垫上，教练正在指导他们弹跳，仿佛爆米花。那个妈妈走向我，她脸上的微笑亮得像圣诞树上的灯串。“你一定是安娜的妈妈。我是米缇。”她说，“我很遗憾她必须早点走，不过，我们当然明白。能够去没有人能去的地方一定很棒。”

医院？“呃，希望你永远也不必做同样的事。”

“喔，我知道。我连搭电梯都会头晕。”她看向弹簧垫，“安娜，甜心！你妈妈来了！”

安娜滚过软垫地板。孩子都还小的时候，我就希望像这样，把客厅的墙壁和地上都铺上软垫来保护他们。结果是，即使我把凯特整个人都用海绵缠绕起来，危险也已经在她的皮肤下滋生。

“你该说什么？”我催促安娜谢谢莫洛莉的妈妈。

“喔，不客气。”米缇递给安娜一小袋糖果，“你随时可以叫你老公打电话给我们。我们会很乐意在你去德克萨斯的时候帮忙照顾安娜。”

安娜正在缓慢地绑鞋带。“米缇，”我问，“安娜到底是怎么跟你说的？”

“她说她必须早一点走，因为你们全家要陪你去机场。一旦你开始在休斯顿受训，要等到飞行结束才能看到他们。”

“什么飞行？”

“航天飞机……”

我目瞪口呆——安娜编造荒谬的故事，而这个女人居然相信了。“我不是航天员，”我说，“我不知道安娜为什么会说那样的话。”

我拉安娜站起来，她的一只鞋子的鞋带还没绑好。我拉着她走出体育馆，到了车旁我才问她：“你为什么要对她说谎？”

安娜臭着脸说：“我为什么必须早点离开派对？”

因为你姐姐比蛋糕和冰淇淋重要；因为我自己无法帮上她的忙；因为我说你要早点走。

我气得试了两次才打开面包车的锁。“不要还像个五岁小孩似的耍赖。”我忿忿道。然后我才想起她的确是个五岁的孩子。

“那里热得一组银茶具都熔化了。”布莱恩说，“铅笔也都弯成两半。”

我的目光离开报纸，抬眼看他：“是怎么发生的？”

“屋主去度假，炉子仍开着，猫跟狗互相追逐。”他脱掉牛仔裤，畏缩了一下，“我光是跪在屋顶上，就遭受了二级灼伤。”

他的皮肤红肿发炎，起水泡。我看着他抹上新孢霉素软膏，再包裹纱布。他一边讲话，一边告诉我他绰号叫恺撒的新队员的一些事情。可是我的眼睛被报纸上的读者询问专栏吸引住。

亲爱的艾比：

我婆婆每次来访，都坚持要清理冰箱。我老公说她只是想帮忙，可是那使我感觉在被审判。她令我觉得我的人生很挫败。我该如何叫这个女人住手，不要毁了我的婚姻。

诚挚的，

过了我的截止日期，

西雅图

是什么样的女人居然会把这种小事当作她最大的困扰？我想象她在一张混着亚麻的纸上写信给“亲爱的艾比”。我怀疑她是否曾感受过小宝宝在身体里转动，小手小脚缓慢地在绕圈子，仿佛妈妈的肚子是个必须仔细测量的地方。

“你在看什么？”布莱恩过来，越过我的肩膀看专栏。

我难以置信地摇头：“一个女人认为她的人生会被果冻毁掉。”

“可能是因为奶油过期坏掉。”布莱恩笑着说。

“或是因为莴苣上面有泥。喔，我的上帝，她怎么能受得了活着？”我们两个都开始笑。笑是有感染性的，我们看着对方，笑得更厉害。

然后就像我们觉得这件事好笑那么突然，它再也不好笑了。不是所有的人都住在一个“冰箱里装什么是个人幸福晴雨表”的世界。很少有人的幼小女儿就要死了。“该死的有泥的莴苣，”我的声音颤抖，“这不公平。”

布莱恩立即拥我入怀。“从来都不公平，宝贝。”他回答。

一个月后，我们回去做第三次淋巴细胞捐赠。我和安娜坐在医生的办公室里，等待被叫唤。几分钟后，她拉拉我的袖子。“妈咪。”她说。

我低头看她。安娜晃着脚。她的指甲擦着凯特的变色指甲油。“什么事？”

她对我微笑：“我怕我等下忘了告诉你，抽血其实没有我本来以为的那么可怕。”

有一天我姐姐没有事先通知便来访，她取得布莱恩的同意，鼓动我和她去波士顿的丽思卡尔顿饭店的豪华顶楼套房住一天。“我们可以做任何你想做的事。”她对我说，“去参观艺术博物馆，在著名的自由大道上漫步，到海港边吃晚餐。”不过，我真正想做的事只是忘记，所以三个小时后，我跟她坐在地上，喝完第二瓶单价就要一百美元的酒。

我举起酒瓶：“花这瓶酒的钱我可以用来买一件漂亮衣服。”

苏珊发出嗤声。“或许可以在菲里尼地下室买到。”她的脚搁在一把织锦的椅子上，身体躺在白色的地毯上。打开的电视里，名主持人奥普拉正在劝告我们要减少生活中的享受。“再说，如果你喝点香醇的黑品诺红酒来增加生活的情趣，绝对不会胖。”

我注视着她，突然为自己感到难过。

“喔，不，不要给我搞掉眼泪那一套。哭没有包括在房价里。”

可是突然地，我所能想的是，这些上奥普拉节目的女人看起来多么愚蠢，我敢打赌，她们的备忘录里写满社交行程，她们的衣橱里塞满流行服饰。我猜想，如果凯特没事，布莱恩晚餐会做什么菜。“我要打电话回家。”

苏珊撑起一只手。“你知道的，你在放假。没有人可以一天二十四小时、一个礼拜七天都做受难者①。”

可是我听错了。“我想你一旦签约要做个母亲，只有一班制，没人可替换。”

“我是说受难者，”苏珊笑道，“不是母亲。”

我淡淡地笑：“两者有差别吗？”

她从我手里拿走话筒：“你要先从你的旅行箱里拿出受难者的荆棘冠冕吗？莎拉，听听你自己说的话，不要再表现得像个戏剧女王。是的，你抽到坏运气的命运签。是的，你的人生挺可悲的。”

我双颊发热涨红：“你根本不知道我的人生是怎样的。”

“你自己也不知道。”苏珊说，“莎拉，你不是在过生活。你是在等凯特死掉。”

“我没有……”我的话起了头，可是我说不下去。她没说错，我是在等。

苏珊轻抚我的头发让我哭。“有时候我实在快熬不下去了。”我从来没有对任何人，甚至没对布莱恩说的话，现在我承认了。

“只要你不是一直都熬不下去就还不至于太惨。”苏珊说，“亲爱的，凯特不会因为你多喝一杯酒，或在饭店里过一夜，或因为你听到一个恶劣的笑话就早一点死。所以，你坐回去，放大音量，表现得像个正常人。”

---

① 受难者martyr与母亲mother发音接近。

我环视奢华的房间，看到被我们喝光了而颓倒的酒瓶和草莓巧克力。“苏珊，”我抹干泪水，“这不是正常人会做的事。”

她随我的目光看去。“你说得对极了。”她拿起遥控器，转换频道，直到她找到杰瑞·史普林格的脱口秀[①]，“这样好一点了吗？”

我开始笑，然后她也笑。我有点醉了，感觉房间在旋转。我们躺着，注视天花板顶部造型的边饰。我突然想起当我们还是小孩时，一起去搭巴士，苏珊总是习惯走在我前面。我可以跑着赶上她，可是我从来不那么做。我只是想跟随她。

笑声像蒸气往上升，飘过窗子。在连续三天的倾盆大雨后，孩子们很高兴能到外面玩，和布莱恩一起踢足球。当人生是正常的，它如此的正常。

我进入杰西的房间，收拾散落的乐高组合玩具和漫画书，这样我才能把他干净的衣服放到床上。然后我去凯特和安娜的房间，把她们的叠好的干净衣服分开来。当我要把凯特的运动衫放进她抽屉时，我看到赫拉克勒斯在倒栽葱地游动。我伸手进鱼缸，抓它的尾巴，把它转回来。它漂荡着抽搐了几下，然后慢慢浮上水面，白肚朝上在喘气。

我记得杰西说过，好好照顾的话，一条鱼可以活七年。这一条才活了七个月。

我把鱼缸抱进我房间，拿起电话问查号台。“沛可宠物连锁店。”我说。

我打电话到店里，问一个职员关于赫拉克勒斯的事。“你想买一条新的金鱼吗？”她问。

① 这个节目以主持人杰瑞·史普林格（Jerry Springer）常讲脏话和话题低俗闻名。

“不要，我要就这一条。”

“小姐，”那个女孩说，“我们在谈的是一条金鱼，对吗？”

于是我打电话给三位兽医，他们没有一个会医治金鱼。我又观察了在做垂死挣扎的赫拉克勒斯一分钟，然后打电话到罗得岛大学海洋学科系，要求找任何一位有空的教授。

欧瑞斯特博士告诉我他研究蓄潮池、软体动物、贝壳类动物和海胆，不是金鱼。可是我发现我在跟他谈我女儿，她得了急性早幼粒细胞白血病。我还谈赫拉克勒斯，它曾在存活几率不大时活过来一次。

海洋生物学家沉默了一下：“你有没有给它换过水？”

“今天早上换过。”

“过去几天来有不少雨水流进去吗？”

“是的。”

“鱼缸有凹槽吗？”

那个跟这个有什么关系？“有……”

“我有个直觉，因为雨水流入，鱼缸里的水可能含有过多矿物质。你把整缸水换成纯净水，它或许能振作起来。”

我把鱼缸里的水全倒光，擦一擦，再倒入半加仑的“波兰泉”。二十分钟后，赫拉克勒斯开始兜圈子游泳了。它悠游于人工水草之间，也会一口一口地吃鱼饲料了。

半个小时后，凯特发现我在观察赫拉克勒斯：“你不必换水了，我今天早上才换过。”

“喔，我不知道。”我说谎。

她把脸贴到玻璃鱼缸上，咧嘴而笑。“杰西说金鱼的注意力只有九秒钟，”凯特说，“可是我想赫拉克勒斯知道我是谁。”

我轻抚她的秀发，担心我是否已用尽了我的奇迹。

安娜

如果你看多了名人在电视购物频道里吹嘘，你会开始相信一些疯狂的事情：巴西的蜂蜜可以用来做刮腿毛的蜡，刀子可以切金属，积极思考的意念会化为一双翅膀，助你飞抵任何你要去的地方。因为有轻微的失眠，又吸收了太多潜能，按照开发大师托尼·罗宾的说法，我决定有一天要强迫自己去想象，如果凯特死了会怎么样。那样，像托尼信誓旦旦说的，当事情真的发生时，我会准备好。

我持续做了几个礼拜。那比你去想象你将来会怎样还困难得多，尤其当我姐姐和平常一样就在我周围走动，那真是痛苦呀。我处理的方法是假装凯特已经是个鬼魂。我不跟她讲话，她以为自己做错了什么事，反正她总是可能做错什么事。有时候我整天什么都没做，只是哭，有时候我觉得我好像吞进了一块铅板，更多时候我卖力地找事情做，换衣服、整理床铺、背生词，因为那样比什么事都不做还容易消磨时间。可是然后，我把面纱掀开一点，另一个想法就跳进我的脑子里。例如去夏威夷大学上海洋系会是什么滋味，或者尝试特技跳伞，或者搬去布拉格，或其他一百万个白日梦。我试着把自己塞进其中一个剧本里，可是那就像穿一双五号的运动鞋，而你的脚是七号——你穿着走两步还可以，可是多走几步你就得坐下来把鞋子脱掉，因为实在太痛了。我相信有个拿红印章的审查员坐在我的脑袋上，提醒我什么事是连想都不该想的，不管诱因有多大。

那可能是一件好事。我有个感觉，如果我真的试着去想，没有凯特的我如何自处，我会不喜欢看到的那个我。

我和我爸妈一起坐在医院的自助餐厅桌旁，虽然我是说“坐在一起”，但其实这是广义的说法。实际的情形比较像是航天员，我们各自戴着头盔，各自背着自己的氧气筒。我妈面前有一个用来装糖的小长方形容器。她粗鲁地在摆弄糖包。怡口牌的代糖，然后是思味特牌的咖啡伴侣，然后是天然的红糖颗粒。她抬头看我：“甜心。”

为什么表示“亲爱”的说法都与食物有关？“甜心”“亲爱的”“蜜糖”“小可爱”。[1]不是关心某个人，便足以拿那些空洞的称呼供养他。

“我理解你为什么要搞出这桩事件来，”我妈继续说，“我知道或许我和你爸爸应该更加在乎你。可是安娜，我们不需要法官来帮助我们这么做。”

我喉咙底下的心是块柔软的海绵：“你是说可以喊停了？”

当她微笑，我感觉像三月天的暖阳煦照——在没完没了的下雪天后，你忽然想起夏天是如何侵袭你光裸的小腿肚和你的一侧头发。

“我正是这个意思。”我妈说。

不必再抽血了。不必再捐赠粒细胞、淋巴细胞、干细胞或肾脏。

“你如果不便说的话，我会告诉凯特，”我提议，“那你就不必直接跟她说。”

“没关系。狄沙罗法官要是知道，我们可以假装我们没有谈

① 甜心（honey），蜂蜜。亲爱的（cookie），甜饼干。蜜糖（sugar），糖。小可爱（pumpkin），南瓜。

过。”

在我心底深处，像有一把铁锤在持续地敲。“可是……凯特不会问我为什么不再捐肾脏吗？”

我妈愣住了：“我同意喊停，指的是诉讼。”

我用力摇头，舌头打结了似的，没胆子说出我想说的话回答她。

“我的上帝，安娜，”我妈妈愕然道，“我们做了什么竟使你如此对待我们？”

“不是你们对我做了什么。”

“那是我们没有对你做什么，是吧？”

“你们不听我讲话！”我叫嚷。那一刻，弗恩·史塔克豪斯来到我们的桌旁。

警长的目光从我脸上游移到我妈，再到我爸，他勉强地微笑。“我想这不是我打扰你们的好时机。”他说，“我真的很抱歉，莎拉，布莱恩。”他递给我妈一个信封，点个头，走开。

她抽出信纸读信，然后转向我。“你对他说了什么？”她没好气地问。

“对谁说？”

我爸爸拿起信纸看。里面写的都是法律用语，跟希腊文差不多：“这是什么？”

“对方律师申请暂时禁止令。”她抓走我爸手中的信纸，“你知不知道你在要求把我踢出家门，不能再跟你联络？你真的想这么做吗？”

将她踢出家门？我不能呼吸。“我没有那样要求过。”

“安娜，一个律师不可能自作主张提出这样的申请。”

你知道有时候——当你骑着自行车在沙地上打滑时，或者你下楼梯踩空台阶而翻滚下来时——经过好长一段时间才知道你会受伤，而且会伤得很重。“我不知道这是怎么回事。”我说。

“那么，你怎么会以为你有资格为自己做决定？”我妈猛然站起来，椅子“当啷”一声摔到自助餐厅的地上，“安娜，如果这是你想要的，我们可以现在就开始。”离开的时候，她的声音沙哑粗糙得像绳子。

大约三个月前，我借凯特的化妆品来用。好吧，不是借，正确的字眼是：偷。我连一样自己的化妆品都没有，要满十五岁才准用。可是奇迹发生了，凯特没有问我，非常时期要采取非常手段。

奇迹有五英尺八英寸高，头发像白银皇后品种的玉米穗丝，他的微笑让我觉得在绕圈子打转。他叫基利，从爱达荷州搬来，晨间集会就坐在我后面。他不知道任何有关我或我的家庭的事，所以当他问我要不要跟他去看电影，我知道他不是因为同情我才约我。我们看了新的《蜘蛛侠》，或者至少他看了。我坐在电影院里时一直在想，我的手臂和他的手臂之间那么短的距离，怎么会激增那么多电流。

当我回家，脚仿佛还离地六英寸，这让凯特有机会突然袭击我。她把我扑倒在床上，压住我的肩膀。“你这个小偷，”她指控，“你不问一声就偷开我浴室的抽屉。”

“你总是拿我的东西。两天前你才借走我蓝色的运动衫。”

“那是两回事。运动衫可以洗干净。”

“为什么我的细菌可以在你的动脉里漂浮，而我不能涂你怪里怪气的蜜丝佛陀炸弹唇彩？”我用力一点推，设法让我们换个位置，所以现在我占上风。

她的眼睛亮起来：“他是谁？”

“你在说什么？”

“安娜，你会化妆，一定有原因。”

“少来烦我。”我说。

“你别装蒜。”凯特对我微笑，然后用在我的压制下仍然自由的一只手挠我的痒。我没料到她会来这招，不得不放开她。一分钟后我们在床上摔跤，企图逼对方讨饶。“安娜，停战。”凯特上气不接下气，“你快杀死我了。”

这些话，并非一般人的玩笑。我放开她，快得如同被烫到。我们肩靠着肩，并躺在我们的床中间，眼睛望着天花板，急促地呼吸，我们两个都假装她刚才说的话，还是有玩笑的成分。

我爸妈在车上吵架。我爸爸说：“或许我们该请一个真正的律师。”我妈妈说：“我就是。”

“可是莎拉，”我爸爸说，“如果这件事情没有办法结束，我要说的是……”

“你要说什么，布莱恩？”她反驳，“你真正想说的话是什么？某个你从来没见过的穿着西装的男人，他会比安娜自己的妈妈更能表达她的意见吗？”接下来的路程我爸爸一直沉默地开车。

几家电视台的摄影机等在法院大楼前的台阶上，令我震惊。我相信他们是为了更大的新闻来守候的，所以你可以想象，当一只麦克风伸到我面前时，我有多惊讶。一个发型好像戴了头盔的记者问我为什么要控告我爸妈。我妈妈把她推开。“我女儿无可奉告。”她一而再再而三地说。当一个家伙问我知不知道我是罗得岛第一个设计出来的小孩时，我有一瞬间以为我老妈会一拳把他击倒。

我七岁的时候就知道我是如何受孕的，那也没什么大不了的。第一点，我爸妈告诉我的时候，我觉得想到他们是性交后怀胎，比我是在培养皿里制造出来的要恶心得多。第二点，现在已经有几吨的人吃了排卵药后，怀上了七胞胎，我的故事不再那么耸人听闻。可是，设计出来的婴儿？那么说也没错。我爸妈既然经历过所有那些麻烦，你会以为他们当初确定会植入服从、谦卑和感恩的基因？

我爸爸坐在我旁边的长凳上，双手在两膝之间交握。我妈妈和坎贝尔·亚历山大正在法官办公室里言词交锋。而我们坐在走廊上，不自然的安静，好似他们把可能讲的话都讲光了，令我们无话可说。

我听到一个女人在低声咒骂，然后茱莉亚自转角出现："安娜。抱歉我迟到了。我无法摆脱那堆记者。你还好吗？"

我点头，然后摇头。茱莉亚跪到我面前："你要你妈妈离开家吗？"

"不要！"我的眼睛盈满泪水，尴尬得要命，"我改变主意了。我不要再搞下去了。通通不要。"

她久久地凝视着我，然后点头："让我进去跟法官谈。"

她离开后，我专心把空气吸进肺里。我现在必须努力做好多事情，那是我以前凭直觉就能做的事——吸进氧气，保持沉默，做对的事情。感觉到我爸爸的目光落在我身上的重量，我转头。"你是说真的吗？"他问，"关于你说不想再搞下去了。"

我没有回答。全身不能移动分毫。

"因为如果你还不确定的话，有些呼吸的空间或许不是个坏主意。我的意思是，我消防站的房间里有一张多余的床。"他揉揉他的颈背，"那会像我们搬出去，或差不多就是那样。只不过……"他看着我。

"……能够呼吸。"我说完，用力地呼吸。

我爸爸站起来，伸出手。我们肩并肩走出法院综合大楼。记者像一群狼扑来，但这次，他们的问题被我弹回去。我的胸膛充满了光辉和氦气，那和我小时候在星光下骑在我爸爸的肩膀上一样，我知道如果我伸出双手，把我的手指张成像一张网，我会接住掉下来的星星。

坎贝尔

地狱里或许有个特别的角落，留给自吹自擂、不知羞耻的律师。当我抵达家事法庭，发现有一群记者列队时，我就当他们是糖果迎上前去，确定摄影机对着我，作个简短的说明。我说些得体的话，说这件案子非比寻常，牵涉其中的每个人都痛苦。我暗示承审法官的裁定可能会影响到全国少数人的权益，以及干细胞的研究。然后我抚平我的阿玛尼西装，拉拉法官的皮带，解释我真的必须去跟我的委托人讲话了。

进了法院，弗恩·史塔克豪斯迎上我的目光，向我比出一个大拇指朝上的手势。我稍早前遇到警长，很无辜地问他妹妹——《普罗维登斯报》的记者——今天会不会来。“我不能真的透露什么，”我暗示，“不过这个听证会……会相当重要。”

在地狱那个特别的角落里，可能有宝座给我们这些利用公益性法律服务工作，沽名钓誉、大打知名度的不肖律师。

几分钟后我们在内庭。“亚历山大先生。”狄沙罗法官举高禁止令申请书，“请你告诉我，我昨天已经明白地就这个问题谈过了，你为什么还提交这份申请书？”

“法官，我和诉讼监护人开过首次会议。”我回答，“当罗曼诺小姐在场的时候，莎拉·费兹杰罗告诉我的委托人，这桩诉讼是个误会，他们会自己解决。”我瞄向莎拉，她面无表情，但下巴缩紧。“法官大人，这是直接违反您的命令。虽然庭上您曾试着保留这个家庭安居同乐的环境，但我并不认为那可行，除非费兹杰罗太太确实可以在精神上区别她身为原告家长和被告律师的角色。现在，既然她做不到，那么禁止令就有其必要。”

狄沙罗法官的手指在桌上敲了敲：“费兹杰罗太太，你对安娜说过那些话吗？”

“我当然说过！”莎拉暴躁地说，“我想试着弄清楚这件事情的真相！”

她承认的说辞像马戏团的帐篷倒塌，使得我们其他人都默不做声。茱莉亚选择在这个时候突然开门进来。“抱歉我来晚了。”她微喘着说。

“罗曼诺小姐，”法官问，“你今天有机会和安娜谈过话吗？”

“有，我刚刚才和她交谈过。”然后她转向莎拉，“我想她很困惑。”

“你对亚历山大先生提出的禁止令申请书有何意见？”

她把散落到脸上的一撮头发撩到耳后：“我不认为我现有的资料足以作出正式的决定，不过我的直觉说，要求安娜的妈妈搬离是错误的。”

我立即紧张起来。狗感应到了，它站起来。“法官，费兹杰罗太太刚刚承认她违反庭上的命令。至少她应该向庭上承认，她违反法官大人的规范，还有……”

“亚历山大先生，这桩案件不只是法律文字。”狄沙罗法官转而对莎拉说，“费兹杰罗太太，我强烈建议你考虑雇用一个独立的律师，在这件诉讼案里代表你和你丈夫。我今天不发出禁止令，不过我再一次警告你，在下礼拜的审理之前，不要跟你的孩子谈论这个案件。如果在未来的某一天，我又得知你再次忽略我这次的直接警告，那么我会对你发出禁止令，并且亲自监视你搬出你家。”他“啪”地合上卷宗站起来，“亚历山大先生，星期一以前不要再来烦我了。”

“我必须去见我的委托人。”我匆匆走向走廊，我知道安娜和她爸爸等在那里。

不出我所料，莎拉·费兹杰罗紧跟在我后面。而跟在她后面的，无疑是想扮演和事佬角色的茱莉亚。我们三个人看到，在刚才安娜坐的地方打瞌睡的人是弗恩·史塔克豪斯，我们都突然刹住脚步。“弗恩？”我问。

他立即跳起来，防备地清清喉咙：“我的腰椎有点问题。不时坐下来可以减轻它的负担。”

“你知道安娜·费兹杰罗去哪里了吗？”

他的头扭向大楼的前门。“她和她爸爸一会儿之前走了。”从莎拉的表情看得出来，这对她而言也是新闻。“你需要搭便车去医院吗？”茱莉亚问。

莎拉摇头，透过玻璃门看到守在外面的记者群：“有后门吗？”

这时法官来到我身边，开始用它的鼻子戳我的手。该死！

茱莉亚指点莎拉·费兹杰罗走向后门。她转过头来对我说：“我必须跟你谈一谈。”

我等她转过头去，赶快抓起法官的皮带，拉着它走向一条走廊。

“嘿！”没过多久，茱莉亚的高跟鞋敲击地砖的声音在我后面响起，“我说过我要跟你谈一谈。”

那一刻我认真地考虑如何从窗子逃出去。不过我霎时止步，转身，设法尽力展现笑容。“从字面上来说，你说你必须跟我谈一谈。

如果你说你想要跟我谈，我就会在那里等你。”法官咬我西装的一角，我昂贵的阿玛尼西装呀！它还扯着西装警告我，“不过现在，我必须去开会。”

“你到底有什么见鬼的毛病？”她说，“你说你要去跟安娜谈她妈妈，我们刚才不是都在找安娜吗？”

“是的，我们都要找安娜，莎拉要安娜撤销控告，安娜要她妈妈别逼她。我解释过替代方案。”

“替代方案？她只是个十三岁的女孩。你知道我看过多少小孩，他们在法庭里的态度与他们面对父母时完全不同。一个妈妈保证她的小孩会作证，指控一个对儿童性骚扰的家伙，因为她希望那个浑球坐一辈子的牢。可是那个小孩根本不在乎那个家伙的下场如何，只要他永远不再跟他同处一室就好了。或者他觉得该给那个性骚扰者一次机会，就像他犯错时，他的父母会给他改过的机会。你无法指望安娜像一个正常的成人客户。她情绪的稳定程度还不足以让她决定摆脱她家的情况。”

“那正是我一开始会提出诉讼的要旨。”我说。

“事实上，安娜不到半个小时前告诉我，她对这桩诉讼案改变主意了。”茱莉亚挑眉道，“你不知道，是不是？”

“她没有跟我说。”

“那是因为你谈的事情不对。你跟她谈以法律途径阻止她被迫取消诉讼。她当然想打退堂鼓。可是你真的以为她了解禁止令代表的意义吗？家里会少一个家长煮饭、开车或帮她做功课，她因此不能亲吻妈妈说晚安，其余的家人很可能会责怪她。当你在谈的时候，她听到的，都是她妈妈不能给她压力。她没有听到她必须跟她妈妈分居。”

法官开始严肃地呜呜。“我该走了。”我说。

她跟着我。“去哪里？”

“我告诉过你了，我有个约会。”走廊上有一排房间，全都上锁了。我终于找到一个可以打开的门把。我走进去，拴上门。“男厕。”我痛快地说。

茱莉亚扭转门把，砰砰地拍门上邮票大小的方形玻璃。我感觉汗水冒出我的前额。“你这次逃不掉。”她在门外对我吼，“我就在这里等你。”

“我还在忙。”我吼回去。法官在我面前拿它的鼻子推我，我的手指插进它脖子的厚毛里。“没关系。”我对它说，然后我转身面对空空的房间。

杰西

我时常跟自己辩驳，劝我相信上帝，尤其像现在这种非常时刻：当我回到家，发现一个胆大包天的妞儿在我的门口，她站起来，问我是不是杰西·费兹杰罗。

“谁在找他？”我问。

“我。”

我给她一个我最富魅力的微笑：“那么我就是。”

让我后退一下告诉你，她的年纪比我大，可是每多看她一眼，我就越觉得年龄不是问题。她拥有一头会令我迷失的秀发，一张柔软又丰满的嘴唇，我简直难以将目光移开去审视她其余的部分。我的手发痒，很想去抚摸她的肌肤——即使只是普通的地方——想试试看触觉是不是一如视觉那么光滑。

“我是茱莉亚·罗曼诺。”她说，“我是诉讼监护人。”

所有在我的血管里飞扬奔腾的小提琴乐音都戛然停止：“类似警察吗？”

“不是。我是个律师，我为法官工作，是来帮助你妹妹的。”

“你是指凯特？”

她的表情严肃了一点：“安娜。她对你父母提出解除医疗决定权的诉讼。”

"喔，对。我早就知道了。"

"真的吗？"她似乎相当诧异，仿佛安娜应该垄断反抗父母威权的市场，"你也刚好知道她在哪里吗？"

我瞟向屋里，那里暗暗的，显然没人在家。"我是我妹妹的守护者吗？"我说，然后对她笑，"你想等的话，可以进来看我的蚀刻画。"

出乎我的意料，她居然同意了："那是个不错的主意。我也想跟你谈谈。"

我双手在胸前交叉，身体又靠到门上，那可以使我的肱二头肌收缩。我给她一个能令罗杰威廉斯大学半数女性人口当场两眼发直的笑容："你今天晚上有空吗？"

她瞪着我看，好像我刚刚讲的是希腊语。可恶，她说不定会讲希腊语、火星语，或者怪异的祝融星语："你在邀我约会吗？"

"我非常想尝试看看。"我说。

"你的尝试非常失败。"她面无表情地回答，"我老得可以当你妈。"

"你的眼睛非常迷人。"我想说的其实是乳房，随便啦。

茱莉亚·罗曼诺选择在这个时候把她的套装外套扣到领口，她的动作令我大笑："我们何不就在这里谈？"

"随便你。"我说，然后领她进我的小窝。

就一般的眼光而言，我的住处不算太糟。放在水槽里的盘子只堆了一两天没洗；撒落的麦片总不像在外头一整天回来后看到洒落的牛奶那样恶心；地板的中央有一个桶子、一块破布和一个煤气罐——我正在做火棍。地上到处都是衣服，有些是技巧性的安排，用来分散别人对我的私酿威士忌蒸馏器的注意力。

“你觉得如何？”我对她微笑，“居家艺术大师马莎·斯图尔特都会爱上这里，对不对？”

“马莎·斯图尔特会当你是需要她塑造生活环境的对象。”茱莉亚喃喃道。她坐到沙发上，随即弹跳起来，移开一把薯片。哇喔，神圣的上帝，那已经在她可爱的屁股上留下一个心形的油渍。

“你要喝点东西吗？”别让人家说我妈妈没教我礼貌。

她四下看看，然后摇头：“我放弃。”

我耸耸肩，从冰箱里拿出一罐拉巴特牌的啤酒。“我们家最近是不是有点波涛荡漾？”

“你不知道吗？”

“我试着装聋作哑。”

“为什么？”

“因为那是我最拿手的把戏。”我微笑，喝一大口啤酒，“虽然我很想看到爆炸性的场面。”

“告诉我凯特和安娜的事。”

“我该告诉你什么？”我晃到沙发那里去，坐到她旁边，坐得太近。故意的。

“你跟她们处得好吗？”

我向前倾身。“咦？罗曼诺小姐。你是在问我是不是个好哥哥吗？”她连眼皮都没眨一下，我无趣地不再装腔作势，“她们容忍我。”我回答，“和其他人一样。”

这个回答一定令她感兴趣，因为她在她的白色小本子上写下了一些字句。“在这个家庭里长大是什么样子？”

有一打回答弹进了我的喉咙，可是吐出来的是意外的黑马。“我十二岁的时候，有一次凯特生病，并不是大病，只是感染，可是她好像无法自行痊愈。所以他们就带安娜去捐给她粒细胞，也就是白细胞。那不是凯特计划好的，或是故意的，可那天却刚好是圣诞夜。我们本来应该全家出动，你知道，去买一棵树什么的。”我从口袋里掏出一包香烟，“你介意吗？”我问，可是我没给她机会回答就点烟，“最后一分钟我爸爸带我到一个邻居家，托他们照顾我，那种感觉糟透了，因为他们都要和亲人度过一个美好的圣诞夜，他们交头接耳地谈论我，当我是个慈善救济的对象，当我完全聋了。总之，那一切都令我很不好受，所以我推说要尿尿，趁机溜走。我走路回家，拿走我爸爸的斧头和手动的锯子，砍掉了我们家前院的云杉。当邻居发现我不见了的时候，我已经把树拖进了我们家的客厅，插进树座里，给它戴上花环和装饰品等等。”

在我心里，我还看得到那些小灯——红的、蓝的、黄的，一闪一闪地挂在树上，像个住在巴厘岛的爱斯基摩人。“所以圣诞节的早上，我爸妈去邻居家接我。他们的脸色很差，两个都很差，可是当他们带我回家，圣诞树下有礼物。我很兴奋，找到上面有我的名字的礼物，结果那是个要上发条的小玩具车——如果给三岁的孩子，那是个很棒的玩具，但那时我已经十二岁，而且我刚好知道，那是医院礼品店的拍卖品。那一年我的其他礼物也都一样。”我把烟屁股捻到我牛仔裤的大腿上，“他们没说一句关于那棵树的事。”我告诉她，“那就是在这个家庭长大的样子。”

“你觉得安娜也一样吗？”

“不，安娜在他们的雷达上，她是他们对凯特的伟大计划里的重要角色。”

“当安娜在医疗上愿意帮助凯特时，你爸妈如何决定？”她问。

“你说得好像那样的决定有某种程序，好像有选择。”

她抬头："没有吗？"

我不理她，因为那是我听过的最夸张的问题之一。我看向窗外，还可以看到前院那棵云杉的树桩。在这个家里，没有一个人会掩饰他们犯的错误。

我七岁的时候想挖地道到中国。那会有多难呢？我想，不过是挖一条直直的地道而已。我从车库里拿一把铲子，挖了一个大得足以让我掉进去的洞。每天晚上，我会拉一个旧沙盒把它盖住，以防下雨。我花了四个礼拜挖洞，我的手布满被石头刮伤的疤痕，脚踝也不时被植物的根擦伤。

我没有料到挖了地洞后，两边的土墙会越来越高，也没有想到我的运动鞋下面，地球的肚子里竟然会那么热。我直直地往下挖，无助地恐慌，在地道里你得照亮自己的路，而我一向有点怕黑。

我叫喊，我爸爸很快就找到了我，虽然我相信自己已经等了好几辈子。他爬进地洞里，因为我的愚蠢和努力哭笑不得。"周边的土可能会崩塌到你身上！"他把我抓到地面上去。

站到地上我才发现，我的地洞大工程其实并没有多深。事实上，我爸爸站在洞底，地面只到他的胸部。

你知道的，黑暗会给人错觉。

布莱恩

没花多少时间准备，安娜就搬进了我在消防站里的房间。在她把衣服放进抽屉，把梳子放在梳妆台上我的梳子旁时，我去厨房，鲍立正在准备晚餐。大伙儿都在等我解释。

“她要跟我住一阵子。”我说，“我们正在设法解决问题。”

在看杂志的恺撒抬起头来：“她要跟我们一起去出任务吗？”

我没想到这点。或许这么做可以转移她的心思，让她尝尝当见习生的滋味。“说不定呢！”我说。

鲍立转过身来，他今天晚上做墨西哥牛肉玉米饼。“队长，一切都好吧？”

“还好，鲍立，谢谢你关心。”

“如果谁要烦她，”瑞德说，“得先经过我们四个这一关。”

其他人点头。如果我告诉他们，烦她的人是我和莎拉，不知他们会作何感想。

我回房间，让他们准备晚餐。安娜跪坐在房内的第二张单人床上。“嗨。”我说，可是她没回答。我过了一会儿才看到她戴着耳机，只有上帝才知道是什么强烈的节奏传入了她的耳朵。

她看到我，关掉音乐，把耳机拉到脖子上，像个颈链：“嗨。”

我坐到床边，看着她：“你，呃，想做点事吗？”

“什么事？”

我耸肩：“我也不知道。玩牌？”

“你是说扑克牌？”

“扑克牌，钓鱼。什么都可以。”

她小心翼翼地望着我：“玩钓鱼的纸牌游戏？”

“还是要帮你绑辫子？”

“爸，”安娜问，“你还好吧？”

我觉得冲进一间快倒塌的建筑物，比尝试让她感觉放松还来得更自在。“我只是——我要你知道你在这里可以做任何你想做的事。”

“可以在浴室里放一盒卫生棉吗？”

我的脸立即发红，仿佛有传染性，安娜的脸也红了。这里只有一个兼职的女性消防员，女厕所在消防队的底层。但还是有点尴尬。

安娜低下头，头发晃到脸上：“我不是有意……我可以收在……”

“你可以放在浴室里。”我宣布，然后权威地加一句，“如果有人抱怨的话，我们就说那是我的。”

“爸，我怀疑他们是否会相信你的话。”

我伸手搂抱她：“我可能一开始没想清楚。我从来没有睡在一个十三岁女孩隔壁床的经验。”

“我也不常和一个四十二岁的老家伙同寝室。”

“幸好如此，否则我会把他们杀掉。”

她的微笑仿佛是我通过考验的印章。或许这并不如我所想的那么困难。或许我可以说服自己，这次行动终究可以让我的家庭保持完整，虽然第一步是使家人分居。

“爸。”

“嗯？”

“我想让你知道，小孩长到会自己大小便时，就不玩钓鱼的纸牌游戏了。”

她紧紧地抱着我，就像她小时候一样。我想起，我上次抱安娜的那一刻。我们走过一处田野，我们五个人——香蒲和野生雏菊比她的头还高。我把她荡进怀中，一起分开芦苇海。我们都第一次注意她的腿可以悬荡那么高，她已经太大了，不能坐在我的怀里，没多久她就挣扎着要下地自己走路。

金鱼长大了还是住在你放着它的鱼缸里。盆景里的树会扭曲长不大。我愿意付出任何代价，让她永远做个小女孩。他们长得比我们希望的速度快得多。

似乎相当惊人，我们的一个女儿领我们进入法律危机，另一个在痛苦地与病魔对抗，然而，我们已经有相当长的时间，知道凯特的肾病已经到了末期。这次是安娜丢给我们的难题。可是和平常一样，你总是会有办法解决，你总会设法想出两全其美之计。人类承受负担的能力就像竹子，它的弹性之大，是你第一眼看到它时一定无法想象的。

那天下午安娜在收拾行李时，我去医院。走进病房时，凯特已透析完毕。她挂着CD随身听的耳机睡着了。莎拉从椅子里站起来，手指压在唇上警告我别出声。

她领我到走廊。“凯特怎么样？”我问。

“还是一样。”她回答，“安娜呢？”

我们交换孩子的状况，就像亮出棒球卡来给对方瞧瞧，可还不想出让。我看着莎拉，不知该怎么告诉她，我做了什么。

“当我在抵御法官时，你们两个跑哪里去了？”她问。

如果你光是闲坐着，想火场有多热，你永远不能体会到个中滋味。“我带安娜去消防队。”

“那里出了什么事吗？”

我做个深呼吸，跳下我婚姻的悬崖：“没有。安娜要和我在那里住几天。我想她或许需要给自己一点时间。”

莎拉瞪着我看：“可是安娜并非独自在那里。她跟你在一起。”

走廊似乎突然变得太亮太宽：“那样不好吗？”

“是的，不好。”她说，“你真以为任由安娜耍性子，到头来是帮她的忙吗？”

“我没有任由她耍性子，我是给她空间，让她自己得出正确的结论。你在法官办公室里的时候，没有看到她坐在外面的样子。我为她担心。”

“这是我们的差异之处，”莎拉和我争执，“两个女儿我都担心。”

我看着她，只有在刹那间才看到这个女人以前的模样——一个知道什么时候该笑，而不是必须仔细翻找笑容的女人；一个即使陷入困境也能妙语如珠，依然笑得潇洒的女人；一个不费吹灰之力，也能迷得我头晕目眩的女人。我双手轻触她的双颊。喔，你在这里，我想。我俯身亲吻她的额头。“你知道去哪里找我们。”我说完走开。

午夜过后不久，我们接到一个需要救护车的电话。铃响的时候安娜在她的床上眨眼睛，房间里的灯光自动大放光明。“你可以待在这里。”我告诉她，可是她已经起身穿鞋。

我给她我们那位兼职女消防员的衣着和装备：一双靴子，一顶安全帽。她套上外套，爬进救护车的后面，自己扣上位于司机瑞德后面座位的安全带。

我们的车在上达比市的街道呼啸，抵达“阳光门疗养院”，它的会客厅有一尊圣彼德像。瑞德从救护车里抓出担架，我则提着辅助医疗救护袋。一位护士到前门来迎接我们。“她跌倒失去了一会儿意识，现在处于精神混乱的状态。”

我们被带到一个房间。里头有位老太太躺在地上，她瘦瘦小小的，骨架纤细如鸟，头顶渗出血来。闻起来好像她已经大便失禁。“嗨，亲爱的。”我立即倾身靠近，握她的手，她的皮肤如绉纱。“你可以捏我的手指吗？”我转而问护士：“她叫什么名字？”

“爱尔黛·布利基司。她八十七岁。”

“爱尔黛，我们会帮助你，”我继续评估她的状况，“她的枕叶区有个撕裂伤。我需要脊椎矫正板。”当瑞德跑回救护车上拿的时候，我给爱尔黛测量血压和脉搏——不规则。“你的胸部会不会痛？”老妇人呻吟，可是她摇头，然后抽搐。“亲爱的，我要帮你戴上护颈圈，好吗？你头部的伤势看起来似乎相当严重。”瑞德拿脊椎矫正板回来。我抬头，看向护士。“你知不知道她是因为跌倒所以意识不清，还是因为意识不清才跌倒？”

她摇头：“没人看到事情发生的经过。”

“喔。”我低喃，“我需要一张毯子。”

递给我毯子的是一只颤抖的小手。在此之前，我完全忘了安娜跟我们在一起。“谢谢你，宝贝。”我对她微笑，“你想帮我的忙吗？你可以去布利基司太太的脚那里蹲下吗？”

她脸色苍白地点头，蹲伏着。瑞德调准脊椎矫正板：“爱尔黛，我们数到三就搬动你……”我们数到三，搬动她，用束缚带把她固定在脊椎矫正板上。这个动作使得她的头皮伤处又流出血来。

我们把她抬进救护车。瑞德开着救护车前往医院，我在狭窄的车厢里走动，照顾病人，挂氧气瓶。“安娜，拿一个静脉点滴包给我。”我开始剪爱尔黛的衣服，“布利基司太太，你听得到吗？我要给你打针。”我说。我把她的手臂放平，试着找静脉，可是它们好像模糊的铅笔字迹，或用明暗笔法画出的蓝图。我的额头冒出汗来。“安娜，我无法用二十号针头。你可以帮我找二十二号针头吗？”

病人在呻吟哭泣。救护车摇来晃去的，在我试着用更小的针头时，车子转弯、刹车。“该死。”第二根静脉导针掉到车厢地上。

我迅速地给她做心电图检查，然后拿起无线电，通知医院我们要送病患去。“八十七岁的病人，跌倒。清醒，能回答问题，血压一百三十六/八十三，脉搏一百三十，不规则。我试着插静脉软针，可是运气不佳。她的后脑有撕裂伤，不过已经控制得相当好了。我们在给她吸氧。还有什么问题吗？”

借助一辆接近的卡车照过来的强光，我可以清楚地看到安娜的脸。卡车转弯了，光线暗了，我发觉我女儿握着陌生老妇的手。

在医院的急诊室入口，我们把担架轮床拉出车厢，推进自动门。一组急救医生和护士已经在等待。“她还能跟我们讲话。”我说。

一位男护士拍拍她细瘦的手腕：“天哪！”

“对，她的静脉很难找，我无法插进静脉输注针，也无法量上臂血压。只能量她的脚踝血压。”

我突然想起安娜，她睁大眼睛站在门口：“爸爸，那位女士会死吗？”

“我想她可能会中风……不过会好起来的。你去那边的椅子坐下来等一会儿，我顶多五分钟就出来。”

“爸，”我停步听她说话，“如果每个急救病患都有惊无险的话，不是很酷吗？”

她看这件事的眼光和我不同——我看到的是，爱尔黛·布利基司是个救护员的噩梦，她的血管难以注射，她的情况还不明朗，这并非一次令人欣慰的急救任务。而安娜只要知道爱尔黛·布利基司会好起来就满足了。

我走进急诊室，继续向急诊小组提供他们所需要的资料。大约十分钟后，我填完表格，到等候室找我女儿，可是她不见了。我找到瑞德，他给担架床换上干净的床单后，正在把枕头用皮带束住。“安娜在哪里？”

“我以为她跟你在一起。”我瞥向一边的走廊，再看向另一边，只看到疲惫的医生和其他救护员，还有零零散散几个人，他们精神恍惚地在啜饮咖啡，希望他们的家人平安。“我很快就回来。”

与急诊室紧张忙乱的气氛相比，八楼的病房从容不迫，井然有序。我朝凯特的房间走去，遇到的护士们都叫我的名字，跟我打招呼。我轻轻推开凯特的门。

安娜已经太大了，不适合坐在莎拉的腿上，但她现在就坐在那里。她和凯特都睡着了。抱着安娜的莎拉看着我走近。

我跪在我太太面前，把安娜额前的头发拨到她的耳朵后面。“宝贝，”我柔声说，“该回家了。”

安娜慢慢地坐直，让我拉着她的手，拉她站起来。莎拉的手沿着安娜的脊椎骨滑下来。“那不是家。”安娜说，不过她还是跟着我走出房间。

过了午夜，我靠近安娜的床，在她耳边轻声说：“快上来看。”

她坐起来，抓起运动衫，穿上运动鞋。我们一起爬上消防站的屋顶。

夜色深沉。流星雨像烟火，快速地划破黑暗的苍穹。“哇！”安娜叫道，她躺下来，可以看得更清楚。

“那是英仙座流星群的流星。”我告诉她，“流星雨。”

“真不可思议。”

流星并非星星。它们只是进入大气层与空气摩擦着火的陨石。我们看到它时向它许愿，其实它只是个太空碎片拖曳的光。

在天空的左上象限里，一个光点爆炸成一道新的火花光束。“我们每天晚上在睡觉的时候，也都像这样吗？”安娜问。

那是个很好的问题——当我们没注意的时候，所有的好事都在悄悄地发生吗？我摇头。就理论上来说，地球每年经过这种慧星沙砾的尾巴一次。但像今夜如此炫目的流星雨，可能一辈子才碰得上一次。

“如果有一颗星星落到后院，不是很酷吗？等天亮我们如果能找到它，把它放进鱼缸里当夜灯，或营地的提灯，那就太酷了。”我几乎可以看到安娜那么做，在草地上搜寻烧焦的痕迹。“你觉得凯特可以从窗外看到这些流星吗？”

“我不知道。”我撑起一只手肘，谨慎地看着她。

可是安娜的眼睛一直专注地看着如同倒扣的大碗的天空：“我知道你要问我为什么搞得我们家鸡犬不宁。”

“你不想说的话，什么都不必说。”

安娜的头枕到我的肩膀，躺着。几乎每一秒都有另一道银光一闪而逝，它们刹那间在夜空形成括号、惊叹号、逗号——仿佛用光书写出言语难以说出的话。

星期五

你可以怀疑星星是火焰；

怀疑太阳会移动；

怀疑真理是谎言；

但绝对不要怀疑我爱你。

——威廉·莎士比亚，《哈姆雷特》

坎贝尔

我在法官的陪伴下走进医院的那一分钟，我就知道麻烦又来了。一位安检人员——想象一下穿异性服装的希特勒，头发又烫得很难看——双手在胸前交叉，挡住我去搭电梯的路。“狗不能进来。”她命令道。

“它是看护狗。”

“你不是瞎子。”

“我有心律不齐的毛病，而它有心肺复苏术的执照。”

我朝彼德·柏根的办公室走去，他是个精神科医生，也是普罗维登斯医院医学伦理委员会的主席。我来这里是因为，我似乎找不到我的当事人，她或许会或许不会继续进行诉讼。坦白说，在昨天的听证会后我很生气——我要她来找我谈。可她没有去我的事务所，我移尊就教，昨晚到她家门口坐了一个钟头，但她家都没人出现。今天早上，我认为安娜应该跟她姐姐在一起，所以来到医院——可是我被告知我不能去见凯特。我也找不到茱莉亚，虽然我昨天满心期待，在法院的意外后我和法官遁走，她还会在门的另一边等待。我请她姐姐至少告诉我她的手机号码，但我相信我如果打她给我的号码401—GO2—HELL[1]，得到的回答一定是：您拨打的号码是空号，请查明后

① 意为：下地狱。

再拨。

因为我没有别的事好做，所以我抱着渺茫的希望来此工作，希望这个案件还存在。

柏根秘书的胸罩尺码看起来比她的智商还高。“喔喔，小狗！”她伸手要爱抚法官。

“请你住手。”我开始在脑子里挑选我常用的备选回答，可是我何必浪费时间向她解释？我直接走向后面的门。

我在那里看到一个矮胖的男人，银灰色的卷发上绑着一块星条旗印花的大手帕，穿着瑜伽服在打太极拳。“我在忙。”柏根咕哝道。

“那是我们的共同点，医生。我是坎贝尔·亚历山大，要求取得费兹杰罗小姐病历的律师。”

精神科医生伸展双臂呼出气来：“已经送过去了。”

“你送的是凯特·费兹杰罗的病历。我要的是安娜·费兹杰罗的。”

“现在不是我谈话的好时机……”他回答。

“别让我影响你的健身运动。”我坐下来，法官躺在我脚边，“我刚刚说到安娜·费兹杰罗，医学伦理委员会有关于她的任何记录吗？”

“医学伦理委员会从来不曾为安娜·费兹杰罗召开会议，她姐姐才是病人。”

我注视着他弓起背，然后向前推：“你知不知道安娜做过多少次这家医院的门诊病人和住院病人？”

“不知道。”柏根说。

“就我所知有八次。”

“可是那些程序不需要送交医学伦理委员会。只要医生同意病人的要求就没有冲突，反之亦然。我们甚至没理由得悉他们做了什么。”柏根医生放下他刚刚举到空中的脚，拿过一条毛巾擦他的腋下，“亚历山大先生，我们的委员会是由精神科医生、护士和其他医生以及科学家和医院的牧师组成的。我们都有全职的工作，不会主动去找麻烦。”

我和茱莉亚倚着我的储物柜，争辩圣母玛丽亚。我在抚摸她奇迹般的纪念章——事实上我要摸的是她的锁骨，她的纪念章挡在那里。“要是，”我说，“她只是那种惹上了麻烦，巧妙地想为她自己脱罪的小孩呢？”

茱莉亚差点呛到：“坎贝尔，我想光凭你刚才那句话，圣公会教堂就会把你踢出去。”

“想想看——你十三岁，或不管那个年代人们是几岁开始发生关系——你和约瑟夫在干草堆上亲热了一番，在你还没心理准备之前，你的验孕棒呈现阳性。你要么面对你爸爸的怒火，要么就得编个好故事。如果你说是上帝使你怀孕的，谁敢反驳你呢？你不觉得玛丽亚的爹会想，‘我可以把她关在家里……可是万一得罪上帝引起瘟疫呢？’”

就在那时，我打开我的置物柜，一百个保险套撒了出来，一群帆船队的家伙从他们藏身的地方冒出来，个个笑得像土狼。“我们想你大概需要这些补给品。”他们其中一个说。

我该怎么做？当然是微笑。

在我注意到之前，茱莉亚已经走开了。对一个女孩子来说，她跑得该死的快。我没能追上她，直到我们跑了一段路，在我们身后的学校因为距离远了而模糊。“茱儿，”我说，虽然我不知道接下来该说什么，那不是我第一次害女孩子哭，不过那是我第一次觉得心疼，“我应该把他们几个全部痛扁一顿吗？你要我那么做吗？”

她突然责骂我：“你为什么要在更衣室里告诉他们我们两个的事？”

“我什么都没对他们说。”

“你是怎么对你爸妈说我们的？”

“我没说。”我承认。

“去你妈的。”她说完又跑了。

电梯门在三楼打开，茱莉亚·罗曼诺就站在那里。我们面面相觑了好一会儿，然后法官站起来摇尾巴。“要下去吗？”我问。

她走进电梯，按楼下大厅的钮，那个钮早已经亮了。按钮的动作使得她倾身越过我，我因此闻到她的发香——香草和肉桂的味道。她问：“你来这里做什么？”

“表达对美国的医疗保健制度非常失望。你呢？”

“和凯特的肿瘤科医生——钱斯医生见面。”

“我想那表示我们的诉讼案件仍然存在。”

茱莉亚摇头：“我不知道。他们家没人回我的电话，除了杰西，而他纯粹是少男青春期心态。”

“你有没有上去……”

“凯特的房间？有。他们不让我进去。她在透析。”

“他们也这么对我说。”

“如果你跟她谈话……”

我插嘴：“我必须假设我们会在三天内开庭审讯，除非安娜告诉我她改变主意了。如果那样，你跟我必须坐下来讨论，这个小孩的人生到底是怎么回事。你想喝杯咖啡吗？”

“不想。”茱莉亚转身要走。

“等一下。”我抓住她的手臂，她的身体变得僵硬起来，“我知道这种情况让你有点尴尬，我也是。可是不能因为我跟你不够成熟，就让安娜丢掉她的机会。”我用乞怜的目光凝视她。

茱莉亚的双臂在胸前交叉。“你要不要把刚才的话写下来，以后可能还用得上？”

我发笑：“上帝，你可真难缠……”

“喔，得了吧！坎贝尔。你如此油嘴滑舌，可能每天早上都在嘴巴上抹油。”

她的话引发了我诸多想象，但我的油嘴滑舌大多数都落在了她的身上。

她继续说：“你说得对。”

“现在我想写下……”这次当她走开，我和法官紧随在后。

她走出医院，走进一条小街、一条巷子，然后经过一栋廉价公寓楼，我们才又在北普罗维登斯的矿泉大道见到阳光。那时候我很感激我的左手紧抓着狗的拉绳，牙齿过度用力咬紧。“钱斯医生告诉我，他已经无法再为凯特做什么了。”茱莉亚说。

“你的意思是除了肾脏移植之外？”

“不。这是最难以置信的地方。”她停步，杵在我面前，“钱斯医生认为凯特并没有强壮到可以接受移植。”

“可是莎拉·费兹杰罗仍然一再要求安娜捐肾。”我说。

“坎贝尔，当你在想这件事情的时候，不能责备她的逻辑。如果凯特不换肾只会死，那何不放手一搏，拼一线生机？”

我们继续走，小心地绕过一个游民和他搜集的瓶瓶罐罐。“因为捐肾对她的另一个女儿而言是个大手术。”我指出，“莎拉似乎不太在乎这个本来不必要的手术会使安娜的健康出现危机。”

茱莉亚突然在一间有个手绘招牌“路奇意大利饺子”的小屋前停步。它看起来像是个故意弄得幽暗，让你不会发现里面有老鼠的地方。“这附近没有星巴克咖啡店吗？”我才说完，一个穿着白色围裙的秃头壮汉开门，门差点打到茱莉亚。

“伊莎贝拉！”他叫道，亲吻她两边脸颊。

“不是，路奇叔叔，我是茱莉亚。”

“茱莉亚？”他退后一点，皱眉，“你确定吗？你的头发应该短一点或什么的，喔，饶了我们吧！”

“我短头发的时候，你曾批评过我。”

“我们批评你的头发是因为你把它染成了粉红色。”他看向我，“你饿了吗？”

“我们想找个安静的角落喝点咖啡。”

他微笑：“安静的角落？”

茱莉亚叹气：“不是那种安静的角落。”

“对，对，每件事都是个大秘密。进来，我给你后面的房间。”他瞥向法官，“狗要待在外面。”

“狗要进去。”我说。

“不能进我的餐厅。”路奇坚持。

“它是一只看护狗，不能待在外面。”

路奇靠近，离我的脸只隔几英寸：“你是瞎子？”

“色盲。”我回答，“它会告诉我红绿灯什么时候变色。”

茱莉亚的叔叔拉下嘴角。“现在的人，每一个都自以为是。”他说完便领我们进去。

几个礼拜以来，我妈一直在猜我的女朋友是谁。“是碧西，对吗？那个我们在葡萄园遇到的？或许，不，等一下，该不会是席拉的女儿，红头发那个，是吧？”我一遍又一遍地告诉她，是她不认识的女孩，我真正的意思是，茱莉亚不是她会认识的那个阶层的女孩。

“我知道什么对安娜最好，”茱莉亚告诉我，“可是我不确定她是否成熟到能自己做决定。”

我拿起另一片意大利开胃菜。“如果你认为她有正当的理由提起诉讼，那还有什么争议？”

“承诺，”茱莉亚冷冷地说，“你要我向你解释什么叫承诺吗？”

“你知道的，在餐桌旁伸出你的爪子是不礼貌的。”

“现在，安娜每次面对她妈妈的时候，就会退缩。每次凯特出状况，她也会退缩。即使她以为自己有能力，可是她以前没有做过这么重要的决定，她必须考虑这么做，她姐姐会有什么后果。”

“如果我告诉你，到了开庭审讯的时候，她能够做那个决定呢？”

茱莉亚抬眼看我：“你怎么能如此确定那时候会怎样？”

“我一向相当有自信。”

她拿起我们之间盘子上的一颗橄榄。“是的，”她平静地说，“我记得。”

茱莉亚一定曾经怀疑过，我为什么没告诉过她关于我爸妈和我家的事。当我们开着我的吉普车到新港市，车子开进一栋巨型豪宅的车道。茱莉亚说："坎贝尔，你在开玩笑。"

我绕过环形车道，把车子转到另一边。"是的，我在开玩笑。"

我把车停到离房子两个车道远的侧面，从那里看我们那栋乔治时代的华厦，以及整排海滨林道与斜坡下的海湾，显得比较不那么气势恢弘。至少，房子从这个角度看，会比从正面看小一点。

茱莉亚摇头："你爸妈只消看我一眼，就会拿撬棍要我们分开。"

"他们会爱你。"我告诉她，我头一次对她说谎，但并不是最后一次。

茱莉亚拿了一盘意大利面，弯身到餐桌下。"来，法官。"她说，"这只狗有什么本事？"

"它为我只会说西班牙语的客户做翻译。"

"真的？"

我对她微笑："真的。"

她倾身向前，眯起眼睛。"你知道吗？我有六个哥哥。你们男生搞什么鬼我都会知道。"

"那请你告诉我。"

"泄露我交换来的秘密？我才不要。"她摇头，"或许安娜雇用你是因为，你和她一样难以捉摸。"

"她雇用我是因为我的名字在报纸上，"我说，"如此而已。"

"可是你为什么会接她的案子？这不像你平常会接的案子。"

"你怎么知道我平常接什么案子？"

这只是个清淡的玩笑，却使茱莉亚哑口无言。我的解答是：这些年来，她一直在关注我的职业生涯。

就像我也在关注她的人生。

我不安地清清喉咙，指指她的脸："你沾到番茄酱了……那里。"

她拿餐巾抹她的嘴边，可是完全遗漏了番茄酱。"我抹掉了吗？"她问。

我拿我的餐巾靠过去，为她擦干净那一小点。可是，我没有移开。我的手停留在她的脸颊上。我们的目光交锁，那一瞬间，我们又年轻了，又被对方吸引了。

"坎贝尔，"茱莉亚说，"不要对我这样。"

"怎样？"

"把我推下同一个悬崖，两次。"

我外套口袋里的手机响起，我们两个都吓了一跳。我接手机时，茱莉亚不小心打翻了她的基安蒂红酒。"没有，冷静下来，冷静一下。你在哪里？好，我马上过去。"我收起手机，茱莉亚停止擦桌子。"我该走了。"我说。

"没有事吧？"

"是安娜打来的。"我说，"她在上达比市警察局。"

在回普罗维登斯的路上，我试着每经过一英里就想出一种我爸妈的可怕死法。被棍棒打死、割头皮、活生生地剥皮再洒盐水、用杜松子酒腌起来……不过我不确定，那算是折磨他们，或是送他们去极乐世界。

他们可能看到我带茱莉亚从后门爬上仆人用的楼梯，溜进客房，也可能在我们脱光衣服涉入海中时，看到我们的背影；或许他们看到她的腿夹着我，看到我拉她躺到我用运动衫和法兰绒裤铺成的床上。

第二天早上吃班尼迪克蛋[1]时，他们借口说收到请帖，那天晚上要去俱乐部参加派对，只限家人参加，要穿着正式的礼服。那张请帖邀请的人当然没有包括茱莉亚。

那天外面好热，我把车停到她家时，一些有冒险精神的男孩偷偷打开消防栓，一群小孩像爆米花似的在水柱下蹦蹦跳跳。

“你有很多事情不该做，”她说，“那些不该做的事情里大部分牵扯到了我。”

“毕业典礼前我会打电话给你。”我说。她亲吻我，然后走下吉普车。

可是我没打电话。她以为她知道原因，其实她不知道。

罗得岛最奇怪的地方是——绝对没有对称性。我这么说的意思是，这里有小康普顿，可是没有大康普顿。有上达比，可是没有下达比。有很多地方，地名跟它本身无关，甚至来源于一些并不真实存在的东西。

茱莉亚开她自己的车跟在我后面。我和法官一定破了行车纪录，因为从我接到电话，似乎还不到五分钟我们就走进了警察局，看到安娜歇斯底里地站在值班的警官旁。她发狂似的奔向我。“你一定要帮忙。”她叫道，“杰西被逮捕了。”

“什么？”我瞪着安娜，她十万火急地把我从一顿上等美食拖来这里，更别提我正希望席间的谈话能诱使茱莉亚与我再续前缘，“那为什么是我的问题？”

“因为我需要你保释他出来。”安娜慢慢地解释，好像当我是低

① 一种早餐或午餐的料理，松饼剖半后，上面放火腿或培根，配水煮蛋与荷兰酱。

能儿，“你是个律师。”

“我不是他的律师。”

“可是你不能当他的律师吗？”

“你为何不打电话给你妈妈，”我建议，“我听说她在接新客户。”

茱莉亚打了一下我的手臂。“闭嘴。”她转而对安娜说，“出了什么事？”

“杰西偷车被逮住了。”

“说详细一点。”我已经后悔这么说了。

“我想那是一辆悍马越野吉普车。很大，黄色的。”

整个罗得岛只有一辆黄色大悍马，而它是纽贝尔法官的。我开始头痛起来：“你哥哥偷一辆法官的车，而你要我保他出来？”

安娜对我眨眼：“嗯，是啊。”

上帝！“让我跟警官谈一谈。”我留下安娜让茱莉亚照顾，走向值班警官。我敢发誓，他一定已经在嘲笑我。“我要代表杰西·费兹杰罗。”我叹气。

“我为你感到遗憾。”

“那辆车是纽贝尔法官的，是不是？”

警官微笑：“没错。”

我做个深呼吸：“那个孩子没有前科。”

“那是因为他刚满十八岁。他的少年犯罪记录有一英里长。”

“他的家庭最近出了不少事。一个妹妹快死了，另一个在控告她父母。你可以帮我省点事吗？”

警官看向安娜：“我会帮你跟检察官说情，可是你最好准备为那个孩子辩护，因为我相当了解纽贝尔法官不喜欢出庭作证。”

我又跟警官交涉了一会儿后，走向安娜。她一看到我就跳起来："你搞定了吗？"

"是的。可是我永远不会再做这种事，我们也还有账要算。"我走向警局后面的拘留室。

杰西·费兹杰罗躺在铁床上，一只手臂掩着眼睛。我在他的牢房外站了一下才开口："你知道吗？你是我所看过物竞天择、适者生存的最佳证明。"

他坐起来。"你是谁？"

"你的救星。你这个小笨蛋，你知道你偷的是一个法官的悍马吉普车吗？"

"我怎么知道那是谁的车子？"

"难不成要法官挂上全体肃立的车牌来通知你？"我说，"我是个律师。你妹妹要求我代表你，而我违背我明智的判断同意了。"

"你没开玩笑吧！所以你可以保释我出去？"

"他们同意要让你有条件地具结交保。你必须交出你的驾照，并同意住在家里，这点你已经办到了，所以不成问题。"

杰西迟疑道："我必须把车子交给他们吗？"

"不必。"

你可以看透他在转什么念头。像杰西这种小孩一点都不在乎一张准许他开车的纸，只要有轮子他就会上路。"那很酷。"他说。

我向等在一旁的一位警察使个眼色，他打开牢房的锁让杰西出来。我们并肩走向等候室。他跟我一样高，但还没完全长成大人的模样。我们走过转角，他的脸亮起来，那一瞬间我想或许他还值得救赎，或许他觉得安娜做得够多了，他是她的盟友。

可是他没理会他妹妹，而接近茱莉亚。"嗨，你在为我担心吗？”他说。

那一刻，我想把他锁回牢里。等我杀掉他之后。

“走开。”茱莉亚叹气，“来吧，安娜。我们去找些吃的。”

杰西精神大振：“太好了。我饿了。”

“你休想。”我说，“我们要去法院。”

我从惠勒毕业那天蝗虫来袭。它们大举入侵，像强烈的夏日风暴，纠结在树枝上，或坠毁在地上。气象学家在那天大大地露脸，试着向民众解释这种现象。他们提到《圣经》里的瘟疫和圣婴现象，还提到我们拖长了的旱季。他们建议撑雨伞、戴宽边帽、待在室内。

不过，毕业典礼是在户外的一个巨大白色帆布帐篷里举行的。在毕业生代表致答词时，他的讲词被突然飞来自杀的群虫打断。蝗虫们滚落斜坡似的，从帐篷顶掉到观礼者的大腿上。

我不想来，可是我爸妈强迫我来。茱莉亚在我戴毕业生方帽时找到我。她双手圈住我的腰，想要亲我。“嗨，”她说，“你要在地球上的哪个地方落脚？”

我记得我那时候想，我们穿着白袍看起来像鬼。我把她推开：“别这样。行吗？不要这样。”

在我爸妈为我拍的每张毕业照里，我都笑得仿佛这个新世界是我真正渴望进驻的地方，而其实，我周围掉满了像拳头那么大的昆虫。

什么是合乎伦理的？对一个律师而言，他的认知有别于世界上其他的人。事实上，我们有个密码——职业责任的规则——我们必须研读、测验，在执行律师业务时遵守。可是这些非常规的标准要求我们做大部分人会认为不道德的事。举例来说，如果你走进我的办公室，说："我杀了林白的小孩。"我可能会问你尸体在哪里。你告诉我："在我房间的地下，三英尺深的地方。"如果我正确无误地履行我的工作，我不能告诉任何人那个小孩在哪里。事实上，我如果说出来，反而可能会被取消律师资格。

这些意味着，我的律师职业教育要我思考，道德与伦理不必然携手同行。

"布鲁斯，"我对检察官说，"如果你能宽免他的一些交通轻罪，我的当事人会放弃答辩，会让我们彼此都省事。我发誓他永远不会再接近法官的车五十英尺。"

我怀疑在这个国家里，有多少社会大众知道，所谓公平正义的法律制度，其实还有很大的操作空间。

布鲁斯是个不错的家伙。此外，我恰好知道他刚刚被指派接手一桩双尸谋杀案，他一定不想浪费他的时间给杰西·费兹杰罗定罪。

"坎贝尔，你该知道，我们谈的是纽贝尔法官的悍马。"他说。

"是的，我很清楚。"我严肃地回答，心里想的却是，任何一个喜欢开悍马吉普车炫耀的家伙，无异于在邀请小偷把它偷走。

"让我跟法官谈谈。"布鲁斯叹气，"我可能会避重就轻地跟法官报告，我会告诉他，逮捕那个孩子的警察不介意我们给那小子改过自新的机会。"

二十分钟后，我们签完所有表格，杰西站在法庭里，我的旁边。二十五分钟后，他正式得到缓刑，我们走出法庭，走下法院的台阶。

这是个记忆会涌进你脑海的夏日。像这样的日子，我会和爸爸驾驶帆船出海。

杰西向后斜转他的头。"我们以前会去抓蝌蚪，"他突然没头没脑地说，"我们把它们抓进桶里，然后观察它们的尾巴变成腿。可是，我发誓，它们没有一只最后变成青蛙。”他转回头看我，从衬衫口袋里掏出一包烟，“要来一根吗？”

我进法学院后就没有抽过烟。可是我发现我自己拿了一根烟点起来。法官看傻了眼，伸出舌头。我旁边的杰西划亮火柴。“谢谢你为安娜做的。”他说。

一辆车经过，收音机里传出那种电台不会在冬天播放的歌。一道蓝色的烟从杰西的嘴巴吐出，呈喇叭形散开。我猜想他是否曾扬帆出海。他多年来的记忆是否只是——坐在前院的草地上，感觉日落后草地变凉；国庆节的时候拿着一支仙女棒，直到火花烧到他的手指。我们各自都拥有一些记忆。

毕业十七天后，她在我的吉普车挡风玻璃雨刷下面留了一张纸条。我还没有打开纸条就猜想，她是如何去新港市找到我的车，如何回来的。我把她的纸条带去海湾，坐在石头上看。看完我把纸条举高，闻闻它的味道，说不定纸条上还留有她的香味。

我的状况其实是不应该开车的，可是没什么关系。如她在纸条上约的，我们在墓园里碰面。

茱莉亚坐在墓碑前，双手抱膝。她发现我走近，抬头看我：“我期待过你是和他们不一样的人。”

“茱莉亚，不是因为你的关系。”

“不是吗？”她站起来，“坎贝尔，我没有信托基金。我爸爸没有游艇。如果你手指交叉祈求好运，希望我有一天变成灰姑娘，那你就错了。”

“我不在乎那些。”

“你不在乎才有鬼。”她眯起眼睛，“你是怎么想的？偶尔和穷人交往很好玩吗？你是利用我向你父母表达不满吗？现在你可以把我从你的鞋子底下刮掉，当我是你无意中踩到的什么东西，是吗？”她气愤地捶打我的胸膛，“我不需要你。我从来都不需要你。”

“他妈的，我也不需要你！”我回吼。当她要转身，我抓住她的肩膀，深吻她。借着这个吻，我把我说不出口的话全倒给她。

我们做的一些事情，我们让自己相信，不要公之于世会比较好。我们告诉自己这么做是对的，是为了对方好。隐瞒比逼迫自己面对事实简单太多了。

我推开茱莉亚，走下墓园的山坡，没有回头。

安娜坐在副驾驶座上，那惹得法官不太高兴。它气喘吁吁地把它不安的脸伸到前座，我和安娜之间。“今天发生的事，不是个好兆头。”我说。

“你在说什么？”

“安娜，如果你要争取为自己做重要决定的权利，那么你必须从现在就开始作决定。不能依赖别人帮你收拾烂摊子。”

她拉长了脸：“你气我打电话叫你帮我哥哥吗？我以为你是我的朋友。”

“我已经告诉过你，我不是你的朋友，我是你的律师。那有相当大的差别。”

“好。”她摸索车门锁，“我会回警察局，叫他们重新逮捕杰西。”她几乎成功地推开车门，而我们正在公路上奔驰。

我抓住车门把，把门用力拉上。“你疯了吗？”

“我不知道。”她回答，“我想问你在想什么，可是那可能不在你的工作范围内。”

我猛转方向盘，把车停到路肩："你知道我在想什么吗？那些重要的事情，没有人问过你意见的原因，可能是因为你太频繁地改变心意，他们不知道该相信你的哪一个决定。以我为例，我甚至不知道我们是不是还在诉请法官判决你的医疗决定权。"

"你为什么不知道？"

"问你妈妈。问茱莉亚。每次我转身就有人通知我，你不要再进行下去了。"我看向车座的扶手，她的手搁在那里——咬到肉里面的指甲，擦着紫色的闪光指甲油。"如果你希望在法庭里被视为大人，你就必须开始表现得像个大人。安娜，我唯一可以为你争取权益的方法，是你是否能向每个人证明，当我不在时，你还是可以为自己奋战。"

我把车开回路上，瞄向她的侧面。安娜坐着，双手插进双腿之间，挂着抗拒神情的脸朝着前方。"我们快到你家了。"我冷冷地说，"然后你可以下车，把车门摔到我脸上。"

"不要去我家。我必须回消防队。我和我爸爸已经住在那里了。"

"是我的想象，还是我昨天没有花两个钟头的时间，在家事法庭里争执这个问题？而我以为你跟茱莉亚说过，你不想和你妈妈分居？这就是我刚才说的问题，安娜。"我敲一下我的方向盘，"你到底真的想要什么？"

她发火了，那可真惊人："你要知道我要什么吗？我讨厌做一只基因猪。我讨厌没有人问我对这些所有的事情的感觉。我厌烦极了，可是我绝对不会该死地讨厌这个家庭。"车速虽缓，但还在动，她等不及地打开车门，飞快地跑向消防队，那儿还有几百英尺远。

我的小当事人有潜力让别人倾听她的内心幽处。那意味着，在目前的状况下，她比我以为的还能撑更久。

我紧接着想到：或许安娜能作证，但是由她自己来说，似乎比较不容易引起同情，甚至会太粗糙。换句话说，非常不可能说服法官做出对她有利的判决。

布莱恩

如你所知，火和希望是连在一起的。希腊神话说，众神之王宙斯要普罗米修斯和伊比米修斯创造地球上的生命。伊比米修斯制造动物，他把一些优点，像速度、力量、皮毛和翅膀都给了动物。到了普罗米修斯要制造人的时候，所有最好的品质都用光了。他只好将就着让人站立行走，给他们火。

宙斯很生气，把火拿走。普罗米修斯看到他喜爱的人们冷得颤抖，而且无法烹饪，于是他从太阳那里点了火炬，再把火交给人类。宙斯为了惩罚普罗米修斯，把他锁在一块石头上，喂一只老鹰吃他的肝。为了惩罚人类，宙斯创造第一个女人——潘多拉——给她一个礼物，一个不准她打开的盒子。

潘多拉经不起好奇心的诱惑，有一天她打开盒子。盒里的瘟疫、悲惨和恶作剧都飞出来。她设法在希望也逃出盒子前盖上盒盖。当我们要战斗的时候，只剩下那唯一的武器——希望。

问任何一个消防队员，他会告诉你那是真理。问任何一个父亲，他也会同意。

坎贝尔·亚历山大和安娜一起抵达。我对他说："请上来坐一下。我们有新鲜的咖啡。"他跟着我上楼，他的德国牧羊犬尾随。我倒了两杯咖啡，“这只狗是做什么用的？”

“它是个小磁铁。”律师说，“有牛奶吗？”

我从冰箱拿出盒装牛奶递给他，然后坐下来喝我的咖啡。这里很安静，队员们在楼下洗消防车，做每天必做的保养工作。

亚历山大啜了一口咖啡：“安娜告诉我，你们两个搬来这里住。”

“是的。我猜到你可能会问我这件事。”

“你了解你太太是对方律师。”他谨慎地说。

我迎视他的目光：“我想你这么说的意思是，我是否了解我不该坐在这里跟你谈话。”

“如果你太太仍然是你的律师，我们今天的接触会成为争论点。”

“我从来没要求过莎拉做我的律师。”

亚历山大蹙眉：“我不确定她了解这点。”

“请恕我冒昧，这可能看似很严重，它也可能真的很严重，但是我们同时有另一个更严重的问题。我们的大女儿在住院，她……莎拉在两个前线作战。”

“我知道。费兹杰罗先生，关于凯特，我很遗憾。”他说。

“叫我布莱恩。”我双手握着马克杯说，“我想在莎拉不在场的时候跟你谈。”

他的背靠向折叠椅：“为何不现在就谈？”

现在不是好时机，不过谈这种事永远都没有好时机。“好吧。”我做个深呼吸，“我认同安娜的想法。”

坎贝尔·亚历山大没有反应，我不确定他有没有听到我的话。然后他问：“在开庭审讯时，你愿意对法官这么说吗？”

我低头看我的咖啡。“我想我必须那么做。”

今天早上我和鲍立接到电话，赶往需要救护车救援的现场时，女孩的男友已经把她弄到莲蓬头下冲水。她衣着完整地坐在地上，双腿在排水孔的两边张开。她的头发缠结在脸上，但即使她的脸没被头发遮住一大半，我也知道她昏迷不醒。

鲍立进浴室，把她往外拖。“她叫玛格达，”她男友说，“她没事吧，对不对？”

“她是糖尿病患者吗？”

“那有什么关系？”

看在上帝份上，他有没有常识呀！“告诉我你们吃了什么？”

“我们只是喝酒，”男友说，“龙舌兰酒。”

他大概还不满十七岁。大到听说过淋浴能使吸食海洛因过量的人清醒的神话。“让我解释给你听。我和我的伙伴会帮助玛格达，挽救她的性命。可是如果你告诉我，她只是喝酒就变成这样，但其实是吸毒导致的，那么我们给她的药物可能起到反效果，使她的情况更糟。你明白吗？”

这时候在淋浴间外面，鲍立已经花了些力气把玛格达的衬衫脱下来。她的手臂上下都是针孔。“如果那是龙舌兰，那么她一定都是用针打的，不是用嘴喝的。仍然是不明原因的昏迷吗？”

我从救护袋里拿出麻醉药品过量的解毒剂，递给鲍立微滴输液的配备。“嗯，”男孩说，“你们不会告诉警察吧？”

我迅即抓起他的衣领，推着他抵到墙上：“你是个该死的白痴吗？救人要紧。”

“我是怕我爸妈会杀了我。”

“你似乎不太在乎你会杀了你自己。或杀死她。”我拉他的头转向女孩，她已经吐了满地，“你以为生命是可以当垃圾丢掉的东西吗？你以为即使吸毒过量，还有第二次活命的机会吗？”

我对着他的脸狂吼，感觉一只手按着我的肩膀——是鲍立。“冷静点，队长。”他低声说。

我悠悠地回神，发现面前的男孩在颤抖，我之所以会狂吼其实与他无关。我走开，让我的脑袋清醒。鲍立照顾好病人后来到我身边。“你知道的，如果你压力太大，我们可以帮你。”他提议，“长官也会随便你休假多久。”

“我必须工作。”越过他的肩膀，我看到女孩已恢复血色，她旁边的男孩正在抱头哭泣。

我直视鲍立的眼睛，对他解释：“我不在这里的时候，就必须去那里。”

我和律师喝完我们的咖啡。“再来一杯？”我提议。

“最好不要。我必须回事务所。”

我们互相点头，真的没什么话好说了。“别担心安娜。”我说，“我会设法确保她得到她想要的。”

“你可能还需要关照在家里的孩子。”亚历山大说，“我刚刚帮你儿子具结交保，因为他偷了法官的悍马吉普车。”

他把咖啡杯放进水槽里，留下这个他知道迟早都会令我膝盖发软的消息。

莎拉
1997年

不管你开车到急诊室多少次，都不会变成例行公事。布莱恩怀里抱着我们的女儿，血流下她的脸颊。急诊室负责将病患分类的护士招手叫我们进去，坐在一排塑料椅上的牧师和孩子们可以等一下。一位住院医生进入诊室，很公式化地问："出了什么事？"

"她翻过自行车的把手，跌到水泥地上。"我说，"似乎没有脑震荡的迹象，可是发际线那里的头皮撕裂伤长约一英寸半。"医生轻轻地把她放到诊疗台上，戴上手套，凝视她的额头："你是医生还是护士？"

我试着微笑："我只是习惯了这种事。"

伤口缝了八十二针。事后，她头上贴着白色纱布，血管里流着高剂量的小儿止痛药，我们手携着手走到等候室。杰西问她缝了几针。布莱恩说她勇敢得像消防队员。凯特瞟着安娜头上的绷带说："我比较喜欢坐在外面的感觉。"

开始是凯特在浴室里尖叫。我跑上楼，撬开门锁，发现我九岁大的女儿站在沾了血污的马桶前。血浸湿了她的内裤，流下她的大腿。这是急性早幼粒细胞白血病的显著特色——它会借各种掩护来展示它的出血现象。凯特曾经直肠出血，但那时她只是个幼儿，不可能记得。“没关系。”我平静地说。

我用毛巾把她擦干净，在她的内裤里垫上卫生棉。我看她试着在她腿间调整卫生棉的位置。这应该是她到了来月经的年纪时，我们才会做的事，可是，她能够活到那个时候吗？

“妈，”凯特说，“又流血了。”

“临床复发。”钱斯医生拿下眼镜，用拇指按了按他的眼角，“我想该做骨髓移植了。”

我脑中浮现当我在安娜这个年纪时，对吹气的傻瓜造型拳击袋的记忆，拳击袋的底部装满沙子，我挥拳打它，它随即弹回来。

“可是几个月前，”布莱恩说，“你告诉我们那很危险。”

“是很危险。接受骨髓移植的病人百分之五十痊愈。另一半为了骨髓移植能够成功，在骨髓移植之前做了高剂量化疗和放疗，结果他们没能挺过去。有的病人则死于骨髓移植后的并发症。”

布莱恩看看我，说出在我们的心湖里漾起涟漪的恐惧：“那我们为什么要让凯特冒那种险？”

钱斯医生解释：“因为不冒险的话，凯特一定会死。”

我第一次打电话给保险公司时，他们误挂我的电话。第二次，我等待客服中心的代表跟我谈之前，听了二十二分钟的电话音乐。“可以给我你的保险单号码吗？”

我给她市政府员工的保险单号码和布莱恩的社会安全卡号码。“我该如何帮你的忙？”

“我一个礼拜前去你们那里谈过，”我解释，“我女儿得了白血病，需要做骨髓移植。医院说我们的保险公司必须签字保证会支付保险总额。”骨髓移植至少要花十万美元。我们手头上当然没有那么多现金。可是医生推荐我们做骨髓移植，并不表示我们的保险公司会同意支付医药费。

“那种程序需要特别审查……”

“是的，我知道。我们一个礼拜前就去谈过了。我打电话是因为到目前为止，我还没收到回音。”

她要我等候，去看我的档案。我听到细微的喀嚓声，然后是录音的声音。“如果你要打电话……”

“他妈的！”我用力挂断电话。

安娜警戒地把头探进门口：“你说脏话。”

“我知道。”我拿起话筒按重拨键，耐着性子听了一堆语音，选择按键。终于能和真人的声音讲话。“我刚又被挂断了。”我抱怨。

这位客服人员又花了五分钟询问所有的资料，记下我已经给过她同事的一些号码和名字等等。“我们已经查阅过你女儿的案件。”那个女人说，“很遗憾，现阶段我们认为骨髓移植并非对她有利。”

一股热潮直冲向我的脸：“你们要她等死？”

为了准备摘取安娜的骨髓，我必须持续给她打生长激素的针，就像在凯特第一次移植脐带血后，我帮她打针那样。打针的目的是为了让安娜的骨髓增生，等到了抽取骨髓细胞时，会有更多细胞给凯特。

安娜已经被告知此事，但她只知道妈妈会一天给她打两次针。为了减轻她打针时的疼痛，我们用恩纳局部麻醉膏涂抹在扎针处，不过她还是喊痛。我怀疑那是不是会比你六岁的孩子直视着你的眼睛，对你说他恨你还痛。

“费兹杰罗太太，”保险公司的客服主任说，“我们很感谢你打电话来谈这件事，真的。”

“我怎么觉得很难相信。”我说，“如果你有个女儿正面临生死关头，而你的医疗保险顾问团关心的只是移植至少要花多少钱，不知道你会怎么想。”我告诉自己，我不会发脾气，和保险公司的人已经交谈三十秒了，我一直在退让。

“我们安美生活保险公司按惯例会合理地给付淋巴细胞捐赠者百分之九十的医药费。不过，如果你仍然选择骨髓移植，我们愿意支付百分之十的费用。”

我做了个深呼吸：“是属于你们的保险顾问团里的医生建议我们做骨髓移植，你在藐视他们的专业吗？”

“我没有……”

“即使淋巴细胞移植并不是医治急性早幼粒细胞白血病的方法，你们也会付钱，是吗？即使是从关岛的某个烂医学院最后一名成绩毕业的肿瘤科医生，都可能告诉你，捐赠者的淋巴细胞不足以治疗白血病。三个月后我们会再讨论同样的问题。如果你问任何一个对我女儿这种特殊病症有些了解的医生，他都会告诉你，重复用已经使用过的疗法来治疗急性早幼粒细胞白血病，完全不可能产生效果，因为它们会产生抗体。那相当于安美生活保险公司同意把钱丢进马桶里，而不愿把钱花在可能挽救我女儿生命的有效治疗上。”

电话那头沉默了好一会儿。“费兹杰罗太太，”客服主任建议，“据我了解，如果你按程序来办，保险公司可能就会帮你支付移植费。”

“但是我女儿可能活不到你们按程序慢慢办而终于肯支付她移植

费的时候。我们在谈的不是一辆车，当它故障时，我们可以试着先用旧零件来修理，还是不行再换新零件。我们在谈的是一个人，一个活生生的人。你们那些该死的机器人到底知不知道这是怎么回事？”

这次，当我挂断电话时，我已预期到他会先挂我的电话。

在我们要去医院为凯特移植前的食物治疗做准备的前一晚，苏珊到我们家，让杰西帮她架设一个临时办公室，她接了一通来自澳大利亚的电话后，走进厨房。我和布莱恩跟她说了些孩子们例行会做的事。“安娜礼拜二下午三点有体育课，”我告诉她，“还有，我预期油罐车这个礼拜的某个时候会来。”

“礼拜三收垃圾。”布莱恩补充。

“不要陪杰西走路去学校。他已经六年级了，会被人家笑。”

她倾听、点头，甚至做笔记，然后她说她还有几个问题。“这金鱼……”

“一天喂食两次。你提醒杰西的话，他会做。”

“有没有规定的上床时间？”苏珊问。

“有。”我回答，“你要我告诉你真正的时间，还是多给你一个小时当作特别招待？”

“安娜是八点。”布莱恩说，“杰西是十点。还有别的问题吗？”

“有。”苏珊的手伸进她的口袋，拿出一张十万美金的支票，支票的抬头写的是我们的名字。

“苏珊，”我惊愕地说，“我们不能收。”

“我知道移植要花多少钱。你负担不起。我负担得起。就让我来付吧！”

布莱恩接过支票，再递还给她。“谢谢你，”他说，“但事实上我们已经负担得起了。”

他的话对我而言是个新闻。“我们负担得起了吗？”

“我队里的伙伴打电话到全国各消防队的支局，收到许多消防队员的捐款。”布莱恩看着我说，“我也是今天才知道这件事。”

“真的？”我的心头重担顿时减轻。

他耸肩。“他们是我的弟兄。”他说。

我转向苏珊，拥抱她。“谢谢你愿意帮我们的忙。”

“支票在这里，你需要的话随时可以拿去。”她说。

我们没有拿。我们至少能做到这点。

第二天早上我叫道：“凯特！该走了！”

安娜蜷缩在沙发上苏珊的大腿上。她把大拇指从嘴巴里拿出来，但没有说再见。

“凯特！”我再喊，“我们要走啰！”

杰西嬉皮笑脸地握着他的任天堂电视游戏机操纵杆：“说得好像你要走了，不等她了。”

“她知道我不会先走。凯特！”我叹口气，爬上楼走向她房间。

房门关着。我轻敲了一下，推开门，发现凯特正在做整理她床铺的最后动作。被子拉得很紧，足以将十分钱的硬币弹开。枕头已经拍松了，放在床头的中间。她的填充玩具动物群此刻似乎成了遗物，从最高到最矮，按顺序排列坐在窗台上。连她的鞋子都整齐地摆放在衣柜里。一向杂乱的桌上也收拾干净了。

“哇喔。”我甚至没叫她收拾房间，“我还以为走错房间。”

她转过身来对我说：“以防我回不来。”

我刚开始当妈妈的时候，晚上躺在床上，常常想象一连串最可怕的事情：被水母蜇咬，尝到有毒的草莓，陌生人的微笑，掉入浅池塘。孩子可能出任何意外，光凭妈妈一个人的力量似乎不可能固守他的安全。等到我的孩子长大了一点，我想象中的危险改变了：吸食强力胶，玩火柴，有人在学校的露天看台后面贩卖粉红色小药丸。即使每天晚上都不睡觉，也数不清失去你所爱的人的方法有多少种。

对我而言，现在的境遇已经不是假设性的问题。当你被告知你的孩子得了致命的疾病，做父母的必然落入两种情况之一。要么你想挽救她的所有努力都白忙一场；要么就是你的脸颊挨了一拳，就以为没事了，孰知世事难料，你得再次强迫自己抬起头来继续挨拳头。因此，我们看起来可能很像是受折磨的病人。

凯特在床上半睡半醒，她的静脉导管犹如胸部的喷泉。接受化疗使她吐了三十二次，嘴巴疼痛不堪，而且黏黏的，讲起话来像是得了囊胞性纤维症的病人。

她把头转向我，企图讲话，可是被黏痰和咳嗽阻挠。她好不容易才说出话来："我快被痰淹死了。"

她拉高抽痰管，握在手上，我清清她的嘴巴和喉咙。"我会在你休息的时候帮你抽痰。"我答应她，用这种方式帮她呼吸。

肿瘤科病房是个战场，那里一定有不同的指挥阶级。病人是驻扎在此的军人。医生们像凯旋的英雄，来去如风，他们必须看你孩子的病历，回想他上次来巡察时的病况。护士们是经验丰富的中士——当你的宝贝因为发高烧而颤抖，他们建议你孩子需要泡冰水澡；他们教你如何冲洗静脉导管；他们建议你哪个楼层的病区厨房里可能还有冰棍，你可以去偷来用；他们告诉你哪一家干洗店知道如何去除衣服上的血渍和化疗渍。护士知道你女儿的动物填充玩具的名字，还教她折纸花缠绕在点滴架上。医生们或许在战争游戏里运筹帷幄，然而是护士们使得这场战斗令人可以忍受。

你开始认识他们，他们也开始认识你，因为他们取代了你以前的人生里朋友的位置。而所谓的“以前”，是在你还没有以病房为家之前。举例来说，多娜的女儿在学做兽医。轮大夜班的卢米拉，把萨尼贝尔岛的图片剪下来贴在硬纸片上，夹在她的听诊器上当饰品，因为那是她退休后要去养老的地方。男护士威利拒绝不了巧克力的诱惑，他太太正怀着三胞胎。

一天晚上，凯特做前导性化疗住院时，我醒得太久，身体已经忘了如何继续睡觉，于是我打开电视。为了不吵醒正在睡觉的凯特，我把电视转成静音。《富豪名流的生活方式》的主持人罗宾·李奇正在某个富豪名流宏伟的家里巡礼。他们有镀金浴盆、手刻的柚木床、蝴蝶形游泳池。车库可容纳十辆车，还有红土网球场和十一只在漫步的孔雀。那是个我无法探知的世界——我无法想象我会过那种生活。

一直以来我好像都在过目前这样的生活。

以前听到关于某个罹患癌症的母亲、有先天性心脏病的婴儿，或者任何其他有关承担医疗重担的故事，我会抱着既同情又感恩的心情，庆幸自己家庭是安全的。现在我几乎不记得那是什么感觉，现在我们变成那个故事，让大家去同情、去感恩。

我不知道我在哭，直到多娜蹲到我面前，从我手里拿走电视遥控器。“莎拉，”护士说，“你要喝点什么吗？”

我摇头，为自己崩溃而感到尴尬，被别人发现更觉得丢脸。“我没事。”我坚持。

“是呀，我是希拉里·克林顿呢。”她说。她握着我的手，拉我起身，拖着我走向门口。

“凯特……”

多娜接我的话：“……这会儿不会想念你。”

小厨房里一天二十四小时都有泡好的咖啡，她为我们两人各倒一杯。“我很难过。”我说。

“为什么？因为你不够坚强？”

我摇头：“似乎没有尽头。”多娜点头，她完全了解我在说什么。我发现我在滔滔不绝。我哗啦哗啦地讲个不停。当吐露完所有的秘密，我做了个深呼吸，惊觉自己连续不断地讲了一个钟头。“喔，我的上帝，”我说，“我不敢相信我浪费了你这么多时间。”

“没有浪费，”多娜回答，“再说，我半个小时前就下班了。”

我脸颊发热：“你应该早点走。我相信你一定宁可去别的地方。”

多娜没有走，她把我拥进她宽大的怀里。“甜心，”她说，“我们不都是如此希望吗？”

门诊手术室的门打开了，里面是一个遍布着银光闪闪的器具的小房间——好似装了牙套的嘴巴。医生和护士都穿着手术袍、戴着口罩，只能从眼睛分辨他们。安娜拉着我，直到我蹲到她身边。“要是我改变主意呢？”她说。

我双手按住她的双肩：“你不想做的话可以不做，可是我知道凯特指望你帮助她。我和你爸爸也是。”

她点一下头，然后她的手滑进我手中。“不要放开。”她说。

一位护士带领她往前走，上诊疗台。“安娜，等下你就会知道我们为你准备了什么。”她拿一条电热毯盖到安娜身上。

麻醉师用一块红色的纱布片擦拭氧气罩：“你曾经在草莓园里睡过觉吗？”

他们摆布安娜的身体，在她胸部涂上凝胶后，放置心电图贴片，那会连接到屏幕上，监测她的心跳和呼吸。他们操纵着她，要她背贴着诊疗台躺着，但是我知道他们等下会把她翻过去，从髋骨那里抽取骨髓。

麻醉医生给她看他的器具中可折叠的机械装置。“你能吹气球吗？”他把氧气罩放到安娜的脸上。

安娜一直握紧我的手。她的手终于松开了。她在做最后的挣扎，她的身体已经昏睡了，但肩膀仍弓着。一位护士扳平安娜的肩膀，另一位阻止我继续碰她。“那只是麻醉药在影响她的身体。”她解释，“你现在可以亲她一下。”

我隔着口罩亲吻她，低声说谢谢。我走出旋转门，摘下进手术室时戴的纸帽，脱下纸靴。从一个小窗看到安娜的身体翻成侧卧，医生从一个消过毒的盘子上拿起一根不可思议的长针。

我转身上楼，去陪凯特一起等。

布莱恩把头探进凯特的房间。“莎拉，”他看起来累坏了，“安娜要见你。”

但我不可能同时出现在两个地方。凯特又吐了，我举高粉红色的呕吐盆到她嘴边。我旁边的多娜帮忙把凯特的身体放低，躺回枕头上。“我现在有点忙。”我说。

“安娜要见你。”布莱恩重复说。

多娜看看他，再看看我。“在你回来之前，我们不会有事。”她说。我迟疑了一下才点头。

安娜在小儿科楼层的病房，那里没有可以隔离保护的密闭房间。我还没进房间就听到了她的哭声。“妈咪，”她抽泣，“好痛。”

我坐到床边，拥她入怀。“我知道，小宝贝。”

“你可以留下来陪我吗？”

我摇头：“凯特在生病。我必须回去照顾她。”

安娜退出我的怀抱。“可是我也在住院。”她说，“我也在住院。”

越过她的头，我瞥见布莱恩：“他们给她止痛药了吗？”

“很少。护士说他们不喜欢给小孩过量的药。”

“太荒谬了。”我一站起来，安娜就呜咽地抓着我，“小宝贝，我马上回来。”

我走向我找到的第一个护士。我跟这里的护士不熟，不像在肿瘤科病房那么好沟通。“一个钟头前已经给她泰诺止痛药了，”她解释，“我知道她会不安……”

“你可以给她羟考酮、有可卡因的泰诺或萘普生。如果这些药不在医生的处方里，那就问他是否可以开这些药给她。”

护士怒道：“恕我冒昧，费兹杰罗太太，我每天都在做这些事……”

“我也是。”

回安娜的房间时，我带着儿童剂量的羟考酮，那可以缓解安娜的疼痛，或者使她昏睡，不再感觉痛。我走进病房，发现布莱恩的大手摸索着一条儿童项链后面的勾子，他正在把一条有小盒子链坠的项链挂到安娜的脖子上。“你给姐姐那么贵重的礼物，我想你值得拥有自己的。”他说。

捐赠骨髓当然值得嘉许。安娜当然应该得到报偿。可是老实说，我从来没想到因为某人受苦而奖励他。我们长久以来都吃了很多苦。

我走进门口，他们两个都抬头看。“你看，爸爸给了我这个！”安娜高兴地说。

我举高装药的小塑料杯，这第二个奖励相较之下真是可怜。

十点多一点，布莱恩带安娜到凯特的房间。她走得很慢，像个老太太，还需要布莱恩搀扶。护士帮她戴口罩、穿罩袍、戴手套、穿纸靴，这样她才能进凯特的房间——儿童通常不准进入隔离病房，护士是基于同情心才违反规则，特别通融。

钱斯医生站在点滴架旁，手里提着一袋骨髓。我帮安娜转身，让她看到自己的骨髓。我告诉她：“那是你给我们的。”

安娜做鬼脸：“它看起来好恶心。你可以拿去。”

“听起来像是你计划好的。”钱斯医生说。浓艳的深红色骨髓开始流进凯特的静脉导管。

我把安娜放到床上。床容得下她们两个肩并肩。“会痛吗？”凯特问。

“有一点。”安娜指向在塑料管里流动、流进凯特胸腔里的血。“你会痛吗？”

“不怎么痛。”她坐起来一点，“嘿，安娜？”

“怎么了？”

“我很高兴它是你给我的。”凯特拉住安娜的手，放在静脉导管的下面，那里相当接近她的心脏。

骨髓移植后二十一天，凯特的白细胞数量开始增加，那证明骨髓移植有效。为了庆祝，布莱恩坚持要带我出去吃晚餐。他为凯特安排了一位特别护士，在XO餐厅订位，甚至从我的衣柜里找出了一件黑色连衣裙带到医院给我换。但他忘了带鞋子给我，所以我只好穿着我的旧木屐。

餐厅几乎客满。我们一入座，酒侍就来问我们要不要喝酒。布莱恩点了一瓶苏维农葡萄酒。

“你到底知不知道那是红酒还是白酒？”我不认为他知道，这么多年来，我看过布莱恩喝的只有啤酒。

“我知道那有酒精成分，也知道我们要来庆祝。”他在酒侍为我们斟酒后举杯，“祝福我们的家庭。”他敬酒。

我们互相碰杯，啜酒。“你要点什么？”我问。

“你要我点什么？”

“里脊肉。这样如果我点鲽鱼，也可以尝你的肉。”我合上菜单，“你知道最新的血细胞计数结果吗？”

布莱恩看向桌子。“我希望我们来这里，能够暂时离开那些事情。你知道的，就只是闲聊。”

“我喜欢闲聊。”我承认。可是，当我看着布莱恩，嘴巴里吐出来的话仍萦绕着凯特，不光只是谈我们两个。我没有题材可以问他今天过得怎么样，因为他为了凯特骨髓移植的事情，向消防队请了三个礼拜的休假。我们之间的联结全都是凯特的病。

我们陷入沉默。我环视XO餐厅，注意到其他在聊天的那几桌用餐者大部分是年轻人或嬉皮士。老一点的夫妻，戴着的结婚戒指和他们的餐具互相辉映，闪动着银光，他们吃饭时不用加入谈话这种辛香佐料。但他们都很自在，是因为他们已经完全了解对方在想什么吗？还是过了某一个特定点后，已经没什么好说的了？

当侍者来帮我们点餐时，我们两个都热烈回应，感激有人来让我们避免承认，我们两个已成了陌生人。

我们出院时带回家的小孩和住院时的不一样。凯特小心翼翼地走动，检查病床床头柜里的每一个抽屉，看看她有没有忘了带什么东西。她瘦了很多，我带到病房给她换的牛仔裤显得不合身，我们必须把两条印花大手帕绑在一起打结，权充腰带。

布莱恩先下楼去把车子开过来。我把最后一本青少年杂志《老虎节拍》和几张CD收进凯特的圆筒形行李袋，拉上拉链。她拿起一顶羊毛帽戴在自己光秃秃的头上，然后将围巾在脖子上缠紧，再戴上口罩和手套。即便我们能大胆地走出医院，她依然是个需要保护的人。

我们走出病房，迎向一些已经跟我们熟识的护士，他们鼓掌欢送凯特出院。“不管你做什么，不要再回来看我们，好吗？”威利开玩笑道。

他们一个接着一个，走上前跟凯特告别。等他们都离开后，我对凯特微笑：“准备好了吗？”

凯特点头，可是她没有往前走。她僵硬地站着，心里明白，一旦她踏出这个门口，每一件事都改变了。“妈。”

我把她的手挽入我的臂弯。“我们会一起面对未来。”我向她保证，我们肩并肩踏出第一步。

一堆邮件都是医院的账单。我们得知保险公司不愿和医院的财务部门谈，反之亦然，双方对这笔账的看法有分歧，于是他们要求我们支付那些按理不应由我们支付的费用，他们都希望我们能愚蠢地付清。管理凯特的医疗护理基金是项专业工作，那不是我或布莱恩做得来的。

我翻阅邮件，在我打开共同基金的来信之前，我先看到一封杂货店的宣传单、一本AAA杂志和一封长途电话缴费通知单。我一向都没有注意共同基金，布莱恩在我们有点余钱时，会设法做理财投资。此外，我们买的三个基金，都是为了将来给三个小孩作教育经费。我们不是那种有大笔闲钱可以进出股市的家庭。

亲爱的费兹杰罗先生：

我们在此确认您最近赎回基金#323456，凯特·费兹杰罗的监护人布莱恩·费兹杰罗代为提领，金额为八千三百六十九点五六美元。提现后注销本账户。

银行有时候可能出错，但这是相当大的错误。我们的活期存款被扣过一点钱，但从来不曾一下子丢了八千多块。我走出厨房到院子里，布莱恩在那里卷一条花园多余的水管。我把那封信递给他：“要不是共同基金的某个人搞错了，就是你养第二个太太曝光了。”

他花了很长时间读信，让我意识到这封信并没有弄错。布莱恩用手背擦擦他的额头。“是我把钱领出来的。”他说。

“你没有先跟我说？”我无法想象布莱恩会这么做。我们以前曾几次借用孩子账户里的钱，但那都是在我们那个月入不敷出，却仍必须买杂货、缴贷款，不得已时才那么做，我们也曾因为旧车终于报废，为了支付新车的首付款而动用孩子的钱。每次那么做，我们都躺在床上难以安眠，感觉愧疚像一张超重的被子压在我们身上，我们会互相保证，只要每月的收支一有结余，就马上把钱存回孩子的账户。

“我告诉过你队上的兄弟试着募捐，募到了一万元。有那笔钱加上这八千多块，医院同意让我们慢慢还清其余款项。”

“可是你说……”

“莎拉，我知道我说过什么。”

我目瞪口呆地摇头：“你对我说谎？”

“我没有……”

“苏珊要给我们……”

“我不会让你姐姐负担凯特的医药费。”布莱恩说，“我才是应该负责照顾凯特的人。”水管掉到地上，里头的余水流出来洒在我们的脚上，“莎拉，她活不到用那笔钱去上大学。”

阳光明亮，草地上的洒水器喷出来的水雾出现彩虹。对冒出这种话的日子来说，它太美了。我转身跑进屋里，把自己锁在浴室里。

一会儿，布莱恩来敲门：“莎拉？莎拉，对不起。”

我假装没听到他的话。我假装根本没听到他先前说什么。

在家里，我们都戴口罩，那样凯特就不必戴。当她在刷牙或倒早餐麦片时，我发现自己都会注意看她的指甲，看她因为化疗的副作用而变黑变形隆起的部分指甲是否已经消失——那是骨髓移植是否成功的可靠表征。我一天两次在凯特的大腿上打生长因子，在她的嗜中性粒细胞计数到达一千之前必须一直那么做。到那个时候，骨髓才会自行繁殖。

凯特还不能去学校，所以学校必须把她的课程寄回家。有一两次她跟我去幼儿园接安娜，可是她不肯下车。她会大方地走进医院做例行的血细胞计数检查，可是当我建议从医院回家前，顺道去录像带店或甜甜圈店，她都不肯去。

一个星期六早上，她房间的门半掩着，我轻轻敲门：“要去购物中心吗？”

凯特耸肩：“现在不要。”

我倚到门框上：“去外面走走挺不错的。”

“我不想。”她在把手插进后口袋之前，手掌先抚过她的头顶。我确定她不知道她在下意识那么做。

“凯特。”我说。

“别说了。别告诉我没人会盯着我看，我知道他们会；别告诉我没有关系，因为那有关系；别告诉我我看起来很好，因为那是谎言。”她没有睫毛的眼睛盈满泪水，“妈，你看看我，我是个怪胎。”

我看着她，看到她原本长着眉毛的地方光秃秃的，还有平常隐藏在她头发下面的小小秃斑和肿块：“我们可以解决一下。”

我没有再说话便走出她的房间，我知道凯特会好奇地跟来。我经过安娜身边，她也好奇地丢下填色本跟在姐姐后面。到了地下室，我找出以前我们刚买下这间房子时发现的一个电动推子。我把插头插上电源后，朝我的头中央推了一下，露出一长条头皮来。

“妈！”凯特惊叫。

“怎么啦？”一丛卷曲的棕色头发掉落到安娜的肩膀，她优雅地抓起一把。“只不过是头发。”

我再推出一长条头皮来，凯特开始微笑。她指出我漏掉的地方，那里的一小丛头发像一小片森林。我坐到一个翻转过来的牛奶箱上，让凯特动手剃我另一边的头发。安娜爬上我的大腿。“我是下一个。”她哀求。

一小时后，我们三个光头女生，手牵手在购物中心里逛。不管我们走到哪里，都有一些目光转向我们，也有议论的耳语追随。我们是漂亮的光头母女三人档。

周 末

无风不起浪。

——约翰·海伍德，谚语

杰西

别否认——你在公路上被一辆推土机或前斗铲车挤到路边，几个小时后，你会怀疑为什么这些在公路上奔驰的家伙们会留下器械在这里，让任何人，也就是我，去偷。我第一次找卡车的麻烦是好些年前的事了：我对斜坡上的混凝土车动手脚，然后眼看着它滚向建筑公司的工地活动拖车。现在，离我家一英里远的地方有一辆垃圾车，我看到它在I-195号公路的安全岛护栏旁，沉睡得像一头小象。这辆车不是我的第一选择，不过乞丐没有讨价还价的余地。由于我试开法官的车触及法律，我老爸没收了我的车，把它扣押在消防队里。

开垃圾车和开我的车感觉截然不同。首先，你会觉得你占据了整条马路。其次，你会觉得自己好像在开坦克车，或者至少我以为开坦克车就像是这样。你不必从军，和一堆焦虑不安、对权力狂热的蠢蛋混在一起也能有开坦克的感觉。第三个理由——也是最不受欢迎的理由——大家都看到你来了。当我把垃圾车开到金顶·丹在地下道里用硬纸板做的家前面时，他畏缩地躲在他的一排三十二加仑的圆桶后面。“嗨，”我探出垃圾车的驾驶座，“是我啦。”

丹仍然花了一分钟才从指缝间偷看，确定我告诉他的是事实。

“喜欢我的车吗？”我问。

他小心谨慎地站起来，触摸卡车侧面的条纹。然后他笑了：“年轻人，你的吉普车吃了类固醇啦？”

我把需要的原料装到垃圾车后面。如果我把垃圾车倒退到一个窗子前，倾倒下几瓶我的特制纵火液，然后在那个地方被大火吞噬时开走，那有多酷。丹站到副驾驶座旁，在车身上写“洗我”两个字，发出刺耳的摩擦声。

“嘿。”我没来由地做了我从来没做过的事。我问他要不要和我一起去。

“真的吗？”

“真的。不过有个规矩。不管你看到什么，不管我们做了什么，你都不能告诉任何人。”

他假装把他的嘴巴锁上，把钥匙丢掉。五分钟后，我们上路前往一个旧仓库，那里以前是一所大学的船舱。在我悠闲地开着车时，丹操纵控制杆，把垃圾斗举高放下，玩得不亦乐乎。我告诉自己，我邀请他来是为了增加刺激感——多一个人知道只会使得这件事更令人兴奋。可是真正的理由是，有许多个夜晚，你只是想知道，在这个大千世界里，除了你以外还有别人。

我十一岁时得到了一个滑板。我从来没要求过，那是个歉疚的礼物。多年来我得到几样昂贵的礼物，通常都和凯特的某个事件有关。每次凯特又要住院修理她的身体，我爸妈就会倾全力照顾她，而通常安娜也会置身其中，所以她会得到相应的超级好礼，然后一个礼拜后，我爸妈又会觉得不公平，他们为了不让我觉得被疏忽，就会买些玩具补偿我。

反正，我无法描述那个滑板有多神奇。它的底部印着一个在黑暗的地方会发亮的骷髅头，骷髅的牙齿滴出绿色的血。轮子是氖黄色，表面做过磨砂处理，当你穿着运动鞋踩在上面时，会弄出像摇滚巨星清喉咙的声音。我踩着它在车道上滑来滑去，然后在人行道上滑行，学习如何腾空，将身体的重心放在后轮保持平衡；还有踢翻的动作与双脚带板起跳的技巧。只有一个规矩：我不能滑上街，因为街上的车子随时可能冲过来，瞬间撞到我。

我不必告诉你十一岁的小孩一玩起来会有多疯，哪管得了什么规则。玩了一个礼拜滑板后，我想我宁可滑在刮胡刀片上，或者冒险让酒醉开车者撞到，也不愿只在人行道上晃来晃去，回到童年和那些骑着塑料三轮车的小娃儿为伍。

我哀求爸爸带我去凯马特大卖场的停车场、学校的棒球场，或任何我可以尽情玩滑板的场地。他答应我礼拜五，凯特做完例行的骨髓抽取之后，我们一起去学校。我可以带我的滑板去。安娜可以带她的自行车，如果凯特想的话，她也可以带她的直排轮滑鞋。

上帝，我多么期待呀！我给我的滑板轮子上油，把滑板擦得发亮。我用旧的胶合板废料和一块木板做成双螺旋障碍物，在车道斜坡上练习。我一看到车子——我妈和凯特抽血回来——就跑向门廊，不想浪费任何时间。

结果，我妈也非常匆忙。因为车门一开，凯特满脸是血。“去叫你爸爸。”我妈命令道，她抓一团纸巾抹到凯特的脸上。

凯特又不是没流过鼻血。以前我被吓到时，我妈常跟我说，流血看起来比实际情况更糟。我找来我爸，他们两个赶紧把凯特抱进浴室，试着阻止她哭，因为她哭个不停会令每一件事都更难处理。

“爸，”我问，“我们什么时候要去？”

可是他忙着把纸巾抓成一团，堵在凯特流着血的鼻子下。“爸？”我再问。我爸爸直视着我，可是他没回答。他的眼神恍惚，目光似乎透过我看着别的东西，仿佛我是烟雾做的。

那是我第一次想到，我或许真的是烟雾。

火焰是阴险狡诈的——它鬼鬼祟祟，它会蔓延，它会回头嘲笑被它吞卷的东西。还有，它他妈的非常漂亮，像夕阳笼罩每一片它经过的地方。我第一次让别人欣赏我的杰作。站在我旁边的丹从他的喉咙深处发出一个声音——无疑，那是尊敬的声音。我自傲地看向他，他泪流满面地把头缩进他的军队剩余物资——油腻腻的军装衣领里。

"丹，天哪，怎么了？"这家伙可能是个沉默的疯子。我把手按到他肩上，你猜怎么着？他仿佛把我的手当成蝎子。"丹，你怕火吗？不用怕。我们离火场很远，很安全。"我给了他一个希望能安抚他的微笑。万一他吓傻了，开始尖叫，引来巡逻的警察，那可不妙。

"那个仓库……"丹说。

"喔，没有人会想念它的。"

"那是老鼠住的地方。"

"现在烧光了。"我回答。

"可是老鼠……"

"我告诉你，动物有逃离火场的本能。老鼠会冷静地逃走。它们非常冷静。"

"可是报纸呢？他有一张肯尼迪总统被暗杀的……"

我想到他说的老鼠很可能不是指啮齿动物，而是另一个无家可归的流浪汉。他利用这个仓库做避难所。"丹，你是在说有人住在那里吗？"

他看着烧成皇冠状的火焰，眼中蓄满泪水。然后重复我说过的话："现在烧光了。"

就像我说过的，当时我十一岁，即使到今天我依然无法告诉你，我是怎么从我们位于上达比市的家，走到普罗维登斯市中心的。我想我可能花了几个小时，我想我相信用我新的超级英雄隐形斗篷，我或许可以消失，再重新出现在某个地方。

我自己做试验。我在商业区里走，人们经过我身边，他们的眼睛看着人行道上的瓷砖裂缝，或直视前方，像成群的僵尸。我经过一栋大楼长长的镜面玻璃，我可以从那些镜子里看到自己。可是不管我做了多少鬼脸，不管我站在那里多久，没有一个过往的行人驻足在我身边，跟我讲话。

我紧张地站在十字路口中央，交通信号灯下，出租车对我按喇叭，一辆车突然转向左边，两个警察跑来阻止我被撞死。我爸爸到警察局接我，他问我到底在想什么。

事实上我没有想，我只是试着想找个会有人注意到我的地方。

我先脱掉衬衫，把它丢进路边的水坑里，然后用它包裹我的头和脸。火场里烟雾弥漫，黑烟愤怒似的滚滚直冒。我听到消防车的警笛。可是我已经答应丹了。

先令我受不了的是热度，一道墙比它看起来还坚固。仓库里的火持续燃烧，犹如橘红色的X光射到里面，我连自己的脚都看不到。

“老鼠。”我大喊，我已经后悔进来了，浓烟使得我喉咙嘶哑、刺痛，“老鼠！”

没人回答。仓库并不很大。我跪在地上爬，努力辨认周围。

只有一次，我碰到真的很糟的情况。我无意中把手放下，碰到了用金属做的某样东西上，如果我没早点把手拿开，恐怕会留下烧灼的烙印。我的皮肤黏在那上面，马上就起了水泡。我被一只穿靴子的脚绊倒时，发现自己在哭，我铁定出不去了。我摸索到老鼠，把他软绵绵的身体扛上我的肩膀，摇摇晃晃地从来路出去。

被上帝开了个小玩笑之后，我们走出火场。消防车已经抵达了，他们正在充水带。或许我爸爸也在现场。烟幕遮掩着我，我把老鼠放到地上，心跳如雷地跑向另一边，把其余的救援工作留给真正想当英雄的人。

安娜

你有没有怀疑过我们是怎么来的？我的意思是，来到世界上。忘掉亚当和夏娃的虚幻故事，我知道那只是一堆屁话。我爸爸喜欢波尼族印地安人的神话，他们说星星神移民到人间，夜星与晨星结合，诞生了第一位女性。第一个男孩则来自太阳和月亮。人类骑着龙卷风来到地球。

我的科学老师修莱先生教我们原始汤理论，他说最早期的地球充满了自然气体，烂泥巴水和碳之类的东西，不知怎的合成了单细胞的有机体，叫做领鞭虫……我觉得那听起来很像性传染疾病，而不像生命的起源。一旦有了原始生命，进化大跳跃便展开了，从阿米巴原虫进化到猴子，再进化到会思考的人。

关于这些，不管你是否相信，真正令我惊讶的是，生命需要一些历程才能从一个虚无的点，进化到一个阶段。在这个阶段所有相关的神经元努力活动，才得以产生让我们下决定的机制。

更令人惊讶的是，为什么虽然做决定已经成为我们的第二天性，我们还是会设法把它搞得乱七八糟。

礼拜六早上我在医院，和凯特、我妈在一起，我们都尽最大的努力，假装没有两天后诉讼案就要开庭审讯这回事。有人可能会以为那很难，但其实那比拥有选择的余地还简单。我们家素来擅长以故意忽略来骗自己：如果我们不去谈它，那么——它就会在弹指间消失——没有法律诉讼，没有坏死的肾脏，完全没有要担心的事。

我在看有线频道的《欢乐时光》节目。康宁翰家人的虚伪程度跟我们家差不多。他们曾经担心的似乎只有里奇乐队会不会被艾尔聘用，方利会不会赢得接吻比赛。连我都知道五十年代乔安妮在学校里应该参加过防空演习，而玛莉安可能嗑安眠药上瘾，哈沃德很怕共产主义。或许如果你假装活在电影情境里度过一生，你就不必承认墙是纸糊的，食物是塑料模型，从你嘴巴里说出来的话不是你的真心话。

凯特在玩填字游戏。“Vessel（船、容器、管子）的同义词，四个字母的，是什么？”

今天是好天气。我这么说的意思是，她心情好到对我说，我可以向她借两张CD而不必哀求（看在上帝份上，她其实是处于昏睡状态吧，否则她不太可能会答应）；她觉得想玩字谜游戏。

“Vat（瓮）。”我建议，“Urn（缸）。”

“四个字母的。”

“Ship（船），”我妈说，“或许他们要的是这个解释。”

“Blood（血）。”钱斯医生走进病房。

“那是五个字母。”凯特回答。我得补充说明，凯特对他的口气不像刚才对我那么温和。

我们都喜欢钱斯医生，他几乎是我们家的第六个成员。

“给我一个数字。”他指的是痛苦的等级，“五？”

“三。”凯特说。

钱斯医生坐到她床边。“可能在一个钟头内就爬升到五。”他警告，“也可能是九。”

我妈的脸变成了茄子色。“可是凯特现在觉得很好。”她给凯特加油打气。

“我知道。可是她清醒的时间会越来越短，陷入昏迷的时间会拉长。”钱斯医生补充，“这不是急性早幼粒细胞白血病的病兆，这是肾功能衰竭。”

“可是肾脏移植后……”我妈说。

我发誓，病房里的空气顿时凝结成海绵。你可以听到窗外蜂鸟拍动翅膀的声音，可见病房里有多安静。我想像雾一样悄悄地飘走，我不要让这个变成我的罪过。

钱斯医生是唯一敢直视我的人。“据我的了解，莎拉，捐肾的可能性仍在争议中。”

“可是……”

“妈。”凯特插嘴。她转向钱斯医生说：“我们还有多少时间？”

“或许，一个礼拜。”

“哇喔，”她柔声轻呼，“哇喔。”她抚摸报纸的一角，用大拇指把它抹平，“会痛苦吗？”

“不会。”钱斯医生保证，“我相当确定。”

凯特把报纸放到她腿上，再轻触他的手臂。“谢谢你。我的意思是，谢谢你讲真话。”

钱斯医生抬头看她，他的眼眶红了。“不要谢我。”他费力起身，让我以为他的身体是石头做的。他离开病房，没有再置一词。

我妈，她将自己关进自己的世界里，只能这样解释。就像报纸，当你把它放到壁炉的最里面，看不到它燃烧，似乎就消失了。

凯特看看我，再看看她身上所有和病床连接着的管子。我起身走向我妈，一手放到她肩上。“妈，”我说，“停止吧。”

她抬头，以苦恼的眼光看着我。“不，安娜，你来停止。”

过了好一会儿，我才能走开。“Anna（安娜）。”我呢喃。

妈妈的头跟着我转：“什么？”

“四个字母，Vessel同义词。”我说完踏出凯特的病房。

那天下午，我坐在消防队里我爸爸的旋转椅上旋转，茱莉亚坐在我对面。桌上是半打我们的家庭照。有一张是凯特婴儿时拍的，她戴着一顶看起来像草莓的针织帽。另一张是我和杰西，嘴巴咧得就好像我们手上抓的青鱼那么大。我常怀疑店里卖的随框附赠照片是作假的——那些拥有柔顺棕发的美女，巧笑倩兮；头像葡萄柚的婴儿坐在他们兄姐的膝上——他们可能都是陌生人，被一个有才华的星探召集来，扮成一个假家庭。

或许真实的照片也没差多少。

我拿起一张照片，照片里的爸妈都比我见过的本人黝黑一点，年轻一点。“你有男朋友吗？”我问茱莉亚。

“没有！”她回答得飞快。我抬眼看她，她只是略耸一下肩。“你呢？”

“有个家伙，基利·麦菲，我以为我喜欢他，可是现在不确定。”我拿起一支笔，开始拆解它，拉出它装蓝墨水的细小管子。如果把这种小管子装在你身体里，像乌贼，一定很酷，你的手只要一点，就可以在任何你想要的东西上留下记号。

“出了什么事？”

“我跟他去看电影，就像是约会，电影演完，我们站起来，他……”我的脸羞红，“呃，你知道的。”我瞄向我腿间附近的地方示意。

“喔。”茱莉亚会意地应声。

“他问我在学校有没有上过木匠工艺课程，我心里想，怎么会突然扯到木工课？我正要告诉他没有，我突然看到他那里鼓起。”我把那支被我斩首的笔放到我爸爸的记事簿上，“我现在每次在街上看到他，就会想起当时的情景。”我看向她，一个想法闪入脑际，“我是个性变态吗？”

“不是，你是个十三岁的少女。基利也是处于这种年龄的少男。他无法控制那种情形发生，就像你看到他时，也不由得想起当时的情景。我哥哥安东尼以前说，男人只有两个时候会感到兴奋：一个是白天，一个是晚上。”

“你哥哥会跟你谈那种事？”

她笑道：“没错。你觉得奇怪吗？杰西不跟你谈那种事？”

我嗤之以鼻。“如果我问杰西一个跟性有关的问题，他会笑到一根肋骨裂开，然后丢给我一本他藏着看的《花花公子》杂志，叫我自己去研究。”

“你爸妈呢？”

我摇头。我爸不可能跟我谈那个——因为他是我爸。我妈不会把心思放在这里。而凯特跟我一样对性一知半解。“你和你姐姐会争夺同一个男人吗？”

“事实上我们欣赏的类型不同。”

“你欣赏的是哪一型？”

她想了一下。“我不知道。高大，深色头发，会呼吸的。”

“你觉得坎贝尔可爱吗？”

茱莉亚差点从椅子上掉下来。“什么？”

“我的意思是，对一个年纪大一点的家伙来说。”

“我看得出有些女人……可能觉得他颇有吸引力。”她说。

“他看起来像凯特喜欢看的肥皂剧里的一个角色。”我用大拇指的指甲抠木桌上的沟，“很不可思议。我会长大、亲吻某个人、结婚。”

而凯特不会。

茱莉亚向前倾：“安娜，要是你姐姐死了，会怎样？”

桌上有一张我和凯特的照片。那时我们还很小——可能是两岁和五岁。那是在她第一次旧病复发之前，头发长回来之后。我们站在靠近海滩的地方，应景地穿着游泳衣，玩边唱儿歌边拍手的游戏。你可以把这张照片折成两半，让人家以为是镜子照出的同一个人——凯特的个子比她那个年龄段的孩子矮，而我比较高；凯特的发色跟我有别，可是同样自然蓬松，发尾卷起；凯特的手跟我的手合掌。直到现在我才发现，我以前不知道我们两个长得有多像。

晚上快十点的时候电话响起，我讶异地听到消防站里广播我的名字。我拿起厨房的分机听，厨房已经整理干净，地板也擦过了。“你好。”

“安娜。”我妈说。

我立刻想到，她是打来告诉我凯特的事。除了凯特之外，她很少跟我说别的事，尤其今天稍早时，我们还在医院里意见不合。“没有什么事吧？”

“凯特已经睡了。”

“那很好。”我回答，然后怀疑是不是真的很好。

“我打电话给你有两个原因。第一是想对你说，关于早上的事，我要道歉。”

我很难为情。“我也是。”我承认。那一刹那，我想起以前晚上睡觉前，她常帮我盖被子。她会先到凯特的床边，倾下身，宣布她在亲吻安娜。然后她会来我的床边，说她要拥抱凯特。我们每次都会被她逗笑。等她关灯离开，久久之后，房间里仍会闻到她润肤露的香味，她的润肤露可以使她的肌肤像法蓝绒枕头套的内里那么柔软。

“我打电话的第二个原因，”我妈说，“只是想跟你说晚安。”

“就这样？”

我可以从她的声音听出笑意：“那样不够吗？”

“够。”我说，虽然我觉得不够。

因为睡不着，我就溜下我在消防站里的床，经过打鼾的老爸，离开房间。我进男厕所偷出《吉尼斯世界纪录》，然后躺到消防站的屋顶上，就着月光阅读。一个十八个月大、名叫雅雷汉德罗的小宝宝，从他爸妈位于西班牙穆尔西亚的公寓六十五英尺七英寸高的窗口摔下，创下从最高距离摔落仍能活命的纪录。美国弗吉尼亚州的罗伊·苏利文，七次被闪电击中都活了下来，可是他在被情人抛弃后自杀身亡。台湾一场造成两千人死亡的地震后八十天，一只猫被人在瓦砾堆里发现，不久后完全康复。我发现自己在重复阅读《幸存者》和《救生者》的章节。我在脑海里加进一章：《急性早幼粒细胞白血病患者存活最久的纪录》，有一节的标题是：《最浑然忘我的姐妹》。

我放下书，想要寻找织女星时，我爸爸找到我：“今天晚上看不到什么星星，是不是？”他坐到我旁边。这是个云层颇厚的夜晚，连月亮似乎都被棉花般的云遮蔽。

“是看不到。”我说，“全都朦朦胧胧的。”

“你用望远镜试过吗？”

我看着他摆弄了望远镜好一会儿，然后他确定今晚观星会徒劳无功。我突然想起今晚约七点的时候，我在车子里坐在他的旁边，问他大人要怎么知道去一个地方的路。因为我从来没看到过他拿出地图来研究。

“我想我们习惯走同样的路线。”他说，可是我不满意。

“那要是你第一次去某个地方呢？”

“喔，”他说，“我们会认方向。”

但我想知道的是，谁是最早最早第一个指导他们的人？要是没人知道你要去的地方在哪里呢？“爸，”我问，“听说可以利用星星的位置当地图，是真的吗？”

“是真的，如果你懂得天文领航。”

“那很困难吗？”我想或许我应该学。有备无患，因为有时候我觉得自己没有方向感，找路会兜圈子。

“那是相当有趣的数学。你必须测量一颗星星的高度，用航海历书算出它的位置，再算出你估计的高度应该是多少，根据你在何处，估计星星应该在什么方位，再比较你量出的高度和你计算出来的高度。然后把这些标到图上，画成位置线。你得到几条位置线的交叉点，就是你要去的地方。”我爸爸看我的表情一眼，绽开微笑。“没错，”他笑道，“没带你的GPS，千万不要离开家。”

可是我打赌我会算出来，它其实没有那么令人困惑。你抱着最大的希望，朝你在不同的位置打叉叉的地方走去，应该不会太失望。

如果有个宗教是安娜教，我必须告诉你人类是怎么来地球的，我会这么说：一开始，什么东西都没有，只有太阳和月亮。月亮想在白天出来，可是那样一整天都太亮了。月亮变饿了，变瘦了，她越来越瘦，后来只剩下一片，她的尖端像刀子那么锋利。意外地，很多事情都是这么发生的，她把夜晚戳破一个洞，从那个像泪泉的洞，流出了一百万颗星星。

月亮吓死了，她想把所有的星星都吞下去。有时候行得通，因为她变胖变圆了。可是大部分时候行不通，因为星星实在太多了。星星一直往外跑出来，他们把天空照得太亮，令太阳嫉妒。他邀请星星去他那边的世界，那是个永远明亮的世界。不过，他没有告诉他们，白天没有人看得到星星。所以笨蛋星星们从天空跳到地上，他们被自己的愚蠢冻僵。

月亮尽她所能，把那一块块哀伤僵冷的星星雕刻成男人或女人。其余的时间，她注意不让其他的星星掉下来。其余的时间她抓着她雕刻剩下的废料不放。

布莱恩

礼拜天早上七点之前，一只章鱼走进消防站。那其实是一个打扮成章鱼的女人，可是当你看到那种情形时，女人与章鱼的区别似乎并不重要。她脸上流着泪，多手章鱼怀中抱着一只京巴狗。“你得帮我的忙。”她说。我这才想起，她是杰尼亚太太，她家几天前因为厨房失火而烧毁。

她拉拉她的触角。“这是我唯一剩下的衣服，用于在万圣节扮成美人鱼动画片里的海巫婆娥苏拉。它和我收藏的彼得、保罗和玛丽三重唱的唱片一起放在自助式仓储公司的柜子里，放得快烂掉了。”

我礼貌地请她坐到我桌子对面的椅子上：“杰尼亚太太，我知道你家已经不适合居住了……”

“不适合居住？它根本已经只剩残骸！”

“我可以帮你联络收容所。有必要的话，我也可以跟你的保险公司谈，催促他们尽快理赔。”

她举起一只手擦眼睛，其他八只手臂被线拉扯着同时举起。“我的房子没有保险。我认为不应该过着预期厄运会发生的人生。”

我凝视了她一下。我试着回想，被可能发生的灾难吓一大跳是什么滋味。

当我到医院，凯特躺在床上，紧抱着一只她从七岁时就开始抱的玩具熊。她吊着病人专用的吗啡点滴，拇指不时把控制点滴速度的按钮推到底，虽然她睡得很熟。

病房里的一张椅子拉开成帆布床，上面仅有薄得像威化饼干的床垫，莎拉就蜷曲在那里。“嗨，”她把头发推离她的眼睛，“安娜在哪里？”

“还睡得像个小孩。凯特昨晚过得怎么样？”

“还不坏。她只有一点疼，介于二到四级之间。”

我坐到她的帆布床边缘。“你昨晚打电话给安娜，她很高兴。”

当我看进莎拉的眼睛，我看到杰西——他们眼珠的颜色相同，也同样吸引人。我怀疑莎拉看着我的时候，是否会想到凯特。如果是的话，她会不会心痛?

很难相信这个女人曾经和我一起坐在车里，开过整条六十六号公路，一路上有说不完的话。我们现在谈的都是单调的现实生活，只谈值得谈的事情和内部消息。

“你记得那个算命仙吗？”我问。她茫然地望着我，我继续说：“我们在内华达州中部，我们的雪佛兰没油了……你不让我留你一个人在车上独自去找加油站。”

十天后，你还在绕圈子走，他们会发现秃鹰已经快把我吃得精光了，莎拉说。结果她走在我旁边。我们往回走了四英里，来到我们曾经经过的一间简陋小木屋，那里是个加油站。那里由一个老头子和他妹妹经营，她自己做广告，说她是个灵媒。我们算算看，莎拉哀求。可是算一次要花五块钱，而我身上只剩十块。那我们买半桶汽油，问灵媒下一次我们会什么时候用光汽油，莎拉说。她一向都能说服我。

艾格妮丝女士是那种会吓到小孩的盲人，她白内障的眼睛看起来像空虚的蓝天。她指节突出的手抚摸莎拉的脸，摸索她的骨头，她说她看到三个小孩和莎拉会长寿，但是那不够好。什么意思？莎拉问。艾格妮丝女士含糊地解释，命运像是泥土，随时都可能改造。可是你只能改造你自己的未来，不能改造别人的，那对有些人来说不够好。

她把手放到我脸上，只说了一件事：救你自己。

她告诉我们，我们过科罗拉多州的州界时，汽油就会用光，结果很灵验。

现在，在医院的病房里，莎拉茫然地看着我。“我们什么时候去过内华达？”她问，然后摇摇头，“我们必须谈一谈。如果安娜礼拜一真的要我们出庭，那我必须检查你的证词。”

“事实上，”我低头看我的手，“我要帮安娜说话。”

“什么？”

我快速地瞄过她的肩膀，确定凯特还在睡觉。我尽力解释：“莎拉，相信我，这件事我已经深思熟虑过。如果安娜不愿再做凯特的捐赠者，我们应该尊重她的决定。”

“如果你为安娜作证，法官会说至少有个家长愿意支持她的请求，那么他会以对她有利的观点来判决。”

“我知道。”我说，“否则我为什么要那么做？”

我们无言地凝视对方，不愿承认这些路的尽头横卧着什么。

我终于说：“莎拉，你要我怎么做？”

“我要看着你，回想以前的时光。”她沙哑地说，“布莱恩，我要时光倒流，我要你带我回去。”

可是她不是我以前认识的那个女人了，她不是那个在乡野旅行时，会数有几个土拨鼠洞的女人；不是那个会大声念出分类广告上寂寞牛仔寻找女伴的女人；不是那个会在最深的夜里告诉我，她会爱我直到月亮失去它在天空的立足点的女人。

公平地说，我也不是同样的男人了。不是那个会倾听她说话、会相信她的男人。

莎拉
2001年

安娜走进客厅时，我和布莱恩坐在沙发上，分享报纸的专栏。“如果我负责割我们院子里的草，直到我结婚。”她说，“我可以现在拿到614美元96美分吗？”

“为什么？”我们不约而同地问。

她蹭了一下她的鞋底走上地毯：“我需要一点现金。”

布莱恩折起国内新闻版：“我没想到盖普牌的牛仔裤那么贵。”

“我就知道你们会这样。”她说完准备走人。

“等一下。”我坐直，手肘撑在膝盖上，“你要买什么？”

“那有什么差别？”

“安娜，”布莱恩说，“我们不会平白付六百元，除非知道它是做什么用的。”

她考虑了一分钟：“是易趣网上的东西。”

我十岁的女儿会去逛易趣买东西？

“好吧，”她叹气，“守门员的护腿板。”

我看向布莱恩，他似乎也不了解。“为了冰球？”他问。

“是的。”

“安娜，你不会玩冰球。”我说。她的脸泛红，我发现关键点可能不在这里。

布莱恩给她压力要她解释。“两三个月前，我的自行车在冰球的溜冰场前面掉了链子。那里有一大堆人在练习，可是他们的守门员得了单核细胞增多症，教练说他会付我五块钱，叫我站在网子前面，阻挡要射进去的球。我借了那个生病孩子的装备，结果……我表现得还不赖，我喜欢冰球。因此常常去看他们练习。”安娜害羞地微笑，“教练要求我在比赛前正式加入球队。我是第一个加入他们队里的女生。可是我必须准备好我的装备。”

“那要花614美元？”

“又96美分。那还只是护腿板而已。我还需要一个护胸、接球手套、挡球手套和面罩。”她满怀期望地凝视着我们。

“我们必须讨论一下。”我告诉她。

安娜喃喃地说了什么，似乎是“我就知道”之类的话，然后便走开了。

“你知道她在玩冰球吗？”布莱恩问我，我摇头。我怀疑我们的女儿还隐藏了什么我们不知道的事情。

我们正要离开家，第一次去看安娜打冰球，凯特宣布她不去。“拜托，妈，”她哀求，“我这个样子能见人吗？”

由于必须用类固醇治疗，除了脸上坑坑洼洼好像月球之外，她的脸颊、手掌、脚底和胸部都长了许多红疹。皮肤也变粗变厚。

这是凯特在做过骨髓移植后，移植过去的淋巴细胞对抗宿主，造成“移植物抗宿主病”的特性。过去四年来，这种病反复发作，几乎每次都在我们最不希望它来的时候光临。骨髓是个器官，就像心脏或肝脏，身体会排斥。可是，有时候反过来，移植的骨髓会排斥它们所进入的身体。

好消息是，如果排斥现象发生，所有的癌细胞也都会被攻击——钱斯医生说，那叫“移植物对抗白血病效应”。坏消息是，会发生并发症：慢性腹泻、黄疸、关节受损。有结缔组织的地方会产生疤痕和硬化症。我已经习惯听到这种事了，它没有吓到我，但是当移植物抗宿主病突然变得这么严重，我让凯特待在家里，没去上学。她十三岁，正处于最注重外表的年纪，我尊重她的虚荣心，因为她拥有的已经非常少。

我不能把她一个人留在家里，可是我已经答应安娜会去看她打球。“这对你妹妹真的很重要。”

凯特扑到沙发上，拿一个靠枕盖在脸上回应。

我没有再说一句话，走到走廊的柜子前，拉开抽屉找出一些东西。我把手套交给凯特，把帽子戴到她头上，用围巾蒙住她的鼻子和嘴巴，这样一来她只有眼睛露出来。“冰球场会冷。”我说话的语气让她没有选择的余地，只能接受。

我几乎认不出安娜，她身上扎着绑着一些护具，那些是我们向教练的侄子借来的。你看不出她是冰球场上唯一的女孩。你也看不出她比场上其他的男孩还小两岁。

我怀疑戴着头盔的安娜是否听得到我们的加油声，或者她太专注于她必须随时挡下的球，对其他的声音充耳不闻，只专心听冰球的橡皮圆盘摩擦和挥球棍的声音。

杰西和布莱恩坐在他们的座位边缘，连原本不情愿来的凯特都很投入地在看比赛。对方守门员跟安娜比起来动作迟缓。整体而言，球员们溜冰的速度都很快，他们从远远的地方就在瞄准安娜守卫的球门，把橡皮圆盘从中间传到右翼，一个球员巧妙地溜过重围，他的冰刀迅速滑向安娜，观众眼看着他有大好的机会射门，激动的加油呐喊声暴响如雷。安娜上前，相当确定橡皮圆盘会从哪里来，在它抵达的前一秒钟，她屈膝，两个手臂往前伸出。

“不可思议，”第二局结束后，布莱恩对我说，“她有当守门员的天赋。”

我也想对他说同样的话。安娜每一次都救球成功。

那天晚上凯特因为流鼻血醒来，她的直肠和她的眼窝也都在出血。我从来没有看到过那么多的血，在我试着阻止血流出来的当口，我怀疑她还能承受流失多少血。我们抵达医院时，她已经精神混乱、狂躁不安，终于陷入昏迷。医护人员赶紧给她输入血浆、血小板，以补充流失的血，可是她流血的速度好像跟输血一样快。他们给她的点滴加入添加物，防止低血容量性休克，再给她插管。他们给她用CT扫瞄她的脑部和肺部，看出血的范围有多广。

虽然我们曾多次在半夜里狂奔到医院的急诊室，每一次都是因为凯特旧病复发，症状突然出现，但我和布莱恩心知肚明，从来没有哪一次像这次这么恐怖。流鼻血是一回事，器官失灵是另一回事。她已经有过两次心律不齐。出血使得她的大脑、心脏、肝脏、肺和肾脏都受到影响，必须接受治疗。

钱斯医生带我们进小儿科加护病房楼层的一间小休息室。那里画着雏菊的笑脸。一面墙挂着生长高度图，上面画着一只四英尺高的尺蠖在问：我能长到多高？

我和布莱恩坐得直挺挺的，仿佛这样我们会得到行为端正的嘉奖。“砒霜？”布莱恩惊问，“以毒攻毒？”

“这是很新的治疗法。”钱斯医生解释，“让它通过静脉二十五到六十天。这种新疗法至今还没有治愈的记录。可是不能说将来不会有，到目前为止，我们甚至还没有存活五年的记录，新药就是要这样尝试。就像凯特精疲力竭地历经脐带血、异体骨髓移植、放疗、化疗和全反式维甲酸治疗。她已经比我们原先预期的多活了十年。”

我发现自己不等他说完就在点头。“就这么做吧。”我说。布莱恩低头看着他的靴子不语。

“我们可以试试看。但极有可能，出血仍会打败砒霜疗法。”

我凝视着墙上的生长高度图。昨天晚上我送凯特上床前有没有告诉她我爱她？我不记得了。我什么都不记得了。

凌晨两点多，我找不到布莱恩。他等我在凯特的床边睡着时溜出去，已经过了一个小时还没回来。我去护士站询问有没有人看到他，我找过自助餐厅和男厕，全都是空的。最后，我在走廊尽头的一个小中庭里看到他。那里是为了纪念某个已逝的穷男孩，以他的名字命名的。那里光线充足、空气流通，布置着一些塑料植物，倘若罹患嗜中性白细胞减少症的男孩地下有灵的话，应该会喜欢。布莱恩坐在一张难看的棕色灯芯绒沙发上，正奋力地用一支蓝色的蜡笔在一张废纸上写字。

“嗨。”我平静地回想以前孩子们趴在厨房地上画图，散落一地的各色蜡笔像他们之间的野花，“我拿一支黄的跟你换蓝的。”

布莱恩吓一跳，抬眼看我。“有什么……”

“凯特很好。喔，她还是一样。”护士史黛芙已经给她第一剂砒霜，还给她输了两袋血，弥补她先前的失血。

“或许我们该带凯特回家。”布莱恩说。

“我们当然……”

“我是指现在。”他合掌，指尖向上，“我想她会想要死在自己的床上。”

他的话像一颗手榴弹在我们之间爆炸。“她不会……”

“会，她会死。”他满脸痛苦地看着我，“莎拉，她快死了。她会死，或许今晚，或许明天，如果我们真的很幸运的话，她也许能拖到明年此时。你听到钱斯医生说的了。砒霜不是治疗，只会拖延该来的结果。”

我热泪盈眶。“可是我爱她。”那个理由已经够了。

“我也是。我太爱她，不忍心看她一再受病痛折磨。”他刚才在写的那张纸掉下来，掉到我脚边，在他碰到它之前，我捡起来。纸上满布泪痕和一些被横线划掉的句子。“她喜欢春天的味道。她玩金米拉纸牌游戏比谁都厉害。即使没有放音乐，她也可以自得其乐地跳舞。”纸的旁边还有些注释：“最喜欢的颜色：粉红色。最喜欢的时光：黄昏。常看的书：《野兽国》，她早就全背下来，还一再地重看。”

我颈背的汗毛直竖。“这是……悼词吗？”

布莱恩哭了。“如果我现在不做，到时候，我也无法做。”

我摇头。“时候还没到。”

清晨三点半，我打电话给我姐姐。“吵醒你了。”我说。我知道苏珊在半夜里一接到电话，会和其他人一样，以为有紧急的事情发生。

“是凯特出事了吗，”

我点头，虽然她看不到，“苏珊？”

“嗯。”

我闭上眼睛，感觉泪水滑落。

“莎拉，怎么了？你要我过去吗？”

我的喉咙承受了太大的压力，很难说出话来，事实会扩大到能噎死你。我们的孩提时代，苏珊的房间和我的房间共享一条走廊，我们常常为了晚上走廊要不要整夜开灯而吵架。我要开着灯，她不要。我常对她说，拿枕头盖到你头上。你可以变暗，我不能变亮。“好。”我没有再压抑哭声，“请你过来。”

尽管情势不利，凯特在密集的输血和砒霜治疗之下仍活了十天。住院的第十一天，她陷入昏迷。我决定日夜守候在床边，直到她苏醒。但我只整整坚持了四十五分钟，便接到杰西学校的校长的电话。

显然，金属钠是存放在高中科学实验室的小油槽里，因为它与空气接触会发生氧化反应。显然，它与水接触又会释放出氢气和热量。显然，我九年级的儿子聪明地了解这些，所以他偷走了样品，把它冲进马桶里，使得学校的化粪池爆炸。

他被校长处罚，停课三个礼拜。校长是个高雅得体的男人，他问候过凯特后告诉我，我的老大将来注定会进州立监狱。我和杰西开车回医院。“用不着说，你被禁足了。”

“随便。”

“禁足到你四十岁。”

杰西一副懒洋洋的模样，如果可能的话，他的两道眉毛会挤到接合在一起。我回想，我到底是从什么时候开始放弃他的？我在想为什么，其实杰西令我失望的记录并不比他妹妹长。

“校长是个卑鄙的小人。”

“你知道吗？杰西，世界上到处都是那种人。你必须永远和某些人、某些事对抗。”

他瞪着我：“你连谈到该死的红袜队都可以扯回凯特身上。”

我们的车开进医院停车场，可是我没有动，无意开车门。雨点噼里啪啦地打在挡风玻璃上。“我们都很擅长那么做。或者你是为了其他理由而炸掉化粪池？”

“你不知道做个有个快死于癌症的妹妹的小孩是什么滋味。”

“我相当熟悉那种滋味，因为我是那个快死于癌症的小孩的妈妈。没错，那种感觉很糟。有时候我也想炸掉什么，来发泄我随时可能爆炸的感觉。”我往下看，注意到他的臂弯有一块硬币大的淤青，另一条胳膊的臂弯处也一样。我立刻想到海洛因，而不是他妹妹因白血病而有的淤青。“那是什么？”

他弯起双手。“没什么。”

“那是什么？”

“没你的事。”

“有我的事。”我拉下他的前臂，“这是针头注射的吗？”

他抬起头，眸中冒出怒火。“是的，妈。我每三天打一次。不过我不是注射毒品，我是到这里的三楼捐血。”他凝视着我，“你从来没有想过，是谁在供应凯特血小板吗？”

在我阻止之前，他拉开门锁下车，留下我瞪着什么都看不清的挡风玻璃。

凯特住院后两个礼拜，护士们说服我休息一天。我回家，在自己的浴室里淋浴，而不是医院里的淋浴间。我付了些过期的账单。苏珊还陪着我们，她帮我泡了一杯咖啡，当我梳着湿漉漉的头发下楼时，已经有新鲜的咖啡在等我。“有人打电话来吗？”

“如果你问的是医院的话，那就没有。”她翻一页正在看的食谱，“都是狗屎，”苏珊说，“做菜一点乐趣都没有。”

前门打开又关上。安娜跑进厨房，她看到我时突然刹住脚步："你在这里做什么？"

"我住在这里。"我说。

苏珊清清喉咙："看起来不像。"

可是安娜没有听到她的话，或者她不想听。她笑得像脸上有个峡谷，她在我面前挥舞一张纸条："这是寄给朱里奇教练的信。你看，你看看！"

亲爱的安娜·费兹杰罗：

恭喜你获选参加冰球守门员夏令营。今年的夏令营于7月3日—17日，在明尼苏达州的明尼阿波利斯市举行。请填好内附的文件和医疗记录表，在2001年4月30日前寄回。届时在冰球场上见！

莎拉·休汀教练

我看完信。"凯特在我这个年纪的时候，你让她去参加白血病童的露营。"安娜说，"你知道莎拉·休汀是谁吗？她是美国队的守门员，我不只想去见她，我想要她指出我的缺点。朱里奇教练帮我申请到了全额奖学金，所以你甚至不用付一毛钱。他们会送我上飞机，给我一间宿舍住，从来没有人有这么好的机会……"

"甜心，"我小心地说，"你不能这么做。"

她摇头，好似想纠正我的话。"可是又不是现在。那是暑假的事。"

那时候凯特可能已经死了。

那是我第一次发觉安娜暗示她认为"凯特事件"在不久之后终将

结束，那时，她终于能解脱对她姐姐的义务，得到自由。在那一刻到来之前，去明尼苏达州还不会是个选项。不是因为我怕安娜去那里会发生什么事，而是因为我怕凯特在她妹妹不在的时候会发生什么事。如果凯特能活过这次旧病复发，谁知道她下次什么时候又会爆发危机。如果它突然而至，我们需要安娜在这里供应她的血液、她的干细胞、她身体的某一部分组织。

事实像个电影银幕挂在我们之间。苏珊起身拥抱安娜："你知道吗，小女孩？或许我们应该改个时间再跟你妈妈谈……"

"不。"安娜拒绝让步，"我要知道我为什么不能去。"

我伸手抹一下脸："安娜，不要逼我。"

"逼你什么，妈？"她气愤地说，"我没有逼你做任何事。"

她把那封信捏皱，跑出厨房。苏珊淡淡地对我微笑。"欢迎你回家。"她说。

在外面，安娜拿一根冰球杆，对着车库的墙射门。她连续那样做了将近一个钟头，形成有规律的声音，直到我忘了她在外面，我开始想，一个家可能有它的脉搏。

凯特住院十七天后，感染了细菌。她的血、尿、粪便、唾液被送去检验，医生盲目地寻找她到底感染了什么细菌，立即对她投以广谱抗生素，希望不管是什么细菌害她生病，都能有所反应。

我们最喜欢的护士史黛芙有些晚上特地晚一点下班，留下来陪我，好让我不必独自面对这种情况。她帮我从日间手术室等候室偷来《人物》杂志，跟我谈些我昏迷的女儿仍有复原希望之类的话。她表面上是个坚毅乐观的典范，但是在她以为我没注意时，我看到她用海绵帮凯特擦澡，眼中含着泪水。

一天早上，钱斯医生走进病房检查凯特。他把听诊器挂在脖子上，坐到我对面的椅子上："我想受邀参加她的婚礼。"

"我们一定会邀请你。"我说，可是他摇头。

我的心跳加速。"你可以送一个鸡尾酒钵或相框当结婚礼物。还可以带领宾客敬酒。"

"莎拉，"钱斯医生说，"你得跟我告别了。"

杰西在凯特关着的病房里待了十五分钟，他出来后飞快地跑过小儿科加护病房的走廊，仿佛整个世界快爆炸了。"我去追他。"布莱恩说。他朝杰西奔跑的方向快步走去。

安娜背靠着墙坐。她也在生气："我不要做这种事。"

我蹲到她旁边。"相信我，那没什么，我也希望你可以不必这么做。但是如果你不做，安娜，有一天你会后悔莫及。"

安娜一脸挑衅地走进凯特的病房，爬上椅子。凯特的胸部在起伏，靠人工呼吸机的帮助。安娜脸上的愠色全不见了，她伸手抚摸姐姐的脸："她听得到我讲话吗？"

"一定听得到。"我回答，比较像回答我自己而不是回答她。

"我不去明尼苏达了。"安娜耳语，"我哪里都不去。"她靠得更近，"凯特，醒来。"

我们都屏息以待，但凯特没有反应。

我从来都不了解人们为什么说：失去[①]一个小孩。没有一个家长会那么粗心。我们都知道自己的儿子女儿在哪里，我们只是不希望他

① losing亦有"遗失"之意。

们去那里。

我、布莱恩和凯特形成一个环。我和布莱恩一左一右各坐在凯特的床边，我们的一只手各牵着一只凯特的手。“你说得对，”我对他说，“我们应该带她回家。”

布莱恩摇头。“如果没试过砒霜疗法的话，我们会在往后的人生中一再问自己，当时为什么不试试看。”他把凯特脸上的头发往后拂，“她是个这么好的女孩，总是会做好你要她做的事。”我点头，无法说话，“所以她还不肯走，她要你允许她走。”

他向凯特弯下身，哭得太厉害了，无法呼吸。我轻抚他的头。我们不是第一对失去孩子的父母，可我们是第一次失去孩子的父母，差别就在这里。

等布莱恩垂着头在床尾睡着，我把凯特有疤的手包进我的掌中。我细瞧她指甲的月白处，回想我第一次给她涂指甲油的情景。布莱恩不敢相信我会给一岁大的宝宝涂指甲油。现在，过了十二年了，我翻转她的手，希望我看得懂掌纹，最好还能看得懂生命线。

我把椅子拉得更靠近床边。“你记得我们让你去参加露营的那个夏天吗？离家的前一夜，你说你改变主意想待在家里。我叫你坐在巴士的左侧，那样当巴士开动时，你可以往车后看到我站在那里等你回来。”我拿她的手压着我的脸颊，用力得可能留下压痕。“你要去天堂的时候，要坐同一个座位。看得到我等你的座位。”

我把脸埋进毯子里，告诉我这个女儿，我有多爱她。我最后一次握紧她的手。

我感觉到她微弱的脉搏，她似有若无回握，凯特的手指微微蠕动着，爬回这个世界。

安娜

我的问题是：你在天堂的时候是几岁？我的意思是，如果有天堂的话，你应该是处于你最漂亮的状态，我怀疑所有年老才死亡的人，是不是没有牙齿、秃着头在天堂里闲晃。这个问题会引发更多问题。如果你上吊自杀，你是不是会脸色发青，吐着舌头，以那副恶心的模样在天堂里散步？如果你死于战争，你在天堂也永远少一只被地雷炸掉的腿吗？

我想你可能有选择的机会。你填一张申请表，它会问你：你是要看得到星星的房间，还是看得到云朵的房间；你晚餐喜欢吃鸡还是鱼，或者甘露；你想被别人看到你几岁时的模样。以我为例，我会选择十七岁，希望那时候我的胸部已经丰满。即使我活到一百岁那么老才死，我希望我在天堂里还是年轻漂亮的容颜。

有一次在晚宴上，我听爸爸说，虽然他已经是老古董了，但他的心还是二十一岁。所以在你的人生中或许有个地方，好像是一条走惯的车道，或像是坐惯了的柔软沙发，不管发生了什么事，你都会回到那里。

我想问题是，每个人都不一样。当所有的人在分离那么多年后，试着找寻对方，他们在天堂里要怎么相认？例如你死了，在天堂里找你五年前过世的老公。你描述的是他七十岁时的模样，可是他是以他最讨人喜欢时的十六岁男孩长相在天堂游荡。

或者如果你是凯特，你十六岁的时候死掉了，可是到了天堂你选择看起来像三十五岁，是你在地球时，从没到达过的年纪。那别人怎么找得到你?

中午我们在消防站里吃午餐时，坎贝尔打电话给我爸爸，他说对方律师想谈这个案件。那种说法实在很愚蠢，因为我们都知道他说的是我妈。他说我们必须下午三点到他的办公室，虽然今天是星期天。

我因此来到他的办公室，坐在地上，法官的头枕在我腿上。坎贝尔太忙了，他没告诉我该怎么做。我妈准时抵达，因为今天秘书凯丽放假，她自己走进办公室，特地把她的头发在脑后挽成一个髻，还化了点妆。可是她不像坎贝尔那么自在，坎贝尔简直当这个办公室是一件他可以随时穿脱的外套。而我妈看起来完全不适合在律师事务所里出现。很难相信我妈曾经操此业为生。我猜她曾经是别人。我想我们都是。

“你好。”她平静地说。

“费兹杰罗太太。”坎贝尔冷冷地回答。

我妈妈的眼睛从坐在会议桌旁的我爸爸，看到坐在地上的我。“嗨。”她又说了一次。她上前，仿佛想拥抱我，但她打住了。

“律师，你召开这次会议有何目的？”坎贝尔催促她说。

我妈坐下。“我……呃，我希望我们能理清这件事。我要我们一起作决定。”

坎贝尔的手指轻敲桌子：“你是在提出和解协议吗？”

他的话听起来很公事公办的样子。我妈眨眨眼。“是的，我想我是。”她在椅子上转身面对我，好像房间里只有我们两个人，“安娜，我知道你已经为凯特做了多少事。我也知道她的机会不大……可是她或许还有这个机会。”

“我的委托人不需要强迫……”

“没关系，坎贝尔，”我说，“让她说。”

“如果癌症复发，如果这次肾脏移植没有用，如果事情的进展不如我们的预期，凯特没有起色……那，我永远不会再要求你帮姐姐……可是安娜，你愿意做这最后一次吗？”

现在，她看起来很娇小，甚至比我还小，好似我是家长，她是小孩。我们两个都没有动，我怀疑这个视觉上的错觉怎么会发生的。

我看向我爸爸，可是他像块大石头，纹丝不动，他仿佛想尽可能研究会议桌的木质纹理，而不参与会议。

“你是在表明如果我的当事人愿意捐肾，那么她可以免除参与未来所有可能延长凯特生命的其他医疗行为吗？”坎贝尔说得清晰明白。

我妈做个深呼吸：“是的。”

“我们当然必须讨论一下。”

我七岁的时候，杰西想尽办法要确定我没有笨得相信圣诞老人的存在。他对我解释：是爸爸和妈妈。但我一直跟他争辩。我决定要测试这个理论，所以在圣诞节前，我写信给圣诞老公公，要求要一只仓鼠，那是世界上我最想要的东西。我亲自把信投进学校的邮箱。我坚决不告诉我爸妈这件事，而向他们暗示我今年想得到其他玩具。

圣诞节那天早上，我得到雪橇、电脑游戏和扎染的长围巾，正是我向我妈提过的东西，可是我没得到仓鼠，因为她不知道我要那个。那一年我学到两件事：圣诞老人和我爸妈都不是我以为的那种人。

或许坎贝尔想到的是法律问题，可是真正的问题出在我妈。我从地板起身，跑进她怀抱，那里有点像是我之前谈过的，你人生的某个特定地方，如此熟悉，你会想滑回这个适合你的地方。我的喉咙发痛，我储存起来的所有眼泪都从它们隐藏的地方跑出来。“喔，安娜。”她对着我的头发哭，“感谢上帝。感谢上帝。”

我拥抱了她两次，就像我平常抱她那么紧，试着延长此刻，就像我喜欢在脑子里的后墙上画夏天斜照的光线，在冬天时可以当壁画观赏。我的嘴巴对准她的耳朵，说出我希望我没说的话：“我不能答应。”

我妈的身体变得僵硬。她推开我，瞪着我。然后她挂上笑容，可是却像一张破碎的笑脸。她摸摸我的头顶。就那样。她站起来，把上衣拉挺，然后走出办公室。

坎贝尔也从他的座位起身。他蹲到我面前，就在我妈先前坐的地方。我们四目相对，他此刻看起来比我看过他的任何一个时刻都认真。“安娜，”他说，“你真的要这么做吗？”

我张开嘴，找到一个答案。

茱莉亚

“你想，我喜欢坎贝尔是因为他是个可恶的家伙，还是不管他什么样都无所谓？”我问我姐姐。

坐在沙发上看电视的伊莎嘘我。她在看《往日情怀》，一部她已经看了两万遍的电影。这部在她“你绝对不能错过的电影名单”榜内，其他还包括《麻雀变凤凰》《第六感生死恋》《热舞十七》。“你如果害我错过结尾，茱莉亚，我会杀了你。”

“再见，凯蒂。”我学这部电影最后的台词说，“再见，休伯。”

她抓起沙发上的枕头丢向我。剧终，主题曲响起，她抹抹濡湿的眼睛。“芭芭拉·史翠姗实在太棒了。”伊莎说。

“我以为那是男同性恋的陈腔滥调。”我看向桌上整理出来的报告，我正在为明天开庭作准备。我会考虑安娜的最大利益，向法官报告。问题是，我支持她或反对她的决定都不重要。两者都会毁掉她的人生。

“我以为我们是在谈坎贝尔。”伊莎说。

“不，我在谈坎贝尔。你在对爱情片痴迷。”我揉揉我的太阳穴，“我以为你会有同情心。”

“对坎贝尔·亚历山大吗？我没有同情心。我无动于衷。”

“你说得对。这正是你可悲的地方。”

“茱莉亚，这或许是遗传的。”伊莎说。她起身，走过来按摩我脖子上的肌肉，“或许你有喜欢绝对的混蛋的基因。”

“那么你也会有。”

“好吧！”她笑道，“你反辩得当。”

“我想恨他，你知道的。以供记录在案。”

伊莎伸手越过我的肩膀，拿我喝的可乐，把它喝完。“你们完全公事上的接触结果怎样？”

“就是这样，只谈公事。我心里只有少数族群的声音有异议。”

伊莎坐回沙发上：“问题是，你知道，你不会忘记你的第一个男人。而即使你的脑子够聪明，你的身体也只有果蝇的智商。”

“伊沙，我跟他在一起时很轻松。就好像我们可以从我们断掉的地方接起来。我已经知道所有关于他我必须知道的事，他也知道所有关于我他必须知道的事。”我看着她问，“你会渴望一个人，只因为你懒得再去追寻吗？”

“你何不就跟他上床，然后把他彻底地逐出你的人生？”

“因为，”我说，“一旦这一段结束，那又多了一段我无法驱逐的记忆。”

“我可以安排介绍我的一个朋友给你。”伊莎建议。

“她们都有阴道。”

“看吧，你找错了，茱莉亚。你应该被某个有内涵的人吸引，而不是他包装过的外表。坎贝尔·亚历山大或许蛮帅的，但他就像沙丁鱼上的杏仁糖。”

“你觉得他很帅？”

伊莎翻白眼。“你、完、蛋、了！”她说。

门铃声响。伊莎走过去，从门上的窥视孔往外看："说鬼鬼到。"

"是坎贝尔吗？"我低声说，"告诉他我不在。"

伊莎把门打开一条缝："茱莉亚说她不在。"

"我要杀了你。"我咕哝着走到她后面，把她推开，拉下锁链，让坎贝尔和他的狗进来。

"我来这里受到的接待越来越温暖，也越来越混沌。"他说。

我双臂在胸前交叉："你要干吗？我在工作。"

"很好。莎拉·费兹杰罗刚才向我们提出辩诉交易。跟我出去吃饭，我会告诉你详情。"

"我不想跟你出去吃饭。"我说。

"你会跟我出去吃饭。"他耸肩，"我了解你，你最后会让步，因为你想知道安娜的妈妈说什么的渴望程度胜过你不想跟我在一起的。我们不能直截了当地节省时间吗？"

伊莎哈哈笑："茱莉亚，他真的了解你。"

坎贝尔补充说："如果你不想自愿去，我也可以使用武力，不过如果你的双手被绑起来，切菲利牛排时可能会比较困难。"

我转向我姐姐："帮帮忙。拜托。"

她对我挥挥手："再见，凯蒂。"

"再见，休伯。"坎贝尔回答，"很棒的电影。"

伊莎沉思着审视他。"或许有希望。"她说。

"第一条规矩，"我对他说，"我们只谈公事，跟公事无关的免谈。"

"那我要请上帝来帮忙审判，"坎贝尔半揶揄地说，"我可以说你很漂亮吗？”

“你看，你已经破坏第一条规则了。”

他把车开进停车场靠水边的地方，然后熄火。他下车，绕到我坐的那边扶我下车。我四下看看，没看到看似是餐厅的地方。我们置身于一个停满了帆船和游艇的小码头，小船上蜂蜜色的甲板被夕阳照得泛着浅棕色的金光。“脱下你的运动鞋。”坎贝尔说。

“不要。”

“看在上帝份上，茱莉亚。现在又不是维多利亚时代，我不会因为看到你的脚踝就饥渴地扑向你。请你照办，好吗？”

“为什么？”

“因为现在你犹如屁股上插了一根巨竿，这是我唯一想得到可以让你放松的最高级别方法。”他脱下他自己的平底帆布鞋，光脚踩到停车场旁边的草地上。“唷呵，”他张开双臂，“来吧，茱儿。及时行乐。夏天快过去了，最好趁还来得及的时候享受。”

“那辩诉交易呢？”

“你打不打赤脚，莎拉说的还是同样的话。”

我还不知道他是利用这个案子来打知名度，追逐个人荣耀，还是他只是单纯想帮助安娜。白痴如我，想要相信后者。坎贝尔耐心地等着，狗忠心地站在他旁边。我终于解开运动鞋的带子，脱下袜子，踩上长条形的草地。

我想，夏天是个集体无意识的季节。我们都记得便条纸上随手写的字句编成歌曲“卖冰淇淋的人”；我们都知道从游乐场的滑梯溜下来大腿会热得像刀子放进火里烤；我们都闭上眼睛躺着，心跳越过我们的眼皮表面，希望这次相处的时间能够比上次更久一点，然而结果总是事与愿违。

坎贝尔坐在草地上："第二条规矩是什么？"

"所有的规矩都由我来定。"我说。

他对我微笑，我迷失了。

昨晚酒保七将一杯马提尼滑进我等待的手中，问我在躲什么。在回答之前，我先啜一口酒，提醒自己为什么讨厌马提尼——因为它根本就是苦味的酒精，那当然是重点，可是它尝起来也经常令人失望。

"我没有躲。"我说，"我不是来了吗？"

只不过是晚餐时刻，对酒吧来说时间还早。我去消防队找安娜回来后，顺道拐进来。两个家伙在角落的火车厢式座位里卿卿我我，一个寂寞的男人坐在吧台的另一头。"我们可以换个频道吗？"他转向正在播晚间新闻的电视，"ABC电视台詹宁斯的观众缘比NBC的伯考好多了。"

七轻弹电视遥控器，再转过头面对我："你没有躲，可是你在晚餐时刻坐在同性恋酒吧里。你没有躲，可是你穿着像盔甲的套装。"

"我完全是听从一个穿舌环的家伙的流行服饰建议。"

七挑眉："再来一杯马提尼，我会说服你去见我的男人琼斯顿，并把你自己的男人搞定。你可以把一个女孩的粉红色染发剂洗掉，可是你没办法把那个女孩的本性连根拔起。"

我再啜一口马提尼："你不了解我。"

在吧台另一头的客人抬着头看彼德·詹宁斯，对他微笑。

"或许，"七说，"但你也不了解我。"

结果晚餐是面包和奶酪——应该说是法式棍子面包和瑞士的格鲁耶尔干酪——在三十英尺长的帆船上吃。坎贝尔卷起裤管像个流浪汉，他给桅杆装帆拉索，迎风航行，直到我们远离普罗维登斯的海岸，那里只剩一道白色，像一条自远处观看的珍珠项链。

过了一会儿，我了然于心，坎贝尔要给我的任何资料，不到吃完甜点不会吐露，我放弃挣扎，躺下来，一只手垂到正在睡觉的狗身上。我望着船帆，它现在松开了，像鹈鹕的大白翅那样拍动着。去找开瓶器的坎贝尔从船舱走上甲板，端着两杯红酒。他坐到法官的另一边，搔搔德国牧羊犬的耳后："你曾想过做一只动物吗？"

"你是比喻性的还是真实性的问法？"

"只是口头上的问法，"他说，"如果你转世的时候没有抽到人的牌子呢？"

这个问题让我想了一下："这是个有陷阱的问题吗？就像如果我说杀人鲸，你就会告诉我，那表示我是一条残忍、冷血、卑鄙的鱼。"

"杀人鲸是哺乳类动物。"坎贝尔说，"这不是陷阱问题，只是个简单的问题。展开谈话的礼貌性问题。"

我转头："你会做什么动物？"

"我先问你的。"

我第一个剔除鸟的可能性，因为我惧高。我想我不适合做猫。可是我喜欢独来独往，不爱像狗或狼总是成群结队。我想说像眼镜猴之类的动物来卖弄一下，可是他问我到底是什么时，我就一下子忘记刚刚想的是啮齿动物还是蜥蜴。"鹅。"我决定了。

坎贝尔爆笑："是鹅妈妈的鹅，还是笨鹅的鹅？"

因为它们的交配是有选择性、有固定性的，可是我宁可掉进海里也不告诉他："你呢？"

他没有直接回答："我问安娜同样的问题时，她告诉我她要做一只凤凰。”

我脑海中出现那只神话中的生物，从灰烬中闪闪发光地上升。“它们并不真的存在。”

坎贝尔抚摸狗的头。“她说那要看是否有人能看到它。”然后他看向我，“茱莉亚，你怎么看她？”

我喝下去的酒顿时变苦。这些——诱惑、野餐、落日扬帆——全都是为了我明天的证词能对他的案子有利而设计的吗？坎贝尔知道，不管我这个诉讼监护人说什么，对狄沙罗法官的决定都会有重大的影响。直到此刻我才知道，同一个人会让你心碎两次，而且是以非常相似的模式。

“我不会告诉你我的决定。”我僵硬地说，“你得等到明天传唤我当证人时才听得到。”我伸手去抓锚绳，想把锚拉起来，“我想回去了。”坎贝尔把锚绳从我手里拿走。“你已经告诉过我，你认为安娜捐肾给她姐姐并不符合她的最大利益。”

“我也告诉过你，她还无法自己作决定。”

“她爸爸帮她搬出家里。他可以做她的道德罗盘。”

“那能持续多久？下一次呢？”我气我自己掉进了他的陷阱。同意跟他出来吃晚餐，让自己相信他可能是想跟我在一起，而不是利用我。每一件事——从他赞美我漂亮，到把酒放在我们之间的甲板上——都是他为了帮安娜赢得这件案子的冷静算计。

“莎拉·费兹杰罗提出协商。”坎贝尔说，“她说如果安娜捐肾，她以后不会再要求安娜为其姐姐做任何事。安娜回绝。”

“你知道的，我可以因为你对我说这些，要求法官将你丢进监狱。这完全是不道德的，你试着诱惑我，想改变我的决定。”

“诱惑你？我只不过把牌放在桌上给你看。我让你的工作轻松一点。”

“喔，是啊。原谅我。”我嘲讽地说，“那与你无关。也与我写报告肯定会倾向于你的当事人的诉求无关。坎贝尔，你如果是动物，你知道你会是什么吗？一只癞蛤蟆。不，事实上你会是癞蛤蟆肚子上的寄生虫。那种对别人予取予求从不回报的东西。”

他的太阳穴暴出青筋：“你说完了没有？”

“还没有。你的嘴巴曾经说出过真诚的话吗？”

“我没有骗过你。”

“没有吗？坎贝尔，这只狗是做什么用的？”

“耶稣基督，你可以闭嘴吗？”坎贝尔说完把我拉进怀里亲吻。

他的唇像无声的故事移动着，尝起来像盐和酒。不必重新学习，不必调整过去十五年来的模式，我们的身体记得该怎么做。他一路舔着我的喉咙，呢喃我的名字。他把我抱得那么紧，我们之间任何留在表面上的伤害延展到极薄，因为我们已经黏合在一起，没有分界线。

当我们分开来呼吸时，坎贝尔凝视着我。“我还是对的。”我低语。

当坎贝尔拉高我的运动衫从我的头上脱掉，解开我胸罩的钩子，那似乎是世界上最自然的事。当他跪在我面前，头压在我的心脏，我感觉海水摇晃着船身，我想或许这是适合我们的地方。或许有整个天地，那里没有围篱，那里感觉像潮水承载着你。

星期一

最小的火能点着最大的树林！

——《新约·雅各书》3：5

坎贝尔

我们睡在小船舱里，船泊在码头。船舱的空间虽然小，但似乎无所谓，整晚她都安适地环绕在我身边。她轻微地打鼾。她的门牙弯曲。她的睫毛像我大拇指的指甲那么长。

这些细枝末节比什么都能证明，我们之间十五年的距离已经过去。当你十七岁，你不会想到你要睡在谁的公寓；当你十七岁，你甚至看不到她粉红珍珠色的胸罩或她腿间的蕾丝内裤；当你十七岁，你想的只有现在，没有未来。

我现在说得出我为什么爱茱莉亚了——她不需要任何人。在惠勒学校里，她顶着一头粉红色的头发，穿着军用剩余物资夹克和战斗靴，极为引人注目，但她一点都不在乎别人的目光。实在是很大的讽刺，我和她发展出的关系竟减损了她的个人魅力。当她回报我的爱，而且依赖我就像我依赖她，她就不再是个真正拥有独立精神的人。

我不能做那个该死的、夺走她的特质的人。

在茱莉亚之后，我没有太多女人。没有一个能让我花时间去记住她们的名字。既然没有恋爱的感觉，要做表面功夫就太复杂了，我宁可选择懦夫似的一夜情路线。由于生理上和情绪上的需要，我掌握了相当的技巧，成为无情的脱逃大师。

今天晚上我有半打可以溜走的机会。茱莉亚睡着后，我甚至考虑要怎么做：写一张纸条压在枕头上，用她樱桃色的口红在桌上留下只言片语。然而想要这么做的冲动，远不如再等一分钟、再等一小时的恋恋不舍。

法官蜷曲在船舱里的饭桌上，把自己缩紧得像个肉桂圆面包。它抬起头看我，轻声呜呜，我完全了解它的意思。我摆脱茱莉亚浓密如林的秀发的纠缠，溜下床。她往我留下余温的床位挪近一点。

我发誓，那使我又硬起来。

不过我没有做我应该顺从原始本能去做的事——打电话谎称生病，因为潜在的压力引起天花，请法院的职员重新安排开庭的时间，让我可以花一整天的时间赖在床上与她缠绵。我穿上长裤走上甲板。我必须在安娜之前赶到法院，我还得淋浴更衣。我把车钥匙留给茱莉亚，码头离我家很近。我和法官走路回家时，我发现有别于其他逃离某个女人的紧张早晨，我没有给茱莉亚制作一些我离开的迷人记号，某些防止她醒来时发现被我遗弃的引爆物。

我不清楚这是我的疏忽，还是我一直以来都在等她回来，我才能长大。

当我和法官抵达法院大楼去开庭时，我们必须奋力挤过那些为了重大事件而摆开阵仗的记者们。他们把麦克风推到我脸上，不小心踩到法官的爪子。安娜只消看这些咄咄逼人的长臂猿群一眼，便会逃之夭夭。

进入大门，我招呼警长弗恩停步，对他说："请你做些安全防护措施好吗？他们会活生生地吃下证人。"

然后我看到莎拉·费兹杰罗已经在那里等着。她穿着一套很像是自上次收进干洗店的塑料套后便十年不见天日的套装，而她的头发在脑后用一个长条形的发夹紧紧夹着。她没有带公文包，而是背着背包。“早安。”我平静地打招呼。

门打开，布莱恩走进来，看看莎拉再看看我：“安娜呢？”

莎拉上前一步：“她不是会跟你一起来吗？”

“我清晨五点接到电话去出任务，回来时她已经不见了。她留下一张纸条，说会在这里跟我会合。”他看向门，看向另一边那些手执麦克风的豺狼虎豹，“我打赌她开溜了。”

又有开门声，茱莉亚进入法院大楼时，传入一阵发问和叫喊的声浪。她把头发往后拂，镇静一下刚逃出记者追问的神经，然后看向我，再移开目光。

“我会找到她。”我说。

莎拉怒道：“不，我会找到她。”

茱莉亚看看我们两个：“找谁？”

“安娜暂时缺席。”我解释。

“缺席？”茱莉亚问，“就好比失踪？”

“不是。”那也不算谎言。要构成安娜失踪的前提是，她必须先出现过。

我想到该去哪里找安娜——莎拉也同时想到。那一刻，她让我走在前头。在我走向门口时，茱莉亚抓住我的手臂。她把车钥匙塞进我手里：“现在你明白为什么行不通了吗？”

我转身对她说：“茱莉亚，听着。我也想谈我们之间的事。可是现在不是好时机。”

“坎贝尔，我说的是安娜。她犹豫不决，甚至连她自己的开庭日都不敢现身。你觉得她的举动代表了什么？”

“每个人都会害怕。”我终于回答，她的话对我们所有的人都是公允的警告。

病房里的窗帘是拉上的，但我仍然看得清楚凯特·费兹杰罗那苍白得像天使的脸，她肌肤下遍布的蓝色血管网络里，有点滴进去的药水在流动。蜷曲在她床边的人是安娜。

法官服从我的命令在门口等。我弯下身子："安娜，该走了。"

病房的门打开，我以为不是莎拉·费兹杰罗就是医生进来。出乎我的意料，杰西站在门口。"嗨。"他的口气好似我们是老朋友。

我几乎要问：你怎么会来这里？可是我知道我不想听他的回答。"我们正要去法院。你需要搭便车吗？"我冷冷地问。

"不用，谢谢。我想既然大家都要去那里，我应该待在这里。"他的眼睛没有离开凯特，"她看起来糟透了。"

"你希望怎样？"醒了的安娜说，"她快死了。"

我发现我又一次盯着我的委托人。我早该知道她的动机绝不像表面那么单纯，可是我还是猜不出来。"我们该走了。"我说。

在车里，安娜坐在前座，法官坐后座。她开始告诉我一些之前她在网络上看到的疯狂事，一八七六年，一个在蒙大拿州的家伙被法律禁止使用从他的兄弟的土地那里流过来的河水，即使他的农作物会因此干旱枯死。当我故意错过转向法院的路，她问："你在干吗？"

我在公园旁停车。一个手牵着狗拉带的俏臀女郎慢跑经过，她把那只小狗打扮得像是只猫。过了一会儿，安娜说："我们会迟到。"

"我们已经迟到了。安娜，到底是怎么回事？"

她抛给我一个青少年专属的眼神，好似在说我和她源自不同的进化链，我不可能懂的。"我们要去法院。"

"我问的不是这个。我要知道我们为什么要去法院。"

“坎贝尔，我猜你上法学院的第一天逃学了。提出诉讼的理由不是都差不多吗？”

我没上当，目光紧盯着她：“安娜，我们为什么要去法院？”

她的眼睛连眨都没眨一下：“你为什么会有一只看护狗？”

我捶了一下方向盘，看向公园。一个妈妈推着婴儿车经过刚才俏臀女郎经过的地方，车里的婴儿奋力想爬出来。一棵树上的鸟儿们爆出笑声。“我不跟任何人谈这件事。”我说。

“我不是任何人。”

我做了个深呼吸。“很久以前我生病，耳朵受到感染。因为某种原因，药物没能控制病情，我的神经受损。左耳全聋。那没什么，但是终究，有些生活上的问题我无法处理。例如听到车子接近，不知道是从哪个方向来的。或是在杂货店的走道，有人要从我后面经过，可是我听不到她低声说‘借过’之类的话。我和法官一起接受训练，以便在那些情况下它能做我的耳朵。”我迟疑地说，“我不希望别人为我感到遗憾。这就是我的大秘密。”

安娜小心地凝视我：“我之所以会去你的事务所，因为就这么一次，我希望我能受到重视，而不是凯特。”

可是这个自私的供认显然是她的闪避之词，根本不合理。这桩官司从来都不是关于安娜要她姐姐死，而是她想要一个活的机会。“你说谎。”

安娜双手在胸前交叉：“是你先说谎。你的听力好得很。”

“你这个鬼灵精。”我失笑，“你让我想到自己。”

“那是好事吗？”安娜没有笑。

公园开始比较拥挤了。一个学校的队伍在步道上走，那些幼童一个拴着一个，就像拉雪橇的爱斯基摩犬，拉着他们的是两个老师。

有人穿着美国邮政服务公司的衣帽，骑着竞赛自行车迅速经过。“走吧。我请你吃早餐。”我说。

“可是我们迟到了。”

我耸肩：“谁会计时？”

狄沙罗法官是个不快乐的人。安娜今天早上的开小差之旅花了我们一个半小时。当我和法官匆匆进入狄沙罗法官的办公室，进行开审前会议，狄沙罗法官不悦地瞪着我。我忙撒谎说：“法官大人，我很抱歉。我们出了个必须看兽医的紧急状况。”

我感觉，而不是看到——莎拉张口。“被告律师不是这么说的。”法官说。

我直视狄沙罗的眼睛：“事实就是如此。当把玻璃碎片从狗的爪子里拿出来时，安娜好心地帮我保持狗的安静。”

法官半信半疑。但是法律严禁对残障者歧视，我则借机玩弄法律。我最不希望的就是他怪罪安娜害我们迟到。“有办法不开庭审理，议决这件诉讼案吗？”他问。

“恐怕没有。”我说。安娜不愿分享她的秘密，我只能尊重，可是她确定要走完法律程序。

法官接受我的说法。“费兹杰罗太太，我假设你还是代表你自己出庭。”

“是的，法官大人。”她说。

“那就好。”狄沙罗法官的眼睛扫视我们两个，“律师，这是家事法庭。在家事法庭里，尤其是像这样的审判庭中，我个人倾向对证据的认定放松一点，因为我不希望在审讯中争辩不休。我会过滤什么是可采纳的、什么不是，如果真的有什么要反驳的，我会听抗议方的理由，可是我宁可我们很快开完庭，不必拘泥于形式。”他直直看着我，“我希望在此庭中能尽可能减少每个参与者的痛苦。”

我们移师到法庭——家事法庭比刑事法庭小得多，可是一样的庄严肃穆。我走到大厅去接安娜，陪她进法庭。在我们要通过法庭的门口时，她僵直不动。她瞥向空荡荡的陪审团，一排排的座椅，还有堂皇的法官席。“坎贝尔，”她耳语，“我不必站到那里讲话吧！对吗？”

事实是，法官会很想听她要说什么。即使茱莉亚支持她的诉求，即使布莱恩说他会帮助安娜，狄沙罗法官也会要求她站到证人席。可是现在告诉她这些只会使她更加激动——一开庭就那样可不妙。

我回想在车子里和她的对话。她指控我说谎。不说实话有两个理由——因为说谎能使你得到你想要的东西，说谎也可以使某人不受伤害。因为这两个理由，我给安娜这个回答：“嗯，我怀疑。”

“法官大人，”我说，“我知道这样不符合传统的常规，不过，在我们传唤证人之前，我想先说几句话。”

狄沙罗法官叹气：“我不是才告诉过你不必拘泥形式吗？”

“法官大人，如果是不重要的话，我不会提出这样的要求。”

“那就长话短说。”法官指示。

我站起来，接近法官席：“法官大人，安娜·费兹杰罗的一生都是在为了医治她姐姐而活，而不是为她自己。没有人怀疑莎拉·费兹杰罗爱她所有的孩子，或她决定延长凯特的生命有什么错。可是今天我们必须怀疑，她为她的另一个孩子安娜作的决定是否有所偏颇。”

我转身，看到茱莉亚以谨慎的眼神望着我。我突然想起以前上伦理学时的作业，心头明白我该说什么。“你可能记得最近马萨诸塞州的沃斯特市消防队员殉职事件，一位女游民纵火后离开大楼，没有打电话通报消防单位，因为她不想留下线索。那天晚上死了六个人，然而警方无法将她移送法办，因为在美国——即使造成悲剧——你仍然不必为别人的安全负责。你没有义务去帮助痛苦忧伤的人。不管你是不是纵火者，不管你是不是目击车祸发生的路人，不管你是不是完美的配型捐赠者。”

我再次看向茱莉亚。“我们今天来此是因为，在我们的司法制度中，法律和道德有差异。有时候很容易将两者分开，可是不时会有它们互相冲突的特殊案例。对的事情有时候看起来像是错的，而错的事情有时候看起来像是对的。”我走回我的座位，站到前面，“我们今天来此，是为了让这个法庭能够帮助我们看清楚这一点。”

我的第一位证人是对方律师。我注视着莎拉步履不稳地走到证人席，仿佛水手又上了颠簸的船行走。她设法进入证人席，发誓，目光一直锁着安娜不放。

“法官大人，我想取得您的许可，将费兹杰罗太太列为有敌意的证人。”

法官蹙眉：“亚历山大先生，我真的希望你和费兹杰罗太太都能以君子风度交锋。”

“我了解，法官大人。”我走向莎拉，“可以请你说出你的名字吗？”

她稍微抬高下巴：“莎拉·克劳馥顿·费兹杰罗。”

“你是未成年人安娜·费兹杰罗的妈妈吗？”

“是的。也是凯特和杰西的妈妈。”

“你的女儿凯特，两岁的时候被诊断出罹患急性早幼粒细胞白血病，是真的吗？”

“是的。”

“那时候你和你丈夫制订计划，决定再孕育一个能与凯特的基因配型的小孩，作为器官捐赠者，来治疗凯特。”

莎拉的表情变冷：“我不会选择这样的字眼，不过那的确是我怀安娜背后的故事。是的，我们计划将安娜的脐带血移植给凯特。”

“你为什么不试着找非亲属关系的捐赠者？”

“那样危险性较高。找一个与凯特没有血缘关系的捐赠者失败率高得多。”

“安娜第一次捐赠她的器官，或她身体的某个组织给她姐姐，是在她多大的时候？”

“凯特的第一次移植手术是在安娜满月时做的。”

我摇头：“我不是问凯特何时接受移植，我问的是安娜何时捐赠。安娜刚出生就捐赠了脐带血，对吗？”

“是的。”莎拉说，“可是安娜根本不知道。”

“安娜第二次捐赠她身体的某部分给凯特，是在她几岁的时候？”

如我所料，莎拉畏缩了一下：“她五岁的时候捐赠了淋巴细胞。”

“那要怎么做？”

“从腋下抽血。”

“安娜同意让你把针头插进她的手臂吗？”

“她那时才五岁。”莎拉回答。

“你有没有问过她，你是否可以把针头插进她手臂？”

“我要求她帮助她姐姐。”

“是不是有人必须抓住安娜，才能让另一个人把针头插进她手臂？”

莎拉看向安娜，再闭上眼睛说：“是的。”

“费兹杰罗太太，那算是自愿参与吗？”我自眼角看到狄沙罗法官的两道眉挤到一起，“你第一次从安娜身上取得淋巴细胞时，有没有对她造成伤害？”

“她只是有点淤血，有点虚弱。”

“经过多久你再给她抽血？”

“一个月。”

“那时候她也是要被人抓着，制止她挣扎吗？”

“是的，可是……”

“那时候捐赠对她产生了什么副作用？”

“一样。”莎拉摇头，“你不明白。每次安娜在捐赠的时候，我不是没有看到她受苦。问题是，在那样的情况下，你看到的是哪个孩子受苦——每一次，那种两难的煎熬都会将你撕裂。”

“然而，费兹杰罗太太，你设法避免感情用事，”我说，“因为你第三次抽安娜的血。”

“必须要那样做才能得到所有需要的淋巴细胞。”莎拉说，“不是每个病人需要的淋巴细胞捐赠数都相同。”

“之后一次安娜必须为了帮助姐姐而接受医疗行为，是在她多大的时候？”

“凯特九岁的时候受到严重的感染……”

“你又答非所问。我想知道的是安娜六岁的时候发生了什么事。”

“她捐赠粒细胞给凯特对抗感染。程序和捐赠淋巴细胞很像。”

“又要她受插针头之苦？”

“是的。”

“你有没有问过她愿不愿意捐赠粒细胞？”

莎拉没有回答。

“费兹杰罗太太。”法官催促。

她转向她女儿，以恳求的语气说：“安娜，你知道我们从来没有做过这些事情以外的任何事来伤害你。凯特的病伤害我们全家人。如果你得到的是外伤淤血，那么我们得到的是内伤。”

“费兹杰罗太太，”我站到她和安娜之间，“你有没有问过她？”

“请你不要这样，”莎拉说，“我们都了解这些历史。我可以回答你在诘问过程中企图诋毁我的任何问题。但我宁可将这一段略过。”

“因为光是听安娜做过什么就很难过，是不是？”我知道我的处境艰难，可是我要让在我后面的安娜知道，这里有人愿意为了她坚持到底，“把安娜所做过的那些加起来，看起来似乎对她也没有什么伤害，是吗？”

“亚历山大先生，你的重点在哪里？”狄沙罗法官说，“我很清楚安娜经历过几次医疗救援。”

“因为我们手上都有凯特的病历，可是法官大人，那不是安娜的病历。”

狄沙罗法官看看我们两个：“律师，请简短地说。”

我转向莎拉。在我开口问话之前，她木然地说：“骨髓移植。因为她太小了，所以要接受全身麻醉，针头要插入肠骨脊抽取骨髓。”

“是插一次针头即可吗？还是像其他过程那样，必须数次？”

莎拉平静地说："不是只有一次，大约十五次。"

"插入骨头里。"

"是的。"

"在这个过程中，会对安娜产生什么副作用？"

"她会痛，必须服用一些止痛药。"

"所以这一次，安娜必须住院……她自己也必须治疗吗？"

莎拉整理了一下她的思绪才回答："我被告知抽取骨髓对捐赠者而言，并不是异常的侵入性医疗行为。或许我正等着听那些话，或许我在那个时候需要听到那些话。或许我应该多为安娜想想，但是我没有，因为我的注意力全放在凯特身上。但是我和我的家人从不怀疑，安娜最希望的就是她姐姐能够痊愈。"

"当然，"我回答，"所以在那次之后，你就没有再让她受插针头之苦？"

"够了，亚历山大先生。"狄沙罗法官突然插话。

"等一下，"莎拉说，"我有话要说。"她转向我。"你以为你可以黑白分明地陈述事情的经过，仿佛事实就是那么简单。可是你只代表我的一个女儿，亚历山大先生，我还有一个无法来到这个法庭的女儿。不管何时何地，我都要公平地代表她们两个。不管何时何地，我都要公平地爱我的两个女儿。"

"可是你承认，在做那些选择的时候，你考虑的一向都是凯特的健康问题，而不是安娜。"我说，"所以你怎么能说你是公平地爱着她们？你怎么能说你的决定没有独厚某一个女儿？"

"你是在要求我，"莎拉问，"这次要独厚另一个女儿吗？"

安娜

当你还是个小孩的时候，你有自己的语言，那不像法语或西班牙语，或者你会在四年级开始学的任何语言，这种语言你天生就会，但后来这种能力会消失。每个人不到七岁时都会流利地说这种“如果的语言”。去找一个不到三英尺高的小孩闲聊一会儿，你就会明白我的意思。如果巨大的澳大利亚漏斗网蜘蛛爬出它漏斗形蜘蛛网的洞口，爬到你头上，咬你的脖子，该怎么办？要是唯一的蜘蛛毒解药被锁在山顶上的库房里，该怎么办？如果你被毒蜘蛛咬了并且能够幸运地活下来，可是只剩下眼皮能动，用眨眼的次数来传递你要说的英文字母，该怎么办？那些“如果”有多离谱无所谓，重点是：这是个充满无限可能的世界。小孩子的头脑是开放的，他们会天马行空地想象。我想，一旦成为大人，想象力就会慢慢缝合起来。

第一次休庭的时候，坎贝尔带我去一个会议室休息，他买了一罐可乐请我喝，可乐不够冰。“到目前为止，你觉得怎样？”他问。

在法庭里的感觉很奇怪。我好像变成了鬼魂——我可以看到那里在进行的事，可是即使我想讲话，也没有人能听我说。我必须听别人谈论我的人生，好像他们看不见我坐在那里，那实在够诡异。那种感觉宛如降落在超现实世界的小角落。

坎贝尔“啵”地打开他的七喜汽水，坐到我对面。他倒一点汽水进纸杯里给法官喝，然后他自己喝了一大口。“有意见吗？”他问，“有问题吗？你不赞美我卓越的辩论技巧吗？”

我耸肩：“和我想的不一样。”

“你是什么意思？”

“我想一开始，我确定自己做的是对的。可是当我妈在那里，你问她那些问题……”我抬眼瞄他，“她说事实那部分其实没有那么简单，她说得对。”

如果生病的人是我呢？如果是凯特被要求做所有我做过的事情呢？如果有一天，那些骨髓、血液或不管什么真的有效，再也不必捐赠了呢？如果有一天，我可以回头看这些，我为我自己感到骄傲而不是歉疚呢？如果法官不觉得我是对的呢？

如果他觉得我是对的呢？

那些问题我一个都无法回答，那些问题让我明白，不管我准备好了没有，我在这个过程中成长了。

“安娜。”坎贝尔起身，走到我这边的桌子，“现在不是改变你心意的时候。”

“我没有改变心意。”我将可乐罐放在手掌之间滚动，“我想，我只是在说，即使我们赢了，也没有赢家。”

我十二岁的时候开始做住在街尾的一对双胞胎的临时保姆。他们只有六岁，他们怕黑，所以我常常坐在他们之间，一张形状如同象脚、还画了脚指甲的胖矮凳上。我每次都很惊讶，小孩子很快就能关掉他的精力开关——他们会爬上窗帘，不断弄出撞击声，但五分钟后，他们就像发生了故障，安静了下来。我以前也是那样吗？我不记得，那让我觉得自己好老。

其中一个经常比另一个先睡着。哥哥会说：“安娜，我还有几年才能开车？”

我告诉他：“十年。”

“你还有几年才能开车？”

“三年。”

然后我们的谈话会像蜘蛛网那样分裂开来——我会买什么车？等我长大会是什么样子？上中学每天晚上要做功课会很烦吗？照顾他们像是熬夜到晚一点的娱乐消遣。有时候我很喜欢那样跟他聊天，大部分时候我会叫他睡觉。你瞧，我肚子好像有个圆洞，我知道我可以告诉他未来有什么在等着他，不过我也知道，我的话听起来像是警告。

坎贝尔传唤的第二个证人是柏根医生，他是普罗维登斯医院医学伦理委员会的主席。他的发色黑白相间，脸凹陷如马铃薯。他也比你想象的矮小，他给人的印象是，像是千年前在背诵国书的人。

“柏根医生，”坎贝尔开始询问，“医学伦理委员会是什么样的组织？”

“我们是一个由各种医生、护士、神职人员、伦理学家、科学家组成的团体，我们的任务是检视个案，以保护病人的权利。在‘西方生命伦理学’里，有六个我们要遵守的原则。”他伸出手指头来比，“自主原则，任何超过十八岁的病人有权利拒绝治疗；诚信原则，医生应该据实告知病情，并征得患者同意才施予治疗；尽职原则，医疗看护者应该善尽职责；行善原则，治疗前应考虑对病人最有利的方式；不伤害原则，当无法再治愈病人了，也不能伤害他……例如为一个生命已经快到终点的一百零二岁老人做重大的手术；最后是公平原则——所有接受治疗的病人都不会遭受差别待遇。”

“伦理委员会要做什么？”

“通常当治疗意见不一致时，我们会召开会议。例如，一位医生觉得应该采取某种特殊的治疗法对病人最有利，但是家属不同意——或者颠倒过来。”

“所以你们不会检视医院里所有的病例？”

“不会。只有在有人抱怨，或某位主治医生要求协商时，我们才会评估状况，提出建议。”

“不作结论？”

“不作结论。”柏根医生说。

“如果抱怨的病人是未成年人呢？”

“十三岁以上的病人才能行使同意权。我们会对家长解释病情，请他们为他们的孩子作决定。”

“如果他们无法决定呢？”

他眨眨眼：“你的意思是如果他们不在场？”

“不是。我的意思是，如果他们在作决定的时候另有所图，因而没有为这个孩子最大的利益着想呢？”

我妈站起来。“抗议。”她说，“他在作有罪推论。”

“抗议成立。”狄沙罗法官回答。

坎贝尔分毫不浪费时间，转向证人：“父母可以控制小孩的医疗决定权直到他满十八岁吗？”

我可以回答那个问题。父母什么都能控制，除非你像杰西，做够了让他们失望的事，令他们宁可忽略你，假装你不存在。

“法律上的确如此。”柏根医生说，“不过，小孩一旦到达青春期，虽然他们还没有正式的同意权，但我们也会为医院的任何医疗行为征求他们的同意——即使他们的父母已经非正式地同意。”

如果你问我，我认为这个规则就像法律规定，你不能违背交通规则横越马路。每个人都知道你不该那么做，可是知道归知道，你还是会那么做。

柏根医生继续说：“父母与未成年病患意见相左的情形很少见，伦理委员会会衡量几个因素：这项医疗行为是不是符合未成年病患的最大利益，风险与利益孰轻孰重，未成年病患的年纪和成熟度，他或她的论点是否合理。”

“普罗维登斯医院的伦理委员会曾经检视过凯特·费兹杰罗的医疗行为吗？”坎贝尔问。

“有两次。”柏根医生说，“第一次是2002年，当她的骨髓移植和其他治疗方法都失败时，我们讨论过是否该让她接受周边血液干细胞移植的试验。第二次就在前不久，我们评估接受一颗捐赠者的肾脏是否符合她的最大利益。”

“结果呢，柏根医生？”

“我们建议凯特·费兹杰罗做周边血液干细胞移植。至于肾脏移植，我们的小组意见有分歧。”

“可以请你解释一下吗？”

“我们有几个人觉得在这个时间点，病人的健康情况恶化，重大侵入性的移植手术对她可能弊多于利。其他人认为不移植的话，她会死，因此移植的利益大于风险。”

“如果你们的委员意见有分歧，那么最后由谁来作决定？”

“像凯特这个病例，因为她还未成年，所以由她父母来决定。”

“在这两次开会讨论凯特的医疗行为时，你们有没有就风险与利益的评估，和捐赠者讨论过？”

“在危急关头，那不是争论点……”

“捐赠者安娜·费兹杰罗同意吗？”

柏根医生以同情的目光看着我，和他认为提起诉讼案的我很可怕比起来，这还要糟。他摇头。“毋庸置疑，国内没有一家医院会摘取一个不愿捐赠的小孩的肾脏。”

“所以，理论上如果安娜抗拒这项决定，这个病例很可能就会放到你桌上。”

“嗯……”

“医生，安娜的病例有没有送到你桌上？”

“没有。”

坎贝尔向前靠近他：“你可以告诉我们为什么吗？”

“因为她不是病人。”

“真的吗？”坎贝尔从他的公文包里拿出一叠纸，然后把那叠纸递给法官看一看，再转递给柏根医生。“这些是过去十三年来安娜·费兹杰罗在普罗维登斯医院的病历。如果她不是病人，为什么会有这一叠病历？”

柏根医生翻阅病历。“她做过几次侵入性手术。”他坦承。

加油，坎贝尔，我想。我不相信武士会骑马去拯救忧伤的少女，可是我现在的感觉就有点像那样。“你不觉得奇怪吗？在十三年内她的病历积累了这么厚一叠，可见她是个货真价实的病人，可是你们医学伦理委员会从来没有一次开会讨论过安娜被如此利用的事。”

“我们的印象是她希望捐赠。”

“你是在告诉我，如果安娜以前曾说她不要捐淋巴细胞、粒细胞、脐带血甚至骨髓，伦理委员会的作为就会大不相同？”

“亚历山大先生，我知道你要把问题导向哪里。”精神科医生冷然道，“问题是，这种医疗情况从来没有先例。既然无例可循，我们只能试着尽力。”

“你在伦理委员会的工作不就是检视无例可循而造成歧见的病例吗？”

“嗯，是的。”

“柏根医生，以你专家的意见，十三年来安娜·费兹杰罗一再被要求捐出她身体的一部分，这合乎医学伦理吗？”

“抗议！”我妈叫道。

法官摸摸他的下巴：“我想听医生的回答。”

柏根医生看向我：“坦白说，在我得知安娜不愿意再捐赠之前，我就在委员会里投票反对她捐肾给她姐姐。我不认为凯特能活过移植手术，所以安娜可能经历重大的侵入性手术却徒劳无功。现在，我认为手术的风险不高，比较这个家庭的整体利益，我支持费兹杰罗家为安娜做的决定。”

坎贝尔假装思索他的话：“柏根先生，你开什么车？”

“保时捷。”

“我想你喜欢它。”

“是的。”他小心地回答。

“如果我告诉你，在你离开法庭之前，你必须放弃你的保时捷，因为这个行为能拯救狄沙罗法官的命，你会怎么做？”

“这太荒谬了。你……”

坎贝尔继续施加压力：“如果你没有选择的余地呢？如果今天精神科医生必须做任何由律师来决定的、对别人最有利的事呢？”

他翻了个白眼：“亚历山大先生，不管你多戏剧化地暗示，捐赠者有基本权利，有医疗防护条款的保障，所以再伟大的用意也不会压倒医学先驱们所立下的那些条款。美国对知情同意的滥用有悠久和令人不快的历史，所以制定出有关人体研究的法律。那防止人类被用来当实验室的白老鼠……”

“那么请你告诉我们，”坎贝尔说，“为什么安娜·费兹杰罗是这种保障之下的漏网之鱼？”

我只有七个月大的时候，我们家附近有个社区派对。那和你想象的一样糟：果冻和塔状的奶酪块堆得满桌都是，大家随着某户人家的客厅音响传出来的音乐在街上跳舞。我当然没有这些记忆——在小娃娃们开始搞破坏，把他们的头撞破之前，我被放在他们为小娃娃准备的学步车里。

反正，我听来的故事是这么说的，我在桌子之间游走，看着其他孩子，然后我似乎游走出派对所在的场地。我们的社区是个斜坡，学步车的轮子突然快速转动，而我无法使它们停止。我飕飕地经过大人们，穿过警察在街尾阻断交通围起的路障，直朝车子来来往往的大街上冲去。

可是凯特不知道从哪里跑出来追我。她设法在我被经过的一辆丰田汽车撞倒之前，千钧一发地抓住我背后的衣服。

有时候社区里的人提起那件事，我会记得她救过我，而不会去想我救过她。

我妈第一次有机会重新扮演律师的角色。“柏根医生，”她说，“你认识我们一家人多久了？”

“我到普罗维登斯医院服务十年了。”

“在这十年里，当有关凯特的治疗问题呈到你桌上时，你怎么做？”

“拟出一个建议如何做的计划，”他说，“或是，如果可能的话，提出替代方案。”

“当你那么做的时候，在你的报告里，你有没有提到不该将安娜的问题列入考虑？”

“没有。”

“你曾经说，这么做可能对安娜有相当程度的伤害吗？”

“没有。”

“或者对安娜有致命的危险性？”

“没有。”

或许坎贝尔终究不是我的白衣武士救星。或许我妈才是。

“柏根医生，”她问，“你有孩子吗？”

医生抬头看：“我有一个儿子。他十三岁。”

“你在看这些送到医学伦理委员会的病例时，曾经设身处地地为病人着想吗？或者更进一步，为病人的父母着想？”

“有的。”他承认。

“如果你是我，”我妈说，“医学伦理委员会交给你一张纸，建议一个会拯救你的儿子的疗程，你会问更多问题……或者你会赶快抓住那个救命的机会？”

他没有回答。他不需要回答。

接着狄沙罗法官宣告第二次休庭。坎贝尔说了些要起来去走动一下的话。我因此跟他出去，经过我妈身边。我经过她时，感觉她的手落到我的腰上，帮我把背后缩上去的运动衫拉好。她讨厌穿细肩带衣服的女孩子，在她看来，在学校也穿露背背心和低腰裤，就好像她们即将去参加小甜甜布兰妮的音乐录像带的伴舞选拔，而不是要去上数学课。我几乎可以听到她的声音：请你告诉我那是衣服缩水造成的。

她似乎也意识到她或许不该那么做。我停步，坎贝尔也停步，她的脸色转红。“抱歉。”她说。

我握了她的手一下，把我运动衫的后摆塞进牛仔裤里。我看向坎贝尔：“我们外面见。”

他给我一个“这是个坏主意”的眼光，不过他点点头，朝走廊走去。然后我和我妈几乎单独留在法庭里。我向前倾身吻她的脸颊。“你刚才的表现真的很好。”我说，因为我不知道该如何说我真正想说的话：你所爱的人每天都能令你惊讶。或许我们是谁，和我们做什么没有很大的关系，而和我们最不抱着希望时能做什么有关。

莎拉
2002年

凯特会认识泰勒·安伯斯，是因为他们并肩坐在一起打点滴。“你为什么来这里？”她问。我的目光立即从我的书移开，抬头看，这么多年来，凯特在等待门诊治疗时，我不记得她曾主动找人讲话。

她对之讲话的男孩年纪没比她大多少，她十四岁，他可能十六岁。他戴着一顶波士顿棕熊冰球队的帽子，棕色的眸子灵活地闪动着。“来参加免费的鸡尾酒会。”他回答，颊上的酒窝加深。

凯特微笑。“快乐时光。”她说，仰头看正在注入她身体里的血小板袋。

“我是泰勒。”他伸出手，“急性髓细胞白血病。”

“凯特。急性早幼粒细胞白血病。”

他吹了声口哨，扬扬眉毛。“哟，”他说，“罕见的病。”

凯特晃一下她的短发。“我们不都是吗？”

我饶有兴味地作壁上观。这个在卖俏的小女孩是谁？她把我的女儿变成了什么样子？

“血小板，”他细看她的点滴袋后说，“你在缓解期？”

“至少今天是。”凯特瞄向他的点滴架，有警告标示的黑色袋子里装的是环磷酰胺。“在做化疗？”

“是啊，至少今天是。”泰勒说。他就像是个十六岁高瘦自负的小子，膝盖骨突出，手指粗大，颧骨还没有完全长好。当他的手臂交叉，手臂的肌肉鼓起。我低头偷笑，明白他是故意那么做的。“凯特，你不来普罗维登斯医院的时候在干什么？”

她想了一下，然后慢慢地展开发自内心的笑容。“等着出什么事让我回来。”她的笑脸泛着光彩。

她的回答令泰勒大笑。“或许我们有时候可以一起等。”他递给她一张纱布垫的包装纸，“可以给我你的电话号码吗？”

凯特在那上面写电话号码时，泰勒的点滴发出警告音。护士过来解开他的点滴管。“泰勒，你的点滴液没有了。”她说，“接送你的人呢？”

“在楼下等。我好了。”他慢慢地，几乎是虚弱地跨出有垫的椅子，他的肢体动作第一次显示，他和凯特之间的对话并非轻松的闲聊。他把那张写着我们家电话的纸条放进口袋里。“凯特，我会打电话给你。”

等他离开，凯特夸张地吁出一口气。她转头，目送他的背影。“喔，我的上帝，”她倒抽一口气说，“他好帅。”

检查她的点滴流动情形的护士微笑道：“甜心，如果我年轻三十岁，我也会那么说。”

凯特转向我，笑靥如花：“你想他会打电话给我吗？”

“或许。”我说。

“你想我们约会的话应该去哪里？”

我想到布莱恩，他常说凯特可以约会……等到她四十岁的时候。“我们一步一步来。”我建议。但我的心里在唱歌。

砒霜疗法终于使凯特的病情缓解，但它发挥神奇的效力时，也使得凯特筋疲力竭。泰勒·安伯斯这个药方截然不同，他神奇地使她精神百倍。凯特养成一个新习惯：每当七点电话响起，她就飞奔离开晚餐桌，拿无绳电话躲进衣柜里讲电话。我们其他人收拾碗盘，待在客厅里，准备就寝，却听到她的低语和轻笑。等到她从她的茧里出来，她容光焕发，初恋的脉动像一只在她喉咙里跳动的蜂鸟。每当这个时候，我都不由得凝视。不是因为凯特太漂亮了，虽然她的确漂亮，而是我从来不敢让自己相信，我能够亲眼看着她长大到谈恋爱。

一天晚上在她打完马拉松电话后，我跟着她进浴室。凯特凝望着镜子里的自己，噘起嘴来，挑动眉毛，做了个“过来这里”的姿势。她抬手摸摸她的短发——化疗之后，她的头发还没恢复到原本自然卷的模样，只是短短直直地冒出她的头皮，她通常会抹上摩丝给她的短发做造型。她摊开手掌，好似在等着看她的头发脱落。

“当他看到我时，你想他会看到什么？”凯特问。

我站到她身后。她长得不像我，杰西才像，不过我们两个站在一起时，还是看得出有相似之处。不是嘴形像，而是抿嘴的样子像。还有我们的眼中同样闪动着坚决。

“我想，他看到的是一个了解他经历了什么的女孩。”我诚实地说道。

“我上网去看急性髓细胞白血病的资料，”她说，“他的白血病治愈率相当高。”她转头看我，“当你在乎别人是不是能活下来，比在乎你自己还多，那就是爱吗？”

我的喉头突然哽塞，很难吐出话来。“那正是爱。”

凯特打开水龙头，抹洗面奶洗脸。我递给她毛巾，等她擦完脸，她说：“有个不好的预兆。”

我警觉地观察她找线索："怎么了？"

"没什么。可是事情就是这样。如果在我的生命里出现像泰勒这样的好事，我就必须付出某种代价。"

"这是我听过的最愚蠢的话。"我习惯性地驳斥，然而我明白那是事实。任何相信自己能掌控命运的人，只要他的孩子得一天白血病，他的想法就会绝对改观。"或许你终于交上好运了。"我说。

三天后，在一次例行的血液检查结束时，血液科的医生告诉我们，凯特的早幼粒细胞又增加了，那是自治疗她的旧病复发后，第一次恶化。

我从来不会偷听别人讲话，至少不会故意偷听，直到凯特第一次和泰勒去约会看电影回来的那天晚上。她蹑手蹑脚地走进房间，坐到安娜的床上。"你醒着吗？"她问。

安娜翻身呻吟。"被你吵醒了。"她的睡意像围巾滑落到地板上，"怎么样？"

"哇喔，"凯特笑着说，"哇喔。"

"怎么样的哇喔？是像舌吻那种哇喔吗？"

"你好恶心，"凯特含着笑意低语，"不过他真的是个很棒的接吻高手。"她缓缓地说。

"真的假的？"安娜的声音显得相当兴奋，"那像什么？"

"飞，"凯特回答，"我敢打赌飞翔就是那种感觉。"

"我不懂那跟某个人的口水流了你满身有什么不一样。"

"上帝，安娜，那可不像他向你吐口水。"

"泰勒尝起来是什么味道？"

"爆米花。"她笑道，"和男人。"

“你怎么知道该怎么做？”

“我不知道。就那样发生了。就好像你知道怎么打冰球。”

她的回答终于能让安娜满意：“我打冰球的时候感觉蛮好的。”

“你不知道有多好。”凯特叹气。房里传来窸窸窣窣的声音，我猜她在脱衣服。我怀疑泰勒是不是也在某地如此回味。

拍松枕头的声音，掀开被子的声音，凯特上床，在床上蠕动的轻微声响。“安娜。”

“嗯。”

“他的手掌上有疤，因为移植物抗宿主病。”凯特喃喃道，“我们握手的时候我感觉得到。”

“你会觉得恶心吗？”

“不会。”她说，“那让我觉得我们两个很配。”

起先我无法说服凯特同意做周边血液干细胞移植。她拒绝是因为她不想住院做化疗，她不想在接下来的六个礼拜里住在隔离病房，而宁可跟泰勒·安伯斯出去约会。“那是你的命。”我点醒她，她看着我时，好像我疯了。

“没错。”她说。

最后，我们妥协。肿瘤科的医疗小组同意让凯特做门诊化疗，为移植作准备。她同意在家里戴口罩。她的血细胞计数一显示下降，她就必须住院。院方不高兴，他们担心那会影响医疗程序，但他们也跟我一样，理解凯特到了思春的年龄，可以用意志力对抗疾病。

结果，她担心会分离全是白费功夫，因为她第一次去门诊化疗时，泰勒便出现了。“你在这里干什么？”

“我好像走不开，”他开玩笑道，“嗨，费兹杰罗太太。”他坐到凯特旁边空的连排椅子上，“上帝，来门诊没有挂点滴的感觉真好。”

“没错，我有同感。”凯特呢喃。

泰勒的手按到她的手臂上：“你这个疗程做多久了？”

“刚开始。”

他起身，坐到凯特椅子的宽扶手上，把呕吐盆从凯特的腿上拿起来：“赌一百块你捱不到三点就吐。”

凯特瞄向钟：两点五十分。“赌了。”

“你中午吃的是什么？”他顽皮地微笑，“或许我应该按颜色来猜？”

“你很讨厌。”凯特说，可是她灿笑如花。泰勒的手搂她的肩膀。她靠向他。

布莱恩第一次碰我是为了救我的命。普罗维登斯暴雨成灾，一场来自东北的暴风雨使得潮水上涨，洪水将法院的停车场完全淹没。我那时候是法院的职员，疏散的时候，布莱恩的消防队负责检视。我走到法院的石阶上，看到车子都在漂浮，水中还有被遗弃的皮包，甚至有一只吓坏了的狗在用狗刨式游泳。当我在法院里把文件放进公文包的时候，我熟悉的世界沉没了。“需要帮忙吗？”布莱恩问，他穿着全套制服，伸出手。他背着我游到较高的地方，雨点打到我脸上，落到我背上。我感到奇怪，明明在洪水中，怎么觉得仿佛在被火烤呢。

“你曾经挨了多久才吐？”凯特问泰勒。

“两天。”

“真的假的？”

护士从她的文件里抬头。“真的，”她证实，“我亲眼看到的。”

泰勒对她微笑。“告诉你，我是忍吐大师。”他看向钟，两点五十七分。

“你没有别的地方好去吗？”凯特说。

“你想退出赌局了吗？”

“我想饶了你。虽然……”她话还没讲完就脸色发青。我和护士都从椅子里跳起来，可是泰勒先接近凯特。他把呕吐盆拿到她的下巴下面，在她呕吐的时候，他的手慢慢地在她的后背上部轻揉。

“没关系。”他靠近她的太阳穴安抚她。

我和护士交换欣慰的目光。“看来她有可靠的人照顾。”护士说完便离开照顾别的病人。

等凯特吐完，泰勒把呕吐盆放到旁边，用面巾纸擦她的嘴。她抬头看他，明眸晶亮，双颊红晕，鼻子还在流鼻涕。“对不起。”她低声说。

“对不起什么？”泰勒说，“明天可能换我。”

我怀疑是不是所有的妈妈在这一刻都有同样的感觉：女儿长大了——好像很难相信我以前叠洗衣服时，她的衣服只是娃娃的尺寸。我好像还可以看到她沿着沙盒的边缘跳舞，踮起脚尖缓慢地旋转。那不是昨天的事吗？她的手像她在海边捡到的海胆那么小。同样的那只手现在被一个男孩握住。那只手不是该握着我的手吗？捏捏我的手要我停下来，让她看蜘蛛网，看会分泌乳液的马利筋草，还有任何一千个她想吓唬我的时刻？时间会让我们产生错觉，现实从不像我们所想的那么牢靠而坚固。你会以为，我什么都预想过了，我早就知道这一天会来到。可是看着凯特注视这个男孩的神情，我发现我该学的还有太多了。

“我是可笑的约会对象。”凯特呢喃。

泰勒对她微笑："可笑的约会对象，你中午吃的是薯条。"

凯特轻拍一下他肩膀："你真讨厌。"

他挑眉："你赌输了，你知道的。"

"我好像把我的信托基金放在家里了。"

泰勒假装研究她："好吧，我知道你可以换成什么给我。"

"性的甜头？"凯特忘了我在场。

"哇！这么厉害呀？"泰勒笑道，"我们该问你妈妈吗？"

她的脸顿时红得像李子："噢喔。"

"继续呀，"我警告，"你的下一次约会是在抽骨髓。"

"你知道医院有个舞会吗？"泰勒突然紧张起来，他的膝盖上下踮着，"那是为病童举办的。会有医生和护士在场，以防万一，在医院的一个会议室里举行，像是一个普通的班级舞会。你知道的，拍子抓不准的乐队，穿着丑丑的礼服，鸡尾酒搀入血小板。"他吞一下口水，"最后一样我是开玩笑的。我去年参加过，不能携带女伴，蛮无聊的，不过我想，既然你是病人，我也是病人，或许我们今年可以，嗯，一起去。"

我没想到凯特会拥有对这种提议沉着应对的能力。"什么时候？"

"星期六。"

"如果到了那天，我还没有翘掉的话，"她眉开眼笑道，"我很乐意去。"

"酷，"泰勒微笑着说，"太好了！"他拿了一个干净的呕吐盆，小心地摆在他们俩之间，避免压到弯曲如蛇的点滴管。我怀疑她的心脏是不是跳得快了一点，那会不会影响她的药物治疗。如果她病得更严重，早一点发病可能比晚一点的好。

泰勒将凯特搂进他的臂弯，一起等待未来要给他们的考验。

凯特拿着一件淡黄色的连衣裙在她脖子下面比。“胸口开得太低了。”我说。

坐在女装店地板上的安娜也提供了意见：“你看起来像香蕉。”

为了凯特要参加舞会，我们已经逛了几个钟头的街。凯特只有两天时间可以准备，那发展出一连串困扰我们的问题：她要准备好穿什么，才能决定怎么打扮；乐队是不是会演奏比较柔和的歌曲。她的头发当然不是重点，化疗之后全掉光了。凯特讨厌假发——她说那像攀在她头皮上的虫——可是她太害羞，不肯光着头亮相。今天她在头上包了一块蜡染的头巾，像个苍白骄傲的非洲皇后。

这趟逛街之旅并不符合凯特的期待。女孩们通常穿去参加舞会的衣服都会裸露背部或肩膀，然而凯特那里的肌肤布满疤痕。那些疤痕都出现在礼服遮不了的地方。展示柜里摆设的都是给健康完好的身体穿的衣服，不是为了掩藏病体而设计的。

销售小姐像只盘旋不去的蜂鸟，她拿走凯特手里的衣服。“这一件相当端庄，”她推销道，“可以遮掩大部分的乳沟。”

“它遮得了这个吗？”凯特突然打开她宽松无领上衣的扣子，露出最近更换的体外静脉留置管，这根静脉导管突出于她的胸部中间。

销售小姐的第一个反应是倒抽一口气，然后才掩饰她的惊讶。“喔。”她模糊地出声。

“凯特！”我斥责她。

她摇头：“我们出去吧。”

我们一走到街上，还在女装店前面，我就说她：“你不能因为你生气，就把它展示给全世界看。”

“她是个可恶的贱人，”凯特反驳，“你没有看到她一直盯着我的头巾看吗？”

“说不定她喜欢那个花色。”我淡淡地说。

“是啊，说不定我明天醒来后就不会生病了。”她的话像一颗落在我们之间的大石头，把人行道砸裂，“我不要找一件愚蠢的礼服。我甚至不知道我为什么要告诉泰勒我会去参加舞会。”

“你没想到其他去参加那个舞会的女孩也和你一样吗？她们不也需要找衣服来掩饰她们身上的软管、淤青、金属线、便袋，还有上帝才知道的什么东西吗？”

“我不管别人怎样，”凯特说，“我要我看起来漂亮。真的漂亮，你知道的，只要一个晚上就好。”

“泰勒已经觉得你漂亮了。”

“我不漂亮。”凯特哭道，“我不漂亮，妈，我只要漂亮一次。”

那是炎热的一天，我们脚下的地面似乎会呼吸。阳光直射我的头，烤着我的背。我该说什么？我从来没有做过凯特。我祈祷过、哀求过，即使像浮士德那样跟魔鬼交易我也愿意，只求让我来代替凯特生病，可是我的祈求从来没应验过。

“我们来做衣服。”我提议，“你可以自己设计。”

“你不会做衣服。”凯特叹气。

“我会学。”

“一天之内？”她摇头，“妈，你不可能处理好每一件事。我知道这个道理，你怎么不知道？”

她把我丢在人行道上径自走开。安娜去追她，用手勾凯特的臂弯，把她拖进离女装店几英尺远的一家店面，我匆匆赶去。

那是一家美容院，里面到处是嚼着口香糖的发型师。凯特想脱离安娜的“挟持”，可是当安娜坚决起来的时候，她是非常强硬的。

“嗨，”安娜引起了接待人员的注意，“你在这里工作吗？”

“不得已的时候，是的。”

“你们有帮人家做舞会的发型吗？”

“当然有，”发型师说，“像是要把头发梳高挽成髻吗？”

“是的。我姐姐要弄。”安娜看向凯特。她已经停止挣扎了，脸上缓缓浮现笑容，像萤火虫落入果酱罐里。

“没错。我要做头发的造型。”凯特顽皮地说。她把头巾解开露出光头。

美容院里的每个人都停止讲话。凯特以帝王之姿站得直挺挺的。

“我们想要梳成法国式的辫了。”安娜说。

“烫起来也可以。”凯特补充。

安娜咯咯笑：“或许梳成漂亮的花式高髻。”

发型师咽下口水，她显然既震惊又同情，同时也不想得罪任何上门来的客人。“呃，嗯，我们或许可以为你服务。”她清清喉咙，“总是可以，嗯，接头发。”

“接头发。”安娜重述她的话，凯特则哈哈大笑。

发型师朝两个女孩后面看，再看向天花板：“你们是在用隐藏的摄影机拍电视整人节目吗？”

听到她那么说，我的两个女儿歇斯底里地笑倒在对方怀中。她们笑到无法呼吸，笑到流下眼泪。

身为参与普罗维登斯医院舞会的未婚女子的年长女伴，我负责水果酒。和其他供应给与会者的食物一样，它适合给嗜中性粒细胞减少症患者饮用。护士们——她们是今晚的神仙教母——已经用彩带、五光十色的迪斯科球和营造气氛的灯光，把会议室改装成梦幻舞厅。

凯特是缠绕着泰勒的藤蔓。不管舞会里放的是什么歌，他们按他们自己的音乐摇摆身体。凯特戴着化疗后必须戴的蓝色口罩。泰勒送给她一个丝质胸花，因为真花可能将细菌传播给免疫功能不足而无法抵抗的病人们。我终于没有帮她做衣服。我上蓝飞服装网站，找到一件金色的紧身连衣裙，它的V字形领口可以让凯特的中央导管伸出来。她再穿上一件长及腰部的长袖透明衬衫，当她转动身体的时候会发出微光。所以当你注意到有个奇怪的管子伸出她的胸骨时，你会怀疑那是不是灯光造成的视觉错乱。

我们离家前拍了一千张照片。凯特和泰勒先溜出去，在车子里等我，我去把相机收起来，发现布莱恩在厨房里，他背对着我。

“嗨，”我说，“你要跟我们挥手告别，还是在我们头上洒米粒？”

他转过身来，我才明白他是来这里哭的。“我没想到能看到这一天，”他说，“我没想到我能拥有这样的回忆。”

我融入他怀里，我们的身体贴得如此之紧，仿佛我们是用同一块石头雕刻成的。“等我们回来。”我低语，然后离开。

现在，我递水果酒给一个男孩，他的头发正在一簇簇掉落，掉到他晚礼服的翻领上。“谢谢。”他说。我看到他的眼睛非常漂亮，深色沉静如美洲豹。我转开眼睛，发现凯特和泰勒不见了。

她要是发病怎么办？或是他发病？我答应过自己不要对她保护过度，可是今晚有很多小孩，护理人员无法一一照顾。我请另一位家长接管我的水果酒摊位，然后去女厕所找。我找过用品柜，走过空荡荡的走廊和阴暗的通道，甚至去了小教堂。

我终于听到凯特的声音从一道门的缝隙传出。她和泰勒站在明亮的月光下，手牵着手。他们找到的这个庭院是住院病人日间流连的好地方，许多想见到阳光的医生会带他们的午餐来这里吃。

我正想问他们是不是都好时，听到凯特问："你怕不怕死？"

泰勒摇头。"并不真的怕。有时候我会想象我的葬礼。是不是有人会说我的好话。是不是有人会为我哭泣。"他迟疑地说，"是不是有人会来参加葬礼。"

"我会。"凯特答应他。

泰勒向凯特低下头，她移动身体更靠近他一点，我心中了然为什么要跟踪他们。我知道我会看到这一幕。如同布莱恩，我还想要一张我女儿的照片，一张我担心可能在我的指尖像是一片海玻璃[1]的照片。泰勒拉高她蓝色的卫生口罩的边缘，我知道我应该阻止他，我知道我必须那么做，可是我没有。我要她拥有此刻的幸福。

当他们亲吻，那个画面好美：两颗映着月光的光洁头颅靠在一起，宛如传世的雕像，也犹似光的幻觉，镜子的映像。

凯特进医院做干细胞移植，情绪非常低落。她不关心点滴液是否滴进了她的中央导管里，只在意泰勒三天没有打电话给她了，他也没有回她的电话。"你们吵架了吗？"我问。她摇头。"他有没有说他要去哪里？或许他有紧急的事情。"我说，"或许根本不是因为你的关系。"

"或许是因为我的关系。"凯特说。

"那么最好的报复方式是健康起来，去谴责他，对他表达你的不满。"我说，"我马上回来。"

---

① 即经风、浪、沙侵蚀过的平滑雅致的玻璃，易碎。

在走廊上，我接近刚来上班的史黛芙，她认识凯特好些年了。事实是，我和凯特一样意外，为什么泰勒不和她联络。他知道她要来住院的。

“泰勒·安伯斯今天来过了吗？”我问史黛芙。

她看着我，眨了眨眼睛。

“长得高高帅帅的，他迷恋我女儿。”我开玩笑。

“喔，莎拉……我以为一定有人已经告诉你了。”史黛芙说，“他今天早上过世了。”

我没有告诉凯特，一个月都没说。直到钱斯医生说，凯特好多了可以出院了，直到凯特说服她自己，没有他她会活得更好，我才终于说出口。我无法告诉你我用了哪些字眼，没有一个字大得承受得了它们背后的重量。我提到我去了泰勒家，和他妈妈谈过话，她是如何在我怀里崩溃，说她想打电话给我，可是她心里有一部分很嫉妒，嫉妒到吞下了她所有的话。她告诉我泰勒那天舞会后快乐得轻飘飘地回家，半夜里他走进他妈妈的房间，发烧到四十度半。或许是病毒，或许是霉菌引起的感染，他呼吸困难，然后心跳停止，经过三十分钟的急救后，医生放他走了。

我没有告诉凯特珍娜·安伯斯说的其他一些话——医生离开后，她走进去，凝视她儿子，她没有儿子了。她坐了五个小时，确定他不会再醒过来。即使到现在，当她听到楼上有声音，她都会以为是泰勒在他的房间里走动，在她想起事实之前的那半秒钟，是她每天早上起床的唯一原因。

“凯特，”我说，“我很遗憾。”

凯特的脸皱成一团。“可是我爱他。”她似乎以为这个理由就足以留下他。

“我知道。”

“你没有告诉我。”

“我不能告诉你。我担心你那时可能会因此放弃和病魔对抗。”

她闭上眼睛，把脸转向枕头，她哭得太厉害了，与她的身体连接的监测器哔哔作响引来护士。

我伸手搂住她：“凯特，甜心，我做的全是为了你好。”

她拒绝看我。“不要跟我讲话。”她呢喃，“你最擅长做那种事。”

凯特七天又十一个钟头没有跟我讲话。我们从医院回到家，各做各的事，仿佛仍在隔离病房。我们驾轻就熟，因为我们以前也曾冷战过。晚上我躺在床上，躺在布莱恩旁边，不懂他怎么能睡得着。我望着天花板，想着我甚至在我女儿还活着时就失去她。

然后有一天，我走过她房间，发现她坐在周围摆满了照片的地板上。如我所料，是我们在舞会开始之前拍的，她和泰勒的照片——凯特盛装打扮，戴着外科的警告口罩，掩着嘴巴。泰勒用口红在口罩上画了一张微笑的嘴巴，说是为了拍照好看。

他那么做使得凯特很开心。看似不可能，那个男孩当时那么真实地活着，如今却已经过世几个礼拜，不会再出现了。我感到非常痛苦，紧跟着想到：这会不会是我失去凯特的预演？

地上还有其他照片，有些是凯特小时候的。一张是凯特和安娜在海滩，蹲在寄居蟹旁。一张是凯特在万圣节时，打扮得像食品公司的吉祥物花生先生。一张是凯特满脸都是奶油，拿着两个半片的贝果面包当作眼镜。

另一堆是她娃娃时的照片——全都是在她三岁或更小一点的时候拍的。牙齿没长齐的嘴巴笑着，阳光从她背后斜射过来，她那么天真无辜，完全不知道即将遭遇什么。“我不记得我原先是这样的。”凯特平静地说，多日来她对我说的第一句话像一座玻璃桥，在我踏进房间时，那座桥移到了我脚下。

我把手放到她旁边，一张照片的边缘上。照片的一角有点折到，照片上的凯特是个被布莱恩丢到空中的幼儿，她的秀发在脑后飞舞，双手和双脚像海星那样张开。毋庸置疑，当她从空中下来，会安全地降落，除此之外她不可能有别的遭遇。

“她好漂亮。”凯特说完，用小指头轻抚照片上洋溢着活泼生气的小女孩，我们都没能看到她继续健康成长的模样。

杰西

我十四岁那年夏天，我爸妈送我去一个农场，参加菜鸟训练营。那是个辅导问题青少年、安排他们从事冒险活动的集中营。你知道的，早上四点就要起床挤牛奶，你还会有多少精力为非作歹？（如果你有兴趣知道为非作歹些什么的话，答案是：吸毒、喝醉，玩把站着睡的牛推倒的游戏。）总之，有一天我被指派去做巡守员，那也就是叫我扛下那狗娘养的、可怜的牧羊责任。我必须跟随大约一百头羊，去一处周围没有一棵该死的树可以遮荫的牧草地。

说羊是世界上最笨的动物，可能太保守。它们被关在栅栏里，会在四平方英尺的羊圈里迷失。它们会忘了去哪里找食物，虽然已经去过同样的地方几千次。而且它们也根本不像你在照片上看到的、会想一起睡觉的肥肥小可爱。它们臭死了。它们吵死了。它们整天咩咩叫，会把你烦得抓狂。

反正，受困于羊群那天，我顺手牵了一本《北回归线》[①]带去看，就在我将看到精彩的情色部分时，我听到一阵怪叫声。我很确定那不是动物的叫声，因为我这辈子从来没有听到过那种声音。我跑向发出声音的地方，猜想可能是有人从马背上摔下来，脚扭得像麻花卷

① 卫道人士认为这是一本伤风败俗、淫秽不道德的书。

饼，或者是某个自助旅客在清空他的左轮手枪时，不慎打到了自己的肚子。可其实，是小溪边，一只羊在一群母羊的包围下，正躺在那里生产。

我不是兽医，也没有任何接生的经验，但是我知道，当任何动物发出那样的哀号时，一定表示事情不妙了。显而易见，那只可怜的羊的私处悬荡着两只蹄子。它喘着气侧躺着，转动一只黑色的眼睛看着我，然后准备放弃，了无求生的意志。

在我巡守的时候，任何东西都不准死，因为我知道那些管理这个集中营的纳粹们，会叫我把奄奄一息的羊埋了。所以我将其他羊推开，跪到难产的羊前面，抓住滑溜的羊蹄，使劲往外拉，母羊哀哀惨叫，就像每个妈妈在孩子被抢时那样哭嚎。

小羊被我拉出来了，它四只脚弯曲，像瑞士军刀。它的头上有个囊，摸起来像你嘴里可以用舌头在那里画圆圈的地方。它没有呼吸。

我才不要嘴对嘴给羊做人工呼吸，不过我用指甲把那个皮囊划开，然后把它扯下小羊的脖子。结果，我那么做正是小羊需要的协助。一分钟后，它原本像衣架的脚伸直，开始发出嘶嘶声找妈妈。

我估计那个夏令营期间有二十只小羊出生。我每次经过羊圈，都可以从羊群中认出我接生的那只羊。它看起来和别的小羊一样，不过它走路的时候弹性比较好，阳光似乎也总能穿透它羊毛上的油，照进它的羊毛里。如果你刚好能让它平静地看进你的眼睛，它的瞳孔是乳白色的，像是记得自己曾跨进幽冥世界又回来的一个明显标志。

我告诉你那件事，是因为当凯特终于在医院的床上蠕动，睁开眼睛，我知道，她的一只脚也已经跨进另一个世界。

“喔，我的上帝，”凯特看到我时虚弱地说，“我终于到了地狱。”

我坐在椅子上，双手交叉，身体向前倾。“老妹，你该知道我可不那么容易死掉。”我起身，亲吻她的额头，让我的嘴唇多停留一秒钟。妈妈怎么可能用这种方式探知她有没有发烧？我只能探知我们快失去她了，“你觉得怎样？”

她对我微笑，但那像是卡通画，而真品我看到挂在卢浮宫。“好极了。”她说，“阁下怎么会大驾光临？”

因为你不会在这里太久了，我想，可是没有对她说。“我正好到这附近。加上这一班的护士里有个很正的辣妹。”

我的话使得凯特大声笑：“上帝。杰西，我会想念你。”

她那么轻易地脱口而出，令我们两个都吓一跳。我坐到床缘，眼睛追踪着保温毯上的皱褶。“你知道的……”我开始要讲鼓励她的话，但她的手按到我手臂上。

“别说了。”她的眼睛恢复神采，但仅有一会儿，“或许我会轮回转世。”

“就像玛丽·安东尼特[①]？”

“不，转世成未来的人。你觉得轮回的想法很疯狂吗？”

“不会。”我承认，“我想我们可能一直在一个大圆圈里轮转。”

“那你想转世回来做什么？”

“腐尸。”我看到她在抽搐，某个仪器发出哔声，我恐慌了，“你要我去找人来吗？”

“不用。有你在就好。”凯特回答，我想她并不真的这么想，不

① 即玛丽皇后，在法国大革命中与其夫路易十六一起上了断头台。

过她的话还是让我觉得刚吞下了闪电。

我突然想起我大约九岁或十岁时常常玩的一个游戏，妈妈允许我骑自行车骑到天黑。当我看着太阳越来越往地平线坠落，我常和我自己打赌：如果我闭气二十秒钟，夜晚就不会来临。现在我发现我在做同样的事，打赌能留下凯特，虽然我从来没赌赢过。

“你会怕吗？”我冲动地问，“怕死？”

凯特转头看我，嘴角浮现笑容。“我会让你知道的。”然后她闭上眼睛，“我要休息一下。”她设法说完便睡着了。

这不公平，凯特知道。我们不需要活到很老便能意识到，我们很少能够得到我们应当拥有的。我站起来，闪电的光仿佛落在了我喉咙的内壁里，那使得我无法吞咽口水。所以所有的水全涌出眼眶，泄洪般奔流。我匆匆走出凯特的房间，走到不会打搅到她的走廊，然后我才举起拳头，把白色的厚墙打出一个洞，但这样还不够。

布莱恩

这是做炸药的配方：一个耐热玻璃碗；氯化钾——你可以在健康食品店里找到，那用来当盐的替代品；液体比重计；漂白剂。把漂白剂倒进碗里，放到炉火上。同时，称些氯化钾加进漂白剂里。加热漂白剂混合液，用液体比重计检查，直到读数显示一点三。将它在室温放凉，过滤后形成结晶体。这就是你要保留起来的东西。

你很难做一直在等待的人。我的意思是，大家都把战场上的胜利归功于英雄，可是当你认真去想，你会察觉整个故事里遗漏了谁。

我置身于东岸最丑的法院里，坐在椅子上等待轮到我上台，但我的呼机突然响起来。我看着上面显示的号码，低声咕哝，考虑该怎么办。我等下要当证人，可是消防队现在需要我出任务。

经过交涉后，法官允许我离开法庭。我走出法院的大门，立刻被一堆问题和照相机和闪光灯攻击。我拼命忍住打他们几拳的冲动，他们简直企图拆散我们家，活像想啃食我家人的秃鹰。

开庭那天早上，我在消防站找不到安娜，便回家去找。我找遍她经常出入的地方——厨房、卧房、后院的吊床——都看不到她。最后一处，我爬上车库的楼梯，进杰西的窝。

他也不在，我已习以为常。以前有一段时间，杰西经常让我失望。后来，我告诉自己，不要对他再抱任何期待，结果他行为偏差我反而比较能接受。我敲门，喊安娜的名字，喊杰西的名字，没人回答。虽然我有一把这里的钥匙，但我没开门进去。我在门前的楼梯转身，踢倒了我每个礼拜二都会拿去倒的红色回收桶，因为上帝没能让杰西每个礼拜二记得亲自把回收桶拖到路边。一个发光的绿色啤酒瓶滚出来。一个空的洗洁精瓶，一个橄榄罐，一个一加仑的柳橙汁瓶。

我把每一样东西放回回收桶里，除了柳橙汁瓶，我告诉过杰西那不能回收，不过他还是该死地每个礼拜都放进回收桶里。

这场火灾和其他火灾不同的地方是，火势被阻断于一隅。以前纵火者都是在废弃的仓库或水边的陋屋放火，这次是一间小学。由于放暑假，起火的时候没人在学校里。可是我心里认定，这是非自然因素造成的。

我抵达火场时，消防车已装满太多抢救出来的财物。鲍立一看到我，立即过来问："凯特好吗？"

"还可以。"我回答他，我的头指向混乱的现场，"你发现了什么？"

"他只是设法损毁北边的设施。"鲍立说，"你要去看看吗？"

"好。"

火是从教师休息室烧起来的，火场遗留的痕迹像一支箭指向起火点。一堆合成纤维的填塞物没有被完全烧光，还看得到。不管是谁放的火，他够聪明，懂得在一堆沙发垫和一叠纸的中间引火。我还闻得到汽油的味道。莫洛托夫燃烧瓶的碎玻璃片散布在灰烬间。

我慢慢走向建筑物的另一头，透过破掉的玻璃窗往里看。纵火者一定是从这里放火的。

“队长，你觉得我们逮得到这个小混蛋吗？”走进室内的恺撒问。他还穿着全套的消防服装，左颊沾了烟灰，他往下看火场警戒线里火灾过后的残余物。然后他弯腰，用戴着厚手套的手，捡起一个烟屁股。“真不可思议。秘书的桌子都烧熔了，但该死的一截香烟却劫后余生。”

我把烟屁股从他手里拿过来，翻转到我的手掌上。“那是因为起火的时候它还不在这里。有人在观看这场火灾时抽烟，然后他丢下烟蒂走开。”我把烟蒂翻个面，看接近滤嘴的地方印着的香烟品牌。

鲍立从仅残余一点点碎玻璃的窗子探进头来找恺撒。“我们要回去了。上车啰。”然后他转向我，“嗨，你知道吧？我们没有打破窗子。”

“鲍立，我没有要你赔。”

“不是，我的意思是，我们给屋顶凿个通风口。我们到的时候窗子都已经破了。”他和恺撒离开，不久后，我听到消防车开走时沉重缓慢的声音。

玻璃可能是一颗迷路的棒球或一个飞盘打破的。可是即使是暑假，学校也会有守门的警卫透过监视器看守公家财物。窗玻璃如果早就破了，他们不可能放着不管，至少也会用胶带贴起来，或暂时先用板子挡住。

除非纵火者知道要从哪里引进氧气，让火在真空状态中与风竞逐通道。

我低头望着我手上的烟蒂，握紧它。

你需要五十六克用氯化钾和漂白剂煮沸过后析出的结晶体。混进蒸馏水，加热到沸腾，再冷却，留下的结晶体是纯的氯酸钾。把氯酸钾磨得像擦脸的蜜粉那么细，慢慢地加温让它干。融化五份凡士林和五份蜡，在汽油里溶解，然后把这个液体倒到置于塑料碗里的九十份的氯酸钾结晶体上面。搓揉它。让汽油挥发。

把它倒进方形的模子里，浸泡在蜡中使它防水。这个爆炸物需要至少A3级的起爆雷管。

当杰西打开他的小窝的门时，我等在沙发上。“你来这里干吗？”他问。

“你在这里干吗？”

“我住在这里。”杰西说，“你还记得吗？”

“是吗？或者你在利用这个地方当藏匿处。”

他从前口袋掏出一包烟，点燃一根：“我不知道你在讲什么。你为什么不去法院？”

“你的水槽下面怎么会有盐酸？”我问，“我们家又没有游泳池。”①

“你好，这是什么？审讯吗？”他绷着脸问，“去年夏天我铺瓷砖的时候，需要用盐酸擦掉瓷砖上面的水泥浆。老实告诉你，我根本忘了我还留着盐酸。”

“那你可能不知道，杰西，当你把盐酸和一块铝箔纸放进一个瓶子里，瓶口塞一块破布，它就会产生相当大的爆炸威力。”

他整个人僵住了：“你是在指控什么吗？因为如果是的话，就直接说出来，混球。”

---

① 游泳池需用盐酸来调整池水的酸碱度。

我从沙发上起身。“好。我要知道在你装进混合液之前，你是不是在瓶子上划刻痕，让它容易破掉。我要知道你是不是明白，当你在仓库放火寻求刺激时，那个无家可归的流浪汉差点被你害死。”我从我身后拿起自他的回收桶里找出来的空漂白剂容器，“我知道你并没有自己洗衣服，也不清洁打扫房间，这个东西为什么会在你的回收垃圾里，而六英里外有一间小学，被人丢掷用漂白剂和刹车油做的炸药？”我抓住他的肩膀，他和我一样高大，他可以反抗，可以推开我，可是他让我摇他的肩膀，直到他的头垂下。“我的天哪，杰西！”

他面无表情地凝视我：“你说完了没？”

我放开他，他退后，露齿冷笑。

“那么告诉我，我错了。”我向他挑战。

“我可以告诉你更多。”他嘶吼，“我的意思是，我完全明白，你一直都相信宇宙间所有的错都可以归咎到我身上，可是新闻一闪而过，爸，这次你大错特错。”

我慢慢地从口袋里拿出一个东西来，压到杰西的手上。荣誉牌的烟蒂躺在杰西的掌心。“那么你就不该留下你随身的东西。”

某些时候，当建筑物的火势一发不可收拾，那么你只需让它自己烧完。你退到安全的地方，到风不会向着你吹的高地上，观看建筑物被火吃光。杰西颤抖着举起手，烟蒂掉到我们之间的地板上。他双手掩面，拇指压着眼角。“我没办法救她。”这句话从他的心里冲出来。他弓起肩膀，整个人仿佛缩成小男孩。“谁……你告诉了谁？”

我了解，他在问警察会不会来逮捕他，我是不是告诉莎拉了。

他希望受到惩罚。

所以我做了我知道会毁掉他的事：我把他拉进我怀里，他放声痛哭。他的背比我还宽。他站直甚至高我半个头。从他五岁的时候与凯特的基因配型不合，到现在他已经是个大男人了，我不记得我曾好好地看过他，如此拥抱他。我想这就是问题所在。他怎么会认为他救不了凯特，就必须把自己毁了？你会怪他，还是怪他的父母没有矫正他的想法？

我必须确定我儿子的纵火行为就此结束，但我不会告诉警方或消防长官这件事。这或许是偏袒，或许是愚行。或许因为杰西跟我没有太大的不同，选择火当他的媒介，他需要知道，他至少可以指挥一个无法控制的东西。

靠着我的杰西呼吸均匀了，仿佛他很小的时候在我的腿上睡着，我抱他上楼。他以前常问我问题：两英寸的水带是做什么用的？一英寸的呢？你干吗洗消防车？火场的破拆手要开消防车吗？我不记得他从什么时候起便不再问我问题。不过我记得我感觉好像少了什么，好像少了一个小孩的英雄崇拜，像幻肢痛①那么难过。

① 截肢病人会感到被切断的肢体仍然存在，且在该处发生疼痛的现象。

坎贝尔

医生们被传唤到庭作证通常是这样的：他们会在每一句话里夹杂信息，让你知道，被迫坐在证人席上是浪费他的时间，有垂死的病人在等他。坦白说，这种态度惹火了我。在还没想清楚前，我已经控制不了自己，要求暂时休息一下。我弯下身重新系鞋带，整理我的思绪，思索一些句子和何时来个意味深长的暂停——反正我就是要他等久一点，多几秒钟也好。

钱斯医生与一般到庭的医生无异。从他一坐上证人席就急于离开。他不时看手表，你会以为他担心赶不上火车。这次与平常的案件不同的地方是，对方的律师莎拉·费兹杰罗也焦急地想把他赶出法庭。因为在等待的病人，那个垂死的病人是凯特。

坐在我旁边的安娜，她的身体散发热量。我站起来，继续质询，步调缓慢："钱斯医生，每一次从安娜的身体捐出去的东西，对凯特都有确实的疗效吗？"

"亚历山大先生，对白血病而言，没有所谓确实的疗效。"

"你是这样对费兹杰罗家的人解释的吗？"

"我们小心地解释每一种疗法的风险性，因为你一旦开始治疗，都可能危及身体的其他系统。我们这次鼓励他们做的某种疗法成功了，却可能在下次发病时造成困扰。"他对莎拉微笑，"那也就是说，凯特是个不可思议的年轻女孩。她本来活不过五岁，但是她现在已经十六岁了。”

“那得感谢她妹妹。”我指出。

钱斯医生点头：“没有多少病人能这么幸运——既有体力，又能得到完美配型的捐赠者的多次捐赠。”

我双手插进口袋里。“可以请你告诉我们，费兹杰罗夫妻为什么会去找普罗维登斯医院胚胎着床前的基因诊断小组咨询，而因此怀安娜吗？”

“在他们的儿子经过检验发现不适合做凯特的捐赠者后，我告诉费兹杰罗夫妻关于我医治的另一个家庭的案例。他们检查病人所有的同胞手足，没有一个符合捐赠配型，然后这个妈妈在病人治疗期间怀孕了，胎儿刚好是完美的配型。”

“你要费兹杰罗夫妻去怀一个完美配型的孩子做凯特的捐赠者？”

“绝对没有。”钱斯医生傲然道，“我只是解释，即使他们已经存在的小孩基因配型不符，并不代表他们将来的小孩也不符。”

“你向费兹杰罗夫妻解释过，这个基因排列完美配型的小孩，必须终其一生随时做治疗凯特的特效药吗？”

“那时我们谈的只有脐带血捐赠。”钱斯医生说，“后来之所以会有那些捐赠，是因为凯特对脐带血治疗没什么效果。而其他的捐赠则提供了较有希望的治疗效果。”

“如果未来的科学家想出可以治疗凯特的新疗法，但必须把安娜的头切下来给她姐姐，你也会推荐那么做吗？”

“当然不会。我从来不会推荐会危及另一个小孩生命的治疗法。”

“过去十三年来你不是都那么做吗？”

他的脸绷紧：“没有一种捐赠对安娜会有长期重大的伤害。”

我从我的公文包里拿出一张纸，交给法官，然后再将那张纸递给钱斯医生：“可以请你念出做了记号的那一段吗？”

他戴上眼镜，清清喉咙：“我了解麻醉有潜在的危险性。这些风险可能包括，但不仅限于此：药物不良反应、喉咙疼痛、伤害牙齿并妨碍牙科治疗、损害声带、呼吸问题、轻微的痛苦和不适、失去知觉、头痛、感染、过敏反应、全身麻醉时有意识、黄疸、出血、神经伤害、凝结血块、心脏病、大脑损伤，甚至失去身体的机能或生命。”

“你对这个表格熟悉吗，医生？”

“是的。这是标准的手术同意书。”

“可以请你告诉我们是谁接受这个手术吗？”

“安娜·费兹杰罗。”

“谁签署同意书？”

“莎拉·费兹杰罗。”

我的身体前后摇晃一下：“钱斯医生，麻醉可能造成生命的损伤或死亡。这些是相当大的长期影响。”

“那正是我们要求签同意书的原因。那能保护我们免于受到像你这种人的指控。”他说，“可是就实际的临床经验而言，风险非常小。捐赠骨髓的过程其实很简单。”

“既然简单，安娜为什么要接受危险性较高的全身麻醉？”

“它的风险不会比小孩外伤还高，可是小孩可能会在手术过程中扭动。”

“在捐赠骨髓之后，安娜会感到任何痛苦吗？”

“或许有一点。”钱斯医生说。

“你不记得了？”

“那是很久以前的事了。我相信现在连安娜自己也忘记了。”

“是吗？”我转向安娜，“我们该问她吗？”

狄沙罗法官双臂在胸前交叉，不表明意见。

“说到风险，”我继续平和地说，“在摘取安娜的骨髓准备移植之前，她必须打两次生长激素的针。请你告诉我们，根据研究，那对她是否有长期的影响？”

“理论上应该没有长期的后遗症。”

“理论上，”我重述，“为什么是理论上？”

“因为研究是在实验室里对动物做的。”钱斯医生承认，“对人类的影响还必须再追踪。”

“真令人感到安慰呀！”

他耸肩：“医生不会倾向于开有可能造成重大伤害的处方药。”

“你听说过沙利度胺[①]吗，医生？”

“我当然知道。事实上，它最近重新被用来作癌症的研究。”

“它曾经是一种划时代的药物，”我指出，“可是后来发现它有可怕的副作用。说到副作用……捐肾——做这种手术有风险吗？”

“它的风险不会比一般的手术高。”钱斯医生说。

“安娜可能死于这种手术的并发症吗？”

“那不太可能，亚历山大先生。”

“那么，让我们假设安娜成功地活过摘除肾脏的手术。只剩一颗肾脏会影响她的余生吗？”

① 一种安眠药、镇静剂，已禁用。

“不会，真的。”医生说，“那正是人体的奇妙之处。”

我递给他一张宣传单，那正是他所属的医院的肾脏科发出的。“可以请你念出用荧光笔标出来的文字吗？”

他重新戴上眼镜。“增加高血压的可能性。怀孕期间可能产生并发症。”钱斯医生的眼睛往上瞄一下，再继续念，“捐肾者被告诫要避免从事会与人碰撞的接触性运动，以降低伤害他们仅存的一颗肾脏的风险。”

我双手在背后交握：“你知道安娜有空的时候在玩冰球吗？”

他转向她：“我不知道。”

“她是个守门员。她已经打了好几年的冰球。”我顿一下，让这个信息深入人心，“既然假设这次要捐肾，我们集结她已经做过的来数一数。打生长激素的针，淋巴细胞输注，捐干细胞、粒细胞、骨髓——安娜忍受过各式各样的种种医疗行为。以你的专业判断，医生，你敢说这其中任何一种捐赠，都对安娜的身体没有任何显著的伤害吗？”

“显著的伤害？”他迟疑了一下，“没有，她没有。”

“她有没有从中得到任何显著的利益？”

钱斯医生看着我良久。“当然有，”他说，“她救了她姐姐。”

我和安娜在法院的楼上吃午餐的时候，茱莉亚走进来：“这是个私人派对吗？”

安娜朝她招手，茱莉亚坐下来，没拿正眼看我。“你还好吗？”她问。

“还好，”安娜回答，“我只希望能赶快结束。”

茱莉亚打开一包色拉调味酱，倒到她买的午餐上面：“很快就会过去，比你想的还快。”

她在说那句话时迅速瞟了我一眼。

那一眼就够我回想她皮肤的味道，还有她胸部下面那个美丽的新月形的疤。

安娜突然站起来。“我要带法官去散一下步。”她宣布。

“你不能出去。外面都还被记者包围着。”

“那我带法官在走廊里散步。”

“你不能。它必须跟着我散步，那是它所受的训练之一。”

“那我要去尿尿。”安娜说，“我总还有可以自己一个人做的事吧？”

她走出会议室，留下茱莉亚和我，和每一件不该发生却已经发生的事。

“她故意让我们两个独处。”我领悟到她的用意。

茱莉亚点头。“她是个聪明的小孩。很容易了解别人。”然后她放下塑料叉子，“你的车上都是狗毛。”

“我知道。我常要求法官把它的毛往后梳成马尾，但它从来都不听话。”

“你为什么不叫我起床？”

我微笑：“因为我们停留在不会醒来的区。”

茱莉亚却连一条笑纹都不施舍：“坎贝尔，昨晚对你来说是个玩笑吗？”

那个古老的格言跳进我脑中：如果你要看到上帝微笑，拟个计划吧。我是个懦夫，因此抓起狗的项圈：“在我们被叫回法庭之前，我必须带它去走一走。”

茱莉亚的声音跟随我到门边：“你没有回答我的问题。”

“你不想要我回答。”我说完没有回头，那样就不必看她脸色。

狄沙罗法官三点就结束了今天的庭讯，因为他有个每周一次的指压疗法预约。我陪安娜走出法院的大厅去找她爸爸——可是布莱恩不在。莎拉四下看看，颇为惊讶。“或许他去救火了，”她说，“安娜，我会……”

我的手按上安娜的肩膀：“我载你去消防队。”

在车子里，她很安静。我把车停到消防队的停车场，车子没有熄火。“听着，”我对她说，“你可能不了解，但我们今天大有斩获。”

“随便。”

她没有再说话便下车，法官跳到前面空出来的座位上。安娜走向消防队，可是接着改变方向左转。我慢慢把车退出停车场，然后违反我理智的判断，熄灭车子的引擎，把法官留在车里，跟踪她去建筑物后面。

她像一尊雕像那样站着，脸向着天空。我该做什么、说什么？我没有做过家长，几乎连自己都照顾不好。

结果，是安娜先开口：“你曾经做过你知道是错的事情，可是你却感觉你没做错吗？”

我想到了茱莉亚：“我做过。”

“我有时候会恨我自己。”安娜呢喃。

“我有时候也会恨我自己。”我说。

她讶异地看着我，然后再去看天空：“它们在那里。星星。虽然你看不到。”

我双手插进口袋。“我以前每天晚上向星星许愿。”

“许什么愿？”

“我希望找到我搜集的稀有棒球卡，想要一只金色的猎犬，或出现年轻漂亮的女老师。”

“我爸爸说一些天文学家发现一个新的地方，星星在那里出生。不过那要花我们两千五百年才看得到它们。”她转向我，“你和你爸妈处得好吗？”

我想骗她，可是我却摇头：“我以前常想等我长大，会跟他们一样，结果并没有。事实是，在我成长的过程中，我不再想跟他们一样。”

阳光在她乳白色的肌肤上洗礼。“我了解。”安娜说，“你也是隐形的。”

星期二

星星之火容易踏息，

然而一旦燎原，则江河之水难以扑灭。

——威廉·莎士比亚，《亨利六世》

坎贝尔

布莱恩·费兹杰罗是我的关键证人。法官一旦得知，安娜的双亲中至少有一位同意她不捐肾给她姐姐的决定，他就会很快解除她的医疗决定权。如果布莱恩做我要他做的——也就是说，告诉狄沙罗法官他也认为安娜有自主权，而且他愿意支持她——那么不管茱莉亚的报告说什么，都不会有实质的意义。更好的是，安娜的证词将只是个正式的形式。

第二天早上布莱恩和安娜一起出现，他穿着消防队长的制服。我绽开笑容，起身和法官一起走向他们。“早，”我说，“都准备好了？”

布莱恩看看安娜，再看看我。他的唇边浮现问题，可是他似乎尽量忍住不问。

“嘿，”我对安娜说，“要帮我一个忙吗？法官需要上上下下跑几趟楼梯发泄精力，否则它在法庭里可能会烦躁不安。”

“你昨天说我不能陪它散步。”

“是的，但今天你可以。”

安娜摇头：“我哪里都不去。我一走开，你们就会谈论我。”

所以我只好再转向布莱恩问：“一切都好吗？”

这个时候，莎拉·费兹杰罗进入法院，匆匆走着，看到我和布莱恩站在一起时，她顿住脚步转过来。然后，她慢慢地转回身去，离开她丈夫继续走。

布莱恩·费兹杰罗的眼睛跟随着他太太，即使法庭的门在她背后关起来，他的眼睛也没转开。“我们很好。”他说，回答不像是说给我听的。

“费兹杰罗先生，你是不是曾经不同意你太太要安娜为凯特的治疗作出捐赠的决定？”

“是的。医生说我们只需要脐带血来医治凯特。他们拿走那部分通常是在生产后会丢弃的脐带——那不是婴儿需要的东西，那当然不会伤害到她。”他对上安娜的眼睛，给她一个微笑，“脐带血也的确使得凯特的病情好转。可是到了一九九六年，她旧病复发。医生要安娜捐一些淋巴细胞，那不能根治凯特的病，但能使她拖上一段时间。”

我试着引导他：“你和你太太对这项治疗的意见并不一致？”

“我不知道那是不是个好主意。这一次安娜已经稍解人事，她不会喜欢。”

“你太太说了什么让你改变心意？”

“我们这次如果不抽安娜的血，很快就会需要她的骨髓。”

“那你怎么想？”

布莱恩摇头，显然感到不安。“要不是你的孩子快死了，你不会理解那种感觉。”他缓缓地说，“你会发现你自己说的，和你做的，都是你不想说或不想做的。你以为你有选择，但事实上你只是更靠近它一点，然后你会发现你全搞错了。”他看向安娜，她坐在我旁边一动也不动，我怀疑她是不是忘了呼吸，“我不想对安娜那么做。可是我也不想失去凯特。”

“你们终究必须取用安娜的骨髓吗？”

“是的。”

“费兹杰罗先生，身为一个合格的急救专业人员，你是否曾对没有任何生理病况的病人施行救护？”

“当然不曾。”

“那么为什么你身为安娜的父亲，会认为这种对安娜的身体完全无益反而可能有害的侵入性医疗行为，是基于她最大的利益来考虑？”

“因为，”布莱恩说，“我不想让凯特死。”

“费兹杰罗先生，你和你太太还曾经在其他时候，对利用安娜的身体来医治另一个女儿意见不同吗？”

“几年前，凯特住院，她……流了好多血，大家都以为她活不成了。我想或许该是让她走的时候了。莎拉不同意。”

“结果怎样？”

“医生用砒霜来治疗她，没想到居然有效，那使凯特的病情和缓了一年。”

“你是说有个方法可以拯救凯特，而那与利用安娜的身体无关？”

布莱恩摇头。“我是说……我是说我那时深信凯特会死。可是莎拉，她不放弃凯特，继续奋战。”他看向他太太，“而现在，凯特的肾功能已经衰竭。我不想再看到她受苦。可是同时，我不想犯两次同样的错误。我不想在凯特的生命还有挽回的机会时，便告诉我自己事情已经结束了。”

布莱恩变得无法应付他矛盾混乱的情绪，直朝我精心布置的玻璃屋撞去。我必须把他拉回来："费兹杰罗先生，你事先知道你女儿要对你和你太太提出诉讼吗？"

"不知道。"

"当她那么做后，你和安娜谈过吗？"

"谈过。"

"费兹杰罗先生，和她谈过后你做了什么？"

"我和安娜一起搬出家里。"

"为什么？"

"那个时候我相信安娜有权把她的决定想清楚，她住在家里的话没有办法做到。"

"和安娜搬出去后，在和她深入地谈她为什么要提出诉讼后——你还同意你太太的要求，要安娜继续做凯特的捐赠者吗？"

我们预演过这问题的答案是：不。这是我这件案子的制胜关键。布莱恩倾身向前回答："是的，我同意。"

"费兹杰罗先生，你认为……"然后我才意识到他说了什么，"请你再说一遍。"

"我还是希望安娜捐出一颗肾脏。"布莱恩说。

凝视着刚刚猝然将我的心理准备击倒的证人，我仓促慌乱地重新站起来。如果布莱恩不支持安娜不再做捐赠者的决定，那么法官很难做出对安娜有利的医疗权裁决。

同时，我听到安娜脱口发出细微的声音，她那沉默的灵魂不由得失去平衡，让你感受到那种看似彩虹，其实只是被光影的花招耍了的感觉。"费兹杰罗先生，你愿意让安娜做重大的手术，损失一个器官去拯救凯特吗？"我问。

眼看着一个强壮的男人崩溃，是一件奇特的事。"你能在这里告诉我正确的答案是什么吗？”布莱恩问，他的声音变得沙哑，“因为我不知道要去哪里寻找答案。我知道什么是对的。我知道什么是公平的。但是这两者在这里都不适用。我可以到庭作证，我可以考虑要说什么，我可以告诉你什么应该做、什么必须做。我甚至可以告诉你一定会有更好的解决办法。可是已经十三年了，亚历山大先生，我还没有找到。”

他的头慢慢地垂向前，高大的身躯困在窄小的空间里，直到他的额头靠到那围起证人席的木制栏杆上。

狄沙罗法官在莎拉·费兹杰罗开始盘问证人前，宣布休息十分钟，让证人可以平静一下。我和安娜下楼找自动贩卖机。投进一块钱，它就会吐出没什么味道的茶，或是味道不怎样的汤。她坐着，脚跟抵在凳子的横木上。我递给她一杯热巧克力，她没有喝，把它放在桌上。

“我从来没有看到过我爸爸哭，”她说，“我妈，她所有的时间都投注在凯特身上。可是爸爸——他如果崩溃，一定会躲在我们看不到的地方伤心。”

“安娜……”

“你想是我害他哭的吗？”她问我，“你想我不该要求他今天来这里吗？”

我摇头：“即使你没叫他来，法官也会传唤他来作证。安娜，你必须自己上阵。”

她抬头看我，警觉地问：“上阵做什么？”

“作证。”

安娜对我眨眼睛：“你在开玩笑吗？”

“我以为法官如果看到你爸爸支持你的选择，他的裁定无疑会对你有利。可是很不幸，刚才你爸爸的证词出现大逆转。而我不知道茱莉亚要说什么——即使她倾向你这边，狄沙罗法官还是需要被说服，你已经够成熟了，可以自己独立作这些决定，不必依赖你爸妈。”

“你的意思是我得去那里，像个证人？”

我一直都知道，到了某个时候，安娜必须上证人席。像这种关于未成年人的决定权的案子，法官理所当然会想听未成年当事人的心声。安娜在作证的时候可能会表现得怯懦，可是我相信，在潜意识里，她是真的想自己讲清楚。如果不是希望终于能说出心里的话，那她何必挑起诉讼的麻烦？

“你昨天告诉我，我不必作证。”安娜激动地说。

“我错了。”

“我雇用你是为了让你告诉大家我要什么。”

“那样行不通。”我说，“你提起这桩诉讼案。你要做另一个人，有别于你的家庭十三年来塑造的那个人，那你就必须拉开帘子，让我们看看她是谁。”

“这个星球有一半的大人不知道他们是谁，可是他们每天都可以自己作决定。”安娜争辩。

“他们不是十三岁。听着，”我想我将触及这件事情的关键点，“我知道过去你勇敢说出自己的心意都没有用。可是我向你保证，这次你说出来，大家都会注意听。”

我以为我说的话会发生作用，结果竟与我预期的相反。安娜双手在胸前交叉。“我不可能去那里。”她说。

“安娜，做证人其实也不是什么大不了的事……”

“坎贝尔，那是大不了的事。是最大得了的事。我不去。”

“你不作证的话，我们就输了。”我解释。

“那就想别的办法赢。你是律师。”

我不会掉进她的圈套。我耐心地用手指敲击桌子：“你能告诉我，你为什么这么坚决地反对做证人吗？”

她抬眼往上看：“不能。”

“不能，你不能去？还是不告诉我？”

“有些事情我就是不想谈。”她的脸色冷肃，“我以为你在所有的人中，是最能了解的。”

她完全知道该如何刺激我。“到时候再决定吧。”我低声建议。

“我不会改变心意。”

我站起来，把整杯咖啡丢进垃圾桶里：“好吧，那就别指望我能改变你的人生。”

莎拉
现在

时间的推移产生一个奇怪的事实：性格的钙化。如果灯光从布莱恩的右边照过来，我还是可以看到他淡蓝色泽的眼睛，它们常常让我想起我还没能去那里游泳的海洋。在他笑起来的法令纹下面，他的下巴有个凹沟——那是我在我刚生下来的小孩脸上寻找的第一个特征。我一直希望能受到他刚毅的个性、沉默的意志与平和稳定的情绪感染。这些基本要素使我爱上我丈夫，即使现在有时候，我不认同他的想法，或许那也不是坏事。改变不见得不好。贝壳里的一粒沙，对某些人而言是令人生气的东西，对其他人而言却像是珍珠。

布莱恩的眼睛从在抠大拇指上的小疤的安娜身上移开。他看着我，像一只老鼠在观察老鹰。他的目光含蕴着的某种神情令我心痛，他真的把我当成老鹰吗？

别人也都是那样看我的吗？

我希望我们现在不是在法庭见面。我希望我能在他身边醒来，对他说：当初我不知道我们的人生会如此，或许我们不能找到走出这条巷子的路。可是我不愿失去我们家的任何一个人。

听着，布莱恩，我会说：我或许错了。

“费兹杰罗太太，”狄沙罗法官说，“你有问题要问证人吗？”

我发现那句话对一对夫妻是很好的考验。丈夫或太太除了在开庭时指证彼此的错误之外，还能做什么?

我慢慢地从我的座位站起来。“你好，布莱恩。”我的声音不如我期望的那么平稳。

“莎拉。”他回答。

打过招呼后，我不知道该说什么。

一个回忆掠过我脑际。我们要出去玩，但没有决定要去哪里玩。所以我们上车往前开，每半个小时，我们让我们的一个孩子选择公路的出口，或告诉我们要往右转还是左转。结果我们到了缅因州的海豹湾停了下来，因为按杰西指挥的方向继续走的话，我们会冲进大西洋。我们租了一间没有暖气没有电的小木屋——而我们的三个小孩都怕黑。

我不知道我大声说了出来，直到布莱恩回答。“我记得。”他说，“我们点了许多蜡烛放在地上，我那时候想我们肯定会把房子烧掉。结果下了五天雨。”

“第六天天气放晴，公野鸭好凶，我们几乎无法走到屋外。”

“杰西碰到毒藤，眼睛肿得闭……”

“对不起。”坎贝尔・亚历山大插嘴。

“抗议成立。”狄沙罗法官说，“律师，你们的谈话有何用意?”

我没打算要把我们的对话导向哪里，我们选择的那个目的地糟透了，可是那个礼拜非常值得珍惜。当你不知道你要朝哪里走，你会发现到达了一个没人想去探索的地方。“凯特没有生病的时候，”布莱恩小心地、慢慢地说，“我们有些很愉快的美好时光。”

“你不觉得凯特如果走了，安娜会怀念那些时光吗?”

坎贝尔如我所料地离座："抗议！"

法官抬手阻止他，对布莱恩点头要他回答。

"我们都会怀念。"他说。

这一刻，奇妙的事情发生了。我和布莱恩隔着证人席的栏杆面对面，觉得我们像磁铁在相斥翻转，但是我们并没有把对方推开，反而突然彼此相吸了。多年以来我们第一次又年轻了，第一次又能心意相通了。我们老了，怀疑我们怎么会在这么短的时间内走了这么长的路。我们一起看过十几次电视播放的除夕夜烟火，三个睡着了的孩子挤在我们之间的床上，挤得我可以感觉到布莱恩的得意，即使我们两个的身体并没有接触。

他和安娜突然间搬出去没有关系，他曾对关于凯特的决定有疑虑没有关系。他做了他认为对的事情，就像我一样，我不能怪他。人生有时候会因为琐事而陷入困境，你忘了活在其中。总是有另一个约会必须如期履约，总是有另一张账单要支付，总是有另一个症状又出现，总是有另一个平安无事的日子可以在木墙上留下刻痕。我们同时调整我们的手表，研究我们的日程表，在那些时刻活着，完全忘了退后看看我们完成了什么。

如果我们今天失去凯特，我们会拥有她的十六年，没有人可以把这个事实拿走。很久以后，当我们很难想起她笑容满面的模样，或者感觉她的手在我的手里，她声音的完美音调，我会对布莱恩说，你不记得吗？就像这样……

法官的声音打断我的沉思："费兹杰罗太太，你问完了吗？"

我永远不需要交叉询问布莱恩。我永远知道他的回答是什么。我会忘记的是问题。

"差不多了。"我转向我丈夫。"布莱恩，"我问，"你什么时候回家？”

法院大楼的内部有一整排自动贩卖机，其中没有一台卖你想吃的东西。在狄沙罗法官宣布休庭后，我漫步到那里，凝视着星巴克咖啡、品克薯片和陷在螺旋状凹槽里的奇多膨化零食。

“奥利奥夹心饼干是你最好的选择。”布莱恩从我后面说。我转身，刚好看到他喂给机器七十五美分。“简单。经典。”他按了两个键，饼干便以自杀式的俯冲之姿落到机器的底部。

他领我到桌旁，桌面有刻痕和污迹，被人们刻上永恒的姓名缩写字母，刻画他们的思想。“你在证人席上时，我不知道该问你什么。”我承认，然后迟疑地问，“布莱恩，你觉得我们是好父母吗？”我想到杰西，我很久以前就放弃他了。想到凯特，我解决不了她的健康问题。想到安娜……

“我不知道。”布莱恩说，“有任何人是吗？”

他递给我一包奥利奥。我张开嘴巴，想告诉他我饿了，布莱恩把一块饼干塞进我嘴里。美味粗糙的饼干抵着舌头，我突然觉得好饿。布莱恩抹掉我嘴唇旁边的饼干屑，轻柔得仿佛当我是上等的瓷器。我享受他亲昵的动作。我想，或许我从来没有尝过这么好吃的饼干。

那天晚上，布莱恩和安娜搬回家。我们两个一起送安娜上床，亲吻她。然后布莱恩去冲澡。过一会儿我必须去医院，可是现在我坐在安娜对面凯特的床上。“你要对我说教吗？”她问。

“不是像你想的那样。”我的手指抚着凯特一个枕头的边缘，“你不会因为想做你自己而变成坏人。”

“我从来没有……”

我伸手阻止她说下去。“我的意思是，你有那样的想法是人之常情。只因为你变得与大家期待的不一样，并不表示你在某方面失败了。一个小孩在一所学校里被取笑，可能转到另一所学校后，就变成了那里最受欢迎的女孩，因为新学校没有人对她有任何期待。或者一个人因为他的整个家族都是医生，所以去上了医学院，然后他可能发现其实自己真正想做的是艺术家。”我做个深呼吸，再摇摇头，“你懂我的意思吗？”

“不太懂。”

她的回答令我微笑：“我想我是在说，你让我想起某个人。”

安娜撑起手肘抬起身子问：“谁？”

“我。”我说。

你跟你的合伙人搭档很多年，他仿佛成为汽车前座贮物箱里已经翻旧了、起皱了的地图，那条路线你记得很熟，熟到你可以在心里画出来。在你开车的一路上，可以随时从脑海里调出来检阅。然而，当你不经意的时候，有一天你睁开眼睛，发现一条不熟悉的岔道，一条以前似乎不在那里的路，你必须停下来猜想，或许这条路根本不是新的，而是你一直以来都忽略了。

布莱恩躺到我身边。他没说什么，只是把手放到我颈窝处。然后他吻我，一个既苦又甜的长吻。这在我意料之中，我没料到的是他的下一个动作——他用力咬我的嘴唇，我尝到了血味。“噢。”我带着笑意轻呼，希望能让气氛轻松一点。可是他没笑，也没道歉。他靠上前，舔我的血。

那使得我的心神荡漾。这是布莱恩，这也不是布莱恩，两个他都很棒。我自己伸舌头舔血。我像兰花那样绽放，让身体成为摇篮，感觉他的气息在我颈间游走，越过我的双峰。他的头在我的肚子上方停留，又出乎我意料地咬我一下，那勾起了我熟悉的痛感——以前当我怀孕的时候，每天晚上在我的肚子上轻咬一下是他的老习惯。

然后他继续行动。叠到我身上，他是我的第二个太阳，以光和热充满我。我们是一组对比的研究对象——坚实对柔软，金发对棕发，狂乱对平静——然后我们安适地融入彼此的怀中。那让我意识到，我们两个缺少对方的话就不完整了。我们是莫比乌斯环，两具左旋右旋的躯体，不可思议地连续纠缠。

“我们快失去她了。”我耳语，连我自己也不知道我是在说凯特还是安娜。

布莱恩吻我。“现在什么都别想。”他说。

我们没有再说话。那样最安全。

星期三

然而从那些火焰，

没有光，可是黑暗里反而看得见。

——约翰·弥尔顿，《失乐园》

茱莉亚

我晨跑后返家，看到伊莎坐在客厅里。“你还好吗？”她问。

“好呀。”我脱掉运动鞋，擦拭额上的汗水，“你怎么会这样问？”

“因为正常人不会清晨四点半就去跑步。”

“我必须去发泄一些精力。”我走进厨房。事先设定好的百龄牌咖啡磨豆机现在应该磨好咖啡豆了，结果事实不然。我检查咖啡机“伊娃”的插头，试着压压她的几个按键，可是整个显示面板全无反应。“可恶。”我把电线拉出墙上的插座，“她还没有老到故障的年纪。”

伊莎来到我身边，胡乱摸弄伊娃：“她还在保修期吗？”

“我不知道。我不在乎。我只知道当你付钱买下这个东西，它就应该给你一杯咖啡。你理应喝到一杯该死的咖啡。”我用力放下空的玻璃咖啡壶，将它在水槽里摔碎。然后我滑下流理台开始哭。

伊莎跪到我旁边：“他做了什么？”

“同样的事情，伊莎。”我哭道，“我该死的蠢毙了。”

她搂抱我。“要把他丢进油锅？”她建议，“还是让他肉毒杆菌中毒？或是阉掉他？随你挑。”

她的话令我莞尔：“你也会和我一样犯同样的错误。”

“只因为你也会帮我报仇。”

我靠在我姐姐的肩膀上：“我以为雷不会打在同一个地方两次。”

“它当然会，”伊莎说，“你笨得不移动就又会被打到。”

第二天，第一个在法院里跟我打招呼的不是个人，而是那只叫法官的狗。它垂着耳朵，悄悄地从角落里溜过来，显然想逃离它主人高声叫嚷的声音。“嘿。”我抚摸它，可是法官不想被人如此对待。他咬我的套装下摆——我发誓会叫坎贝尔付这件衣服的干洗账单——它把我拖向吵架的地方。

还没有转弯我就听到了坎贝尔的声音：“我浪费了时间和人力，你知道吗？那还不是最糟的。我浪费了我对一个客户的正确判断。”

“对啦，嗯，你不是唯一一个判断错误的人。”安娜反驳，“我雇用你是因为我以为你有勇气。”她匆匆经过我身边。“混蛋。”她忿忿地低喃。

那一刻我想起在船上独自醒来时的感觉：失望。茫然，气自己又陷入那种状况。

我为什么不对坎贝尔生气？

法官趴到坎贝尔身上，用爪子拍打他的胸部。“下来！”他命令。然后他转身看到我。“你不该听到我们的谈话。”

“我相信你不想让我听到。”

他重重地坐到会议室的椅子上，手抹过脸：“她拒绝上证人席。”

“看在上帝的份上，坎贝尔。她连在她家客厅都无法面对她妈妈，更不可能在交叉询问时面对她。你指望什么？”

他抬头看我，仿佛想看穿我。“你要怎么告诉狄沙罗？”

“你是为安娜问的，还是为了怕输掉这场官司问的？”

“谢了，不过我的良心留在四旬斋节忏悔去了。”

“你不问问你自己，为什么一个十三岁的女孩会激怒你呢？”

他故作夸张地苦笑：“你为何不走开，茱莉亚，毁掉我的案子，就像你一开始打算的那样？”

“这不是你的案子，这是安娜的。我能清楚地看出你为什么不那么想。”

“那是什么意思？”

“你是个懦夫。你们两个都在拼命逃避自己。”我说，“我知道安娜害怕落得什么结果。你呢？”

“我不懂你在说什么。”

“不懂吗？你的俏皮话呢？或者快打到要害时你就很难开玩笑了？每次有人接近你，你就退后。安娜如果只是一个客户还可以，可是当她变成你关心的人，你就感到困扰了。至于我，上床没关系。可是要牵扯到感情的依恋，那就不可能了。跟你唯一有关系的是你的狗，即使如此，你们之间也藏着了不起的国家机密。”

“茱莉亚，你太过分了……”

“不，事实上，我可能是唯一一个有资格让你知道你有多么奇怪的人。不过那没关系，对不对？因为如果大家都认为你是个怪人，就没有人会费心去打搅你。”我瞪视着他很久，“你很失望得知有人能看穿你，是不是，坎贝尔？”

他起身，表情冷漠：“我还有案子要处理。”

“尽管去，”我说，“要确定你把公平正义和需要它的当事人分离。否则，上帝会禁止这样的事情发生，你可能真的发现你有颗只关心工作的心。”

我在我使自己变得更加尴尬前走开，听到坎贝尔的声音追上来：“茱莉亚，不是那样的。”

我闭上眼睛，背弃我的理智，转过身看他。

他犹疑：“那只狗。我……”

不管他预备说什么，都被在门口出现的弗恩警官打断。“狄沙罗法官已经去法庭了，”他插嘴，“你们迟到了，还有小卖场的咖啡牛奶已经卖光了。”

我迎向坎贝尔的目光，等他说完他的话。“你是我的下一个证人。”他平静地说。那个时机在我还不记得它存在过之前就消失了。

坎贝尔

要做个讨厌鬼越来越难了。

我进入法庭的时候双手在颤抖。部分原因当然是老毛病发作。另外一部分原因是坐在我旁边的当事人像一块没有反应的石头，此外还有我即将要把我迷恋的那个女人送上证人席。法官进来时，我瞄向茱莉亚，她刻意把日光转开。

我的笔从桌子滚下地："安娜，可以请你帮我捡起来吗？"

"我不知道哎。我会浪费时间和人力，不是吗？"她说。那支该死的笔仍躺在地上。

"亚历山大先生，你预备好传唤你的下一位证人了吗？"狄沙罗法官问。我已经做好下一回合的攻防准备，当然不会让对方的律师失望。可是，在我说出茱莉亚的名字之前，莎拉·费兹杰罗要求到法官席前商议。

"我请来当证人的精神科医生今天下午在医院里有个预约。庭上可否允许她先作证？"

"亚历山大先生？"

我耸肩。对我而言那如同暂缓执行死刑。因此，我坐到安娜旁边，看着一个深色头发、圆发髻盘得过紧的矮小女人走上证人席。"请说出你的名字和地址以供记录。"莎拉开始说。

“毕塔·诺医生，”精神科医生说，“翁沙克特市，欧瑞克路1250号。”

诺医生[①]。我放眼看去，我显然是法庭里唯一的詹姆斯·邦德迷。我拿出一本标准的拍纸簿，写了一张纸条给安娜：如果她嫁给钱斯医生，那她就成了没机会医生。[②]

安娜的嘴角绽开笑意。她捡起掉到地上的那支笔，在纸条上写了一句话回我：如果离婚再嫁给巴斯特先生，那她就成了没机会老兄医生。[③]

我们两个都开始发笑，狄沙罗法官清清喉咙，用目光谴责我们。

“法官大人，对不起。”我说。

安娜递给我另一张纸条：我还在生你的气。

莎拉走向她的证人：“医生，可以请你告诉我们你的工作性质吗？”

“我是个小儿精神科医生。”

“你是如何开始认识我的孩子的？”

诺医生瞄向安娜：“大约七年前，你带你行为偏差的儿子杰西来。从那时候起在不同的场合中，我见过你所有的孩子，跟他们谈过不同的话题。”

“医生，我上礼拜打电话给你，请你准备一份报告提供你专业的意见，关于，如果凯特过世，安娜的心理会受到怎样的伤害。”

“是的。事实上我做了一些研究。马里兰州有个类似的案例，一个女孩被要求做她双胞胎姐妹的捐赠者。精神科医生检查过这对双胞

---

① 诺（Neaux）为法语名，音同英文no，《Dr. No》是007系列电影的第一部。

② 钱斯为音译，意译即机会。Dr. Neaux-Chance则可意译为“没机会医生”。

③ Dr. Neaux-Chance-Buster。Buster的音译为巴斯特，意译为老兄或小子、小鬼。

胎，发现她们彼此有强烈的通感，如果手术如预期的成功，那对捐赠者有莫大的益处。”她看着安娜，“在我看来，现在这个案件的状况非常类似。安娜和凯特很亲密，她们不只是有血缘关系，她们住在一起，常常在一起玩。说她们唇齿相依也不为过。如果安娜捐出一个肾脏能救她姐姐的命，那会是一个非常珍贵的礼物——受惠的不只是凯特。因为如此一来，安娜会继续拥有一个没有受伤害的家庭，而不是一个失去了成员的家庭。”

这堆莫名其妙的心理学屁话真叫我听不下去，可是令我震惊的是，法官似乎很认真地听进去了。茱莉亚也在侧耳倾听，眉毛间还因此皱起一道小纹路。我是法庭里唯一一个大脑还能正常运转的人吗？

“再者，”诺医生继续说，“有些研究指出，作为捐赠者的小孩自尊心比较强，也感觉自己在家庭结构里比较重要。他们当自己是超级英雄，因为他们做了其他家庭成员没办法做到的事。”

那是我所听过的对安娜·费兹杰罗最离谱的陈述。

“你认为安娜有能力做她自己的医疗决定吗？”

“绝对没有。”

哈！真是大惊喜！

“不管她如何作决定，对整个家庭都会有深远的影响。”诺医生说，“当她做决定的时候，她应该会想到这点，所以她绝不可能真的独立作决定。再说，她才十三岁。她的智力发展还未成熟，没办法看得太远，所以她作的任何决定都只是根据她目前所看到的、离眼前不远的事情，而不会考虑到长期发展。”

“诺医生，”法官插嘴，“针对这个案件，你如何建议？”

“安娜需要一个比较有人生经验的监护人……某个会为她着想的人。我很乐意和这个家庭一起工作，但是这个个案，家长必须做家长该做的事——因为这个孩子没有自主的能力。”

莎拉把这个证人交给我，我准备痛斥她。“你要求我们相信，安娜捐出一个肾就会赚到所有这些珍贵的心理上的奖赏。”

“没错。”诺医生说。

“照你那么说，如果她捐出你希望她捐的那颗肾——结果她姐姐在换肾时过世——那么安娜岂不是会遭受极大的心理创伤？”

“我相信她父母会帮助她克服。”

“事实是安娜说她不想再做捐赠者了，她的意愿不重要吗？”

“当然重要。可是就像我说的，安娜目前的心智只看得到短期的结果。她不知道这个决定会演变成什么样的后果。”

“又有谁知道呢？”我问，“费兹杰罗太太或许不是十三岁，可是她活着的每一天都在焦急地等待凯特的健康出状况，你不觉得吗？”

精神科医生勉强地点头。

“你可以说，她给她自己下的好妈妈的定义是，保持凯特的身体健康。事实上，如果她的决定能使得凯特活命，她自己会在心理上获得莫大的利益。”

“当然。”

“费兹杰罗太太会在这个包括了凯特的家庭里，地位更加崇高。喔，甚至可以说得更远一点，她这一生中作的决定全都不够独立，而是根据一些经过医生渲染的对凯特的健康建议。”

“可能。”

“那么按你自己的理由，”我推论，“莎拉·费兹杰罗看起来、感觉起来，还有她的表现，都像是凯特的捐赠者，对吗？”

“呃……”

“除了她没有供应她自己的骨髓和血液，而是安娜的。”

“亚历山大先生。”法官警告。

“如果莎拉符合近亲捐赠者心理上的人格表征，可是她自己并不能独立做决定，那么她为什么会比安娜更有能力来做这个决定？”

我从眼角看到莎拉愣住了。我可以听到法官敲他的小木槌。“你说得对，诺医生——家长必须做家长该做的事，”我说，“可是有时候那样还不够。”

茱莉亚

狄沙罗法官宣布休息十分钟。我放下我的危地马拉编织背包，在洗手的时候，厕所的一扇门打开。安娜从里面走出来，迟疑了一下，然后拧开我旁边的水龙头。

“嗨。”我说。

安娜伸出双手放在烘干机下面。但是烘干机没有感应到她的手掌，没有吹出风来。她又在烘干机下挥挥手指，然后瞪着她的双手看看，好似在确定她是不是隐形的。她拍打金属的烘干机。

我靠过去，一只手在烘干机下面一挥，热风吹到我的手掌上。我们分享这小小的温暖，像牧民围着圆形火炉在取暖。“坎贝尔告诉我你不想作证。”我说。

“我真的不想谈这件事。”

“有时候为了你最想做的事，你必须做你起码该做的事。”

她靠着厕所的墙，双手交叉。“谁死了让你变成孔夫子？”安娜转身，然后帮我拿起背包，“我喜欢这个。色彩缤纷。”

我接下背包，背上我的肩膀。“我去南美的时候，亲眼看到老太太编织这种背包。编这个图案需要二十种不同颜色的线轴。”

“就像真理那样。”她说完便离开厕所，或者我没听清楚，以为她那样说。

我注视坎贝尔的手。当他在讲话的时候，手势很多，几乎在用他的双手打标点符号。可是他的手在轻微地颤抖，我将之归因为他不知道我要讲什么。“至于诉讼监护人，”他问，“你对这个案件有何建议？”

我做了个深呼吸，看向安娜。“我在这个案件里看到的是一个年轻女孩，她这一生都觉得自己背负着救助她姐姐的巨大责任。事实上，她知道她是扛着这样的责任来到这个世界。”我瞄向坐在席位上的莎拉，“我想这个家庭，当他们决定要孕育安娜的时候，他们是心存善意的。他们想拯救他们的大女儿，他们相信安娜会是这个家庭受欢迎的额外成员——不只是因为她会提供基因，也因为他们要爱她，看着她好好地成长。”

然后我转向坎贝尔：“我也完全了解，这个家庭在尽任何人道的可能性去救凯特时，可能遭人批评。但是当你爱着某个人，你会竭尽所能地留住他。”

我还是个小女孩时，常常半夜醒来，我会记得我最狂野的梦——我在飞；我被锁在一家巧克力工厂里；我是加勒比海小岛上的皇后。我醒来，闻到头发有鸡蛋花的味道，或者意识混乱地抓着我睡衣的折边，直到我意识到我只是做了一场虚幻的梦。而不管我多努力地尝试，我可能再睡着，可都不能驱使自己回到刚才那个梦的架构里。

有一次，我跟坎贝尔一起过夜，我在他怀里醒来，发现他还在睡。我跟踪他脸上的地形：从他的颧骨到他耳朵的漩涡，再到他唇边的笑纹深沟。然后我闭上眼睛，有生以来第一次回到之前的梦中，接续刚才未完的梦。

“不幸的是，”我在法庭里说，“也该有个终点，这时你必须退后说，该是放她走的时候了。”

坎贝尔抛弃我后，我整整一个月没下床，除非必须去望弥撒或坐到晚餐桌前。我不梳洗，黑眼圈非常明显。那时别人第一眼看到我和伊莎时，完全不会联想到我们是双胞胎。

我凭着自己的意志力鼓起勇气下床那天，我去了惠勒学校，到船坞那附近溜达，小心地躲起来，直到我发现一个帆船队里的男孩，他是暑期班的学生，正从船坞里搬出一艘学校的小艇。他是金发，而坎贝尔是黑发。他矮胖，而坎贝尔高瘦。我假装需要搭便车回家。

不到一个小时，我便在他的丰田汽车后座跟他胡搞。

我会那么做是因为，如果我跟别人做过，那我的皮肤上就不会留着坎贝尔的气息，我的嘴里也不会再尝到他的味道。我会那么做是因为，我觉得我的体内好空虚，我怕我会飘浮，像充了氦气的气球飞得好高，你会连它可能是什么颜色都看不出来。

我感觉到我懒得记住名字的男孩在我身上喘息起伏，而空洞的我飘远了。我突然了解为什么那些气球都迷失了：它们是自我们的拳头中溜走的爱；它们是挂在每个夜空中茫然的眼睛。

“当我刚接下这份工作的时候，”我告诉法官，“我开始观察这个家庭成员间的交流方式，在我看来，他们曾作的医疗决定权似乎符合安娜的最大利益。可是随后我了解到，我和这个家庭的其他人一样，是怀着罪恶感来作判断——仅根据生理上的影响，而不是心理上的。这个决定容易解决的部分是，指出安娜有哪些医疗权利。底线是，捐赠器官和血液不是她最大的利益，安娜本身不会因此受惠，但能延长她姐姐的生命。”

我看到坎贝尔的眼睛发亮，我的支持令他惊讶。“很难提出解决之道，因为，虽然做她姐姐的捐赠者或许不符合安娜的最大利益，但她自己的家庭也没有能力作合情合理的决定。如果凯特的病是一列失控的火车，大家在危机一次又一次发生时的反应，都没能想出最好的方法把火车带入车站。用同样的类比，她爸妈的压力是岔道转辙器——安娜不管是在心理上或生理上，都还不够成熟，得去引导她自己作决定，去了解他们的希望是什么。”

坎贝尔的狗站起来开始发出低鸣。我因此分心，转头去看噪音的来源。坎贝尔把狗的鼻子推开，他的目光一直没离开我。

“依我看，费兹杰罗家里没有一个人能为安娜的健康作不偏不倚的公正决定。”我肯定地说，“她的父母不能，安娜自己也不能。”

狄沙罗法官对我皱眉头。“那么罗曼诺小姐，”他问，“你对本庭有何建议？”

坎贝尔

她要对这桩诉讼案投反对票了。

那是我第一个难以置信的想法——我的案件还没有被烈焰吞噬，即使在茱莉亚作证之后。第二个想法是，茱莉亚对这个案子的了解，和我跟安娜一样深，只不过她把她做过的功课展示出来给大家看。

我的狗选择在这一刻捣蛋。它的牙齿咬进我的外套，开始拖我，可是我如果不听茱莉亚讲完就要求休庭的话，那我就该死。

“罗曼诺小姐，”狄沙罗问，“你对本庭有何建议？”

“我不知道，”她柔声说，“我很抱歉。这是我担任诉讼监护人以来第一次无法提出明确的建议，我知道您无法接受这个答案。可是一方面，我认为布莱恩和莎拉·费兹杰罗从头到尾都没做错什么，他们只不过是以爱为出发点，为他们的两个女儿的生命做选择。这么说，好像他们当然没有作错误的决定——但是这些决定对他们的两个女儿而言，也不见得都是正确的。”

她转向安娜，我可以感觉我旁边的安娜坐得更直了一点，骄傲了一点。“另一方面，我认为安娜有权在顺从了十三年后，挺身为自己讲话，即使那样可能会失去她心爱的姐姐。”茱莉亚摇头，“这是所罗门王的判决，法官大人。只不过您不是要求我将一个婴儿切成两半，而是要求我将一个家庭切开。”

我感觉到我的另一只手被拉动，我正想再次推开我的狗，但随即意识到，这次拉我的人是安娜。“可以。”她耳语。狄沙罗法官让茱莉亚离开证人席。“可以什么？”我回以耳语。

“可以，我要讲话。”

我无法置信地凝视她。法官在低鸣，用它的鼻子拍我的大腿，可是我不能冒险在这个时刻要求休庭。安娜可能在下一秒钟改变心意。“你确定吗？”

她没有回答我的话。她站起来，吸引了法庭内所有人的注意。“狄沙罗法官，”安娜做个深呼吸，“我有话要说。”

安娜

让我告诉你，关于我第一次必须在班上做口头报告的事：那是小学三年级的时候，我负责讲袋鼠。你知道的，它们是很有趣的动物。我的意思是，不光因为它们是只在澳大利亚才有的动物，像某种进化突变的物种——它们有鹿的眼睛和无用的暴龙的爪子。它们最迷人的地方当然是它们的肚袋。小袋鼠刚出生时小得像细菌，就会设法爬进妈妈的育儿袋，把自己安置在那里，即使它们愚蠢的妈妈在澳大利亚内地跳个不停。袋鼠妈妈的肚袋不像礼拜六早上的卡通片演得那样——是粉红色的，皱得像嘴巴里面充满了妈妈重要的管子。我敢打赌你不知道，袋鼠妈妈的肚袋一次不止装一只小袋鼠。不时会有一只犹如兄姐缩影的小袋鼠，当它的姐姐不安分地在袋里游走、到处弄出声音时，它小小的身子会凝成胶状般，舒适地窝在袋子的底部。

诚如你所看到的，我作了充分的准备。可是当快要轮到我时，史提芬·史卡皮诺拿着一只纸糊的狐猴模型出现，我知道我快吐了。我去找老师库伯特太太，告诉她如果我继续做这项功课，恐怕会出糗。

“安娜，”她说，“你如果告诉自己你觉得很好，你就会很好。”

所以当史提芬讲完，我站起来，做了个深呼吸。“袋鼠，”我说，“是只生活在澳大利亚的有袋动物。”

然后我狂吐起来，呕吐物波及坐在前排的四个倒霉的小朋友。

那一年剩下的上学的日子里，我被称为“呕吐的袋鼠”。不时会有小朋友搭飞机去度假，而我会去我的藏身处，找一个呕吐袋，别在我的套头羊毛衫的前面，权充有袋动物的肚袋。我是全校最大的笑柄，直到洪达伦在体育馆里抢旗子，不小心拉下了欧莉雅娜·伯塞姆的裙子。

我告诉你这些是要说明，我有多讨厌在众人面前讲话。可是现在，在证人席上，我有更多事情要烦恼。我不像坎贝尔想的会很紧张。我也不怕我开不了口。我是怕我会说太多。

我看向法庭，看到我妈妈坐在她的律师席上，看到我爸爸对我微微一笑。突然间，我不相信我曾以为可以这样渡过这个难关。我摸着椅子边缘，准备为浪费大家的时间道歉，然后逃走——可是我看到坎贝尔的脸色很难看。他在冒汗，瞳孔变得好大，像二十五美分的硬币嵌进他的脸。“安娜，”坎贝尔说，“你要一杯水吗？”

我看着他想，你要吗？

我要的是回家。我要跑到一个没人知道我名字的地方，假装我是百万富翁领养的小孩，牙膏制造王国的继承人，日本流行音乐巨星。

坎贝尔转向法官说：“我可以和我的当事人商量一下吗？”

“请便。”狄沙罗法官说。

坎贝尔走近证人席，靠得好近，用只有我听得到的声音说：“当我还是个小孩的时候，我有个朋友叫约翰·巴兹[①]，”他轻声说，“想象诺医生嫁给他。”

我还在笑时，他已经退离证人席，我想他的笑话可能，只是可

① 巴兹（Balz），是buzz（噪音、嗡嗡声之意）的谐音。

能，让我能在证人席上多待两三分钟。

坎贝尔的狗发狂了似的——看起来它才真的需要喝杯水或什么的。而我不是唯一注意到它的异状的人。“亚历山大先生，”狄沙罗法官说，“请你控制你的动物。”

“别这样，法官。”

“你说什么？”

坎贝尔涨红了脸。“我如您所要求的在跟狗说话，法官大人。”然后他转向我，“安娜，你为什么要提起这桩诉讼？”

你可能已经知道，谎言有它自己的味道。容易裂成一块块的会发苦的东西，味道一定不对。就像当你把一块精美的巧克力放进嘴巴，期望里头包着太妃糖浆，然而你却吃到柠檬味的。“因为她要求我。”这句话会像雪崩。

“谁要求你做什么？”

“我妈，”我看着坎贝尔的鞋子说，“要求我捐一颗肾脏。”我往下看我的裙子，用手指抓起一根线。我很可能把整件事情都揭穿。

·

大约两个月前，凯特被诊断出肾出了毛病。她很容易累，体重减轻，水肿，经常呕吐。她的病症有几个可能：基因异常、粒细胞-巨噬细胞集落刺激因子——以前凯特为了骨髓增生而打了不少生长激素的针，其他治疗产生的压力。她通过透析来除去血液里的毒物。然后，透析无效。

一天晚上，我妈在我和凯特都在房间时进来。她带着爸爸，那代表我们要聚在一起，讨论比较重大的事情，而不是“谁不小心没把水龙头关好”那种琐事。“我上网去看过一些数据，”我妈说，“典型的器官移植并不如自骨髓移植恢复过来那么难。”

凯特看看我，放进一张新CD。我们两个都知道妈妈的话会导向何处。“你又不能去凯马特大卖场采购一枚肾脏。”

“我知道。你的肾脏捐赠者只需要两三种人类白细胞抗原的蛋白质相配就行了，不必六种蛋白质都符合。我打电话问钱斯医生我的是否能跟你相配，他说在正常的情形下，我可能可以。”

凯特听出玄机。“在正常的情况下？”

“你不是在正常的情况下。钱斯医生认为你会排斥来自捐赠库里普通捐赠者的肾脏，因为你的身体已经经历过太多折磨。”我妈往下看地毯，“他不建议做肾脏移植手术，除非那颗肾脏来自安娜。”

我爸爸摇头：“那对她们两个来说都是侵入性手术。”

我开始想这件事。我必须住院吗？会痛吗？人只剩一颗肾脏也能活吗？

要是我到七十岁的时候，我剩下的那颗肾坏掉了呢？我要去哪里找备用的肾？

在我发问之前，凯特先开口：“我不要再做了，好吗？我烦死了。住院、化疗、放疗，和所有这些那些奇奇怪怪的治疗。不要再烦我了，行不行？”

我妈脸色泛白：“好，凯特。那你就任性地自杀吧！”

凯特戴回她的耳机，把音乐开得好大声，连我都听得到。“如果你已经快死了，”她说，“那就不是自杀。”

“你有没有告诉过任何人，你不想再做捐赠者了？”坎贝尔问我。他的狗在法庭里原地团团转。

“亚历山大先生，”狄沙罗法官说，“我要叫一个法警来带走你的……宠物。”

那只狗真的已经完全失控。它吠叫着跳起来，前爪扑到坎贝尔身上。它被坎贝尔推开，又狂乱地兜圈子。坎贝尔两个法官都不理会。“安娜，你是自己一个人决定要提出这桩诉讼案的吗？”

我知道他为什么这样问。他要大家知道我有能力作像这么困难的决定。而我甚至想说谎，紧张得牙齿打颤。可是我想说的和我说出来的话并不完全相同：“我可以算是被别人说服的。”

这个信息我爸妈当然是第一次听到，他们目光如锤地砸到我身上。茱莉亚听到这个新闻，不自觉地发出一个小小的声音。坎贝尔一只手抹过他的脸，显然被这则新闻打败了。这正是为什么还是保持沉默的好，那比较不会毁了你的人生和别人的人生。

“安娜，”坎贝尔说，“是谁说服你的？”

我在这个孤单的星球、在这个国家、在这个座位里是如此渺小。我双手抱胸，想抱住我设法不让它溜走的唯一情绪：后悔。

“凯特。”

整个法庭变得死寂。在我能再开口之前，期待中的闪电打来了。我缩成一团，但是发现，我听到的声音不是地球裂开来要把我整个人吞进去。那是坎贝尔发出的声音，他倒在地上，他的狗站在旁边，用一种很人性的眼光在说：我早就警告过你了。

布莱恩

如果到太空旅行三年回来，地球上已经经过四百年。我想象自己是个航天员，并没有实际经验，可是我有个奇怪的感觉，我似乎刚刚旅行回来，回到了一个没有一件事合乎逻辑的世界。我以为我一直都在听杰西讲话，可是结果我根本没把他的话听进耳朵里。我小心地听安娜讲话，可是好像缺了一个片段。我试着回想她说的话，追踪它们，试着将它们合理化，就像古希腊人不知怎的发现天空的五个点，觉得它们看起来像女人的身体。

然后我醒悟了——我看错了地方。举例来说，澳大利亚的土著望着涂黑了的天空中希腊和罗马之间的星座，发现一只鸸鹋藏在南十字星下面没有星星的地方。黑暗的天空也有许多故事可说，和明亮的地方一样。

总之，当我女儿的律师倒在地上，癫痫症痛苦地发作时，我就是在想这些。

急救三步骤：维持呼吸道畅通、维持呼吸、维持心跳。维持呼吸道畅通对僵直性阵挛发作非常重要。我跳过围栏的矮门，必须把狗推开才能接近坎贝尔。它像个警卫，站在坎贝尔面前，看守他正在抽搐的身体。律师进入强直期，因为呼吸器官肌肉挛缩，发出用力呼吸的声音。他僵硬地躺在地上，四肢伸直。然后阵挛期开始了，他的肌肉呈现不规则的、连续性的抽搐。我将他的身体翻成侧卧，以防呕吐，然后我开始找能防止他在无意识时咬掉自己舌头的东西。不可思议的事情发生了，那只狗把坎贝尔的公文包撞倒，拖出某样看起来像是橡胶骨头的东西，但那其实是个咬合垫，狗把它放进我手里。我隐约察觉到法官在封锁法庭。我喊弗恩打电话叫救护车。

茱莉亚立即来到我身边："他还好吗？"

"他会好起来的。只是癫痫发作。"

她看起来好像快掉眼泪了："你不能帮他做什么吗？"

"只能等待。"我说。

她想碰触坎贝尔，我挡掉她的手："我不明白怎么会发生这种事。"

我不知道坎贝尔自己明不明白。我明白有些事情，没有先兆，便直接发生。

两千年前，夜晚的天空看起来和现在完全不一样，所以当你到那个时空，你会发现古希腊人认为星座和出生的日期有关，可是对照现今的星座和生日显然不一致。那叫作岁差：那时候人们认为太阳不是在金牛座，而是在双子座。一个人9月24日出生并不表示他是天秤座，而该是处女座。而且应该有十三个黄道星座，在射手座与天蝎座之间，有四天属于蛇夫星座。

这个说法可靠吗？地球的轴不稳定。生命也不像我们希望的那么稳定。

坎贝尔・亚历山大吐在法庭的地毯上，然后咳到清醒，进法官的办公室休息。"放轻松，"我说着扶他坐起来，"你刚才发作得很严重。"

他用手扶着头。“出了什么事？”

在发作前后出现失忆症是相当平常的事。“你失去了知觉。看起来像是癫痫发作。”

他瞄向我和恺撒帮他插上的点滴管：“我不需要那个。”

“你不需要才怪，”我说，“你不摄入抗癫痫药物的话，随时都会再倒到地上。”

他放松下来，背靠回沙发上，眼睛望着天花板：“我刚才有多糟？”

“很糟。”我说。

他轻拍法官的头——他的狗一直形影不离地跟着他。“好家伙。抱歉，我没听你的话。”然后他看向自己的裤子——湿了，发出尿骚味，那是癫痫症发作时的常见现象。“糟糕。”

“差不多。”我递给他一条我的制服裤子，那是我请恺撒顺便带过来的，“你需要帮忙吗？”

他摇头，试着用他没打点滴的那只手脱裤子。我一声不吭地帮他拉下拉链，帮他换裤子。我不假思索地这么做，就像我掀开需要救助的女人的衣服帮她们做心肺复苏。不过，我知道他尴尬得要命。

“谢谢。”他费劲地自己拉上拉链。我们安静地坐了一会儿。“法官知道吗？”他问。我默认，坎贝尔把脸埋进手掌里。“上帝！我就在众人面前出丑了？”

“你隐瞒多久了？”

“从一开始。我十八岁车祸后就开始这样了。”

“头部创伤的后遗症？”

他点头：“医生是这么说的。”

我双手在膝盖之间交握：“安娜很害怕。”

坎贝尔揉揉额头："她……在作证？"

"嗯。"我说。

他抬头看我："我必须回法庭。"

"还不行。"听到茱莉亚的声音，我们两个都转头看。她站在门口，两眼直盯着坎贝尔，好似以前从来没有见过他，我相信她一定没见过他这么狼狈的模样。

"我去看看我的队员报告填好了没有。"我呢喃地说道，留下他们俩。

事情并不总是像表面上呈现的那样。以一些星星为例，它们看起来像明亮的针孔，可是当你拿天文望远镜看它，你会看到球状星团，光是那一团就有几百万颗星星。比较不那么戏剧化的有三合星，像半人马座α就是这种聚星系统，但它看起来只是一对星星与一颗接近它们的红矮星。

非洲有一个土著部落，他们说生命是来自半人马座的第二颗星星，那颗星不用高倍数天文望远镜是看不到的。想到这里，古希腊人、澳大利亚土著、平原印地安人，他们都分别住在陆地上，彼此没有关联，他们同样看着昴宿星团的七姐妹星群，相信她们是七个年轻的女孩，要逃离威胁要伤害她们的人。

随你想象杜撰这个故事吧。

坎贝尔

唯一能和癫痫症发作后相比的感觉，是在参加完最好的兄弟会派对后，宿醉在人行道上醒来，然后马上被一辆卡车碾过。重新考虑后，我认为癫痫发作胜出。当茱莉亚走向我时，我一身的臭味，吊着点滴，快崩溃了。“它是一只癫痫狗。”我说。

“不是开玩笑吗？”茱莉亚伸出一只手让法官闻。她指向我旁边的沙发，“我可以坐下来吗？”

“癫痫不会传染，如果你是想问这个。”

“不是。”茱莉亚坐下来，只离我几英寸，近得我可以感觉她肩膀的热度，“坎贝尔，你为什么不告诉我？”

“上帝，茱莉亚，我连我爸妈都没说。”我试着越过她的肩膀看向走廊，“安娜在哪里？”

“这样已经有多久了？”

我想站起来，但只设法起身半英寸就没了力气：“我必须回法庭去。”

“坎贝尔。”

我叹气：“有一段时间了。”

“一段时间是多久，一个礼拜？”

我摇头说：“一段时间是指从我们自惠勒毕业的前两天。”我凝视着她，“那天我载你回家，只想跟你在一起，可是我爸妈叫我一定要去参加乡村俱乐部愚蠢的晚宴。我开车尾随他们，打算早点去早点开溜——我计划晚一点开车去你家。可是我在赴宴的路上发生车祸，只有几处淤伤，可是那天晚上，我第一次癫痫发作。做过CT扫描后，医生还是说不出我为什么会得癫痫，不过他们相当确定，我这辈子都摆脱不了这个毛病了。”我做了个深呼吸，“那让我决定，不要让别人也受到影响。”

“什么？”

“茱莉亚，你要我说什么？我配不上你。你应该去找一个更好的人，而不是我这个随时会倒在地上口吐白沫的怪胎。”

茱莉亚冷然道：“你应该让我自己决定我要找什么样的人。”

“那有什么差别？你以为当我发病的时候，你能像法官一样守护着我，事后帮我清理，陪我到我人生的最后一天，那样的你会得到最大的满足吗？”我摇头，“你是如此的独立。你是一缕自由的灵魂。我不想剥夺你的本性。”

“如果我可以选择，或许我不会花了十五年思索我有哪里不对。”

“你？”我失笑，“看看你，你如此出色美丽，比我还聪明。你的事业上了轨道，你是家庭的中心，你甚至可以收支平衡。”

“我很孤独，坎贝尔。”茱莉亚说，“你以为我为什么要表现得如此独立？我太容易生气，我的第二根脚趾头比大拇趾长。我的头发有它自己的邮政编码。还有，当我的经前综合征发作时，我保证像个疯子。你不会因为某个人完美而爱上他。”她说，“尽管他不完美你还是爱他。”

我不知道该怎么回答，感觉好像三十五年来我一直认为天空是明亮的蓝色，但事实上它相当绿。

“还有一件事——这次，你别想先离开我。我会离开你。”

如果我的感觉还可能更糟的话，那无异于雪上加霜。我试着假装她的话没有刺痛我，可是我连假装的力气都没有。“那你就走吧。”

茱莉亚贴近我。“我会的。”她说，“再过五十年或六十年后。”

安娜

我敲敲男厕所的门，然后进去。一面墙上是个长长胖胖的小便斗。坎贝尔在另一边的洗手台前洗手。他穿着一件我爸爸的制服裤子。他看起来不一样了，好似他以前用来画他的脸的笔直线条都晕开了、变柔了。“茱莉亚说你要我来这里。”我说。

“是的，我想跟你单独谈话，而所有的会议室都在楼上。你爸爸认为我现在不应该耗费体力。”他用毛巾擦擦手，“很抱歉我出事了。”

我不知道该怎么回答才得体，咬了咬下唇：“因为那样，所以我不能爱抚法官吗？”

“是的。”

“法官怎么知道该怎么做？”

坎贝尔耸肩。“应该是由于动物比人类对气味或电脉冲的感应来得灵敏。我想是因为我跟它彼此太了解了。”他抚摸法官的脖子，“它会在我即将发病前，带我到安全的地方。我通常有二十分钟的时间提前准备。”

“喔。”我忽然感到害羞。凯特病得很重很重的时候，我陪过她，可是这次不一样。我没想到坎贝尔会突然发病，“这是你愿意接我的案子的原因吗？”

“让我能当众发作？相信我，不是。”

“不是因为这个。”我转开眼睛不看他，“是因为你知道无法控制自己的身体的感觉。”

“或许。”坎贝尔沉思道，“不过，我的门把真的很需要被擦亮。”

如果他想让我觉得好过一点，那么他败得很惨。“我说过要我作证不是个好主意。”

他双手按住我的肩膀：“安娜，得了吧。如果我在表演过癫痫秀后，还有勇气回到法庭，你当然可以爬回证人席再回答几个问题。”

我怎能反抗他如此有力的逻辑？所以我跟着坎贝尔回到法庭，那里和一个钟头前没什么不同。大家都注视着他，宛如当他是个在滴答作响、即将爆炸的炸弹。坎贝尔走向法官席，再转身对法庭里的众人说：“我很抱歉，法官大人。刚才我们只是休息十分钟，对吗？”

他怎么能拿那种事开玩笑？然后我意识到：凯特平常也是这么做的。或许如果上帝让你有身心障碍，他也肯定会赐给你比别人更多的幽默来自我解嘲。

“律师，你为何不今天就休息一天？”狄沙罗法官提议。

“不，我现在没事了。我想，我们弄清楚事情的真相比较重要。”他转向书记官说，“可以请你重述我们之前的对话，让我恢复记忆吗？”

书记官念了一下她的记录，坎贝尔点头，可是他表现得好像是他第一次听到我当时的回答，而不是听到重述。“好吧，安娜，你说凯特要求你提出医疗决定权的诉讼？”

我再一次不安地蠕动身体：“不尽然。”

“你可以解释吗？”

“她没有要求我提出诉讼。”

“那么她要求你什么？”

我偷瞄一下我妈。她知道，她一定知道。别逼我大声说出来。

“安娜，”坎贝尔催我，“她要求你做什么？”

我摇头，嘴巴抿得紧紧的。狄沙罗法官倾身向前问：“安娜，你必须给我们这个问题的答案。”

“好。”真相，像愤怒的洪水冲爆了水坝，冲出我的嘴巴，“她要我杀死她。”

第一件不对劲的事是，凯特锁上了我们房间的门，但我们房间其实没有锁，所以她要不是用家具挡住了门，就是在门和门框之间塞了一分钱的硬币，使得门打不开。“凯特！”我喊叫、拍门，因为我刚练完冰球回来，满身大汗，我要冲个澡换衣服。“凯特，这样不公平。”

我想我弄出了很多噪音，迫使她开门。第二件事是：房间里怪怪的。我四下看看，每一样东西好像都在原位——最重要的是，我的东西没有被她弄乱——然而凯特看起来好像痛饮了一大桶神秘汁。

“你在搞什么？”我随即走进浴室，转开莲蓬头，闻到一个味道——甜甜的，几乎是生气的味道，和我在杰西的窝里闻到的酒味一样。我打开柜子，在毛巾之间翻找，想找出证据，一点都不想说俏皮话。结果我在卫生棉的盒子后面找到一瓶藏在那里的半空的威士忌。

“你看看我找到……”我回到卧房，挥舞着酒瓶，心想可以有好一阵子利用这个证物，来威胁她图利。然后我看到凯特手里的一堆药丸。

“你在干吗？”

凯特在床上打滚:“安娜,别管我。”

“你疯了吗?”

“没有,”凯特说,“我只是厌烦了等待又冒出什么病症来。我想我已经把大家的生活搞得乱七八糟够久了,你不觉得吗?”

“可是大家这么努力就是为了保住你的命。你不能自杀。”

凯特突然嚎啕大哭:“我知道。我办不到。”

我过了一下才明白,她的意思是,她以前已经试过了。

我妈慢慢地站起来。“那不是真的。”她说,她的声音薄得像玻璃,“安娜,我不知道你为什么要说那个。”

我的眼睛蓄满泪水:“我干吗要编故事?”

她走近我一点。“或许你误会了。”她微笑,但好像痛苦得想哭,“因为如果她那么沮丧的话,她会告诉我。”

“她没办法告诉你,”我回答,“她太害怕如果她自杀了,也等于杀了你。”我无法呼吸,仿佛沉入了沥青坑,仿佛我在奔跑,可是我脚下的地面不见了。坎贝尔要求法官休庭几分钟,让我恢复平静,狄沙罗法官回答了什么,我却因为哭得太厉害,听不见他说什么。“我不愿她死掉,可是我知道她不想像这样活着,而我是那个能给她她想要的东西的人。”我看着我妈,她已经离我远一点了,“我一向是那个,可以给她她想要的东西的人。”

下一次凯特表明她不想活了,是在我妈进我们的房间,谈论要捐肾的事情之后。我爸妈一离开房间,凯特便说:“不要捐。”

我讶异地看着她:“你在说什么?我当然要捐。”

我们在换衣服,我注意到我们两个刚好都选到了同款,闪亮的缎面，有樱桃印花的睡衣。上床后，我想我们看起来像小时候，爸妈会帮我们穿上相同的衣服，因为他们觉得那样很可爱。

“你觉得肾脏移植会有效吗？”我问。

凯特看着我说：“或许。”她靠过来，手放在电灯的开关上。“不要捐。”她重复她说过的话，我第二次听到才了解，那是她真正的意愿。

我妈离我很近，眼睛里满是她曾经犯过的错。我爸爸走过来，搂住她的肩膀。“去坐下吧。”他对着她的头发耳语。

“法官大人，”坎贝尔说着站起来，“我可以询问证人吗？”

他走向我，法官亦步亦趋地跟着他。我抖得像他在发病时一样。我在想一个钟头之前，那只狗怎么能确定坎贝尔什么时候需要什么？

“安娜，你爱你姐姐吗？”

“当然。”

“可是你愿意采取这项可能置她于死地的行动？”

我脑中闪过一个念头。“只有这样她才不必再经历治疗的折磨。我想她真的受够了。”

他沉默了，那一刻我了解到，他明白了。

我内心有某个地方破裂了：“我……我也受够了。”

我们在厨房里洗碗盘，擦干。“你讨厌去医院。”凯特说。

“没错。”我把干净的叉子和汤匙放回抽屉。

“我知道你愿意做任何事，只要能够不要再去医院。”

我瞅着她。“当然啦。因为以后你就健康了。”

“或死了。”凯特避开我的目光，双手插进放有洗洁精的水里，

“想想看，安娜。你可以去参加冰球训练营，可以选一个完全陌生的地方上大学，可以做任何你想做的事，永远不必再顾虑到我。”

她把这些例子从我的脑子里拉出来，我感觉自己的脸在发红，很惭愧自己偷偷存着的这种私心被公开出来。如果凯特因为她是我的负担而内疚，那么我现在知道她有那种感觉，更应该感到双倍的内疚。因为是我让她内疚。

我们没有再谈下去。我把她递给我的碗盘都擦干，我们两个试着假装不知道真相：尽管我的一部分一直希望凯特能活下去，可还有另一部分，那可怕的一小部分有时候希望我能得到自由。

现在他们明白了：我是个恶魔。我提出这桩诉讼是为了一些我感到骄傲的原因，以及很多我并不感到骄傲的原因。现在坎贝尔能看出来，我为什么不愿做证人——不是因为我害怕在众人面前讲话——而是因为，所有这些可怕的感觉，都太可怕了，我不敢大声说出来。我要凯特活着，可是我也想做我自己，而不是只做一部分的她。我要有机会长大，即使凯特没有。凯特如果死了，会是我这一生中最不幸的事……也是最幸运的事。

有时候，当我想到这些时，我恨我自己，只想爬回去做本分的自己，做他们要我做的基因宝宝。

现在法庭里所有的人都在看着我。我相信证人席或我的皮肤或两者都快要爆炸了。在放大镜下，你可以清楚地看到我身体里腐败的核心。如果他们继续盯着我看，或许我会化成一道蓝色的浓烟，或许我会消失得无影无踪。

“安娜，”坎贝尔平静地说，“你为什么认为凯特想死？”

“她说她准备好了。”

他走向前，直到站在我面前："有没有可能，她要求你帮助她是基于同样的理由？"

我慢慢地抬头，打开这个坎贝尔刚刚递给我的礼物。如果凯特想死，是为了让我能活呢？如果是，在我救了凯特这么多年之后，她想要回报我，救我一次呢？

"你有没有告诉凯特你不想再做捐赠者了？"

"有。"我低语。

"什么时候？"

"我雇用你的前一天晚上。"

"安娜，凯特怎么说？"

直到现在，我没有真的回忆过，可是坎贝尔逼迫我勾起那个记忆。我姐姐那时非常安静，安静到我以为她已经睡着了。然后她转身面对我，以再真诚不过的目光看着我，笑纹深得像断层。我瞟向坎贝尔："她说，谢谢。"

莎拉

狄沙罗法官想要做个实地访查，跟凯特谈一谈，我们因此都到医院去。我们进入病房时，凯特坐在床上，心不在焉地在看电视，杰西拿着遥控器不停地转台。她好瘦，皮肤黄黄的，但她很清醒。“铁皮人，还是稻草人？”杰西问。

“要稻草人塞满稻草就会把自己累死，”凯特说，“世界摔跤联盟里的琪娜，还是鳄鱼猎人？”

杰西嗤之以鼻。“鳄鱼老兄。大家都知道摔跤都玩假的。”他看向她，“印度的民族运动领袖甘地，还是美国的民权运动领袖马丁·路德·金？”

“他们不会签弃权书。”

“亲爱的妹妹，我们是在谈福克斯公司的电视节目《名人拳击赛》。”杰西说，“你怎么会以为他们会签弃权书？”

凯特微笑。“他们其中之一会坐在拳击场里，另一个不塞护牙套。”我就在这一刻进入病房。“嗨，妈。谁会赢得名人拳击赛？电视节目《妙家庭》里的玛西雅，还是珍·布雷迪？”

然后她才注意到我不是一个人来的。大家陆续进入病房，她睁大了眼睛，把棉被拉高。她直视着安娜，但妹妹不肯迎视她的目光。“怎么回事？”她问。

法官轻扶我的手臂走上前。“我知道你想跟她讲话，莎拉，可是我必须先跟她谈。”他靠近病床，伸出手，“嗨，凯特，我是狄沙罗法官。我可以单独跟你谈几分钟吗？”其他人一个个离开病房。

我是最后一个离开的。我看着凯特背靠回枕头上，好像突然很累的样子。“我有预感你会来。”她对法官说。

“为什么？”

“因为，”凯特说，“问题老是回到我身上。”

大约五年前，一个新家庭买下我们对街的房子，他们把旧房子拆掉，打算重盖不同的样式。只消一辆推土机和半打废物箱，不到一个早上，我们原本每次经过屋外都会看到的那栋建筑物，变成了一堆瓦砾。你会以为一栋房子可以永远存在，可事实是一阵强风或一颗拆房子的大铁球，就可以把它击垮。住在房子里的家人也没什么不同。

现在我几乎想不起来那间旧房子是什么样子。我走出前门，看那块显眼的平地空了几个月，一排房子明显缺了一栋，像掉了一颗牙。得花相当长的时间才能看习惯，后来那块地的新主人，真的开始重盖新房子。

当狄沙罗法官显得有点困扰、但微笑着走出病房时，我和坎贝尔、布莱恩都站起来。“明天，”他说，“早上九点结案。”他对弗恩点个头示意他跟上来，便走向走廊的另一头。

“来吧，”茱莉亚对坎贝尔说，“你现在得听由护花使者摆布。”

“那不是个恰当的字眼。”

可是他没有跟随她，而是走向我。“莎拉，”他简单地说，“很抱歉。”他再给了我一个礼物，“你能载安娜回家吗？”

他们一离开，安娜对我说：“我真的必须见凯特。”

我一手揽着她：“你当然可以。”

我们走进去，病房里只有我们一家人，安娜坐到凯特的床边。

“嘿。”凯特睁开眼睛。

安娜摇头，她想了想才终于说：“我试过了。”她的声音哽咽，像棉花插着刺，凯特捏捏她的手。

杰西坐到病床的另一边。他们三个齐聚一处，让我想到每年十月，我们拍圣诞卡片的照片，他们按高矮排在枫树旁或石墙上拍照，留下那一刻，让大家以后都记得他们。

“脱口秀主持人艾尔富或爱德先生[①]？”杰西说。

凯特的嘴角往上弯：“马。第八回合。”

“赌了。”

布莱恩弯身亲吻凯特的额头。“宝贝，今晚好好地睡一觉。”安娜和杰西溜到走廊去，他也给我一个告别吻。“有事就打电话给我。”他低语。

然后，等他们都离开，我坐到女儿旁边。她的手臂细得当她的手移动时，我可以看到骨头在牵移。她的眼睛看起来比我的还老。

“我猜你有问题要问。”

“或许晚一点吧。”我的回答令我自己惊讶。我爬上床，把她搂进我怀里。

我顿悟到我们从来不曾拥有小孩，我们只是接受他们。

有时候我们能跟他们相处的时间不如我们预期或希望的长，可

① 爱德先生指的是电视剧中一匹会讲话的马。

是还是比从来没有过这些小孩好得多。“凯特，”我承认，“我很遗憾。”

她推开我一点，以便看着我的眼睛。“不用遗憾，”她强硬地说，“因为我并不遗憾。”她试着笑，好努力地试。“这是个蛮好的案子，妈，是不是？”

我咬着嘴唇，感觉泪水潸潸流淌。“非常好。”我回答。

星期四

旧火熄灭新火续燃，

遭受巨痛旧痛减轻。

——威廉·莎士比亚，《罗密欧与朱丽叶》

坎贝尔

在下雨。

我走出房间，来到客厅，法官的鼻子压在相当于我公寓里的一整面墙厚的玻璃板上，对一只掉下来经过它身边的壁虎低吠。“你抓不到它。”我说着轻拍它的头，“你不会爬墙。”

我坐到它旁边的地毯上。我知道，我必须起身换衣服去法院，我知道我应该再复习我的结案陈词，而不是懒散地坐在这里。可是这种天气似乎有催眠的力量。我小时候常坐在我老爸的捷豹汽车前座，看着雨滴自挡风玻璃的上缘，执行神风特攻队的自杀任务，直到它们被雨刷消灭。老爸喜欢将雨刷的速度设为“间歇”，所以一路上由我这边的挡风玻璃看出去，是雨水奔流的世界。那令我很生气。我每次抱怨，老爸都说：“开车的人是老大，高兴怎么做就怎么做。”

“你要先冲澡吗？”

茱莉亚站在卧室的门口问，她穿着一件我的运动衫，长度到她的大腿中央。她弯起来的脚趾头陷进长毛地毯里。

“你先洗。”我告诉她，“我随时都可以去阳台淋浴。”

她往窗外望去：“天气很糟，是不是？”

“待在法庭里的好日子。”我回答，可是没什么说服力。我今天不想面对狄沙罗法官的判决，而这是第一次与害怕输掉官司无关。我已经尽力了，尽力给安娜作证的机会，我非常希望我也能使她对她自己的作为感觉好一点。她不再像是个优柔寡断的小孩。她并不自私，她只是和我们其他人一样——试着想搞清楚她到底是谁，想了解她的角色。

事实是，就像安娜曾经告诉过我的，没有人会赢。我们要提出结案陈词，聆听法官的意见，即使到那个时候，事情也还没有结束。

茱莉亚没有转身进浴室而接近我。她盘腿坐到我身边，抚着玻璃墙。“坎贝尔，”她说，“我不知道该怎么对你说……”

我的五脏六腑似乎全僵住了。“快说。”我建议。

“我讨厌你的公寓。”

我追随她的目光，从灰色的地毯看到黑色的沙发，再看到镜面墙和涂了亮光漆的书架。它充满了尖锐的边缘和昂贵的艺术品。它有最先进的电子玩意儿和别具特色的装饰品。这是个梦幻住所，但不像是任何人的家。

“你知道吗？”我说，“我也讨厌它。”

杰西

在下雨。

我走到外面，开始走路。我朝坡下的街道走去，经过小学，再经过两个十字路口。大约五分钟整，我就从里到外都湿透了。这个时候，我开始跑。我跑得很快，跑得肺开始痛，腿也像在燃烧，我终于再也跑不动了，冲进高中的足球场，躺到球场中央。

有一次在一个像这样的雷雨天里，我拿迷幻药来这里，躺着看雨从空中落下。我想象雨滴在我的皮肤上融化。我等待一道闪电像箭一般穿透我的心脏，让我在这段充满不幸的人生里，第一次百分之百感受到我活着。

闪电是可遇不可求的，那天它没有来访。今天早上也没有出现。

所以我起身，把眼睛上的头发拨开，试着拟定更好的计划。

安娜

在下雨。

这种雨下得又大又急，听起来像是淋浴时的水声，可是你无法把它关掉。这种雨会让你想到水坝、水灾和诺亚的方舟。这种雨叫你爬回床上，窝进还留有你体温的棉被里，假装闹钟比真正的时间快了五分钟。

问任何一个念过小学四年级的小孩，他都会告诉你：水从来都不会停止流动。雨水从山上流进河里，河水流进海洋。它蒸发，像个灵魂，飞到云端。然后，就像每一件事情一样，它又开始循环。

布莱恩

在下雨。

就像安娜出生那天——新年前夜，那天是那个时节特别温暖的一天。本来应该下雪的，却下了倾盆大雨。滑雪区不得不在圣诞节旺季关闭，因为他们的滑雪道都被雨水冲刷掉了。我开车到医院，坐在我旁边的莎拉在阵痛，雨大得我几乎看不透挡风玻璃。

那天晚上没有星星，天上全是降雨云。或许因为那样，当安娜来到人间时，我对莎拉说："我们给她取名叫安娜，希腊神话中仙女座的安德罗墨达公主的简称。"

"安德罗墨达？"她说，"听起来像是科幻小说里的名字。"

"像公主的名字。"我更正。我越过我们的女儿小小的头顶，捕捉她的目光。"在天空中，"我解释，"她位于她的爸爸和妈妈之间。"

莎拉

在下雨。

我想，一早就下暴雨，这不是个好兆头。我匆匆拿起桌上的提示卡，希望我看起来比较专业一点。我想骗谁呀？我不是律师，不够内行。我只不过是一个妈妈，而我连妈妈这个工作都做得不够公正。

“费兹杰罗太太。”法官催促我。

我做个深呼吸，低头看我抓着的一叠提示卡上面所记下的混乱字句。我站起来，清清喉咙，开始大声念：“在这个国家，我们有很长的法律史，允许父母为他们的孩子做决定。法官们也都认为，那包含在宪法赋予公民的隐私权里。在这个法庭里听到的所有的证词……”蓦地电闪雷鸣，轰然作响，我的卡片全掉到了地上。我跪下去，急忙捡起我的卡片，可是现在它们的顺序已经乱了。我试着重新整理卡片，可是看起来没有一句话有意义。

喔，见鬼了。反正，那些也不是我必须说的话。

“法官大人，”我问，“我可以重来吗？”等他点头，我转身背对他，走向我女儿，她坐在坎贝尔旁边。

“安娜，”我说，“我爱你。在我还没有看到你之前就爱你了。我知道我爱你，因为我是个妈妈。我应该知道所有的答案，可是我不知道。我每天都怀疑我是不是做对了。我怀疑我是否像自认的那么了解我的小孩。我怀疑我是否太忙于照顾凯特，而没有尽到做你妈妈该为你着想的义务。”

我上前几步。“我知道只要有一丝医治凯特的可能性，我就会抓住不放，不过那是我仅知的该如何做的方法。而即使你不同意我的做法，即使凯特不同意，我还是要做那个对你们说‘我早就告诉你了’的妈妈。十年后，我希望能看到你的小孩坐在你的大腿上，或在你怀里，因为到那个时候，你才能体会做妈妈的心情。我有个姐姐，所以我知道姐妹之间的公平关系：你要你的手足拥有跟你同样的东西——同样数量的玩具；意大利面上面洒着同样多的碎肉；同样分量的爱。可是做一个母亲，是完全不同的。你要你的孩子比你曾拥有的还多。你要在她下面生火，看着她高飞。那不是言语可以形容的。”我一手按在胸上，“我还是尽量在我心中做到公平。”

我转向狄沙罗法官：“我不想来法庭，但是我必须来。这是法律机制，如果原告采取行动，即使他是你的孩子，你也必须回应。所以我被迫解释、辩论，说明为什么我相信我比安娜还清楚什么对她是最好的。当你必须那么做的时候，要解释你认为什么是对的并不那么容易。如果你说你相信什么是真的，你指的可能是一两件事——你还是会评估何者可行，或者完全接受事实。从逻辑上来说，一个字怎么能有矛盾的解释，可是就情绪上来说，我完全了解。因为有时候我想我做的是对的，但有时候，我会在事后反省自己的每一步是否走错。

“即使今天的判决对我有利，我也不能强迫安娜捐肾。没有人能强迫她。但我会哀求她吗？即使我想阻止自己，我还是会求她吗？我不知道，和凯特谈过后，听过安娜的证词后，我还是不知道。我不确定该相信什么，我从来都不知道。我知道，没有争辩余地的，只有两件事：这个官司并非关于捐肾……而是关于选择权。没有人真的想完全由自己作决定，即使法官给他们权利去做。”

最后，我面对坎贝尔：“很久以前我做过律师。可是我已经不是律师。我是个妈妈，过去十八年来，当妈妈所必须要做的，比我曾在法庭里做的困难得多。亚历山大先生，刚开始开庭的时候，你说我们没有一个人有义务进入火场，将某人从正在燃烧的建筑物里救出来。可是你如果是个家长，而陷在火场里的是你的小孩，那么你的心态就会不一样。在那种情况下，如果你跑进去救你的孩子，大家不只都会理解，事实上他们也会对你充满尊敬。”

我做个深呼吸。“我的人生宛如建筑物着火，我的一个孩子在里面，而唯一能救她的机会是派我的另一个孩子上场，因为只有她认识路。我知道我在冒险吗？我当然知道。我明白那可能导致我同时失去两个孩子吗？是的，我明白。我知道要求她去做是不公平的吗？我绝对知道。可是我也知道那是我唯一可以同时保住她们两个的机会。那合法吗？合乎道德吗？那是疯狂的或愚蠢的还是残酷的主意？我不知道。可是我衷心相信那是对的。”

我说完后回座。雨打在我右方的窗子上。我怀疑雨势会不会有减弱的时候。

坎贝尔

我站起来，看看我的记事卡。然后，和莎拉一样，我把它们丢进了纸屑篓里：“如同费兹杰罗太太刚才说的，这个案子不是关于安娜捐肾，也不是关于她捐的是皮肤细胞、单独的血细胞还是一组DNA。是关于一个女孩，渴望成为某个人。一个十三岁的女孩，她的辛苦、难过、美好、为难和快乐。一个女孩可能不知道她现在要什么，可能不知道她现在是谁，可是我们应该给她机会去发现。在我看来，十年后，她很可能会令我们刮目相看。”

我走向法官席：“我们知道费兹杰罗家在被迫做不可能的事——为他们的两个孩子都作合情合理的医疗决定，但事实上，她们的医疗利益却是背道而驰的。而如果我们——像费兹杰罗一家——不知道什么才是正确的决定，那么最后必须下决定的这个人，应该是拥有这具躯体的本人……即使她只是个十三岁的孩子。总结起来，那也是这桩诉讼案的关键：某些时候一个小孩或许比她的父母还明白该怎么做。

“我知道安娜决定提起诉讼时，她作这个决定，不是为了那些你可能会认为的理由——把她当作是个以自我为中心的十三岁女孩；她作这个决定，不是为了要与她同龄的女孩一样自由，无拘无束；她作这个决定，不是因为厌烦了又被针刺、被针戳；她作这个决定，不是因为她怕痛。”

我转身，对她微笑。“你知道吗？如果最后安娜决定捐肾给她姐姐，我也不会惊讶。可是，我怎么想不重要。狄沙罗法官，恕我冒昧，您怎么想也不重要。莎拉和布莱恩和凯特·费兹杰罗怎么想都不重要。安娜怎么想才重要。”我走向我的椅子，“那是我们唯一应该倾听的声音。”

狄沙罗法官宣布休息十五分钟，等他判决。我利用那个时间去遛狗。我们在法院大楼后面小广场的草坪绕圈子，弗恩警长在旁监视那些等着得知判决结果的记者们。在法官绕第四圈寻找解放的地点时，我对它说：“得了吧，没有人在看你。”

但这并非完全是事实。有一个小孩，不会超过四岁，松开了他妈妈的手冲向我们。“狗狗！”他喊道，张开双手热情地追逐法官，法官向我靠近。

他妈妈过了一会儿才抓住他：“对不起，我儿子正在长犬齿。我们可以爱抚它吗？”

“不行，”我反射性地说，“它是一只看护狗。”

“喔。”那女人站直，把她儿子拉开，“可是你不是瞎子。”

我是个癫痫症患者，它是我发作时的看护狗。我第一次想直截了当地说清楚。可是我又想，你必须能够自嘲，不是吗？“我是个律师，”我对她微笑，“它会为我追救护车。”

我吹着口哨，和法官走开。

当狄沙罗法官回到法官席时，带了一张他死去女儿的照片装在框里，那让我感觉官司打输了。“在交叉询问证人的过程中，有一件打动我的事情，”他说，“在这个法庭里，我们所有的人都进入对生命品质对抗生命尊严的争论中。费兹杰罗家无疑一直相信让凯特活着、继续做他们家的一分子非常重要——可是在此时，凯特生存的尊严开始完全与安娜的生命品质纠缠在一起，我的工作是看看是否能将两者分开。”

他摇头。“我不确定我们之间任何人有资格来决定这两者哪一个比较重要——至少我是这么想的。我是个父亲。我女儿狄娜十二岁的时候，被一个酒醉开车的人撞死，那天晚上当我赶到医院，我愿意做任何事来换取她多活一天。费兹杰罗家处于那种状况已经十四年了——他们愿意做任何事让他们的女儿活久一点。我尊重他们的决定。我钦佩他们的勇气。事实上我羡慕他们有这个机会。可是就像两位律师都指出的，这个案子不仅是关于安娜和一颗肾脏，它是关于这些决定该怎么做，以及我们该如何决定由谁来做决定。”

他清清喉咙：“答案是——没有正确的答案。所以身为家长，身为医生，身为法官，乃至整个社会，我们都在摸索中作能让我们晚上睡得着的决定——因为道德远比伦理重要，爱远比法律重要。”

狄沙罗法官的注意力转向安娜，她不安地更换姿势。“凯特不想死，”他温柔地说，“可是她也不想像这样活着。我了解整个情况，也了解法律，我能做的真正的决定只有一个。唯一应该能够被允许作那个选择的人，正是这整件争端的核心人物。”

我重重地吐气。

“我所指的人不是凯特，而是安娜。”

我旁边的安娜深吸一口气。“过去几天来的争论焦点之一，是一个十三岁的女孩有没有能力作像这样如此重大的决定。事实上，这里有些成年人似乎忘了最简单的儿童规则：你不能没取得别人的同意就拿走他的东西。安娜，”他说，“请你站起来好吗？”

她看着我，我点头，和她一起站起来。“在此，”狄沙罗法官说，“我要宣布你，而不是你父母，拥有你的医疗决定权。意思是，虽然你会继续和他们住在一起，虽然他们可以叫你何时去睡觉，规定你不能看什么电视节目，你是不是该吃完你的花椰菜，但是关于任何医疗行为，你拥有最后的决定权。”他转向莎拉，“费兹杰罗太太，费兹杰罗先生，我要命令你们带安娜去见她的小儿科医生，告知本庭的裁决，让医生明白他必须直接跟安娜讨论。如此一来，她需要一个额外的监护人。我要求亚历山大先生担任她的医疗监护权律师，直到她十八岁，让他来协助她做一些困难的决定。我并不是说这些决定不能和她父母一起讨论，但是最后的决定应该由安娜自己来作。”法官盯着我看，“亚历山大先生，你愿意接受这个责任吗？”

除了法官之外，我以前从来没有照顾过任何人任何事。而现在我有了茱莉亚，还加上安娜。“这是我的荣幸。”我对她微笑。

“在你们今天离开法院之前，你们要签署正式的监护权文件。”法官命令，“安娜，祝你好运。你可以不时来法院找我，让我知道你过得好不好。”

他敲法槌，我们都站起来，目送他离开法庭。

“安娜，”我说，她还在我旁边坐得直挺挺的，显然相当震惊，“你成功了。”

茱莉亚第一个走近我们，她倾身越过围栏拥抱安娜。“你非常勇敢。”她越过安娜的肩膀对我微笑，“你也是。”

接着安娜退开，发现自己正面对她的父母。他们之间隔了一英尺，还有一个宇宙的时间与安慰。直到这一刻我才了解，我早就以为安娜比她的生理年龄成熟，然而现在她缺乏自信，无法迎视他们的目光。“嘿。”布莱恩跨过鸿沟，将他的女儿拉进怀里。“没关系。”然后莎拉加入，和他们抱成一团，她的手臂分别环绕他们父女，他们的肩膀形成一道坚实的围墙，他们必须重新制订他们的游戏规则。

安娜

能见度好差。雨下得可能比早上还大。我有个短暂的幻象，看到自己把车子当成空的可乐罐那样，捏得它吱吱嘎嘎地缩成一团，那使得我更加难以呼吸。我花了几秒钟才明白，这和讨厌的天气或幽闭恐惧症无关，但事实是我的喉头只打开了平常的一半，泪水使得喉咙硬得像动脉，所以我做每一件事，说每一句话，都要比平常多花两倍的力气。

到现在，我拥有医疗决定权已经整整半个钟头了。坎贝尔说感谢这场超大暴雨把记者都赶跑了。或许他们会去医院找我，或许不会，可是那时候我会跟我的家人在一起，所以其实没什么关系。我爸妈比我们先离开法院，我们必须留下来签署啰唆的公文。坎贝尔说等我们办完事，他会载我去医院。他很体贴，我知道他迫不及待地想和茱莉亚独处，他们还以为他们搞得很隐秘，以为别人不清楚他们的关系，其实不然，任谁都可以从他们暧昧的眉来眼去中猜出端倪。我在想，当他们浓情蜜意地黏在一起时，法官会不会觉得被排挤?

"坎贝尔，"我突然问，"你觉得我该怎么做？"

他没有假装不知道我在说什么："我在审讯期间非常卖力地为你争取选择权，所以我不会告诉你我怎么想。"

"太好了，"我往我的座位沉下去一点，"我甚至不知道真正的我是谁。"

“我知道你是谁。你是整个普罗维登斯殖民地的首位擦门把童工。你有一张聪明的嘴巴，你选择Chex Mix牌的饼干，你讨厌数学和……”

这样挺酷的，看着坎贝尔试着把所有的空白填满。

“……你喜欢男孩吗？”他的结语竟是个问题。

“他们有些还可以，”我承认，“可是他们长大后可能都像你。”

他微笑：“千万不要。”

“接下来你要做什么？”

坎贝尔耸肩：“我可能必须接个会付钱给我的案子。”

“让你可以继续供养茱莉亚，过她过惯了的有品位的生活？”

“没错，”他笑道，“差不多。”

车内安静了一会儿，我只听得到雨刷的嘎嘎声。我双手塞到大腿下面，坐上去。“你在审讯的时候说过……你真的以为我十年后会令人刮目相看吗？”

“干吗？安娜·费兹杰罗，你要钓出我的恭维话吗？”

“算了，忘了我刚刚说什么。”

他瞄我一眼。“是的，我是那样认为。你会伤了某个家伙的心，在巴黎的蒙马特画画，开喷气式战斗机，徒步去还没有被探索过的国家旅行。”他顿一下再说，“或许以上皆是。”

曾经有一段时期，我和凯特一样想做芭蕾舞女星。可是从那个时候起，我想过一千种不同的舞台：我要做航天员，我要做古生物学者，我要做艾瑞莎·富兰克林的合音天使，做内阁成员，做黄石公园的管理员。现在，我每天换一个想法，有时候想做显微外科医生、诗人或抓鬼的猎人。

只有一件事不变。“十年后，”我说，“我还要做凯特的妹妹。”

布莱恩

凯特又开始透析时，我的呼叫器响起来。是场意外车祸，两车相撞，有伤员。“他们需要我。”我对莎拉说，“你没事吧？”

救护车朝爱迪街和喷泉街的交叉口开去，那是个常发生事故的路口，这种天气恐怕更难以避免。我抵达的时候，警察已经封锁了那个街区。那是个T字形的路口，两辆车显然相当猛烈地撞在一起，成了一堆扭曲的废铁。卡车的情况好一点，较小的宝马毫不夸张地弯成像它车前的微笑标志。我下车走进倾盆大雨中，问我遇到的第一个警察。“三个人受伤，”他说，“一个已经送往医院。”

我发现瑞德在用油压剪断器，想试着切开第二辆车驾驶座那边的车门，救出困在里面的伤员。“情况如何？”我盖过警笛声大叫。

“第一辆车的驾驶员飞出了挡风玻璃，”他吼道，“恺撒送她上救护车了。第二辆救护车已经在路上了。从这里我看到有两个人，可是两边的车门都撞弯了打不开。”

“让我看看我能不能从卡车上面爬进去。”我踩着滑滑的金属和碎玻璃往上爬。我的脚踩进一个洞，陷在卡车头后面的平板台上，什么都看不见，我诅咒着，试着让自己脱身。我小心地移动，把自己往前拉进撞缩了的卡车驾驶座。驾驶员一定是冲出了挡风玻璃，从小宝马的上方飞了出去，整台福特F-150的车头撞进跑车的乘客座，仿佛它是纸做的。

我必须爬出卡车已不成形的窗子，因为引擎挡在我和宝马车里的人之间。可是空间很小，即使我扭转身体，也很难挤进强化玻璃碎得像蜘蛛网、沾着红色鲜血的小车里。在瑞德用油压剪把驾驶座的门切开后，一只狗呜咽地哀鸣着跑出来。我发现抵在另一边破窗子上的那张脸，正是我女儿安娜。

“把他们拉出来，”我大叫，“快把他们拉出来。”我不知道我是如何迅速地退出卡车的残骸，拉开挡路的瑞德，解开坎贝尔·亚历山大的安全带，拉下他躺到街上，任凭大雨淋他。我不知道我是怎么钻进扭曲的车里，凝视我那身体僵硬的、被安全带扣着的、睁大眼睛的女儿，喔！上帝！耶稣！不！

鲍立不知道从哪里冒出来，双手碰她，在我发现我在干吗之前，我揍了他一拳，打得他整个人往后仰。“该死，布莱恩。”他抚着他的下巴说。

“是安娜。鲍立，是安娜。”

当他们意识到我为什么失常后，试着要把我拉出去，代替我的工作，可她是我的宝贝，我的宝贝，我不让他们阻止我。我把她送上脊椎矫正板，用束缚带固定，让他们把她抬进救护车。我把她的下巴下方推回去，准备插管，可是看到她以前从杰西的滑板摔下来的疤，管子从我手中滑落。瑞德要我让开，由他来做，然后他帮她量脉搏。“很微弱，队长，”他说，“不过还有脉搏。”

他打点滴，我转开无线电旋钮呼叫我们的调度中心。“十三岁女性，车祸事故，严重的头部内伤……”当心脏监视器显示的心跳呈一直线时，我丢下听筒开始做心肺复苏术的急救。“准备电击。”我命令。我拉开安娜的衬衫，剪开她一直很想买的蕾丝胸罩，现在她不需要它。瑞德电击她，脉搏恢复跳动，心跳徐缓，甚至漏跳几下。

我们低喃着求她加油，给她打点滴。鲍立大按喇叭，救护车冲到专供救护车卸伤员的停车区，然后他打开救护车的后门。安娜一动也不动地躺在担架床上。瑞德抓着我的手臂。“不要想太多。”他说。然后他拉着安娜的担架轮床前端，匆匆带她进急诊室。

他们不让我进外伤处理间。一些消防队员陆续进来给我打气。他们其中一个上楼去找莎拉，她慌乱地跑来。“她在哪里？出了什么事？”

“车祸，”我设法说出口，“我不知道是谁出了车祸，直到我到了那里，看到她。”我眼眶里的泪水溢出来。我有没有告诉她，安娜已经无法自主呼吸？我有没有告诉她，手握式脉搏测量仪显示直线？我有没有告诉她，过去几分钟，我一直在回想接到呼叫后的每个细节？从我爬进卡车到我把她从撞毁的车子里拉出来，我一直在质疑，自己的情绪有没有危及我的专业性，有没有什么该做没有做的，我还能做什么。

我听到坎贝尔·亚历山大的声音，和某个东西打到墙壁的声音。“该死，”他叫道，“你就告诉我她到底有没有被送到这里来！”

他冲出另一扇外伤处理间的门，他的手上打着石膏，衣服血迹斑斑。他的狗一跛一跛地跟在他身边。坎贝尔的目光随即和我对上。“她在哪里？”他问。

我无法回答，我能说什么？他马上就明白。“喔，耶稣。”他沉痛地叫，“噢，上帝，不。”

医生从抢救安娜的房间出来。他认得我，我一个礼拜来这里四次。“布莱恩，”他冷静地说，“她对常人无法忍受的极端刺激没有反应。”

我的喉咙里发出最原始的、非人的、了然于胸的声音。“那是什么意思？”莎拉的话仿佛在啄着我，“布莱恩，他在说什么？”

“费兹杰罗太太，安娜的头猛力撞上玻璃。那引起了致命的头部伤害。她现在靠人工呼吸机维持呼吸，可是她的神经没有任何活动的迹象……她脑死亡了。我很遗憾。”医生说，“我真的很遗憾。”

他迟疑了一下，看看我，再看看莎拉。“我知道你们现在不愿意去想，可是有个很小的机会……你们愿意考虑器官捐赠吗？”

夜空里有些星星看起来比其他星星亮，当你透过望远镜看它们，你会发现你看到了一对双胞胎。两颗星星绕着彼此转动，有时候转一圈几乎要花一百年的时间。它们创造出巨大的万有引力，使得它们强拉着彼此，没有其他空间给别的东西。举例来说，你可能会看到一颗蓝色的星星，过一会儿，会看到一颗白色的矮星陪伴着它——第一颗星非常明亮，到了你注意到第二颗星时，已经太迟了。

坎贝尔是回答医生的人。“我是安娜的医疗监护权律师。”他对医生解释，“她的医疗权不属于她父母。”他的目光由我脸上移向莎拉，“楼上是不是有个女孩需要她的肾脏？”

莎拉

英文里有孤儿和寡妇的字眼，却没有失去孩子的父母叫做什么的专有称谓。

捐赠的器官摘除后，他们把她送还给我们。走廊上已经聚集了杰西、苏珊和坎贝尔，以及和我们熟识的护士，甚至连茱莉亚·罗曼诺也来了——他们都要来道别。

我和布莱恩走进去，看起来好像缩小了的安娜僵直地躺在医院的床上。她的喉咙还插着管子，人工呼吸机还在为她呼吸。医院要我们帮她拔管。

我坐到床边，握起安娜的手，触感仍是温的，握在我掌中也仍是软的。这么多年来我一直期待能有一刻像现在这样，好好地跟她聊一聊，但我却完全不知道要讲什么。宛如企图拿蜡笔给整个天空着色，没有话语可以言说内心的悲伤有多巨大。“我办不到。”我低语。

布莱恩过来站到我身后。“亲爱的，她不在这里了。是机器维持她的身体活着。原本的安娜已经走了。”

我转身，脸埋到他胸前。“可是她不应该走的。”我哭泣。

我们互相拥抱，然后，当我觉得我够勇敢了，我回看那具曾经装着我的小女儿的身体。他说得对，毕竟，它只不过是个躯壳。她的脸上没有神采，她的肌肉变得松弛。在她的表皮之下，他们摘除了她的器官，供凯特和其他不知名的需要器官移植的人。

“好。”我做个深呼吸。我的手按到安娜的胸上，布莱恩用颤抖的手关上呼吸机。我在她的皮肤上揉着小圈圈，好似那样可以安抚她。当心脏监视器出现直线，我等着看她的变化。然后我感觉到她的心脏在我掌下停止跳动——那么微弱的律动，终了；那么空洞的平静，虚无；那么绝对的失去，永远。

终　曲

当沿着人行道，

人生的火焰扑扑地跳，

人们忽明忽灭地围绕着我，

我忘了丧亲之痛，

大星座的沟，

是一颗星星以前存在的地方。

——D. H. 劳伦斯，《沉沦》

凯特
2010年

应该立个法规来规范哀伤的追诉时效。一本教人该怎么做的指导书里说，哭泣着醒来没有关系，可是只能为时一个月；四十二天后，你就不会再心跳过快地翻身，说你真的听到她叫你的名字。没有处罚条款，你觉得什么时候该清理她的桌子都行；把她的美术作品从冰箱拿出来；当你经过的时候翻转一张学校的画像——因为只要看到它，你就心如刀割。我们当然可以数着她离去已经有多久来度日，一如我们曾经记得她的生日一般。

事后，很长一段时间，我爸爸声称他在夜空看到了安娜。有时候她在眨眼睛，有时候出现她的轮廓。他坚称星星就是被人深爱的人，他们在星座里永远活着，让人追念。有很长时间，我妈妈相信安娜会回来找她。她开始寻找一些征兆——太早开放的花，双黄蛋，盐洒成信的形状。

而我，开始恨自己。当然都是我的错。如果安娜没有提出诉讼，如果她没有在法院里跟她的律师签署文件，她绝不会在那个特别的时间点，到那个特别的十字路口。她会在这里——我才是会不时回来纠缠她的幽魂。

有很长的时间，我继续生病。移植差点失败，然后，令人难以理解地，我开始急速地好转。距离我上一次发病已经八年了，连钱斯医生也不明白。他想有一部分得归功于混合全反式维甲酸和砒霜疗法的延迟效应。但我知道，如果有一个人得走，安娜代替了我。

哀伤是一件奇怪的事，它会突如而至。像撕开创可贴一样撕掉一个家庭的表层。一个家的里层绝对不会很美观，我们家也不例外。有些时候，我戴着耳机，待在我的房间里好几天，那样我才不会听到我妈哭泣的声音。有好几个礼拜，我爸爸自愿一天二十四小时都待命工作，那样他就不必回到他觉得对我们来说都太空荡的家。

一天早上，我妈发现我们已经吃光了家里所有的东西，连干瘪的葡萄干和全麦饼干屑都不剩，她才出门去杂货店。我爸爸付了一两笔账单。我坐下来看电视，看一出老片《我爱露西》，然后我开始笑。

我马上就感觉到我仿佛亵渎了神圣的殿堂。我尴尬地掩嘴。坐在我旁边沙发上的杰西说："她也会觉得好笑。"

虽然你想要抓住某个人离开这个世界的辛酸回忆不放，然而多少还是会从指缝间漏掉一些。活着的行为是潮水，开始时似乎一点都没差别，然后有一天你往下看，看到痛苦已经冲蚀掉了许多。

我怀疑她监视了我们多久。她是否知道，有相当长的时间，我们和坎贝尔、茱莉亚很亲近，我们甚至去参加了他们的婚礼。她是否了解，我们不再跟他们来往，只是由于太难过了，因为即使我们不谈安娜，她还是在话语之间的空间徘徊，像是闻到什么东西烧焦的味道。

我怀疑她是否参加了杰西从警校毕业的毕业典礼，是否知道他去年赢得了缉毒奖，从市长手里接下一张荣誉状；我怀疑她是否知道，她离开后，爸爸曾饮酒过度到必须戒酒；我怀疑她是否知道，我现在在教小孩跳舞。我每次看到两个小女孩在练舞的扶手那里，做扶把下蹲的动作时，我就想到我们。

她还是会让我大吃一惊。比如在她死后将近一年，我妈拿一卷刚冲洗好的相片回家。我们坐在厨房的桌子旁，肩并肩一起看那些我高中毕业典礼的照片。当我们看着我们那些张张都是笑脸的照片时，默契地不去提起照片里少了一个人。

然后，好似我们的心在召唤她，最后一张是安娜的照片。其实事情就那么简单，我们很久没用相机了。她围着一条海滩浴巾，向摄影师伸出一只手，想叫那个人不要拍她。

我和我妈坐在厨房的桌子旁凝视着安娜，直到夕阳西沉，直到我们想起每一件事，从她的马尾发圈的颜色到她的比基尼镶边图案。直到我们不能再清楚地看着她。

我妈让我保存那张安娜的照片。不过我没有把它装进相框。我把它放在一个信封里封起来，塞到一个档案柜抽屉后面的角落。它在那里，以防有一天我开始失去她。

可能有一天早上，当我醒来，她的脸不再是我看到的第一个东西。或者一个懒散的八月天下午，当我不太能回想起雀斑是在她右肩的哪里。或许有这么一天，我听到雪飘落的声音，再也不会当那是她还在的足音。

当我开始这样感觉，我走进浴室，掀起我的衣服，抚摸我白色的疤痕。我记得，一开始我以为，缝线似乎拼出了她的名字。我想象着她的肾脏在我的身体里运作，她的血液在我的血管里流动。我不管去哪里，都带着她走。

图书在版编目（CIP）数据

姐姐的守护者 / (美) 皮考特著；林淑娟译. -- 北京：北京联合出版公司, 2015.7

ISBN 978-7-5502-4799-4

Ⅰ. ①姐… Ⅱ. ①皮… ②林… Ⅲ. ①长篇小说—美国—现代 Ⅳ. ①I712.45

中国版本图书馆CIP数据核字(2015)第109536号

MY SISTER'S KEEPER
by Jodi Picoult

著作版权合同登记号：01-2015-2685

姐姐的守护者
作者：[美]朱迪・皮考特
译者：林淑娟
责任编辑：陈昊　王巍
选题策划：读客图书　021-33608311
特约编辑：杨菊蓉　梁余丰
封面设计：陈艳丽
版式设计：陈宇婕
责任校对：张新元　曹振民

北京联合出版公司出版
（北京市西城区德外大街83号楼9层　100088）
北京正合鼎业印刷技术有限公司印刷　新华书店经销
2016年1月第1版　2016年1月第1次印刷
字数 338千字　890毫米×1270毫米　1/32　14.25印张
ISBN 978-7-5502-4799-4
定价：46.00元

如有印刷、装订质量问题，
请致电 010-85866447（免费更换，邮寄到付）